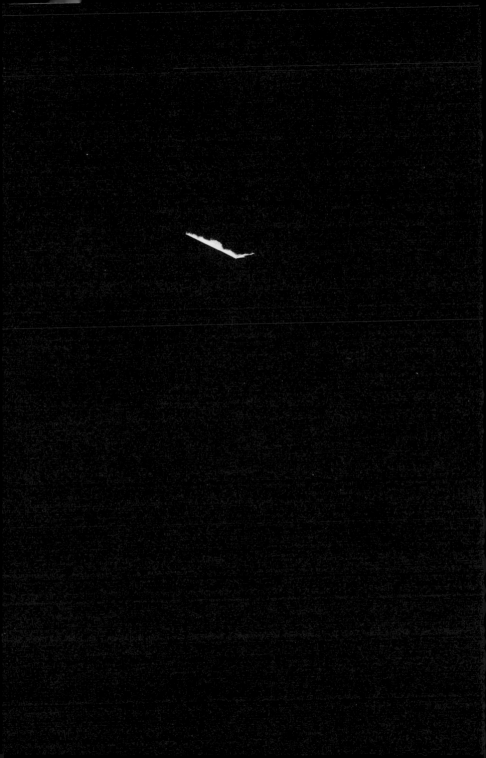

루팡의 딸 5

DAUGHTER OF LUPIN

루팡의 딸 5

DAUGHTER OF LUPIN

요코제키 다이 지음

BOOK PLAZA

다른 건 다 바꿔도, 네 몸에 흐르는
도둑의 피는 절대 바꿀 수 없어!

절정에 이른 루팡의 딸 시리즈!

BONDS OF LUPIN

BONDS OF LUPIN

제 1 장

다이얼 L을 돌려라

제1장
다이얼 L을 돌려라

가게 안에서 재즈 피아노 곡이 흘러나왔다. 니시신주쿠에 위치한 대형 호텔 꼭대기 층에 있는 바였다. 사쿠라바 카즈마는 앞에 놓인 잔을 들어 한 모금 마셨다. 잔에 든 것은 우롱차였다. 일하는 중이라 알코올은 입에 댈 수 없었다.

"카즈마, 그쪽 상황은 어때?"

귀에 꽂은 이어폰에서 목소리가 들렸다. 카즈마는 옷깃에 달린 소형 마이크에 대고 작게 말했다.

"움직임 없음. 대상은 화기애애하게 마시고 있습니다."

카운터로 눈을 돌렸다. 지금 카운터에는 커플 한 쌍뿐이었다. 남자는 40대쯤이었고, 여자는 30대 초반 같았다. 남자는 언뜻 보기에 어디에나 있을 법한 평범한 인상이었지만, 사실 IT 기업을 운영하는 젊은 사장이었다. 이름은 타마키 테루키.

비즈니스 요령을 가르쳐주는 비법서를 출간할 정도로 수완이 좋아서 벌이가 꽤 된다고 들었다.

중요한 것은 여자 쪽이었다. 아주 요염한 미녀로, 멀리 떨어져 앉은 카즈마에게까지 그녀의 색기가 전해졌다. 노출이 심한 드레스를 입은 탓에 카운터 안쪽에 선 바텐더의 시선이 계속 그녀의 가슴께에 못 박혀 있었다.

"프런트에 확인해 보니, 타마키는 방을 예약하지 않은 것 같다." 이어폰에서 목소리가 들렸다. "이동할 가능성이 있다. 계속해서 감시하도록."

"알겠습니다."

카즈마는 가게 입구와 가까운 테이블석에 앉아 있었다. 창가 자리로 눈을 돌리자, 한 남자가 카즈마를 보고 고개를 까닥였다. 사토라는 형사였다. 수사1과에서 일하는 같은 반 후배였다.

대략 반년 전, 심야 도로에서 벤츠 한 대가 가드레일을 받고 폭발해 차 안에 있던 운전자가 사망하는 사건이 일어났다. 그는 모 시중 은행의 부은행장이었다. 체내에서 알코올이 검출되어 음주운전 사고로 결론이 났다.

하지만 사건은 그것으로 끝이 아니었다. 사망한 부은행장이 1억 엔에 가까운 돈을 횡령한 사실이 드러났다. 게다가 그 1억 엔에 가까운 돈이 어디로 유출됐는지 알 수 없어 경찰청이 수사에 착수했다. 경제사건을 담당하는 수사2과가 주도해 수사하는 가운데, 카즈마를 비롯한 수사1과가 지원군으로 돕게 되었다.

현장 근처에 있는 CCTV를 조사한 결과, 사고가 일어나기 전한 여자가 차에서 내린 것이 확인되었다. 큰 사건 뒤에는 여자가 있는 법. 그 여자에게 단서가 있을 듯해 뒤를 캤지만, 정체를 파악할 수는 없었다. 부은행장과 그 여자가 도쿄 각지에서 호화롭게 즐겼다는 목격담이 나오면서, 부은행장이 그녀에게 돈을 갖다 바친 것은 확실해졌다. 하지만 여자는 신중하게 가명 여러 개를 돌려썼기에 신원을 확인하기 어려웠다.

"그나저나 진짜 예쁘네요."

이어폰에서 사토의 목소리가 흘러나왔다. 감시 대상은 다리를 꼬고 앉아 있었다. 트인 치맛단 사이로 농염한 허벅지가 보였다.

"저런 여자가 취향이야?"

"저 여자가 꼬시면 안 넘어가는 남자가 없을걸요."

사건에 큰 변화가 생긴 것은 2주 전이었다. 2과 수사관이 어떤 정보를 입수했다. 죽은 부은행장이 생전에 드나들던 긴자 클럽에서 운영자의 증언을 얻어낸 덕분에 문제의 여성이 누구인지 밝혀졌다. 여자의 이름은 후타바 미우였고, 사기 전과가 있었다. 곧 미우의 행적까지 드러나 이렇듯 내사가 시작되었다. 후타바 미우의 현재 목표는 타마키라는 IT 기업 사장이 틀림없었다. 타마키의 회사는 작년에 증시에 상장되었고 실적도 순조롭게 쌓여갔다.

"카즈마 선배, 대상이 움직입니다."

카운터로 눈길을 돌리니, 자리에서 일어나는 후타바 미우가 보였다. 타마키는 그대로 앉아 있는 것으로 보아, 화장실에 가려는 것 같다.

미우는 카즈마가 있는 방향으로 걸어왔다. 카즈마는 무릎 위에 펼쳐 놓은 주간지로 시선을 떨구고 머리 뒤쪽으로 온 신경을 집중했다. 또각거리는 하이힐 소리가 점점 가까워졌다.

"앗."

작은 비명이 들려 카즈마는 저도 모르게 뒤를 돌아보았다. 미우가 균형을 잃었는지 앞으로 고꾸라질 것 같았다. 카즈마는 얼른 손을 뻗어 가까스로 그녀를 붙잡았다. 동시에 잔이 깨지는 소리가 났다. 그녀가 테이블에 손을 짚다가 잔을 떨어뜨린 모양이다.

"죄송해요."

그녀가 사과했다. 못 들은 체하면 더 의심스러워 보일 것 같아서 카즈마가 말했다.

"괜찮으세요?"

"네. 제가 가끔 이렇게 사고를 쳐요."

'제 지인 중에도 그런 사람이 있어요.' 카즈마는 그 말을 삼켰다. 미우의 아름다움에 압도되었다. 관능적인 느낌이라고 생각했는데, 이렇게 가까이서 보니 청순해 보였다. 남자들이 왜 그리 쉽게 넘어가는지 이해가 갔다.

시끄러운 소리를 듣고 다가온 웨이터가 깨진 잔 파편을 치웠다. 미우가 웨이터에게 말했다.

"같은 걸로 주세요. 계산은 제가 할게요."

"알겠습니다."

"잡아주셔서 정말 감사합니다."

미우가 그렇게 말하고 떠났다. 카즈마는 그 뒷모습을 바라보다가 다시 자리에 앉았다. 주간지를 펼치고 시선을 아래로 떨어뜨렸지만, 당연하게도 내용은 머리에 들어오지 않았다.

"올라갔어요."

이어폰에서 목소리가 들렸다. 창가로 눈을 돌리자, 후배 사토가 씩 웃었다. 사토가 덧붙여 말했다.

"선배님 입꼬리가 잔뜩 올라갔어요."

"시끄러워. 들키면 어쩔 거야?"

웨이터가 우롱차를 내오자, 카즈마는 그것을 한 모금 마셨다. 눈머리를 누르며 고개를 흔들었다. 조금 전 코앞에서 마주 본 후타바 미우의 얼굴이 머릿속에서 떠나지 않았다.

미쿠모 하나코가 집에 도착한 때는 오후 9시경이었다. 너무 늦고 말았다. 해 질 녘에 시어머니 사쿠라바 미사코에게 연락을 받고 저녁을 먹으러 갔다. 저녁 식사 자체는 일찍 끝났지만, 시아버지 노리카즈가 여느 때처럼 딸 안과 함께 형사 드라마를 보는 바람에 시간이 늦어졌다. 오늘 본 드라마는 《후루하타

닌자부로》였다. 노리카즈는 손녀에게 형사 드라마를 보여주려고 온라인 동영상 서비스에 유료로 가입했다고 한다.

우편함에서 우편물을 꺼냈다. 온통 전단지뿐이었다. 공동현관문을 열려고 핸드백에 손을 넣었다.

"어? 이상하다."

열쇠가 없다. 핸드백 안에 열쇠가 들어 있지 않았다. 공동현관문 자체는 비밀번호만으로도 열리지만, 열쇠가 없으면 정작 집 안으로 들어갈 수 없다. 아, 설마….

하나코는 뒤를 돌아보았다. 딸 안이 서 있었다. 안은 태연한 표정으로 딴청을 피웠지만, 하나코는 그 입가에 걸린 미소를 놓치지 않았다.

"안, 열쇠 가져갔지?"

"몰라. 무슨 말이야?"

사쿠라바 가문 본가를 나설 때까지는 핸드백 안에 열쇠가 있었다. 안이 쥐도 새도 모르게 열쇠를 가져간 모양이다. 전혀 눈치채지 못했다. 하나코는 조금 침울해졌다. 그걸 못 알아채다니….

"안, 솔직히 말해."

"모른다니까."

하나코는 오른손을 뻗어 안의 옆구리를 간질였다. 안은 비명을 지르며 몸을 꼬았다. 다음 순간, 하나코는 왼손에 집 열쇠를 쥐고 있었다. 안의 바지 주머니에서 빼낸 것이다.

"나 참, 한시도 방심할 수 없다니까."

"간지럽히는 건 반칙이야, 엄마."

반항 섞인 목소리를 높이는 딸을 모른 체하며 하나코는 문을 열고 안으로 들어갔다. 여기서 계속 노닥거릴 수는 없었다.

안은 초등학교 3학년이 되었다. 딱 작년 이맘때쯤 안은 알아차리고 말았다. 자신의 엄마 쪽 가족이 도둑 일가라는 충격적인 사실을.

미쿠모 가문은 L의 일족이라 불리며 대대로 도둑질을 가업으로 삼아온 집안이다. 하나코의 아버지 타케루는 미술품 전문 도둑이고, 엄마 에츠코는 귀금속을 훔치는 데 능하며, 할아버지 이와오는 전설의 소매치기이고, 할머니 마츠는 못 따는 자물쇠가 없다. 자신이 도둑 일가의 피를 이어받았음을 깨달은 안은 충격을 받기는커녕 오히려 그 사실을 좋아했다. 게다가 아빠 쪽 가족인 사쿠라바 가문은 경찰 일가라, 이제는 그 차이마저 재미있어하는 것 같다. 정말이지 아이들의 적응력은 무시무시하다.

문을 열고 집으로 들어갔다. 하나코는 장바구니를 탁자 위에 올려놓고 안을 불렀다.

"안, 여기 와 봐."

"왜? 엄마."

"집 열쇠를 가져가면 안 되지. 그런 장난은 하면 안 되는 거야."

"네에."

진심이 조금도 담기지 않은 대답이었다. 안은 이미 선과 악을 이해하는 나이라서 도둑질이 나쁜 행위라는 사실도 알 터였다. 학교에서 그런 짓을 하리라고는 생각하지 않지만, 그래도 단단히 일러둘 필요는 있었다.

"안, 할부지랑 할무니한테 이상한 거 배우지 않았지?"

안에게 도둑질 기술을 전수할 만한 사람은 타케루와 에츠코밖에 없었다. 그들은 아무렇지 않게 그런 것을 가르칠 이들이라 난처하기 그지없었다. 하나코가 시종일관 눈을 부릅뜨고 지켜보았지만, 안이 어디서 무엇을 하는지 완벽하게 파악할 수는 없는 노릇이었다.

"이상한 거라면 이거?"

안이 검지를 디귿 자 모양으로 구부리며 말했다. 도둑질을 뜻하는 동작이었다. 대체 애한테 뭘 가르친 것인가.

"손 그렇게 하지 마."

하지 말라고 하면 아이들은 더 하고 싶어 하는 법이다. 안은 양손 검지를 디귿 자로 구부리고 웃으며 하나코에게 보여주었다.

"하지 말라니까. 계속 그러면 풀때기 밥 준다."

"안 돼. 절대 안 돼. 풀때기 밥만은 제발."

얼마 전이었다. 카즈마가 수사를 하다가 바로 귀가해서 어쩔 수 없이 수사 자료를 집에 하룻밤 보관한 적이 있다. 이튿날 아침, 그 자료 일부가 분실되었다. 아무리 찾아봐도 없어서 안을 추궁했더니 자기가 가져갔다고 자백했다. 책가방에 든 국어 교과서 사이에 자료가 꽂혀 있었다.

화가 난 하나코는 그날 저녁 반찬으로 양배추만 꺼내 놓았다. 아무런 조리도 하지 않고 채썰기만 한 양배추였다. 천하의 안도 그건 견디기 힘들었는지 보기 드물게 시무룩했다.

"풀때기 밥이 싫으면 장난 그만해."

"으⋯." 안이 부루퉁한 얼굴로 뒷덜미에 손깍지를 꼈다. "재미없어. 그냥 가출할까."

"가출? 어디로 갈 건데?"

"케빈네 집."

케빈은 하나코의 오빠 미쿠모 와타루를 가리키는 말이었다. 안은 집에 틀어박혀 지내는 해커 와타루를 은근히 좋아하며 따랐다.

"그런 건 가출이 아니야. 외박이지. 가출은 엄청 고되고 힘들어. 안은 못 할걸."

"할 수 있어. 난 벌써 아홉 살이니까."

아홉 살. 엄밀히 말하면 안은 빠른년생이라 내년에 아홉 살이 된다. 시간이 벌써 이렇게 흘렀나 싶어 감회가 새로웠다. 남자친구가 경찰 일가의 장남임을 알고 한번 포기했던 사랑이다. 그런데 하나코는 이렇게 카즈마와 함께 사는 데다 여덟 살 난 딸까지 됐다. 하지만 지금은 감회에 젖어 있을 때가 아니었다.

"엄마는 배웠으면서, 왜 나는 아무것도 못 배우게 해?"

하나코는 안과 비슷한 나이에 이미 할아버지 이와오에게 기초를 배워 기본적인 기술을 구사할 줄 아는 상태였다. 이와오

는 늘 이렇게 말했다. '하나코는 나를 뛰어넘는 인재다.' 안이
그 이야기를 타케루에게 들은 모양이다. 제발 손녀에게 이상한
바람을 넣지 말았으면 좋겠다.

"치사해, 엄마만 배우고. 치사해."

그렇게 나오니 할 말이 없었다. 하나코는 손뼉을 부딪치며 말
했다.

"자, 안. 내일도 학교 가야 하잖아. 목욕물 데워야지."

"엄마 진짜 치사해."

안은 그렇게 말하면서 욕실로 향했다. 카즈마는 오늘 늦게
들어온다고 했다. 나중에 메시지를 보내야겠다. 하나코는 들어
오는 길에 편의점에 들러서 사온 음료수를 냉장고에 넣었다.

머리가 아프다. 눈을 떴을 때 카즈마가 처음 느낀 감각은 깨
질 듯한 두통이었고, 그다음은 추위였다. 그도 그럴 것이 카즈
마는 거의 알몸이었다. 팬티 한 장만 달랑 입고 있었다. 추울
수밖에 없었다.

그나저나 여기는 대체 어디일까.

카즈마는 주위를 둘러보았다. 호텔 방 같았다. 꽤 넓은 것으
로 보아 스위트룸인 듯했다. 카즈마가 누워 있는 침대는 킹사
이즈였다. 창가에 커다란 관엽식물이 놓였고, 벽에는 대형 TV
가 걸렸다. TV 근처에 소파와 탁자가 있었고, 탁자 위에는 위스

키 병과 잔 두 개가 놓여 있었다. 두 잔 모두 위스키가 남아 있었다.

카즈마는 몸을 일으켜 침대 밑에 발을 내려놓았다. 옷 같은 것이 발가락에 닿았다. 자신의 옷이 널브러져 있었다. 신발과 지갑도 굴러다녔다. 카즈마는 티셔츠를 입고 욕실로 향했다.

세면대 앞 의자에 앉았다. 수도꼭지를 틀어 찬물로 얼굴을 씻었다. 칫솔을 비롯한 세면도구 옆에 서비스로 제공된 것 같은 생수병이 놓여 있었다. 뚜껑을 따서 생수를 마셨다. 반쯤 마시고 크게 숨을 내쉬었다. 두통이 조금 가라앉는 것 같았다. 거울을 보니 수염이 거뭇하게 올라온 지친 남자의 얼굴이 비쳤다.

칫솔이 든 비닐에 적힌 호텔명을 보고 예상대로 어제 온 호텔임을 확인했다. 커튼 사이로 비쳐드는 햇살의 느낌으로 보아 지금은 오전 9시나 10시쯤인 것 같다.

어젯밤을 떠올렸다. 호텔 꼭대기 층에 있는 바에서 후타바 미우라는 여자를 감시했다. 가게 입구와 가까운 테이블에 자리를 잡고 주간지를 읽는 척하며, 카운터석에 앉은 미우를 지켜보았다. 그러고 보니 감시하는 도중에 갑자기 졸음이 쏟아진 것 같다. 그 뒤로는 기억이 나지 않았다.

아무튼 동료 사토에게 물어보면 자초지종을 알 수 있을 것이다. 카즈마의 몸 상태가 나빠져서 급하게 여기에 들여다 놨는지도 모른다. 스위트룸인 것은 조금 이상하지만.

스마트폰은 어디에 있을까. 그렇게 생각하며 일어났을 때였다. 희미한 악취가 났다.

반투명한 유리문이 있었다. 그 너머는 욕실일 것이다. 차가운 유리문을 열었다. 순간 눈을 의심했다.

욕실 안에 여자가 있었다. 후타바 미우였다. 그녀는 널찍한 욕조에 똑바로 누워 천장을 올려다보고 있었다. 눈에 생기가 없다. 죽은 것이 분명했다. 귀 뒤쪽에서 흘러나온 피가 욕조를 적셨다.

욕조에 물은 없었지만, 그녀는 알몸이었다. 팔다리가 눈부실 정도로 희었다. 혹시나 하고 시신의 어깨 부근을 만져 보니 차가웠다. 살해된 후 시간이 꽤 지났다는 증거였다. 적어도 7, 8시간은 지난 듯했다.

범행 도구는 욕조 밖에 떨어져 있었다. 자동 권총이었다. 이곳은 살인 현장이니 주변 물건에 손을 대면 안 된다. 형사의 본능이 경종을 울리는데도 주워서 확인하지 않을 수 없었다.

권총을 주워들고 확인했다. 예상이 맞았다. 카즈마가 소지하던 권총이었다. 평소에는 수사 때 권총을 들고 다니지 않지만, 이번 한 주 동안은 권총을 휴대하라는 명령을 받았다. 이번 주말이 핼러윈이라 특별 경계 태세를 갖추기 위해서였다.

탄창을 확인했다. 한 발이 비었다. 카즈마는 권총을 한 손에 들고 욕실에서 나갔다. 침대 밑에 널브러진 옷들 사이에서 권총집을 찾았다. 권총이 들어 있지 않았다. 이 무슨 청천벽력 같은 일인가. 카즈마는 충격을 받아 저도 모르게 침대에 주저앉왔다.

한쪽 구석에 떨어진 베개가 보였다. 베개 중앙에 작고 검은 점이 있었다. 가까이서 확인해 보지 않아도 그것이 무엇을 의미하는지 알 수 있었다. 소음(消音)의 흔적이었다. 그녀의 머리에 베개를 대고 총구를 막듯이 꽉 누른 다음 방아쇠를 당겼을 것이다. 이유는 뻔하다. 다른 투숙객들이 들을지도 모를 총성을 줄이기 위해서였으리라. 그 의도대로 시신은 누구의 눈에도 띄지 않고 아침을 맞았다. 아무에게도 들키지 않은 채로.

침대 옆 탁자에 놓인 디지털 시계를 확인했다. 오전 10시가 막 지난 참이었다. 카즈마는 시신을 발견했고, 심지어 자신이 휴대하던 권총이 살해 도구로 사용되었다. 책임이 더없이 무겁지만 신고해야 했다. 이건 엄연한 살인사건이었고, 카즈마는 시신 최초 발견자였다.

주변을 둘러보았지만 스마트폰을 찾을 수 없었다. 벽 쪽 탁자 위에 놓인 전화기가 보였다. 저것으로 거는 수밖에 없겠다. 수사1과 직통번호 정도는 외우고 있었다.

수화기를 든 순간, 멀리서 경찰차 사이렌 소리가 들렸다. 창문으로 달려가 커튼을 젖혔다. 높이가 꽤 됐지만, 점점 가까워지는 사이렌 소리가 확실히 느껴졌다. 경찰차는 이곳으로 달려오는 듯했다.

순식간이었다. 경찰차 세 대가 달려와서 호텔 앞에 섰다. 심장이 요란스럽게 뛰기 시작했다. 저 경찰차에 탄 경찰들은 이 방으로 올 것이다. 그런 확신이 들었다.

자신이 처한 상황을 확인했다. 눈을 떠 보니 시신이 있었다. 명백한 타살이며 살해 도구도 있다. 덫이다. 누군가가 놓은 덫에 걸려들었다.

자신이 죽이지 않았다는 자각이 있었다. 카즈마는 사람을 죽이지 않았다. 게다가 카즈마는 경찰이자 수사1과 형사이다. 도망가는 선택지는 절대 있을 수 없다.

그러나 카즈마는 자문했다.

과연 정말 그럴까?

내가 무죄임을 증명할 수 있을까. 내가 죽이지 않았다는 것을 형사들에게 논리적으로 설명할 수 있을까.

생각해. 조금 더 신중하게 생각해라. 카즈마는 자신을 다그치듯 관자놀이를 손바닥으로 툭툭 쳤다.

방금 손잡이를 잡는 바람에 범행 도구인 권총에 지문이 묻었다. 그밖에도 여기저기에 카즈마의 지문이 남아 있을 터였다. 또 다른 덫이 설치되었을지도 모를 일이다. 정말로 그 모든 덫을 뛰어넘어 자신의 무죄를 증명할 수 있을까.

결국 카즈마는 한 가지 결론에 이르렀다.

도망쳐라. 지금은 도망쳐야 할 때이다.

여기서 잡히면 안 된다. 순순히 잡혀도 될 상황이 아니다.

바닥에 흩어진 옷을 황급히 걸쳤다. 넥타이는 맬 겨를이 없어서 주머니에 쑤셔 넣었다. 마지막으로 가죽 구두를 신고 방

안을 둘러보았다. 침대 위에 놓인 권총이 보였다. 가져가야 할지 고민스러웠다. 몇 초 망설인 끝에 두고 가기로 했다. 그래도 만일을 위해 권총 손잡이를 이불보로 꼼꼼히 닦았다. 따지고 보면 증거 인멸이지만, 이 정도 대항은 하는 편이 나으리라.

끝으로 욕실 입구에 서서 안쪽을 살폈다. 욕조에 누운 후타바 미우의 시신을 보았다. 대체 누가 이 여자를 죽이고 그 죄를 내게 덮어씌웠을까. 이 수수께끼를 반드시 풀어야 한다.

누구의 도움도 받지 않고 내 손으로 직접….

문을 살짝 열었다. 복도는 한없이 고요했다. 카즈마는 발소리를 죽이며 밖으로 나갔다. 복도 맨 끝에 있는 방이었다.

1701호실인 것을 확인했다. 아마 17층일 것이다. 복도 반대쪽 끝에 비상계단을 나타내는 녹색 표지판이 보여서 그쪽으로 걸음을 옮겼다.

복도 끝은 T자 형태였다. 오른쪽에는 엘리베이터가, 왼쪽에는 비상계단이 있었다. 카즈마는 망설임 없이 비상계단을 택했다. 엘리베이터를 타면 아래에서 경찰들을 맞닥뜨리게 될 것이다. 그런 사태는 피하고 싶었다.

계단실 문을 열고 들어갔다. 조용했다. 이런 호텔에서 계단을 이용하는 고객은 거의 없다. 카즈마는 계단을 내려가기 시작했다. 단숨에 뛰어 내려가지 않고 가능한 한 조용히 걷는 데 집중했다.

12층까지 내려갔을 때 예상이 들어맞았다. 아래에서 발소리가 들려왔다. 계단 틈으로 아래를 내려다보았다. 올라오는 경찰 두 명이 보였다.

12층 문을 조용히 열고 계단실에서 나갔다. 청소기를 든 청소부가 보였다. 손목시계로 눈을 돌렸다. 그들이 17층에 도착하는 데 걸리는 시간은 2분 정도일까.

2분을 기다린 후 계단실 문을 천천히 열고 귀를 기울였다. 계단을 올라가는 발소리는 들리지 않았다. 경찰들이 17층에 도착한 모양이다.

계단을 내려갔다. 이제는 아래에서 올라오는 경찰을 마주칠 위험이 적으니 재빨리 뛰어 내려갔다.

1층에 도착했다. 조심스럽게 문을 열었다. 어제도 온 곳이라 1층 로비가 어떤 구조인지 대충 기억이 났다. 도쿄에서도 손꼽히는 고급 호텔답게 1층 로비가 넓었다. 마침 체크아웃 시간이라 그런지 프런트 앞에 투숙객들이 긴 줄을 이루었다.

프런트 앞에 눈에 띄는 남자가 한 명 있었다. 회색 정장을 입은 남자였다. 호텔 관계자로 보이는 검은 양복을 입은 이와 무어라 대화하고 있었다. 그 사나운 눈빛을 보니 경찰 관계자인 것 같았다. 나가는 투숙객들을 저런 식으로 감시하는 것인가. 그렇다면 일이 상당히 귀찮아질 듯했다.

안면이 있는 사람은 아니었다. 만약 이 호텔 객실에 시신이 있다는 신고가 들어갔다면, 관할서 경찰이 제일 처음 현장에 도착할 가능성이 컸다. 이번 사건의 경우 신주쿠 경찰서의 수사관들이 움직였을 것이다.

회색 정장을 입은 남자가 경찰이 아닐 수도 있다는 희망에 기대어 태연하게 프런트 앞을 지나가 볼까. 아니다. 그런 무모한 짓은 삼가야 한다. 카즈마는 일단 가까운 화장실로 달려가 칸막이 안에 들어갔다.

로비 안쪽에 레스토랑이 있는 것으로 기억하는데, 아마 거기에도 출구가 있을 것이다. 거기로 나가는 것도 한 가지 방법이지만, 그쪽에 감시가 깔리지 않았다는 보장은 없었다. 아니, 감시가 깔렸다고 봐야 했다. 경찰차가 세 대나 왔으니 출동한 경찰은 적어도 열 명은 될 터였다.

영어로 대화하는 소리가 들렸다. 호텔 고객이 화장실에 들어온 모양이다. 대화 내용으로 보아 오늘 관광할 경로를 이야기하는 것 같았다. 카즈마는 얼른 넥타이를 매고 옷매무새를 가다듬었다.

대화 소리가 사라질 때까지 기다렸다가 칸막이에서 나갔다. 서둘러 화장실을 나가자, 바로 앞에 백인 세 명이 있었다. 세 명 다 체격이 컸고 등에 배낭을 메고 있었다.

카즈마는 영어로 그들에게 말을 걸었다.

"도움이 필요하신가요?"

세 사람이 걸음을 멈추었다. 다행히도 카즈마를 호텔리어라고 생각했는지 앞다투어 말을 늘어놓는다. 오늘 도쿄 스카이트리 타워에 갈 예정이라 그곳으로 가는 경로와 주변 맛집을 찾는다고 했다.

"그럼 우선 중앙선을 타신 다음…."

카즈마는 히가시무코지마에 살아서 도쿄 스카이트리가 있는 오시아게를 비교적 잘 안다. 한동네라 해도 무방할 만큼 가까워서 딸 안을 자전거 뒷좌석에 태우고 방문한 적도 몇 번 있었다.

한 백인이 들고 있던 지도를 빌려서 펼쳤다. 걸으면서 이야기하자는 몸짓을 보내고서 백인 세 명과 함께 걸었다.

"몬자야끼라는 음식을 아시나요? 혹시 관심이 있으시면…."

백인 세 명에게 둘러싸여 프런트 앞을 지나갔다. 회색 정장을 입은 남자가 잠깐 카즈마 쪽을 봤다가 금방 다른 투숙객에게 눈을 돌렸다.

무난히 밖으로 나오는 데 성공했다. "당신도 같이 가면 좋을 텐데." 한 남자가 농담처럼 말하자, 카즈마는 웃음을 띠며 말했다. "저도 그러고 싶지만 그러면 무서운 상사한테 혼나요."

갓길에 선 경찰차가 보였다. 그새 한 대가 더 늘었다. 카즈마는 백인 세 명을 배웅한 뒤 경찰차 반대편으로 걸었다. 어디에 수사관이 있을지 모른다. 걸음이 빨라지지 않도록 주의하며 걸었다.

횡단보도에 다다랐다. 빨간불에 멈춰선 빈 택시가 눈에 들어와 얼른 잡아탔다. 뒷좌석에 앉아 "일단 쭉 직진해 주세요." 하면서 주변을 관찰했다. 이쪽을 신경 쓰는 사람은 없는 것 같았다.

이윽고 택시가 출발했다. 카즈마는 자동차 시트에 몸을 묻고 얼굴을 감추듯 고개를 아래로 숙였다.

★

"이야, 형사라고? 이런 미녀가 형사라니 세상 참 많이 변했다."

"협조해 주셔서 감사합니다."

호죠 미쿠모는 관리인에게 인사하고 엘리베이터를 탔다. 동료 형사와 제복 경찰 두 명도 함께였다. 25층에서 내려 한 호실의 초인종을 눌렀다. 잠시 후 현관문이 열리더니 남자가 얼굴을 내밀었다. 남자는 막 일어났는지 눈을 비비며 말했다.

"또 너야? 제발 그만 좀 해."

이 남자는 시부야 호스트바에서 일하는 호스트였다. 일할 때 쓰는 활동명은 류였고, 이렇게 시부야구에 위치한 고층 아파트에 사는 것으로 보아 주머니 사정이 좋은 듯했다. 미쿠모는 태연한 표정으로 말했다.

"제가 좀 끈질깁니다. 사건이 해결될 때까지 포기하지 않을 거예요."

"내가 안 했다고 몇 번을 말해?"

2주 전, 미쿠모가 근무하는 카마타 경찰서 관할 구역에서 살인사건이 일어났다. 사건 현장은 한 아파트로, 그곳에 사는 22세 여성이 살해되었다. 사인은 둔기에 맞아서 발생한 뇌타박상이었다. 방을 뒤진 흔적이 있어 강도의 범행이라는 전제로 수사에 들어갔다.

미쿠모는 수사 초반부터 류를 의심했다. 류와 피해자가 몇 년 전부터 사귀었고, 헤어지니 마니 하며 여러 번 다퉜다는 증언을 들어서였다. 밑바닥 시절부터 사귀던 사람이지만 호스트로서 인기를 끌기 시작하자 방해가 됐으리라. 흔한 이야기였다.

조만간 결정적인 물증이 나올 것이라고 낙관했건만, 예상외로 수사는 난항을 겪었다. 류에게 알리바이가 있어서였다.

사망 추정 시각은 밤 10시부터 12시 사이였는데, 그 시간에 류가 시부야에 있는 호스트바에서 근무한 정황이 확인되었다. 그의 동료와 고객이 증언해주어 알리바이가 공고해졌다. 류는 살인을 할 수 없었다. 그런 의견이 대세를 이루었지만, 미쿠모만은 포기하지 않았다.

"형사 아가씨, 모처럼 왔으니까 잠깐 들어와. 내가 커피 정도는 대접할게."

"괜찮습니다. 근무 중이라서요."

"거참 꽉 막힌 언니네. 그보다 너, 형사 관두고 물장사해보는 게 어때? 너 정도 얼굴이면 돈깨나 만질걸. 운 좋으면 연예인도 될 수 있어."

"관심 없습니다. 그보다…." 미쿠모는 뒤를 돌아보았다. 뒤에 선 카마타 경찰서 동료 형사가 품에서 서류 한 장을 꺼냈다. 그것을 받아든 미쿠모가 이어서 말했다. "당신 앞으로 영장이 나왔습니다. 고로 당신을 체포하겠습니다."

"뭐? 체포? 웃기지 마. 난 아무 짓도 안 했어. 나한테는 알리바이가 있다고."

"당신의 알리바이는 성립되지 않습니다. 범행 현장은 카마타가 아니라 시부야거든요. 당신은 피해자를 가게 뒤쪽으로 불러내서 거기서 죽였습니다. 가게가 문을 닫은 이른 아침에 카마타 아파트에 시신을 옮겨다 놓았고요. 그리고 강도가 든 것처럼 보이도록 실내를 어지럽히고 떠났죠."

류의 뒤에서 인기척이 들렸다. 안에서 여자가 나왔다. 급히 뛰쳐나온 것처럼 머리가 엉망이었다. 여자는 미쿠모와 류의 대화를 들었는지 신발을 신고 도망치듯 잽싸게 사라졌다. 류는 한숨을 쉬고 물었다.

"증거 있어? 내가 죽였다는 증거 있냐고."

"있습니다. 그래서 영장이 나온 겁니다." 미쿠모는 태연스레 말하며 스마트폰을 꺼냈다. 어떤 애플리케이션의 메인 화면을 열어 류에게 보여주었다. "이 '렌타로'라는 앱을 아시죠? 종업원 한 분이 당신에게 이 앱을 소개받았다고 증언했습니다."

이 애플리케이션은 게시판 형식으로 되어 있어, 이용자끼리 다양한 물건을 빌리고 빌려줄 수 있었다. 애플리케이션 회사에 수사협조를 요청해서 사건 전날 게시판에 차를 빌리고 싶다는 글이 올라온 것을 찾아냈다. 그 글이 류의 스마트폰에서 작성됐다는 사실도 연이어 드러났다.

"당신에게 차를 빌려준 남성분과도 연락이 닿았습니다. 그분이 당신을 기억하더군요. 시부야역 근처 거리에서 당신에게 차를 넘겼다고 증언했습니다."

류는 입을 다물었다. 조금 전까지는 기세등등하더니, 그 기세가 어딘가로 날아가 버렸나 보다.

"그분이 어찌나 협조적이시던지 저희에게 차를 빌려주셨습니다. 과학수사대가 조사해 보니, 뒷좌석 트렁크에서 발견된 머리카락이 피해자의 것과 일치했습니다. 차 안에는 당신의 지문도 남아 있겠죠. 당신이 범인입니다, 류 씨."

류의 눈동자가 흔들렸다. 열심히 변명거리를 찾아봐도 할 말이 떠오르지 않는 모양이었다. 미쿠모는 바로 쐐기를 박았다.

"당신을 체포하겠습니다. 절벽 같은 곳에서 자수하고 싶으시면 바다에 데려가 드릴 수 있는데, 어떻게 하실래요?"

류는 아무 말도 하지 않았다. 대답할 기운도 남지 않았나 보다. 뒤에 있던 동료 형사가 앞으로 나서서 그의 손목에 수갑을 채웠다. 제복 경찰 두 명이 그의 양팔을 붙잡아 구속했다. 류의 눈은 공허했다. 이제 빠져나갈 생각은 접고 순순히 경찰 조사를 받으면 좋으련만.

"또 한 건 했군, 미쿠모."

뒤돌아보니 중년 형사가 서 있었다. 부채를 한 손에 든 중년 형사가 말했다.

"활약이 대단해. 올해 들어 몇 명째지? 스무 명 가까이 체포한 것 같은데."

"이 사람까지 스물다섯 명입니다."

지금은 10월 말이다. 한 달에 최소 두 명을 체포했다는 뜻이다. 최근에 일어난 사건에 그치지 않고 이제 과거에 일어난 미제 사건까지 취급했다. 이대로면 카마타 경찰서의 미제 사건이 전부 해결되는 것 아니냐는 이야기가 경찰서 내에서 돌았다.

미쿠모의 아버지는 21세기 홈즈라 불리는 명탐정 호죠 소타로였고, 돌아가신 할아버지 호죠 소신은 20세기 홈즈로 칭송받는 명탐정이었다. 탐정 일가에서 영재교육을 받으며 자란 미쿠모는 더 많은 사건을 해결하겠다는 일념으로 5년 전 경찰청에 들어왔다. 잠깐 슬럼프—달리 말하면 실연—에 빠진 적도 있었지만, 지금은 이렇듯 예전 모습을 되찾았다.

"과장님도 말씀하셨지만, 늦어도 내년 봄에는 확실히 수사1과로 발령 나겠군. 너무 무리하지 마. 몸 상하면 말짱 꽝이니까."

미쿠모도 그럴 것이라고 예상했다. 경찰청 수사1과로 돌아가고 싶다는 바람을 과장님을 통해 상부에도 전달했다. 미쿠모는 지난 1년 동안 충분한 실적을 쌓았다고 자부했다.

"경찰 조사는 우리한테 맡기고, 너는 푹 쉬어."

"감사합니다."

그렇게 말했지만 쉴 생각은 털끝만큼도 없었다. 경찰서로 돌아가면 수사를 이어나갈 것이다. 복도를 걸어가는데 가방 안에서 스마트폰이 진동했다. 카마타 경찰서에서 온 전화였다. 무슨 일일까. 미쿠모는 스마트폰을 귀에 댔다.

★

우에노 서점에서 일하는 하나코는 주로 계산대에 서 있을 때가 많았지만, 아동 코너 담당자라 매대에서 상품 배치를 바꾸거나 신간을 진열할 때도 있었다. 오늘은 오전에 재고를 정리하고 신간을 발주한 다음 오후부터 1층 계산대에서 근무할 예정이었다.

좁은 사무실 컴퓨터 앞에 앉아 재고를 확인할 때였다. 전화벨이 울렸다. 근처에 있던 다른 점원이 수화기를 들었다. 잠시 대화하나 싶더니 하나코에게 말했다.

"하나코 씨, 전화 왔어요. 초등학교래요."

올 것이 왔구나. 하나코는 마음의 준비를 했다. 안에게는 전과가 있다. 숨바꼭질을 하다가 행방불명되어, 하나코가 학교에 불려가는 일이 예전에도 몇 번 있었다. 다만 3학년이 된 뒤로는 그런 일이 없었고 심지어 지금은 수업이 한창 진행될 시간이었다. 혹시 체육 시간에 반 친구를 다치게 했나?

마음이 무거웠지만 상대를 마냥 기다리게 할 수 없어 전화를 받았다.

"아, 어머님. 직장에까지 전화 드려 죄송합니다."

안의 담임선생님인 코바야시였다. 그는 젊은 남자 교사였는데, 1학년 때부터 계속 안의 담임을 맡아준 덕에 하나코와 안면이 있었다.

"아뇨, 아뇨. 괜찮습니다. 그보다 선생님, 안이 또 무슨 사고 쳤나요?"

"네? 아, 그게…. 죄송합니다. 조금 더 일찍 전화할 걸 그랬 군요."

무슨 말인지 아직 파악이 되지 않았다. 수화기 너머에서 코 바야시가 말했다.

"어머님, 안이 학교에 오지 않았습니다."

"네? 무슨 말씀이세요?"

"말 그대로입니다. 아직 학교에 오지 않았어요. 사실 9시쯤 에도 어머님 핸드폰으로 전화를 드렸습니다. 안이 아파서 병원 에라도 간 줄 알았는데…."

9시쯤이면 하나코가 전철에 있었을 시간이다. 전화가 온 줄 모르고 출근하자마자 스마트폰이 든 가방을 사물함에 넣었다.

"어머님, 아침에 안이 평소처럼 집에서 나갔나요?"

"네? 네. 평소처럼 나갔어요."

아침 8시가 되기 조금 전, 안은 여느 때처럼 집을 나섰다. 안 은 집에서 도보로 5분 떨어진 곳에 사는 야나기다 이치카라는 친구의 집으로 가서 그 아이를 만나 함께 등교한다.

"이치카는요? 이치카네 부모님은 뭐라고 하시던가요? 그 아 이는 뭔가 알지도 몰라요."

"안 그래도 이치카한테 물어봤습니다. 아무리 기다려도 안이 오지 않았대요. 지각하기 직전까지 기다렸는데도 오지 않아서 이치카가 혼자 등교했다고 합니다."

"그랬군요…."

점점 더 불안해졌다. 아파트를 나서서 이치카네 집으로 가는 길에 안이 사라졌다는 뜻인가. 혹시 교통사고가 나서 병원에 실려 갔을까? 제일 먼저 그런 생각이 들었지만, 그랬다면 진작에 연락이 왔을 것이다. 안의 책가방에 이름과 긴급 연락처가 적혀 있으니 말이다.

"어머님이 동의하신다면," 코바야시가 그렇게 운을 떼며 말했다. "일단 경찰에 신고부터 하려고 합니다. 지금은 비상사태에 대비할 때인 것 같아서요."

하나코는 그제야 사태의 심각성을 깨달았다. 초등학교 3학년짜리 여자아이가 집을 나선 뒤 행방을 감췄다. 어떤 사건에 휘말렸을지도 모른다.

"알, 알겠습니다. 그렇게 해주세요. 그럼 선생님, 저는 어떻게 하면 되죠?"

"음, 안에게는 키즈폰이 없죠?"

"네. 없어요."

키즈폰을 사줄까 하는 이야기가 몇 번 나왔지만, 당사자인 안이 그다지 원하지 않는 것 같아 보류해둔 상태였다.

"그럼 댁을 확인해 보시는 게 좋겠습니다. 안이 집에 없으면 달리 갈 만한 곳을 찾아보세요. 저도 돕고 싶지만 수업이 있어서 학교를 비울 수가 없습니다. 경찰에는 제가 신고하겠습니다. 아마 가까운 파출소 순경이 수색을 도와줄 겁니다. 어머님, 오늘 아침에 안이 어떤 옷을 입었죠?"

기억나는 한 자세히 안의 복장을 설명했다. 안은 공주님 같은 옷보다 움직이기 편하고 활동적인 옷을 선호한다. 오늘은 무당벌레 무늬가 그려진 분홍색 셔츠에 검은 바지를 입었다.

"알겠습니다. 그럼 제가 경찰에 전달하겠습니다. 아직 심각한 단계는 아니니까 파출소에만 연락해 두겠습니다."

"잘 부탁드립니다."

전화를 끊고 급히 사무실에서 나갔다. 진열대에 신간을 채워 넣던 점장에게 다가가 사정을 설명했다. 곧장 사물함으로 가서 사서용 앞치마를 벗고 가방을 챙겨 서점을 뒤로했다. 거리로 나가 빈 택시를 잡았다. 운전 기사에게 "히가시무코지마요."라고 짧게 말한 뒤 가방에서 스마트폰을 꺼냈다.

화면을 보니 부재중 전화가 한 통 있었는데, 코바야시가 말한 대로 9시쯤 초등학교에서 온 전화였다. 다른 부재중 전화나 메시지는 없었다. 곧바로 카즈마에게 전화를 걸었지만, 부재중을 알리는 음성이 흘러나올 뿐이었다. 스마트폰 전원이 꺼졌는지도 모르겠다.

어젯밤 카즈마는 집에 들어오지 않았다. 늦게 들어온다는 이야기를 들은 터라 크게 신경 쓰지는 않았지만 어젯밤 자기 전에 메시지 하나를 보내 놓았다. 메시지 앱을 켜서 확인해 보니

아직도 읽지 않았다. 스마트폰을 확인할 겨를이 없을 정도로
바쁜 것일까.

'안, 제발 집에 있어.' 하나코는 마음속으로 그렇게 기도했다.

"아, 기사님, 여기서 세워주세요."

카즈마는 운전 기사에게 그렇게 말하며 요금을 내고 택시에
서 내렸다. 요츠야역 근처였고, 딱히 목적이 있어서 온 것은 아
니었다. 내내 택시에 있어봤자 요금이 올라갈 뿐이었다. 택시를
미행하는 차가 없었으니 여기까지 추적당했을 우려는 없었다.

대형 의류 매장을 나타내는 간판이 보여 가게 안으로 걸음
을 옮겼다. 계속 이 정장을 입은 채로 도망 다니기는 위험했다.
청바지와 티셔츠, 검은 재킷, 검은 모자를 샀다. 허리띠와 신발
은 그대로 착용할 생각이었다. 점원에게 양해를 구하고 탈의실
에서 옷을 갈아입었다. 바짓단이 약간 길었지만 그냥 넘어가기
로 했다. 입고 있던 정장을 쇼핑백에 넣고 탈의실에서 나갔다.
이제 당분간은 경찰의 눈을 속일 수 있을 것이다.

눈에 띈 편의점으로 향했다. 정장이 든 쇼핑백을 쓰레기통에
쑤셔 넣었다. 그리고 녹차 음료를 샀다. 지갑에 남은 현금은 이
제 8천 엔뿐이었다. 다소 걱정스러웠지만 신용카드를 쓰거나
ATM에서 돈을 찾는 일은 최대한 자제해야 했다.

대체 누가 나를 함정에 빠뜨렸을까.

현장에서 도망쳤지만 막상 그 선택이 옳았나 생각해 보면 후회가 됐다. 역시 거기서 대기하다가 무슨 일이 일어났는지 있는 그대로 전하는 것이 현명한 선택이지 않았을까. 곱씹으면 곱씹을수록 자신이 미련한 길에 발을 들였다는 생각이 들어 괴로웠다.

그건 그렇고….

이런 상황에 놓이자 비로소 자신이 얼마나 디지털 기기에 의지해 왔는지 실감했다. 스마트폰이 없으니 아무에게도 연락할 수 없었다. 카즈마는 그런 진실을 직면했다. 당연하던 것들이 당연하지 않게 되었다. 이렇게 많은 사람이 오가는 거리에 서 있는데도 어쩐지 혼자만 소외된 것처럼 고독했다.

한참 돌아다닌 끝에 드디어 육교 밑에서 공중전화 부스를 발견했다. 다행히 부스 안에 아무도 없어서 부스 안으로 뛰어 들어갔다. 지갑에서 10엔짜리 동전 몇 개를 꺼내 전화기에 넣었다.

카즈마가 외우는 전화번호는 그리 많지 않았다. 자신의 번호를 빼면 경찰청 수사1과 직통번호와 하나코의 번호, 본가 번호 정도였다. 먼저 하나코에게 전화하려고 하다가 생각을 바꾸었다. 괜한 걱정을 끼치기 싫어서 상황이 조금 좋아진 뒤에 연락하기로 했다.

그렇다면 남은 곳은 한 군데뿐이었다. 카즈마는 본가 전화번호를 눌렀다.

좀처럼 연결되지 않았다. 아무도 없나. 그렇게 생각하며 수화기를 내려놓으려는 순간, 마침내 전화가 연결되었다.

"네. 사쿠라바 노리카즈입니다."

카즈마의 아버지 노리카즈의 목소리였다. 의외였다. 오늘은 쉬는 날인가 보다. 노리카즈는 경찰청에서 일한다. 내년이면 65세가 되니 경찰청에서 은퇴해 민간 경비업체에 재취업할 예정이라고 했다. 지금은 촉탁직원이라 오늘처럼 평일에 쉴 때도 있는 모양이었다.

"저예요, 카즈마."

"아, 카즈마냐? 웬일이냐? 이런 시간에 연락을 다 하고."

말투로 짐작하건대 아버지는 아직 아무것도 모르는 것 같았다. 하지만 아버지가 알게 되는 것은 시간문제였고, 어쩌면 유력한 은신처로 간주되어 본가에 경찰의 감시가 붙을지도 모를 일이었다.

"할아버지께 여쭤볼 게 있어서요. 옛날 사건 때문에요."

저도 모르게 튀어나온 거짓말이었다. 카즈마의 할아버지 와이치는 경찰청 출신으로, 우는 아이도 뚝 그치게 할 만큼 무서운 경찰청 수사1과 과장이었다. 지금은 유유자적하게 연금으로 생활한다.

"아버지와 어머니는 어제 여행을 떠나셨다. 그것도 미쿠모 가문의 어르신 내외와 같이 가셨지 뭐냐. 자식 세대의 고충은 나 몰라라 하시니, 원."

카즈마의 조부모인 와이치, 노부에와 하나코의 할아버지 이

와오는 젊어서부터 인연이 있어서 이제는 사이가 돈독하기 그
지없었다. 하나코의 할머니 마츠도 거기에 끼어 넷이서 여행을
즐기러 떠났나 보다.

"오래전에 은퇴한 선배에게 물을 게 있는 거지? 정 궁금하면
핸드폰으로 직접 연락해봐."

"네. 그럴게요."

'실은요, 아버지…' 그 말이 목구멍까지 올라왔다. 지금 자신
이 처한 상황을 털어놓고 조언을 듣고 싶었다. 아니, 조언 따위
는 없어도 된다. 이 상황을 누군가에게 알리기만 해도 충분했
다. 그만큼 고독했다.

그러나 카즈마는 가까스로 말을 삼켰다. 노리카즈에게 이야
기하면 결국 그가 공범으로 몰릴 것이다. 그런 상황만은 반드
시 피해야 한다.

"그럼 끊을게요, 아버지."

카즈마는 수화기를 내려놓았다. 넉넉하게 넣어둔 동전이 되
돌아오는 소리가 들렸다. 동전을 다시 지갑에 챙겨 넣었다.

두통이 어느 정도 가라앉았다. 드디어 차분하게 생각할 수
있게 되었다.

어젯밤 일을 떠올렸다. 후타바 미우가 자리에서 일어나 화장
실로 향할 때였다. 그때 그녀는 균형을 잃고 카즈마 쪽으로 쓰
러졌다. 잽싸게 그녀를 붙잡았지만, 카즈마가 마시던 우롱차 잔
이 바닥에 떨어지는 해프닝이 있었다.

그때이다. 그때 새로 받은 우롱차에 수면제가 들어간 것이 틀림없다. 아마 미우가 사주한 누군가가 저지른 범행이리라. 다시 말해 카즈마를 재운 사람은 후타바 미우였다. 그런데 정작 당사자인 후타바 미우가 살해되고 말았다.

카즈마는 형사이다. 형사는 수사를 하는 사람이다. 지금 카즈마가 할 수 있는 일은 하나뿐이다.

다행히도 경찰 신분증은 수중에 있다. 그것을 이용해 수사하면 된다. 후타바 미우를 살해한 범인을 찾아내는 것. 그것이 유일한 길이었다.

역시 집에도 안은 없었다. 하나코는 곧바로 집 주변을 돌아다니며 수색했다. 좁은 골목길, 배수로 밑, 놀이터에 있는 놀이기구 안쪽. 눈에 띄는 곳은 죄다 찾아봤지만, 안은 보이지 않았다.

집을 한 번 더 둘러봐야겠다. 하나코는 또다시 발길을 돌려 아파트를 구석구석 살펴보았다. 안은 아직 작고 유연하니 예상치 못한 곳에 숨어 있을지도 모른다. 예전에 숨바꼭질을 하느라 천장에 숨었다가 그대로 잠들어 버린 적도 있지 않은가. 하나코는 좁은 부엌 수납장까지 꼼꼼히 살폈지만, 역시나 어디에도 안의 모습은 없었다.

스마트폰이 울렸다. 표시된 번호를 보니 학교였다. 전화를 받자, 담임인 코바야시의 목소리가 들려왔다.

"어머님, 상황이 어떻습니까?"

"아직 못 찾았어요. 그쪽은 어떤가요?"

어쩌면 이미 등교해서 학교 어딘가에 있는 것이 아닐까. 그런 가능성을 염두에 두고 교사들을 중심으로 학교를 수색한다고 들었다.

"이쪽에서도 아직 못 찾았습니다. 계속 수색할 겁니다."

"정말 죄송합니다. 선생님들 고생스럽게…."

"정식으로 실종 신고를 하는 게 나을지도 모르겠습니다. 실종 신고는 가족이 해야 해서 어머님이 직접 경찰서에 가셔야 합니다."

"알겠습니다. 그렇게 할게요."

이렇게까지 했는데도 찾지 못했다. 이제 경찰서에 실종 신고를 하는 수밖에 없다.

전화를 끊었다. 곧바로 벨소리가 울렸다. 시아버지 사쿠라바 노리카즈의 전화였다.

"하나코, 미안하다. 전화를 못 받았구나. 잠깐 욕실 청소를 하느라."

조금 전 하나코가 전화를 걸었지만 통화가 연결되지 않았다. 사쿠라바 가문의 본가는 이 근처에서 유일하게 안이 제 발로 걸어갈 수 있는 익숙한 장소였다. 마지막 희망이나 다름없었다.

"아버님, 혹시 거기에 안이 가지 않았나요?"

"안이? 왜?"

"실은…."

사정을 설명했다. 그러는 동안 수화기 너머에서 노리카즈가 문을 여닫는 소리가 들렸다. 집 안을 돌아다니며 수색하는 모습이 상상되었다.

"우리 집에도 없는 것 같다. 안이 마지막으로 목격된 게 언제지?"

현역 경찰관답게 질문의 의도가 명확했다. 하나코가 대답했다.

"오전 8시 조금 전이에요. 제가 집에서 배웅한 뒤로 아무도 안을 못 본 것 같아요."

"그럼 3시간쯤 됐구나. 예삿일이 아닌 것 같은데…."

"지금 실종 신고를 하러 가려고요. 학교 담임선생님도 그러는 게 좋겠다고 하셨어요."

"그 정도는 나한테 맡겨라. 하나코, 너는 계속 동네를 찾아 봐. 아, 그러고 보니 아까 카즈마한테 연락이 왔었다."

"카즈마한테요?"

집 전화로 연락했다고 한다. 할아버지 와이치에게 할 말이 있었나 보다.

"카즈마한테도 알리는 게 좋겠어. 어떤 사건을 수사하는지는 몰라도, 딸이 행방불명된 판국에 당연히 이쪽이 먼저지."

하나코도 그렇게 생각했다. 무엇보다도 하나코 혼자 있기가 불안했다. 이럴 때 카즈마가 옆에 있어 주기를 진심으로 바랐다.

실종 신고는 노리카즈가 하기로 하고 통화를 마쳤다. 곧장 카즈마에게 전화를 걸었지만, 역시 연결되지 않았다. 직장에 전화해서 알려야 할까. 그런 생각을 하는데 현관문 열리는 소리가 났다.

"안?"

현관으로 달려갔지만, 거기에 있는 사람은 안이 아니었다. 하나코의 아버지 타케루였다. 조금 전에 연락해서 안이 실종됐다고 말한 참이었다.

"아빠, 와줬구나."

"당연하지. 그보다 안은 찾았니?"

"아직 못 찾았어. 시아버지가 실종 신고를 해주신댔어."

"경찰은 의지가 안 돼. 에츠코가 이 주변을 수색하고 있다. 그리고 와타루도…."

낮은 진동음이 들렸다. 거실로 가보니 창밖을 날아다니는 물체가 보였다. 드론이었다. 작년 초등학교 운동회 때 하나코의 오빠 와타루가 아버지의 명을 받아 제작한 카메라 달린 드론이었다.

"와타루도 안을 찾고 있어. 나도 정찰용 드론을 갖고 있는데 준비되는 대로 그걸로 수색할 거다. 그리고 CCTV도 뒤져야지. 인터넷에 연결된 CCTV는 와타루가 해킹해서 살펴볼 거야. 잘하면 안의 행적을 찾을 수 있겠지."

역시 이럴 때는 든든하다. 이래 봬도 L의 일족을 이끄는 수장이니 말이다.

"하나코, 멍하니 서 있으면 안은 나오지 않아. 안이 갈 만한 곳을 찾아보고 와."

"으, 응."

하나코는 스마트폰만 챙겨서 신발을 신고 밖으로 뛰어나왔다.

'안, 어디 있니? 무사한 거지? 엄마가 꼭 찾아낼 테니까 그때까지 씩씩하게 기다려야 해.'

★

"실례합니다."

미쿠모는 그렇게 말하며 실내로 들어섰다. 니시신주쿠 고층 호텔 2층에 있는 회의실이었다. 종종 다른 기업에 빌려주는 회의실이라고 했다. 그곳에서 두 남자가 미쿠모를 기다리고 있었다. 마흔이 넘어 보이는 정장 차림의 두 사람은 경찰청 간부였다. 형사부장과 수사1과 과장이다. 두 사람의 이름은 알지만, 이렇게 직접 얼굴을 마주하는 것은 처음이었다. 지금의 미쿠모는 카마타 경찰서에서 근무하는 일개 수사관에 불과하기 때문이었다.

"왔나. 앉게."

시키는 대로 의자에 앉았다. 두 사람은 미쿠모 앞에 놓인 테이블 맞은편에 나란히 앉아 있었다. 수사1과 과장이 입을 열었다.

"오늘 오전 10시쯤, 이 호텔 17층 스위트룸에 여성의 시신이 있다는 신고가 들어왔다. 신고자는 남자인지 여자인지 목소리로는 구분하기 어려웠고 이름도 밝히지 않았지만, 말하는 내용이 워낙 구체적이라 현장과 가장 가까운 신주쿠 경찰서의 경찰관들이 급히 출동했다."

대체 무슨 이야기일까. 미쿠모는 허리를 곧추세웠다. 다짜고짜 본론부터 꺼내는 것으로 보아 그만큼 긴박한 상황인 듯했다.

"들어온 정보대로 이 호텔 1701호실 욕실에서 여성의 시신이 발견됐다. 피해자의 이름은 후타바 미우. 도쿄에 거주하는 34세 여성이다. 사실 모 은행에서 일어난 횡령 사건에 가담한 혐의가 있어 1과와 2과가 합동으로 감시하던 여자다. 여자의 시신은 현재 해부 중인데, 피해자와 하룻밤을 보낸 남자가 있어서 우리는 그자가 살해에 가담했을 가능성이 크다고 본다. 현장에 권총이 남아 있었거든. 제조번호를 확인해 보니 그 남자가 소지하던 권총과 일치했어. 참고로 그 권총은 경찰청의 비품이다."

다시 말해 피해자와 하룻밤을 보낸 사람은 경찰이라는 뜻이었다. 이어지는 뒷이야기에 미쿠모는 말을 잃었다.

"그 권총의 주인은 사쿠라바 카즈마 경위다. 자네가 경찰청에 처음 들어왔을 때 파트너로 활동한 형사이기도 하지. 사쿠라바 카즈마를 알지?"

그냥 아는 정도가 아니었다. 가족끼리 교류하는 사이에 가까웠다. 미쿠모의 현재 남자친구 와타루는 카즈마의 손위 처남이다. 다만 미쿠모와 카즈마는 미쿠모 가문에 관한 이야기를 주변에 일절 흘리지 않았다. 미쿠모 가문은 도둑 일가이기에, 경찰인 미쿠모와 카즈마는 원래 그들과 교류해서는 안 된다.

"네. 압니다. 수사1과에 있을 때 파트너였습니다."

말할 수 있는 것은 그 정도가 다였다. 미쿠모를 여기로 부른 데에는 어떤 의도가 숨어 있는 것이 분명했다. 미쿠모는 바짝 긴장하면서도 강한 충격을 받은 상태였다. '카즈마 선배님이 어째서….'

"사쿠라바 카즈마는 현장에서 도주한 걸로 보인다. 그것도 신주쿠 경찰서 수사관들이 현장에 도착한 직후에 말이야. 관광객 틈에 섞여서 호텔을 빠져나가는 사쿠라바 카즈마의 모습이 프런트 CCTV에 찍혔다."

현장에서 도주했다. 왜일까. 켕기는 데가 있어서라고 생각하는 것이 자연스러웠다.

"호죠 미쿠모 경장, 기립."

"네."라고 대답하며 일어섰다. 줄곧 잠자코 있던 형사부장이 입을 열었다.

"조금 이례적이지만, 자네는 오늘부로 경찰청 수사1과로 이동하게. 자네의 활약은 나도 익히 들어 알고 있어. 원래는 내년 봄에 경찰청으로 부를 예정이었지만 조금 앞당기기로 했네. 우리 경찰청도 소타로 탐정님께 여러 번 신세를 졌지. 그분의 따님을 언제까지고 관할서에 둘 수는 없지 않겠나."

수사1과 과장이 다시 입을 열었다.

"어느 반으로 이동시킬지는 아직 검토 중이다. 카마타 경찰서의 인수인계는 나중에 처리하고, 자네는 특별전담수사관으로서 사쿠라바 카즈마를 수색하는 데 일조하도록."

그것이 목적인가. 미쿠모는 이들이 자신을 부른 이유를 알아차렸다. 수사1과 형사들은 대부분 미쿠모와 카즈마가 친한 사이임을 알고 있었다. 그러니 미쿠모는 카즈마를 빨리 찾아낼 수 있지 않을까. 그녀라면 카즈마의 행동 패턴이나 은신처를 예측할 수 있지 않을까. 어떤 수사관이 간부에게 그런 이야기를 했어도 이상하지 않았다.

"자네는 자유롭게 움직이면 돼. 어떻게든 한시라도 빨리 사쿠라바 카즈마의 신병을 확보해주길 바란다. 벌써 수사관 30명이 나서서 사쿠라바 카즈마의 행방을 쫓고 있어. 아, 그렇지. 자네와 함께 움직일 파트너가 대기 중이다."

수사1과 과장이 그렇게 말하자, 회의실 문으로 한 여자가 들어왔다. 미쿠모는 그 여자를 보고 놀라움을 금치 못했다.

"카, 카오리 선배님…."

사복을 입은 사쿠라바 카오리였다. 그녀는 카즈마의 친동생이다. 오랫동안 카마타 경찰서 교통과에 있다가 올봄 경찰청 홍보과로 이동했다. "사실 홍보 같은 건 성격에 안 맞아." 한 달 전쯤 함께 술을 마시던 날, 그렇게 말하며 평소처럼 호탕하게 웃던 카오리였다.

"자네도 알겠지만 이 친구는 사쿠라바 카즈마를 수색하는

데 가장 적합한 인재야. 언론이 눈치채기 전에 반드시 사쿠라
바 카즈마를 찾아내. 혹시 몰라 말하는데 자네들의 핸드폰 번
호는 이미 파악해뒀다. GPS로 위치를 알아낼 수도 있지. 부디
괜한 의심 살 짓은 하지 마."

그 말을 들은 미쿠모는 그들의 또 다른 의도를 눈치챘다. 카
즈마를 찾으라는 명목도 있지만, 그가 도주하는 것을 돕지 않
도록 두 사람을 가까이서 감시할 속셈도 있는 듯했다.

"이제 용건은 끝이다. 얼른 수색을 시작해. 무슨 일이 생기면
연락하도록."

미쿠모는 인사하고 회의실에서 나갔다. 카오리와 눈이 마주
쳤다. 그녀의 눈에도 당황한 기색이 역력했다.

그야말로 청천벽력이었다. 용의자 사쿠라바 카즈마를 찾아내
는 것. 그것이 미쿠모와 카오리에게 주어진 임무였다.

"흐음, 예쁘게 생겼네요."

미쿠모는 그렇게 말하며 미우의 사진으로 시선을 떨어뜨렸
다. 우선 현장 검증을 할 겸 사건이 일어난 스위트룸을 찾아왔
다. 수사1과에 소속된 사토라는 형사가 동행했다. 그는 어젯밤
카즈마와 같이 움직이던 형사라고 했다. 어제 무슨 일이 있었
는지 묻기에 아주 적합한 상대였다.

욕조에 혈흔이 남아 있었다. 침실에는 소음기 대신 사용한
것으로 추정되는 베개가 굴러다녔다. 과학수사대 요원들이 아

직 객실 안을 수사하고 있었다.

"살아 있을 때는 훨씬 예뻤죠?"

미쿠모가 묻자, 사토가 대답했다.

"그야 그랬죠. 그냥 걷기만 해도 남자들이 뒤돌아볼 정도로 페로몬을 풀풀 풍겼어요."

"전과가 있었다고요?"

"사기죄로 유죄판결을 받았어요." 사토가 설명했다. "미인계로 남자를 쥐고 흔드는 사기꾼이었습니다. 결혼사기에 가까운 수법을 썼죠. 그런데 사기 친 금액이 어마어마해서 피해액이 한 사람당 수천만 엔 단위예요. 손쓸 도리가 없어서 신고조차 못 한 피해자도 많을 테니 실질적인 피해액은 그보다 클 겁니다."

시신은 사진 속에서 눈을 동그랗게 뜨고 있었다. 속이 비칠 것처럼 피부가 희었다. 시신이 이렇게나 예쁘니 살아 있을 때는 훨씬 아름다웠을 것이다. 속아 넘어가는 남자가 많았으리라. 사진을 들여다보던 카오리가 말했다.

"오빠가 좋아할 스타일이 아니야. 하나코 언니랑 정반대잖아."

그건 미쿠모도 안다. 카즈마는 이런 여자에게 속아 넘어갈 남자가 아니다.

"단발에 즉사했습니다. 총을 잘 다루는 놈의 짓이에요. 참고로 카즈마 선배는 사격을 잘한다고 들었습니다."

"사토 씨, 카즈마 선배님이 범인이라고 생각하세요?"

"그, 그건…."

미쿠모의 말에 사토는 말문이 막혔다. 현시점에서 카즈마가 범인이라고 단정하기는 이르다. 범행 현장에서 카즈마의 흔적이 발견된 것과 그가 현장에서 도주했다는 것. 그를 의심할 만한 근거는 그 두 가지뿐이었다.

"후타바 미우와 카즈마 선배님의 어젯밤 동선을 알려주세요."

"후타바 미우가 이 호텔 꼭대기 층 바에 들어온 건 오후 7시가 지나서였어요."

그녀와 함께 있던 사람은 타마키라는 IT 기업 사장이었다. 둘이서 카운터석에 앉아 화기애애하게 술을 마셨다.

"2시간 뒤인 오후 9시쯤 두 사람이 가게를 나갔어요. 그때 카즈마 선배가 좀 이상했습니다. 엄청 졸려 보였어요. 본인은 괜찮다고 하는데 걸음걸이가 불안정해서 종업원한테 선배를 맡겨두고 저는 2과 사람들과 미행을 이어갔습니다."

"그 이후에 두 사람은 뭘 했죠?"

"드라이브요. 레인보우 브리지 쪽을 한 바퀴 돌고 나서 후타바 미우는 시부야에 있는 집으로 돌아갔습니다. 자정 무렵에요. 저희는 거기서 바로 퇴근하려고 카즈마 선배에게 전화를 걸었는데 연결이 안 됐어요."

수면제가 분명했다. 그것도 아주 강력한 수면제를 먹였을 것이다.

"카즈마 선배님은 바에서 뭘 드셨죠?"

"우롱차요. 수사 중이었으니까요."

"리필은 했나요?"

"안 했습니다. 아, 아니에요. 중간에 잔을 바꿨어요."

통로를 지나가던 후타바 미우가 균형을 잃어 근처에 있던 카즈마가 그녀를 붙잡았다. 그때 우롱차 잔이 떨어져 깨지는 해프닝이 있었다고 한다.

"그겁니다." 미쿠모는 딱 소리가 나도록 손가락을 튕겼다. "그때 나온 우롱차에 수면제가 들어 있었을 거예요. 아마 그 우롱차를 내온 종업원은 오늘 출근하지 않았을 겁니다."

"저, 정말입니까?"

사토가 반신반의한 표정으로 물었다. 미쿠모가 대답했다.

"아마도요. 그 종업원은 거기서 일한 지 얼마 안 된 신입이었을 겁니다. 그런데 카즈마 선배님은 이 가게에서 어떻게 나갔죠?"

"택시를 태우기로 했답니다. 그래서 바 종업원 한 명이 카즈마 선배를 업고…. 어? 혹시 그 종업원이…."

"맞습니다. 우롱차를 내온 종업원일 겁니다."

"지금 이 얘기, 위에 보고해도 됩니까?"

"네, 그러시죠."

사토가 방에서 뛰어나갔다. 다만 그 종업원의 정체는 알아낼 수 없을 것이다. 가게 측에 낸 이력서도 전부 거짓일 테고 가명을 썼을 가능성이 크다.

"미쿠모." 계속 잠자코 있던 카오리가 말했다. "그 종업원이 후타바 미우를 살해한 범인이라는 얘기야?"

"아니요. 그렇지는 않을 겁니다. 얼굴이 노출된 걸 보면 그 종업원은 돈으로 고용된 잔챙이일 거예요. 진범은 따로 있겠죠."

"역시 오빠가 덫에 걸린 거구나."

하지만 현재로서 이를 입증하기는 어려웠다. 범행을 도운 바 종업원도 쉽게 잡히지는 않을 것이다. 당분간은 카즈마가 범인이라는 가정하에 수사가 진행될 듯했다.

미쿠모는 시신 사진을 다시 들여다보았다. 시신은 알몸이었지만 욕조에 물이 채워진 흔적은 없었다고 한다. 다시 말해 목욕을 하다가 총에 맞은 것이 아니라 사망한 뒤에 욕실로 옮겨진 것이다. 범인은 대체 왜 그런 짓을 했을까.

"저기, 잠깐 뭐 좀 여쭤봐도 될까요?"

미쿠모는 근처에 있던 과학수사대 요원을 불러 세웠다. 그는 한 손에 카메라를 들고 실내 곳곳을 찍고 있었다.

"복도에 있는 CCTV 영상은 분석이 끝났나요?"

"CCTV가 엉뚱한 곳을 비추고 있었대. 하룻밤 내내. 누가 막대기 같은 걸로 눌러서 각도를 바꾼 모양이야. 그래서 천장만 찍혔다고 하더라고. 오늘 아침에 경비원이 모니터를 확인하다가 알아차렸대."

"총성이나 소음을 들은 투숙객은 없었나요?"

"없었대. 이 층은 전부 스위트룸이야. 평일이라 공실이 많았나 보더라고. 그런데 너 1과로 복귀한 거야?"

그 질문을 듣고서야 알아차렸다. 예전에 몇 번 현장에서 마주친 과학수사대 요원이었다. 마스크를 쓰고 있어서 몰라봤다.

"네. 오늘부로 수사1과로 복귀했습니다. 다시 신세 질 일이 많아지겠어요."

"또 넘어지거나 현장 어지럽히면 안 된다."

"조심하겠습니다."

미쿠모는 카오리와 함께 방에서 나왔다. 꼭대기 층에 있는 바도 한번 확인해 볼 생각이었다. 도주 중인 카즈마의 입장이 되어 생각하는 것이 중요하다. 내가 그라면 지금 무슨 생각을 할까.

★

조금 더 영역을 넓혀서 역 앞에 있는 상점가를 살피는데, 하나코의 스마트폰이 울렸다. 사쿠라바 노리카즈의 전화였다. 통화 버튼을 누르자, 그의 목소리가 들렸다.

"하나코, 찾았니?"

"아뇨, 아직…."

"그렇구나. 난 지금 무코지마 경찰서에 왔다. 막 실종 신고를 마쳤어. 이제 관내 경찰들이 열심히 안을 찾아줄 거다."

"감사합니다."

"나도 찾아보마. 아폴로도 합세할 거야."

아폴로는 사쿠라바 가문에서 키우는 셰퍼드이다. 은퇴한 경찰견으로 예전에도 숨바꼭질을 하다가 행방불명된 안을 찾아준 적이 있다.

"잘 부탁드립니다, 아버님."

전화를 끊었다. 주변을 둘러보았다. 사람들이 상점가를 지나다녔다. 이제 정오가 가까워서인지 회사원으로 보이는 남자들이 많아졌다.

안은 대체 어디로 갔을까. 하나코는 마침 눈에 들어온 잡화점에 들어가 실내를 한 바퀴 돌았다. 안의 모습은 보이지 않았다. 혹시나 하고 화장실을 들여다보았지만 거기에도 없었다.

잡화점에서 나왔을 때, 또다시 스마트폰이 울렸다. 화면에 표시된 것은 모르는 번호였다. 맨 처음 머리에 떠오른 것은 경찰이었다. 노리카즈가 한 실종 신고가 접수되어 경찰이 자초지종을 물으려고 전화했을지도 모른다. 하나코는 스마트폰을 귀에 댔다.

"미쿠모 하나코 씨 전화 맞습니까?"

등골이 오싹했다. 전화 속 목소리는 기계적으로 가공된 음성이 분명했다. 음성 변조기를 썼을까. 하나코는 주변을 둘러보며 더듬더듬 말했다.

"…마, 맞아요. 제가 미쿠모 하나코입니다."

"이제 중요한 이야기를 할 겁니다. 한 번만 말할 테니 잘 들으세요. 당신의 따님인 미쿠모 안을 제가 데리고 있습니다."

역시…. 나쁜 예감이 들어맞았다. 아무리 찾아도 없는 것이 당연했다. 안은 유괴되었다.

"안, 안은 무사하죠? 제발, 그 아이를 해치는 일만은…"

"따님을 돌려받고 싶으시면 제 요구에 따르세요. 우선 현금으로 10억 엔을 준비하십시오. 10억 엔에 상응하는 다른 것도 상관없습니다."

10억 엔. 그런 거금을 어떻게 준비하란 말인가. 전화 상대는 하나코가 느끼는 불안감에는 아랑곳하지 않고 수화기 너머에서 말을 이었다.

"금액 협상은 절대 없으니 양해해주십시오. 대가를 전달할 방법은 그쪽에서 생각해내세요. 다시 말하지만, 돈 혹은 다른 무언가를 넘길 방법을 고민할 사람은 제가 아니라 여러분입니다."

TV나 영화에 나오는 유괴사건에서는 몸값을 전달할 방법을 일반적으로 범인이 제시한다. 그런데 이 사람은 유괴당한 피해자 쪽이 방법을 생각해내라고 한다. 도무지 무슨 의도인지 알 수 없었다.

"60시간을 드리겠습니다. 모레 자정까지 10억 엔, 또는 10억 엔에 상응하는 무언가를 넘기지 않으면, 당신은 두 번 다시 살아 있는 따님을 보지 못할 겁니다."

"제발요. 제발 우리 아이를…."

"몸값을 전달할 방법이 정해지면 이 번호로 연락하세요. 단, 그쪽의 제안을 꼼꼼히 따져본 후에 거부할 수도 있으니 그리 아시기 바랍니다. 기회는 세 번입니다. 네 번째 전화부터는 받지 않을 겁니다."

불가능하다. 하나코는 절망했다. 모레 자정까지 10억 엔을 준비해야 하고, 더구나 그것을 상대방에게 넘길 방법까지 고안해내야 한다. 아무리 생각해 봐도 불가능할 것 같다.

"제 용건은 끝입니다. 그럼 여러분의 건투를 빕니다."

"잠깐만요. 우리 딸을…."

전화가 허무하게 끊겨 버렸다. 하나코는 한동안 그 자리에 우두커니 서 있었다. 안이 유괴되었다. 심지어 유괴범은 10억 엔을 요구했다. 상황이 너무 심각해 머리가 도저히 따라오지 못했다.

앞에서 자전거가 달려오자, 하나코는 그제야 정신을 차렸다. 곧 깨어날 악몽이기를 바랐건만 분명히 현실이었다. 스마트폰 통화 기록을 확인하니 가장 위에 모르는 번호가 적혀 있었다. 실수로 지워버리지 않도록 그 번호를 저장했다. 이름은 'X'로 설정했다.

범인의 요구를 되새겼다. 절대 잊어버리면 안 된다.

1. 몸값은 현금으로 10억 엔. 단, 10억 엔에 상응하는 다른 것도 가능.

2. 몸값을 전달할 방법은 직접 생각해낼 것.

3. 기한은 모레 자정까지.

4. 몸값을 전달할 방법이 정해지면 전화로 알릴 것. 단, 전화는 세 번까지 가능. 내가 제시한 방법을 범인이 거부할 수도 있음.

오늘은 10월 29일이다. 다시 말해 모레인 10월 31일 자정까지 몸값을 넘기지 않으면 안은 돌아오지 않을 것이다.

10월 31일. 핼러윈이다. 원래는 그날 안의 친구네 가족과 핼러윈 파티를 열 계획이었지만 이제 그럴 상황이 아니었다.

아무튼 한시라도 빨리 집으로 돌아가 타케루에게 알려야 했다. 그리고 카즈마에게도. 이것은 유괴사건이다. 경찰에 도움을 청해야 했다.

집까지 걸어갈 수 있는 거리였지만 시간이 아까웠다. 하나코는 지나가는 빈 택시를 향해 손을 들었다.

★

미쿠모 안은 눈을 떴다. 하지만 눈앞이 깜깜했다. 눈가리개가 씌워진 것 같았다. 손도 등 뒤에 묶인 것 같았고 다리도 움직일 수 없었다.

먼지 냄새가 났다. 안은 내가 인질이 됐구나 생각했다. 쉽게 말하자면 안은 나쁜 놈들에게 유괴되었다.

아침에 겪은 일을 떠올렸다. 평소처럼 집을 나와 이치카네 집으로 걸어갔다. 건널목에 서서 파란불을 기다리는데, 갑자기 눈앞에 검은색 차 한 대가 멈춰 섰다. 순식간에 벌어진 일이었다. 뒷좌석 문이 열리자마자 끌려들어 갔다. 정신을 차리고 보니 차 안이었다. 저항하려고 했지만, 누군가가 뒤에서 수건 같은 것으로 얼굴을 눌렀다. 거기까지만 기억이 났다.

그 약은 무엇이었을까. 클로로포름이 아닌 것은 확실했다. 클로로포름을 적신 천으로 입을 막아서 의식을 잃게 하는 장면이 영화나 드라마에 자주 나오지만, 안은 실제로는 클로로포름에 그런 효과가 없다는 것을 잘 안다. 아빠의 본가에 가면 형사 드라마를 보면서 이것저것 많이 배우는데, 예전에 언젠가 할배가 가르쳐 줬다. 클로로포름에 마취 효과가 있는 것은 맞지만, 조금 마셨다고 해서 의식을 잃지는 않는다고 말이다.

지금은 몇 시일까. 점심때일까. 오늘 급식이 뭐더라. 그러고 보니 안은 오늘 당번이었다. 누군가가 대신 당번 일을 했을까.

안은 조금도 무섭지 않았다. 이상하게도 공포가 느껴지지 않았다. 안은 거의 매일 방과 후에 경찰과 도둑 놀이를 하며 노는데, 도둑 역할은 잡히면 포로가 된다. 포로는 철봉 근처에서 누군가가 구해주기를 기다려야 한다. 안은 포로가 된 기분이었다. 오늘은 놀이가 아니라, 실제로 진짜 포로가 됐다.

바닥은 딱딱하지 않았다. 오히려 푹신했다. 스프링 느낌이 나는 것으로 보아 침대 위에 누워 있는 것 같다고 짐작했다. 다만 냄새가 썩 좋지 않은 게, 낡은 침대 위에 있는 듯했다.

원래는 오늘 방과 후에 장을 보러 갈 예정이었다. 평소에는 돌봄교실에서 숙제를 마치고 학교 운동장에서 놀 때가 많지만, 오늘은 친구들과 넷이서 역 앞에 있는 다이소에 가기로 했다.

이틀 뒤인 핼러윈 날, 친구인 야나기다 이치카의 집에서 핼러윈 파티를 하기 위해서였다. 친하게 지내는 친구 네 명이 모이기로 약속했다. 물론 네 아이의 부모님도 와서 요리를 하고 과자를 굽고, 마지막으로 다 같이 그 음식들을 먹을 계획이었다. 방을 꾸밀 장식품을 사러 다이소에 가려고 했다. 그런데 이대로면 갈 수 없을 것 같다. 그래서 무척이나 슬펐다.

멀리서 인기척이 들리는 듯해 귀를 기울였다. 확실하다. 무슨 소리가 들린다.

안은 소리가 나는 쪽으로 몸을 움직였다. 어렴풋이 뿅뿅거리는 기계음이 들렸다. 게임 소리 같았다.

그대로 잠시 있자, 문 열리는 소리가 났다. 발소리가 점점 가까워졌다. 머리 위에서 목소리가 들렸다.

"야, 일어났나?"

대답을 할지 망설였다. 안은 그대로 가만히 있었다. 어차피 눈은 가려졌고 입에는 수건이 물려 있었다. 상대는 안이 일어났는지 모를 것이다.

"아직 자나 보네. 야, 오오이와, 너 잠깐 나가서 밥이나 사와. 나는 컵라면이랑 주먹밥."

"넵, 선배님."

남자 두 명인 듯했다. 안이 자는 줄 알았는지 두 사람은 대화를 이어갔다.

"주먹밥은 참치랑 명란젓 든 걸로 사와. 마실 것도 사오고. 야 인마, 뭐 이딴 걸 메모하고 있냐? 그냥 기억해."

"제가 잘 잊어버려서요. 쟤한테는 뭘 줄까요?"

"몰라. 대충 아무거나 사와."

"편식하는 게 있으면 어쩌죠? 애들은 채소 같은 거 싫어하지 않습니까? 저는 어릴 때 피망을 안 먹었거든요."

"네가 그랬는데 뭐 어쩌라고."

둔탁한 소리가 들렸다. 한 남자가 다른 남자의 머리를 때린 듯했다.

"얼른 갔다 와. 저 꼬맹이한테는 빵이나 사주든가."

"넵. 빵 사오겠습니다."

발소리가 멀어졌다. 문이 닫히자 다시 조용해졌다. 그러고 보니 배가 고팠다. 지금쯤 반 아이들은 급식을 먹고 있을까.

아빠가 반드시 구해주리라는 믿음이 있었다. 안의 아빠는 형사이다. 그것도 경찰청 수사1과 형사이다. 틀림없이 아빠가 안을 찾아낼 것이다.

하지만 아빠는 다른 사건을 수사하느라 바쁠지도 모른다. 그래도 괜찮다. 안에게는 엄마가 있다. 엄마 말고도 할부지와 할무니, 케빈도 있다. 그렇다. 미쿠모 가문은 도둑 일가이다. 무적의 도둑 일가이다. 그러니 틀림없이 안을 무사히 구해줄 것이다.

"10억 엔이라고? 범인 자식, 눈치가 빠르구나."

하나코가 설명을 마치자, 아버지 타케루가 분하다는 듯 말했다. 무심코 흘려들을 뻔했지만, 눈치가 빠르다니 무슨 뜻일까. 약간 무리하면 10억 엔을 구할 수 있다는 뜻일까.

"아빠, 10억 엔을 마련할 수 있다는 말이야?"

"뭐, 그렇지. 하지만 60시간 안에 그만한 현금을 마련하기는 어려울지도 모르겠다. 너도 알겠지만, 난 인플레이션 때문에 현금은 최소한으로 보유하자는 주의거든. 참고로 지금 가진 돈은…." 타케루는 지갑을 꺼내 지폐를 세기 시작했다. "하나, 둘, 셋, 4천 엔이구나."

"맞아." 엄마 에츠코가 동조했다. "우리는 원래 현지 조달파잖아. 짐이 너무 적어서 세관에서 붙잡힌 적도 있다니까."

현지 조달이란 다시 말해 훔친다는 뜻이었다. 그런 파벌은 들어본 적도 없다. 하지만 지금은 그런 것을 지적할 때가 아니었다.

집으로 돌아온 하나코는 방금 걸려온 전화 내용을 타케루와 에츠코에게 알렸다. 웬만한 일에는 꿈쩍 않는 두 사람도 그 전화 내용을 듣고는 경악했다.

"나와 에츠코는 훔친 미술품과 귀금속을 세계 각지에 있는 비밀 장소에 보관해 뒀어. 소위 말하는 리스크 분산이지. 그 물건들을 가져와서 현금 10억 엔으로 바꾸려면 60시간은 턱없이 부족해."

"아빠, 경찰에 신고하는 게 좋지 않을까?"

하나코가 제안했지만, 타케루는 대번에 일축했다.

"아까도 말했잖아. 경찰은 의지할 게 못 돼."

하지만 하나코는 형사의 아내이다. 이럴 때는 경찰에 신고하는 것이 올바른 조치 아닐까. 게다가 실종 신고는 이미 마친 상태였다.

"와타루, 그쪽은 어떠냐?"

타케루는 어느새 스마트폰을 귀에 대고 있었다. 하나코의 오빠 와타루는 해킹으로 주변 CCTV 영상을 훔쳐서 안의 행방을 쫓는다고 했다.

"…그래, 단서가 없다고? 이쪽은 진전이 있다. 범인 놈이 몸값을 요구했어. 금액은 10억 엔이야. 그런데 와타루, 너 9억 엔 정도 구할 수 있냐? 나머지 1억 엔은 내가 어떻게든 해보마."

이쯤 되면 지적할 마음조차 들지 않는다. 아들에게 90퍼센트를 떠맡기고 본인은 10퍼센트만 맡겠다니 이 무슨 놀부 심보인가. 다만 국내 자산은 실제로 와타루가 더 많이 갖고 있을지도 모른다.

"…그래? 그럼 어쩔 수 없군. 계속 수색해라."

전화를 끊은 타케루가 설명했다.

"와타루는 자기 자산을 대부분 부동산으로 바꿔서 보유한대. 그거 말고 가상화폐도 있다는데 10억 엔에는 한참 못 미친다는구나."

"아빠, 역시 경찰에 알리는 게…."

하나코의 말을 자르듯 타케루가 말했다.

"하나코, 걱정하지 마. 무슨 일이 있어도 10억 엔을 구해 올 테니까. 안은 반드시 내가 구할 거다. 나는 돈을 조달할 테니 너희는 수색을 계속해."

정말 이대로 괜찮을까. 하나코는 현실감이 들지 않았다. 딸을 구하려고 10억 엔을 지불한다니. 안을 걱정하는 마음은 당연히 진심이고 어떻게든 구해내고 싶지만, 10억 엔은 상상을 초월하는 금액이었다.

"그런데 하나코." 엄마 에츠코가 말을 걸었다. "카즈마한테는 연락했니? 하나뿐인 딸이 유괴됐잖아. 아무리 수사가 바빠도 가정을 우선해야지."

"사실 여러 번 전화했는데…"

하나코는 그렇게 말하면서 스마트폰을 꺼내 카즈마에게 전화를 걸었지만, 역시나 부재중 메시지가 나올 뿐이었다. 벌써 열 번 넘게 전화했다. 그런데도 받지 않는 것을 보면 핸드폰 전원을 끈 채로 수사하고 있을지도 모른다.

"이상하군."

그렇게 말한 사람은 타케루였다. 타케루는 창가에 서서 커튼 사이로 밖을 내다보며 말했다.

"이 아파트는 감시당하고 있어. 아마 경찰인 것 같아."

"경찰이 왜 우리 아파트를 감시해?"

"모르지. 아래에 차 두 대가 서 있어. 둘 다 경찰의 잠복 차량일 거야. 그리고 지금 맞은편 아파트 바깥 복도에서 이쪽을 지켜보는 놈들도 있어. 내 눈은 못 속이지. 놈들은 경찰이야."

경찰이 이 집을 감시한다. 안이 유괴됐다는 정보를 입수한 것일까. 하지만 정말 그랬다면 감시하는 대신 직접 무언가를 알리러 왔을 것이다.

"카즈마 때문인가."

타케루의 말에 하나코는 깜짝 놀랐다.

"그게 무슨 말이야? 카즈마랑 관련이 있다고?"

"확실치는 않아. 하지만 이런 상황에서 카즈마와 연락이 닿지 않는 건 아무래도 이상해. 우리가 모르는 곳에서 무슨 일이 일어난 거야. 그렇게 생각해야 자연스러워."

카즈마에게 무슨 일이 일어났다는 말인가. 연락조차 할 수 없는 곤경에 빠진 것일까. 하나코는 덜컥 무서워졌다.

"아빠, 역시 경찰에 알리는 게 낫지 않을까? 적어도 사쿠라바 가문 사람들한테는…."

"하나코, 생각해 봐라. 너희 가정은 지극히 평범해. 남편은 공무원이고 아내는 서점 직원이지. 대단한 수입이 있을 리 없어. 10억 엔이라는 돈을 준비하는 건 애초에 불가능해. 너희 둘의 자식을 유괴해봤자 건질 게 없다는 뜻이지. 내가 유괴범이라면 훨씬 부유한 가정의 아이를 노릴 거다. 예를 들면 일류 기업의 사장 자제를 노리겠지."

하나코도 그런 생각을 했다. 하지만 그런 생각과 상관없이 안은 유괴되었다.

"기억을 되살려 봐, 하나코. 유괴범이 너한테 '여러분'이라고 했다고? 확실한 거지?"

"으, 응. 확실해."

통화 마지막에 범인은 이렇게 말했다. '그럼 여러분의 건투를 빕니다.'라고. 그리고 중간에도 여러분이라는 말을 쓴 것 같았다.

타케루가 손으로 턱을 쓸며 생각에 잠긴 듯 말했다.

"10억 엔이라는 터무니없이 큰 몸값. 범인의 도전적인 태도와 말투. 그것들을 종합해보면, 범인은 우리의 정체를 알고 있는 것 같다. 우리가 L의 일족이라는 걸."

"아빠, 그 말은…."

타케루는 고개를 끄덕였다. 전에 없이 무척이나 진지한 표정이었다.

"맞아. 이건 도전이야. 우리 L의 일족에 대한 도전."

카즈마는 손목시계로 시선을 떨어뜨렸다. 오후 1시를 넘은 시각이었다. 이곳은 롯폰기에 있는 고층 빌딩 지하 주차장이었다.

누가 후타바 미우를 살해했을까. 그 진상을 밝히려면 그녀의 인간관계를 파헤치는 것이 먼저라는 생각이 들었다. 어제까지 미우를 미행했지만, 수사를 주도한 것은 2과라서 카즈마를 비롯한 1과 수사관들은 지원군일 뿐이었다. 미우가 어떤 사람인지 자세히 듣지 못했다.

카즈마는 타마키 테루키라는 IT 기업 사장을 떠올렸다. 최근 그녀와 가깝게 지낸 남자로, 어제도 신주쿠에 있는 호텔 바에서 미우와 함께 시간을 보냈다. 그 이후에 어떻게 됐는지는 모르지만 이야기를 들어볼 가치는 있을 듯했다.

카즈마는 조금 전 정문으로 들어가 타마키를 만나고 싶다고 말했다가 가차 없이 거부당했다. 접수대 직원은 약속을 잡지 않았으면 사장님을 만날 수 없다는 말만 고집스럽게 되풀이했다. 경찰 신분증을 꺼낼까 고민하다가, 예민해 보이는 접수대 직원이 경찰에 문의할까 봐 관두었다. 경비원의 눈을 피해 몰래 엘리베이터를 타는 것도 방법이겠지만 실패할 가능성이 있어 단념했다.

그때 생각난 것이 지하 주차장이었다. 지난 며칠간 타마키를 미행한 덕분에 그가 평소에 타는 차가 무엇이고 어디에 주차하는지 알고 있었다. 게다가 지하 1층 주차장까지는 밖에서 걸어 들어올 수 있었다.

어찌어찌하다 보니 여기서 잠복한 지 거의 1시간이 지났다. 죽이 되든 밥이 되든 접수대에서 경찰 신분증을 제시하는 것이 나았을까. 그런 생각을 할 즈음, 지하 주차장을 걸어오는 발소리가 들렸다. 카즈마는 마음의 준비를 했다.

발소리가 카즈마 쪽으로 곧장 다가왔다. 카즈마는 타마키의 애마인 검은색 랜드로버 뒤에 서 있었다. 차창 너머로 확인해 보니 역시나 타마키가 걸어오고 있었다. 랜드로버의 비상등이 몇 번 깜빡였다. 타마키가 잠금을 해제한 것 같았다.

"타마키 테루키 씨 되시죠?"

카즈마가 그렇게 말하며 앞으로 나갔다. 타마키가 의아한 표정으로 멈춰 섰다. 카즈마는 품에서 경찰 신분증을 꺼내 보여주며 말했다.

"경찰청 수사1과에서 나온 사쿠라바 카즈마입니다. 잠깐 시간 되십니까?"

"경찰이요? 왜 이런 데 숨어 있죠?"

"미리 약속을 잡은 사람만 사장님을 만날 수 있다고 접수대에서 거부당했거든요."

"그러고 보니 아까도 접수대에 경찰이 왔습니다. 자리에 없는 척 돌려보냈지만."

어젯밤, 이 남자는 살해당한 후타바 미우와 함께 있었다. 그에게 이야기를 들으러 경찰이 왔다 해도 이상할 것이 없었다.

"후타바 미우라는 여자를 아시죠?"

타마키는 아주 잠깐 고민하는 표정을 지었다. 그러다가 앞으로 한 발짝 나가 운전석 문으로 손을 뻗으며 말했다.

"네. 친구입니다."

"안타깝게도 후타바 미우 씨가 돌아가셨습니다. 조금 전 니시신주쿠에 있는 호텔 방에서 시신으로 발견됐습니다."

"네? 그게 무슨 소립니까?"

타마키가 되물었다. 카즈마는 차분한 어조로 말했다.

"사실입니다. 스위트룸 욕실에서 시신으로 발견됐습니다. 어젯밤 타마키 씨가 미우 씨를 만난 바가 있는 호텔에서요."

"거짓말…."

타마키는 아연실색했다. 연기하는 것 같지는 않았다.

"어젯밤 바를 떠난 뒤에 미우 씨와 뭘 하셨습니까?"

"별것 없었어요. 드라이브만 했습니다. 그러다가 시부야 아파트 앞에서 미우를 내려줬어요. 거짓말이 아닙니다. 아, 그렇지. 블랙박스가 있어요." 타마키가 그렇게 말하며 랜드로버 앞유리를 가리켰다. 그의 말처럼 카메라 같은 것이 달려 있었다. "저 블랙박스에는 음성도 녹음됩니다. 미우를 시부야에서 내려주고 난 바로 집에 들어갔습니다. 진짜예요."

이 남자의 이야기를 믿어 본다면, 미우는 타마키와 헤어진 뒤 다시 신주쿠 호텔로 돌아가서 그곳에서 살해된 셈이었다.

"미우 씨에게 원한이 있는 사람을 아십니까?"

"몰라요. 그렇게 잘 알지 못했어요, 미우가 어떤 사람인지."

"사귀는 사이는 아니었고요?"

"아까도 말했잖아요. 그냥 친구라고요. 두세 번 만나서 밥 먹은 게 전부입니다."

카즈마가 아는 한, 타마키는 지난주에도 아오야마에 있는 고급 중식당에서 후타바 미우와 식사를 했다. 그때도 밥만 먹고 가게 앞에서 헤어져 따로 귀가했다. 그다지 깊은 관계는 아니었을지도 모른다.

"미우 씨와는 어디서 처음 만나셨죠?"

미우는 사기꾼이다. 돈 많은 남자에게 접근해 미모로 남자의 마음을 파고드는 것이 그녀의 수법이었다. 그녀는 어떤 방식으로 먹잇감을 노렸을까. 그것이 궁금했다.

"그냥 뭐, 어쩌다 보니…."

타마키가 말을 얼버무렸다. 카즈마는 이 지점을 캐야 한다는 판단이 섰다.

"이건 살인사건 수사입니다. 대답하기가 정 어려우시면, 경찰서에서 천천히 대화할 수도 있습니다."

"일 키우지 맙시다. 난 지금 피부관리실에 가야 해요."

타마키는 한숨을 쉬고 이야기를 시작했다.

"미나미아자부에 있는 바에서 미우를 처음 만났습니다. 한 3주쯤 됐나? 술을 마시다가 우연히 옆자리에 앉아서 이야기를 나눴는데 대화가 잘 통해서…."

회원제로 운영되는 고급 바였다. 지인에게 소개를 받아야 가입할 수 있는 곳이라 타마키도 지인에게 소개를 받아 얼마 전부터 다니기 시작했다고 한다. 남성 고객들의 연령대가 높고 분위기가 차분한 가게라고 했다.

"가게 이름은 '콘티넨털'입니다. 그런데 밤늦게 문을 여는 데다 소개를 받지 못하면 안에 들어갈 수 없어요."

"그렇습니까? 그럼 경찰서에서…."

"알았어요, 알았다고요."

타마키가 스마트폰을 꺼내 어떤 번호를 띄웠다. 카즈마는 그 번호를 자기 스마트폰에 입력했다.

"모리가사라는 남자의 번호입니다. 콘티넨털의 종업원이에요. 부탁이니 내 이름은 언급하지 마세요."

"협조해 주셔서 감사합니다."

타마키가 운전석 문을 열고 랜드로버에 올라탔다. 중저음의 엔진소리가 들리더니 이내 랜드로버가 출발했다. 소리를 울리며 멀어지는 차를 바라보다가 카즈마도 걸음을 뗐다.

★

"하나코, 좀 진정해. 동동거린다고 해결되는 것도 아니잖아."

"그치만 엄마, 안이 유괴됐어."

하나코는 집 거실에 있었다. 엄마 에츠코도 함께였다. 아버지 타케루는 돈을 구해 오겠다고 큰소리치며 밖으로 나갔다. 안이 유괴됐음을 알았으니 이제 동네를 수색해 봤자였다. 하지만 하나코는 마냥 넋 놓고 기다리고 있자니 너무 불안했다.

"안은 괜찮을 거야. 반드시 돌아올 테니까 걱정하지 마."

"어떻게? 엄마는 어떻게 그걸 확신해? 안은 이제 겨우 여덟 살이야."

"안은 괜찮을 거야. 왜냐하면, 자, 봐봐." 그렇게 말하며 에츠코는 스마트폰 화면을 보여주었다. "안은 양자리잖아? 오늘의 운세 1위가 양자리야. 하는 일마다 잘 풀린대. 그러니까 틀림없이 괜찮을 거야."

"…안은 물고기자리인데?"

"뭐? 그랬니?"

에츠코가 스마트폰을 다시 만졌다. 잠시 화면을 들여다보던 에츠코가 입을 꾹 다물었다. 하나코가 에츠코에게 물었다.

"엄마, 뭐라고 쓰여 있어?"

"어차피 이런 건 다 미신이야."

"알았으니까 얼른. 뭐라는데?"

"…12위야. 뜻대로 되는 일이 하나도 없으니까 집 밖에 나가지 말래. 얘, 하나코, 어쩌면 좋니? 혹시라도 안에게 무슨 일이 생기면…."

"엄마, 진정해. 동동거린다고 해결되는 것도 아니잖아."

하나코는 한숨을 쉬었다. 안이 무사하기를 기도하며 가만히 기다리는 수밖에 없을까. 그때 스마트폰이 울렸다. 오빠 와타루의 전화였다.

"오빠, 뭐 좀 알아냈어?"

와타루는 CCTV 영상을 분석해 안의 행방을 쫓고 있었다. 조금 전까지 이 근처에 있었지만, 지금은 츠키시마 고층 아파트에 있다. 집에 있는 컴퓨터가 성능이 더 좋아서 작업이 수월하다고 했다.

"하나코, 컴퓨터 켜봐."

"알았어."

시키는 대로 거실에 있는 컴퓨터 전원을 켰다. 하나코는 스피커폰으로 설정한 스마트폰을 컴퓨터 옆에 내려놓았다. 잠시 후

컴퓨터가 멋대로 움직이기 시작했다. 와타루가 컴퓨터를 해킹해서 움직이는 것이었다. 와타루에게 이 정도는 식은 죽 먹기였다.

이윽고 화면에 영상이 떴다. 하나코의 집에서 50미터쯤 떨어진 곳에 있는 교차로였다. 와타루가 설명했다.

"가까운 금융기관 CCTV에 찍힌 영상이야. 시간은 오늘 아침 8시 조금 지나서고."

길 건너편에서 걸어오는 여자아이가 보였다. 책가방을 등에 멘 안이었다. 안은 교차로에서 빨간불을 보고 멈춰 섰다. 안이 잠시 기다리는데, 검은색 차가 엄청난 속도로 달려와서 안 앞에서 급정차했다.

순식간에 벌어진 일이었다. 검은색 차는 금방 자리를 떴지만, 그 뒤에 보여야 할 안의 모습은 사라지고 없었다. 검은색 차에 억지로 태워져 끌려간 것이 분명했다.

"오빠, 이 차가 안을…."

똑같은 장면이 다시 재생되었다. 검은색 차가 멈춰 서는 장면에서 영상이 정지되더니 차가 확대됐다. 운전석에 어떤 형체가 비쳤다. 화질이 나빴지만 남자인 것은 알 수 있었다.

"운전자는 움직이지 않아. 그렇다는 건 뒷좌석에 한 사람이 더 있다는 뜻이야. 그놈이 안을 뒷좌석에 억지로 태운 것 같아."

"이 차가 어디로 갔는지 알 수 있어?"

"차량 번호 판독 시스템을 해킹해서 추적해 봤어. 이 검은색 차는 도쿄를 빙빙 돌다가…."

영상이 바뀌었다. 어느 주차장에 검은색 차가 진입하는 장면이 나왔다.

"키타센쥬에 있는 주차장이야. 여긴 차량 출입은 많은데 시설이 나빠서 CCTV가 몇 대 없어. 아마 이 주차장에서 다른 차로 바꿔 타고 도망갔을 거야."

"그럼 이 뒤에 어디로 갔는지는 모르는 거네."

"뭐, 그렇지. 하지만 나는 포기하지 않았어. 있잖아, 하나코, 이 검은색 차는 아마 지금도 주차장에 방치돼 있을 거야."

"맞아. 그렇겠구나."

범인을 밝혀낼 증거가 그 차에 남아 있지 않을까. 와타루는 그런 가능성을 제기한 것이다.

"이건 경찰에 맡기는 수밖에 없어." 와타루의 목소리가 들려왔다. "내가 미쿠모에게 부탁할 수는 있지만, 아직 경찰에는 비밀인 거지? 이 문제를 어떻게 처리할지는 네가 직접 판단해야 해."

"알았어, 오빠. 생각해 볼게."

"차는 검은색 크라운이야. 차량 번호는 이거고."

자동차 번호판을 확대한 사진이 화면에 표시되었다. 하나코는 고맙다고 한 뒤 전화를 끊었다.

"하나코, 어떻게 할 거니? 그 아이에게 맡길 거야?" 에츠코가 물었다.

하나코는 곰곰이 생각했다.

호죠 미쿠모는 한집안 사람이나 다름없다. 게다가 그녀의 수사 능력은 이미 정평이 나 있다. 와타루와 다시 교제한 지도 1년이 지난 지금은 예전 모습을 완전히 되찾아서 카마타 경찰서에서 엄청난 활약을 한다고 들었다.

그리고 카즈마와 연락이 되지 않는 것도 마음에 걸렸다. 타케루는 집 주변에 경찰의 감시가 쫙 깔렸다고 말했다. 그 이유를 미쿠모에게 물어봐야겠다는 생각이 들었다.

하나코는 미쿠모에게 전화를 걸었지만, 공교롭게도 미쿠모 역시 전화를 받지 않았다. 다만 음성사서함으로 연결되었으니, 카즈마 때보다는 희망이 있었다. 하나코는 연락 달라는 말을 남기고 전화를 끊었다.

애석한 시간만 속절없이 흘러갔다. 제한 시간은 모레 자정까지였다. 과연 그때까지 안을 구해낼 수 있을까.

미쿠모는 롯폰기에 왔다. 낮은 층에는 상가가, 높은 층에는 사무실이 들어선 빌딩 안이었다. 미쿠모 옆에는 사쿠라바 카오리가 있었다.

"뭔가 휘황찬란한 느낌이야. 이런 데 있으려니까 주눅 든다."

"그러게요. 그래도 카오리 선배님, 그 정장 잘 어울려요."

"그래? 점원이 골라준 거야. 지금 일하는 곳에서는 사복을 입어야 하거든. 교통과에 있을 때는 편하고 좋았는데."

니시신주쿠 호텔에서 탐문을 마쳤지만 별다른 수확은 없었다. 다른 수사관들은 카즈마가 잡아탄 택시를 알아내는 데 성공했고, 그 택시를 운전한 기사는 호텔 근처에서 승차한 카즈마가 요츠야 부근에서 내렸다고 증언했다. 수사관들은 대부분 요츠야로 향했지만, 미쿠모는 지금 가봤자 아무것도 건지지 못할 것으로 생각했다. 카즈마가 과연 요츠야에 용건이 있어서 요츠야에서 내렸을까. 미쿠모가 아는 사쿠라바 카즈마 형사는 그리 어수룩한 사람이 아니었다.

역시 관건은 살해된 후타바 미우가 아닐까. 미쿠모는 그렇게 생각했다. 카즈마의 후배 사토 형사에게 후타바 미우에 관한 이야기를 자세히 들었다. 돈 많은 남자를 대상으로 사기를 치는 여자이고, 반년 전에도 모 은행 부은행장에게서 돈을 뜯어낸 혐의가 있다고 했다. 그 부은행장은 불의의 사고로 사망했다. 그리고 경찰이 그 사건을 내사하는 와중에 미우가 살해되었다.

"미쿠모, 이 가게 아니야?"

"그런 것 같네요. 들어가시죠."

낮은 층에 위치한 피부관리실로 들어갔다. 가게 벽에 관능적인 포즈를 취한 남자 아이돌 포스터가 붙어 있었다. 여기는 남자가 주 고객인 피부관리실이다. 탈모도 관리해주는 듯했다.

"안녕하십니까. 저희는 경찰청에서 나왔습니다."

카오리가 접수대에 있는 여자에게 경찰 신분증을 내밀었다. 미용업계 종사자답게 용모가 단정한 여성이었다. 잡지 모델 같기도 했다.

"여기에 타마키 테루키라는 분이 계시다고 들었습니다."

그는 이곳 롯폰기에 본사를 둔 IT 기업의 사장이다. 최근에 후타바 미우가 노리던 남자로, 어젯밤에도 같이 있었다고 한다. 다만 그는 자정쯤에 미우와 헤어졌기에 용의 선상에서 벗어났다. 하지만 미쿠모는 대화해볼 가치가 있겠다고 생각했다. 적어도 요츠야를 수색하는 것보다는 훨씬 가치 있으리라.

"죄송합니다. 고객님의 정보를 알려드릴 수는…."

"긴급 사항입니다. 실내 좀 확인할게요."

카오리는 그렇게 말하며 서슴없이 가게 안으로 들어갔다. 이럴 때는 정말 남자 못지않다고 할까. 아니, 어찌 보면 남자 형사들보다 더 막무가내이다. 그래도 무척 든든했다.

통로를 지나가면서 시술실을 들여다보았다. 평일 낮이라 그런지 대부분 빈방이었다. 가장 안쪽에 위치한 시술실 침대에 흰 가운을 입은 남자가 똑바로 누워 있었다. 간호사복 비슷한 옷을 입은 여자가 남자의 목덜미를 마사지하다가 갑자기 난입한 사람들을 보고 놀랐는지 손을 멈추고 그들을 쳐다보았다.

"당신들, 누구…."

"경찰입니다."

카오리가 경찰 신분증을 꺼내 보였다. 남자가 놀란 듯 고개를 들었다. 여자 종업원은 눈치 빠르게 밖으로 나갔다. 미쿠모가 앞으로 나서서 말했다.

"타마키 테루키 씨죠? 저는 경찰청 수사1과에서 나온 호죠 미쿠모라고 합니다. 이쪽은 사쿠라바 카오리고요."

"또 경찰이야?" 타마키가 몸을 일으켜 침대 위에 책상다리로 앉았다. "그만 좀 하시죠. 나는 돈을 내고 관리받는 중이라고요."

"금방 끝납니다. 그보다 '또 경찰'이라고 하셨는데, 벌써 다른 수사관을 만나셨습니까?"

"조금 전에요. 회사 주차장에 숨어서 나를 기다리고 있더라고요. 아, 그러고 보니 아까 그 형사도 성이 사쿠라바였던 것 같은데."

'역시.' 미쿠모는 가방에서 사진을 꺼냈다. 카즈마의 사진이었다. 몇 년 전에 찍은 사진인지 카즈마는 제복을 입고 점잖은 표정을 짓고 있었다. 이런 사진이 수사관들에게 배포될 정도이니 그가 위험한 처지에 놓인 것은 분명했다.

"이 사람이었나요?"

사진을 본 타마키가 대답했다.

"맞아요. 이 사람이었어요. 어? 뭐죠? 내가 뭐 실수했습니까?"

"아닙니다. 아무튼 그러시다면 상황은 이미 들으셨겠군요."

"네, 들었습니다. 미우가 죽었다고요. 안됐지만 나하고는 아무 상관도 없습니다. 조사하고 싶으면 마음껏 조사하세요."

"타마키 씨를 의심하는 게 아닙니다. 사쿠라바 카즈마 형사에게 말한 내용을 하나도 빠짐없이 그대로 저희에게 얘기해주세요. 그거면 됩니다."

"역시 또 얘기해야 하나."

타마키가 한숨을 쉬며 이야기를 시작했다. 카즈마는 주로 어제 알리바이와, 미우를 처음 만난 장소를 물어본 모양이다. 약 3주 전, 미나미아자부에 있는 고급 회원제 바에서 미우가 말을 걸었다고 한다.

"가게 이름은 콘티넨털이에요. 아직 영업시간 전일 겁니다."

가게 종업원의 연락처를 물었다. 미쿠모는 번호를 받아적으면서 타마키에게 질문했다.

"사쿠라바 카즈마 형사는 언제쯤 만나셨죠?"

"1시간쯤 됐을걸요."

현재 시각은 오후 2시경이다. 1시간이면 큰 차이이긴 하지만 어떻게든 따라잡아야 한다. 타마키에게 감사 인사를 하고 피부관리실을 빠져나왔다. 에스컬레이터를 타고 1층으로 내려가서 서둘러 택시를 잡아탔다. 방금 알아낸 바 종업원의 번호로 카오리가 전화를 걸었지만, 통화가 연결되지 않는 듯했다.

미쿠모도 스마트폰을 꺼냈다. 콘티넨털이라는 가게의 정보를 찾을 생각이었는데 부재중 전화가 온 것을 발견했다. 미쿠모 하나코의 전화였다.

어차피 언젠가는 하나코와 이야기를 나눠야 했다. 미쿠모는 스마트폰을 터치하고 귀에 댔다.

그 가게는 바(bar)라기보다 고급 호텔 라운지에 가까워 보였다. 천장은 높았고 군데군데 놓인 관엽식물에는 돈을 들인 티가 났다.

카즈마 앞에는 모리가사라는 남자가 앉아 있었다. 진회색 정장을 입고 머리는 올백으로 올렸다. 물장사꾼 특유의 분위기를 풍기는 남자였다.

"옷차림이 아주 편하시네요? 형사들은 정장이 기본인 줄 알았는데."

"수사의 일환입니다. 후타바 미우 씨는 이 가게의 단골이 맞습니까?"

"뭐, 그렇죠. 그런데 그 여자가 정말 죽었어요? 좀 안 믿겨서요."

"확실합니다. 내일 언론에도 보도될 겁니다."

여기 도착하기 전에 전화로 후타바 미우가 살해됐다는 이야기를 해 두었다. 그렇게 하지 않으면 만나주지 않을 것 같아서였다. 카즈마의 예상대로 처음에는 떨떠름하게 반응하던 모리가사가, 후타바 미우가 살해됐다는 이야기를 듣자 태도를 바꾸었다. 가게에서 만나자는 제안을 마지못해 받아들였다.

"미우 씨와는 오래 알고 지내셨습니까?"

"이 가게는 5년 전에 오픈했지만, 미우 씨하고는 그 전부터 알고 지냈어요. 이 가게가 생기기 전에는 카부키쵸 호스트 클럽에서 일했는데 그때부터 알음알음이 있었죠. 미우 씨가 워낙 화끈하게 놀았거든요."

미우는 10년 전에 사기죄로 기소되었지만 초범이라 집행유예를 받았다. 현재는 34세이다. 주민등록상 주소는 시부야구에 있는 아파트인데 그밖에도 다른 거처가 있는 눈치였고, 좌우간 베일에 싸인 여자였다.

"이 가게는 회원제로 운영된다고 하던데, 가입 조건이 있습니까?"

"기본적으로 장기 회원에게 소개를 받은 사람만 가입할 수 있어요. 그리고 사회적인 지위와 가입비도 어느 정도 필요하죠. 연예계 관계자나 운동선수는 안 받아요. 스캔들이 터지면 골치가 아파서요."

반년 전에 교통사고로 죽은 부은행장도 이 가게의 회원이었을 가능성이 크다. 이곳에 모여드는 고객들은 사회적 지위가 높은 데다 모두 부자이다. 이 가게는 후타바 미우의 입맛에 딱 맞는 사냥터였을 것이다.

"경찰청이 미우 씨를 내사하는 중이었습니다. 사기 혐의로요. 미우 씨는 모 은행의 임원을 꾀어서 돈을 빼돌린 걸로 추정됩니다. 그밖에도 드러나지 않은 피해자가 많을지도 모르죠. 모리가사 씨는 그 사실을 아셨습니까?"

"왜 이러세요, 형사님. 제가 그런 걸 어떻게 알겠어요?"

"정말입니까? 모리가사 씨는 알고 계셨을 법한데요."

"그만하세요. 자꾸 이러시면 고문 변호사를 부르겠습니다."

카즈마는 모리가사가 그 사실을 알았을 것이라고 예상했다. 후타바 미우에게 사냥터를 제공해주는 대신 금품을 받지 않았을까. 다만 이를 증명하기는 어려울 테니 지금은 다른 것을 우선해야 했다.

"그럼 질문을 바꾸죠. 후타바 미우 씨에게 원한이 있을 만한 사람을 아십니까?"

"모릅니다. 안다 해도 말하지 않을 거고요. 입이 싼 가게라고 소문이 나면 곤란합니다."

강경한 태도였다. 그렇다면 약간 협박조로 말해야 했다. 내키지 않는 수법이지만 지금은 시간이 없다. 혹시라도 경찰이 이곳을 찾아올 가능성이 작지 않다.

"이건 살인사건 수사입니다. 공식 절차를 밟아서 이 가게의 고객 명단을 요청할 수도 있습니다. 명단을 얻으면 그 이후에는 간단하죠. 위에서부터 차례대로 연락을 돌리면 끝이니까요. 저희 형사들이 그런 걸 제법 잘하거든요."

스캔들을 꺼리는 모리가사의 태도로 짐작하건대, 내부 사정을 속속들이 조사당하는 것만은 어떻게든 피하고 싶어할 터였다. 모리가사는 다리를 꼰 채 발끝을 까딱였다. 카즈마가 제안한 거래를 천천히 곱씹어 보는 듯했다. 잠시 후 모리가사가 입을 열었다.

"그러니까 형사님 말씀은, 제가 아는 걸 얘기하면 고객 명단을 제출하지 않아도 된다는 거죠?"

"아는 게 있으시다면요."

모리가사가 씩 웃더니 이야기를 시작했다.

"저희도 서비스업이라서 미우 씨가 누구랑 가까웠다든가, 그런 걸 알려드릴 수는 없어요. 그런데 최근에 미우 씨 뒤를 캐고 다니던 남자가 있습니다. 사실 예전에는 미우 씨와 사이가 꽤 가까워서 같이 있는 모습도 여러 번 봤는데…."

한때는 이 바의 회원이었다. 바로 며칠 전에도 이 가게를 찾아와 미우의 연락처를 알려달라고 조르는 통에 종업원이 진땀을 뺐다고 한다.

"히로세라는 남자예요. 히로세 타카시. 네리마 쪽에서 디자인 회사를 운영합니다. 겉보기에 좀 무서운 인상이에요. 언뜻 보면 건달 같기도 하고요."

모리가사가 아는 미우의 인간관계 문제는 그 정도가 전부인 듯했다. 더 자세히 알려 달라고 하자, 모리가사는 자신의 스마트폰 지도 앱을 켰다. '히로세 그래픽'이 정식 사명이었고 네리마역에서 도보로 5분 거리에 있었다. 카즈마는 모리가사가 가르쳐 준 사무실 주소를 수첩에 받아적었다.

"형사님, 잘 좀 부탁드립니다. 미우 씨를 죽인 범인을 꼭 잡아주세요."

처음에 보이던 껄렁껄렁한 태도는 온데간데없이 모리가사가 엄숙한 표정으로 말했다. 카즈마는 "최선을 다하겠습니다." 하며 일어났다.

후타바 미우를 죽인 범인을 반드시 찾아내야 한다. 다른 누구도 아닌 카즈마 자신을 위해서.

통화는 금방 연결되었다. 미쿠모와 카오리가 탄 택시는 미나미아자부를 향해 달렸다. 5분 내로 도착할 것이다. 하나코의 목소리가 들려왔다.

"여보세요. 미쿠모, 고마워. 전화 줘서."

"아니에요. 조금 전에 못 받아서 죄송해요."

"일하는데 미안해."

"괜찮아요. 그보다 하나코 언니, 제가 꼭 카즈마 선배를 찾아낼게요. 사실 제가 갑작스러운 인사이동으로 수사1과에 배속됐거든요. 지금 카즈마 선배를 추적하는 팀에 들어왔어요."

수화기 너머에서는 반응이 없었다. 말문이 막힌 모양이다. "언니? 듣고 있어요?"라고 미쿠모가 말하자, 하나코가 당황한 목소리로 말했다.

"그게 무슨 말이야? 카즈마가 없어졌어? 그래서 밖에 경찰이…."

아뿔싸. 미쿠모는 자신의 경솔함을 반성했다. 하나코는 아직 몰랐나 보다.

조금만 생각해 보면 알 수 있는 일이었다. 카즈마는 하나코와 혼인신고를 한 것이 아니라, 둘이 결혼한 것은 공식적인 사실이 아니었다. 몇몇 동료는 카즈마가 사실혼 상태인 것을 알지만, 자세히 아는 사람은 적었다.

카즈마가 살해 현장에서 실종되었으니 사실혼 관계에 있는 부인과 자녀의 거처가 은신처 후보에 올랐을 것이다. 다만 직접 조사하지는 않고 카즈마가 나타나면 바로 신병을 확보할 수 있도록 집을 감시하는 듯했다. 아마 자세한 사정을 아는 사람은 수사에 임하는 수사관들과 경찰청 윗선뿐일 것이다.

"실은 선배가 수사상 약간의 문제에 휘말려서 행방이 묘연해졌어요. 그래서 지금 수색 중이에요."

최대한 두루뭉술하게 말하려고 애썼다. 그러면서 미쿠모는 의문을 느꼈다. 하나코가 미쿠모에게 전화한 용건은 대체 무엇일까. 가끔 소식을 주고받기는 하지만, 하나코도 미쿠모가 형사임을 알기에 보통은 일에 방해가 되지 않게 메신저 앱으로 연락을 줬다.

"그런데 언니는 무슨 일로 연락하신 거예요?"

다시 침묵이 흘렀다. 머뭇거리는 숨소리가 들려왔다. 잠깐의 기다림 끝에 하나코가 드디어 입을 열었다.

"안이… 안이 유괴됐어."

"뭐라고요?"

당황해서 저도 모르게 목소리가 커졌다. '유괴'라는 단어가 들렸는지 택시 기사가 미심쩍은 눈길로 백미러에 비친 뒷좌석을 쳐다보자, 미쿠모는 기사에게 경찰 신분증을 보여주었다. 그러자 그는 상황을 이해한 듯 귀에 이어폰을 꽂았다. 음악이라도 들으려는 모양이다. 옆에 앉은 카오리가 미쿠모의 스마트폰에 귀를 가까이 댔다. 미쿠모는 오른손을 입에 대고 물었다.

"하나코 언니, 자세히 말씀해주세요."

"직장에 갑자기 전화가 와서 받았더니 안이 등교하지 않았다는 거야. 그래서 계속 찾았는데…."

정오에 하나코의 스마트폰으로 범인의 전화가 걸려왔다. 유괴범은 음성 변조기로 목소리를 바꿨다고 한다. 범인의 요구는 현금 10억 엔, 또는 그에 상응하는 무언가였다. 그리고 거래 방법을 직접 고안해내라고 조금 기이한 요구를 했다.

"지금 아버지는 10억 엔을 모으느라 분주해. 아버지 말로는 우리가 L의 일족인 걸 알고 범인이 안을 유괴한 것 같대. 안 그랬으면 10억 엔이나 요구하지 않았을 거라고."

그럴듯한 의견이었다. 대기업 오너 일가의 자제라면 몰라도, 형사와 서점 직원의 딸을 유괴하고서 10억 엔이나 되는 거금을 요구하는 것은 이상했다. 자연스레 미쿠모 가문의 정체를 아는 자의 범행이라는 결론이 나왔다.

"그래서 저한테 전화하신 이유는 뭐예요?"

"부탁할 게 있어서. 사실 오빠가 안을 끌고 간 차를 알아내서 행적을 좇았는데, 키타센쥬에 있는 주차장에서 단서가 끊겼대. 오빠가 추측하기를 거기서 차를 갈아탄 것 같대. 이제 경찰에 맡기는 수밖에 없는 것 같아서."

"알겠습니다. 주차장 위치와 차종, 차량 번호를 잠시 후에 문자로 보내주세요."

원래 이런 일은 조수 사루히코에게 맡기고 싶었지만, 천하의 사루히코도 방치된 차량에서 지문이나 미세증거를 채취할 수는 없었다. 게다가 사루히코는 건강검진에서 어떤 수치가 나쁘게 나오는 바람에 어제부터 입원 검사를 받는다고 했다.

'그건 그렇고…'

미쿠모는 새로운 각도로 생각해 보았다. 카즈마에게 살인 혐의가 생긴 당일, 그의 딸 미쿠모 안이 누군가에게 유괴되었다. 두 가지 재앙이 동시에 미쿠모 가문과 사쿠라바 가문을 덮쳤다. 우연히 타이밍이 겹쳤다고 보기는 어려웠다. 두 사건이 연결되어 있다면, 그 끝에 있는 것은 대체 무엇일까. 현시점에서는 도무지 짐작되지 않았다. 정보량이 너무 적었다. 안이 유괴된 것을 방금 알았으니 당연했다.

"그런데 미쿠모." 수화기 너머에서 하나코가 말했다. "카즈마 말인데, 어떤 문제에 휘말린 거야? 행방이 묘연하다는 건 무슨 소리고?"

아내로서 남편을 걱정하는 마음은 이해한다. 하지만 지금 상황을 있는 그대로 알려줄 수는 없었다. 카즈마는 살인사건 용의자로 경찰에 쫓기고 있다. 그 사실을 알면 하나코는 엄청난 충격을 받을 것이다. 게다가 딸이 유괴된 지금은 더더욱.

뭐라고 대답해야 할까. 망설이는데 손에서 스마트폰이 쑥 빠져나갔다. 카오리가 미쿠모의 스마트폰을 귀에 대고 이야기했다.

"나예요, 카오리. 실은 나도 오빠를 수색하는 데 동원됐어요. 언니, 마음 단단히 먹고 들어요. 언니가 강심장이라는 걸 믿으니까 말하는 거예요. 오빠는 지금 살인 용의자예요. 피해자는 여자예요. 경찰은 오빠가 그 여자를 죽였다고 가정하고 행방을 쫓고 있어요."

★

하나코는 할 말을 잃었다. 카즈마가 여자를 죽인 혐의로 경찰에 쫓기고 있다. 카즈마는 그런 짓을 할 사람이 아니다. 도대체 그에게 무슨 일이 일어난 것일까.

"언니, 들었죠? 무슨 말이든 해봐요."

카오리의 목소리가 들려왔다. 남편이 살인 혐의로 쫓기고 있다. 그런 말을 들었을 때는 뭐라고 대답해야 할까.

"아, 아가씨, 지금 그 말, 사실이에요?"

"안타깝게도요." 카오리가 대답했다. 그리고 격려하듯 이어서 말했다. "하지만 언니, 적어도 나랑 미쿠모는 오빠가 무죄라고 믿어요. 그래서 우리는 지금 진실을 쫓고 있어요."

하나코의 시누이 카오리는 올해부터 경찰청 홍보과에서 근무했다. 한편 와타루의 여자친구 호죠 미쿠모는 수사1과 형사이다. 두 사람이 함께 움직이는 것 자체가 매우 특이한 상황이었다. 현직 형사가 살인 혐의로 쫓기고 있다. 카즈마는 아주 위험한 처지에 내몰렸는지도 모른다.

"그런데 언니, 안이 유괴됐다고 경찰에 신고했어요?"

"아니요. 아버지가 경찰은 의지가 안 된다고 해서…"

"그분이 했을 법한 말이네요."

카오리도 당연히 미쿠모 가문의 사정을 잘 알았다. 미쿠모 가문은 도둑 일가라 경찰과 연결고리를 만드는 것이 금기였다. 하지만 지금은 안이 유괴됐다. 만약 경찰이 안을 구해준다면 기꺼이 신고할 테지만….

"언니, 언니 사정 이해해요. 만약 도움이 필요하면 편하게 말해요. 나랑 우리 가족은 기꺼이 협조할 테니까요."

"고마워요, 아가씨."

"고마워할 것 없어요. 아직 아무것도 한 게 없잖아요. 그런 의미에서 한 가지 물어볼 게 있는데, 후타바 미우라는 여자 알아요?"

후타바 미우. 시신으로 발견된 여자의 이름일까. 적어도 이름은 처음 들어본다. 카오리에게 그렇게 말하니, 그녀가 말했다.

"그래요. 그럼 됐어요. 그 여자가 사기 전과자라 오빠가 내사 중이었어요. 어젯밤에도 미행했대요."

카즈마는 최근에 매일 밤늦게 귀가했다. 자정을 넘길 때도 많았다. 매일같이 그 여자를 미행했을지도 모른다.

"미쿠모가 추측하기로는 오빠가 바에서 내사하던 와중에 수면제를 먹은 것 같대요. 눈 떠보니 아침이었을 테고 방 안에서 여자 시신을 발견했을 거예요. 그러니까 내 말은, 오빠는 언니를 배신하지 않았다고요. 알았죠?"

카오리의 마음이 느껴졌다. 그녀는 카즈마가 불륜을 저지르지 않았다는 말을 하려는 것이었다. 하지만 지금 하나코는 이성적으로 생각할 여유가 없었다. 안이 유괴되었고, 카즈마가 살인 혐의로 쫓기고 있다. 그것만으로도 머리가 터질 지경이었다.

"아무튼 언니, 침착하게 있어요. 언니는 안만 생각해요. 오빠는 나랑 미쿠모한테 맡기고요. 나는 둘째치고, 미쿠모만큼 믿을 만한 형사는 없으니까요."

하나코도 미쿠모가 훌륭한 형사임을 안다. 게다가 미쿠모라면 카즈마가 무죄라는 전제로 수사해줄 것이다. 그것만큼은 기대할 만했다.

"하나코 언니, 저예요." 미쿠모가 다시 전화를 받았다. 미쿠모가 말했다. "카즈마 선배가 사라진 지 4시간 가까이 지났어요."

지금은 오후 2시를 조금 지난 시각이다. 카즈마가 호텔에서 모습을 감춘 것은 오전 10시쯤인가 보다.

"저하고 카오리 선배는 단독으로 움직이느라 경찰 수색이 얼마나 진행됐는지 몰라요. 만약 선배가 어디로 갔는지 아직도 전혀 파악하지 못했다면 경찰은 애가 탈 거예요. 정식으로 언니를 조사할 수도 있어요."

카즈마는 경찰청 인사과에 하나코와의 관계를 보고하지 않았지만 집 주소까지 속일 수는 없었다. 그래서 지금 집 밖에 경찰의 잠복 차량이 서 있는 것이었다.

"조심하세요. L의 일족이라는 사실을 들키면 미쿠모 가문은 그걸로 끝이에요."

"그, 그래. 조심할게."

카즈마와 살림을 차리기 전, 하나코는 미쿠모 가문의 정체가 경찰에 들통날 뻔해서 1년쯤 가족과 떨어져 가짜 신분으로 지낸 적이 있었다. 그때처럼 살고 싶지는 않았다.

"새로운 정보가 들어오면 연락할게요. 언니도 진전이 있으면 알려주세요."

"그럴게. 고마워, 미쿠모."

전화를 끊었다. 한숨을 쉬며 창가로 가서 커튼 틈으로 밖을 내다보았다. 변화는 없었다. 아파트 옆 도로변에 자동차 두 대가 나란히 서 있었다.

"하나코, 샌드위치 만들어 왔어."

그 목소리에 돌아보니 앞치마를 두른 엄마 에츠코가 서 있었다.

"너 아무것도 안 먹었지? 조금이라도 먹어야 돼. 안을 구하기도 전에 네가 쓰러지면 죽도 밥도 안 되잖니. 카즈마는 탐정 계집애한테 맡겨두면 괜찮을 거야."

"들었어?"

"내가 누구니? 그 탐정 계집애가 얼굴은 곱상하게 생겼어도 추리력은 뛰어나니까 아무 문제 없을 거야."

탐정 계집애는 미쿠모를 가리키는 말이었다. 에츠코는 사랑해 마지않는 아들의 여자친구인 호죠 미쿠모를 은근히 밉보는 경향이 있었다. 하지만 방금 한 말로 보건대, 미쿠모의 능력만은 높이 평가하는 모양이었다.

하나코는 부엌으로 가서 손을 씻고 에츠코가 만들어 준 달걀 샌드위치를 집었다. 안은 끼니를 챙겨 먹었을까 하는 생각이 어쩔 수 없이 밀려들었다.

★

"오오이와, 빨리빨리 안 다니냐? 뭐 하느라 이제 와? 1시간이나 걸렸잖아."

"죄송합니다, 선배님. 명란젓 주먹밥을 찾기가 힘들었어요."

"적당히 사올 것이지, 눈치는 밥 말아 먹었냐? 눈치껏 해, 눈치껏."

그 목소리가 뒤에서 들려왔다. 안은 손발이 묶인 채 누워 있었다. 눈과 입은 가려졌지만 소리는 들을 수 있었다. 문이 열렸는지 아까부터 계속 게임 소리만 나더니, 이제야 드디어 사람 목소리가 들렸다.

"애 깨워."

"넵."

발소리가 가까워졌다.

"일어나. 야, 일어나."

안은 어떻게 할지 망설였다. 순순히 일어나는 것이 좋을까. 아니면 못 들은 척하는 것이 좋을까. 망설인 끝에 안은 몸을 일으켰다. 묶인 상태라서 움직이기가 불편했다.

"밥이야."

목소리가 나는 쪽을 올려다보았다. 지금 상태로는 이런 동작 밖에 할 수 없었다. 그러자 멀리서 목소리가 들렸다.

"오오이와, 계획대로 해."

"넵."

손과 발이 풀렸다. 입에 물려 있던 수건도 빠졌고, 마지막으로 눈가리개가 벗겨졌다. 그다지 밝지는 않았지만 오랫동안 빛을 보지 못한 탓인지 눈이 부셨다.

눈앞에 키 큰 남자가 서 있었다. 그동안 안이 본 성인 남자 중에서 가장 키가 크고 몸무게가 많이 나갈 것 같았다. 머리는 빡빡 밀었다. 이런 것을 민머리라고 하던가. 이 사람이 오오이 와라고 불리던 남자인 것 같았다.

"얌전히 있어."

오오이와의 말에 안은 고개를 끄덕일 수밖에 없었다. 아무리 난다 긴다 해도 이렇게 덩치 큰 어른에게 대항할 만한 배짱은 없었다. 게다가 왼손은 밧줄로 침대 프레임에 묶여 있었다. 안이 누워 있던 곳은 예상대로 낡은 침대였다. 군데군데 찢어져서 스펀지 같은 것이 드러나 보였다.

"밥이야. 먹어."

오오이와가 비닐봉지를 툭 던졌다. 봉지 안에는 빵 몇 개와 종이팩에 담긴 커피우유가 들어 있었다. 그러고 보니 배가 고팠다. 시계가 없어서 지금이 몇 시인지는 알 수 없었다.

"지금 몇 시예요?"

안이 물었다. 오오이와는 망설이는 표정을 짓다가 주머니에서 스마트폰을 꺼내 화면을 보고 대답했다.

"2시 좀 넘었어."

원래라면 5교시 수업을 들을 시간이었다. 오늘 5교시는 안이 가장 좋아하는 체육이었고, 뜀틀운동을 할 예정이었다. 기대했는데 이런 곳에 갇히고 말았다.

안은 다시 주변을 관찰했다. 먼지투성이인 공간이었다. 어디를 보아도 전부 콘크리트라 망한 공장 같은 느낌이었다.

오오이와는 벽에 기댄 채 안을 쳐다보았다. 그 건너편 방에 남자가 한 명 더 있었다. 오오이와만큼 크지는 않지만 화려한 금발이 인상적이었다. 남자는 게임 컨트롤러를 들고 있었다. 아까부터 들리던 게임 소리의 정체가 저것인가 보다. 오오이와가 선배님이라고 부르던 남자가 분명했다.

다른 사람의 모습은 보이지 않았다. 낡고 먼지 쌓인 건물의 느낌으로 보아 인적이 드문 장소 같았다. 큰 소리로 도움을 요청하는 방법도 생각해 봤지만 아마 소용없을 것이다. 그런 방법이 통할 것 같았으면, 이 남자들이 안의 입에서 수건을 빼주지도 않았을 것이다.

안은 비닐봉지를 무릎 위에 올려놓았다. 샌드위치와 메론빵이 들어 있었다. 지저분한 손으로 빵을 먹으려니 찜찜했는데 비닐봉지 안에서 종이 냅킨을 발견했다. 우선 그걸로 손을 닦고 빨대로 커피우유를 마셨다. 첫 모금을 마시고 나서야 지금껏 목이 말랐다는 것을 깨달았다. 열심히 마시다가 머릿속에 어떤 생각이 스쳐 멈칫했다.

화장실. 망한 공장 같은 이곳에 화장실이 있을까. 오줌이 마려워지면 곤란하다. 어떻게 해야 할까.

오오이와를 쳐다보았다. 안의 시선을 느꼈는지 오오이와가 고개를 들었다. 안이 머뭇거리자, 상대가 먼저 입을 열었다.

"왜?"

"…화장실 있어요?"

"가고 싶어?"

"지금은 괜찮은데, 없을까 봐요."

오오이와가 벽 쪽을 보며 말했다.

"작은 건 밖에서. 나무랑 풀이 많으니까 아무도 못 볼 거야. 휴지도 있고. 큰 게 마렵다고 하면, 여기서 제일 가까운 공원 화장실에 데려갈 거야."

밖이라. 안은 지금 상황이 이러니 어쩔 수 없다고 자신을 타일렀다. 적어도 실내에서 싸는 것보다는 나았다.

샌드위치부터 먹기 시작했다. 햄 샌드위치가 놀라울 정도로 맛있었다. 이어서 참치 샌드위치를 먹으며 생각했다.

두 사람의 빈틈을 노려 어찌어찌 도망칠 수 있지 않을까. 묶인 것은 왼손뿐이고, 아주 세게 묶이긴 했지만, 잘하면 풀 수도 있을 것 같았다. 하지만 바깥이 어떤지 알 수 없었다. 만약 벽으로 막혀 있다면 그야말로 절망적이리라. 할부지와 같이 본 루팡 3세를 떠올렸다. 저택에서 도망친 루팡이 경비견에게 쫓기는 장면이 있었다. 그런 상황은 피하고 싶었다.

엄마 탓이다. 이건 엄마 잘못이다. 진작에 이것저것 가르쳐줬으면 좋았을 텐데.

미쿠모 가문은 도둑 일가라서 그런 기술을 배운다고 들었다. 엄마도 평소에는 평범한 서점 직원이지만 사실은 강하다는 것을 안은 알고 있었다. 약 1년 전, 친구네 엄마가 치한에게 위협을 당했을 때, 그 아줌마를 구해낸 사람이 바로 엄마였다. 남자가 손에 든 골프채를 손날로 쳐서 떨어뜨리고, 심지어 팔을 비틀어 바닥에 엎어뜨렸다. 평소의 엄마 같지 않은 얼굴이었다.

엄마는 강하면서 딸인 내게는 아무것도 가르쳐주지 않았다. 그런 엄마가 원망스러우면서도 참을 수 없이 보고 싶었다.

어쩐지 슬퍼졌다. 안은 슬픔을 달래려고 샌드위치를 베어 물고 커피우유를 벌컥벌컥 들이켰다.

초인종이 울렸다. 하나코는 거실 벽에 달린 인터폰 화면을 들여다보았다. 정장 차림의 남자 두 명이 비쳤다. 그 분위기로 그들의 정체가 짐작되었지만 확인차 물어보았다.

"누구세요?"

"경찰청에서 왔습니다. 사쿠라바 카즈마 씨와 관련해 여쭤볼 것이 있습니다. 잠깐 시간 괜찮으십니까?"

역시 경찰이었다. 괜히 거부해서 의심을 사면 안 된다. 하나코는 잠금 해제 버튼을 눌렀다.

잠시 후 현관문 초인종이 울렸다. 현관으로 가서 문을 열어 보니, 두 남자가 서 있었다. 한 사람은 40대쯤이었고, 다른 사람은 20대 후반으로 보였다. 둘 다 눈빛이 날카로웠다.

"불쑥 찾아와서 죄송합니다. 저는 경찰청 수사1과에서 일하는 나가타입니다. 카즈마의 직속 상사죠. 이쪽은 부하 사토입니다."

두 사람이 고개를 숙이기에 하나코도 예를 갖춰 인사했다. 거실로 안내하자, 나가타라는 남자가 입을 열었다.

"사모님…이라고 불러야 할까요? 저희 반에 소속된 카즈마가 사모님과 사실혼 관계에 있다는 걸 저희는 알고 있습니다. 실은 카즈마가 오늘 아침 행방불명돼서 저희가 행방을 쫓고 있습니다. 사모님은 아시는 게 있을까 하고 이렇게 찾아뵀습니다. 사모님, 혹시 여기에 남편분이 숨어 있지는 않겠지요?"

"남편은 어젯밤에 집에 안 들어왔어요."

"죄송하지만 일단 실내를 수색하겠습니다."

허락을 구하는 말투가 아니었다. 사토라는 젊은 형사가 집 안을 살피기 시작했다. 나가타가 이어서 말했다.

"이런 말씀 드리기가 정말 송구합니다만, 카즈마는 어떤 살인사건에 가담한 혐의가 있습니다. 오늘 오전 니시신주쿠 호텔에서 여자 시신이 발견됐습니다."

"압니다." 하나코가 끼어들었다. 미쿠모와 대화한 것을 어설 프게 숨기지 않는 것이 낫겠다고 판단했다. "실은 평소에 가깝 게 지내던 호죠 미쿠모 형사한테 들었어요. 15분쯤 전에요. 피 해자의 이름도 들었지만 모르는 이름이었어요."

"그렇군요."

하나코가 현재 상황을 아는 것은 예상 밖이었는지, 나가타 는 속으로 간을 보듯 눈동자를 이리저리 굴렸다. 사토가 돌아 와서 고개를 가로저었다. 여기를 뒤져봤자 헛수고라고 말하고 싶었지만, 온갖 가능성을 하나씩 배제해 가는 것이 형사의 일 임을 하나코도 알고 있었다.

"사실 저도 계속 남편과 통화하려고 했는데, 몇 번을 전화해 도 받질 않아서 불안하던 참이었어요."

"왜 카즈마와 통화하려고 하셨죠?"

"실은 저희 딸애가 행방불명돼서…."

'행방불명'이라는 말에 반응해 두 형사가 눈빛을 주고받았다. 이미 무코지마 경찰서에 실종신고를 해놓은 상태이니 숨겨봤자 의미가 없었다. 다만 유괴됐다는 사실은 계속 숨길 생각이었다.

"자세히 말씀해주십시오."

"네. 제 직장에 연락이 왔을 때가…."

지난 일을 시시콜콜 설명했다. 두 사람은 몸을 앞으로 내민 채 하나코의 이야기에 귀를 기울였다. 하나코는 집중해서 이야기하느라 어느새 거실에 들어온 그림자를 알아차리지 못했다. 문득 돌아보니, 엄마 에츠코가 옆에 앉아 있었다.

"이, 이분은 누구시죠?"

나가타가 약간 당황하며 에츠코를 보았다. 하나코는 어쩔 수 없이 소개했다.

"저희 어머니예요."

"가내 두루 평안하신지요?"

에츠코가 우아하게 고개를 숙였다. 조금 전, 장기전이 될 것 같으니 집에서 옷을 갈아입겠다며 나갔는데 막 돌아온 모양이었다.

"형사님." 에츠코가 다리를 고쳐 꼬며 말했다. 치마가 짧아서 바로 맞은편에 앉은 두 형사에게 속옷이 보였을지도 모른다. 아니, 분명히 보였을 것이다. 엄마가 일부러 보이게 한 것이다. "카즈마의 행방을 쫓으신다고요? 부디 빨리 좀 찾아주세요. 우리 사위는 범죄를 저지를 사람이 아니에요. 무슨 사정이 있었을 거예요."

맞는 말이다. 카즈마는 사람을 살해하고 도주할 남자가 아니다. 하나코는 옆에 앉은 에츠코를 바라보았다. 가끔은 맞는 말도 하는구나.

"저희도 최선을 다해 협조할게요. 한시라도 빨리 카즈마를 찾아주세요. 잘 부탁드립니다, 형사님."

"알, 알겠습니다."

엄마의 기세에 말린 두 형사가 당황한 표정으로 대답했다.

만약 앞에 있는 여자가 L의 일족이라는 것을 안다면, 이 형사들은 어떤 표정을 지을까.

"자, 명함 좀 주세요. 명함은 다들 갖고 다니시죠? 뭔가 알려드릴 게 생기면 연락할게요."

"알, 알겠습니다."

"저기요, 형사님들, 배고프지 않아요? 방금 만든 샌드위치가 있어요. 하나코 얘는 입이 짧거든요."

"아뇨, 사모님. 저희는 근무 중이라서요."

"그래요? 요즘 형사들은 꼭 이렇게 빼더라."

두 형사는 마지막까지 엄마에게 휘둘리다가 떠났다. 감시를 위해 잠복 차량 한 대를 남기고 간다고 했다. 이제 무코지마 경찰서에 가서 실제로 안이 실종됐다는 신고가 들어갔는지 확인하려는 것 같았다.

"엄마, 고마워. 덕분에 살았어."

"다행이야. 왠지 불길한 예감이 들더라고. 그나저나 경찰은 완전히 카즈마를 의심하나 보네. 도대체 뭐가 어떻게 돌아가는 거람? 카즈마는 살인범으로 몰려서 도망 다니고 안은 유괴되고…. 미쿠모 가문의 최대 위기야."

정말 그렇다. 안이 유괴된 이 비상사태에 카즈마가 경찰에 쫓겨 도주 중이다. 대체 앞으로 무슨 일이 일어날까. 도저히 예상할 수 없었지만, 한 가지만은 확실했다.

하나코는 안을 구할 것이다. 무슨 일이 있어도 반드시.

카즈마는 투입구에 표를 넣고 개찰구를 빠져나왔다. 표를 내고 전철을 타기는 오랜만이었다. 평소에는 스마트폰으로 교통비를 결제했지만 오늘은 그럴 수 없었다.

세이부 이케부쿠로선 네리마역이었다. 북쪽 출구로 나가니 마침 안내 지도가 있어 확인했다. 경로는 대충 알 것 같았다.

이제 오후 3시가 되어 간다. 카즈마는 대형 패스트푸드점 간판을 보고 걸음을 멈추었다. 종일 아무것도 못 먹었다. 카즈마는 가게로 걸음을 옮겼다.

할인 행사 중인 신제품 버거와 감자튀김, 우롱차를 사서 창가 카운터석에 앉아 게걸스럽게 먹어치우며, 이런 상황인데도 햄버거가 맛있다고 생각하는 자신이 야속했다. 겨우 몇 분 만에 다 먹었다. 쟁반을 정리하고 가게를 나섰다.

역 앞에 파출소가 보여 길을 한참 돌아갔다. 나름대로 변장을 했지만, 이미 얼굴 사진이 퍼졌을지도 모를 일이었다. 인터넷에서 정보를 얻지 못하는 것이 이렇게 불편할 줄 몰랐다. 모르는 것이 있으면 바로바로 스마트폰으로 검색하던 습관이 몸에 배어버렸나 보다.

목적지에 도착했다. 그곳은 2층짜리 건물이었다. 1층은 영업장, 2층은 가정집인 듯했다. '히로세 그래픽'이라고 적힌 간판이 보였지만, 디자인 회사보다는 인쇄회사 같은 느낌을 풍기는 외관이었다. 잔뜩 멋 부린 서체로 적힌 간판이 튀어 보였다.

1층 전면이 유리라 실내가 비쳐 보였다. 손님맞이용 소파와 탁자 맞은편에 사무 공간이 있었다. 보이는 범위에서는 인기척이 느껴지지 않았다. 자동문은 작동하지 않았다. 전원이 꺼진 듯했다. 실내가 어둑하니 아무도 없을 것 같았다.

외부 계단을 올라갔다. 2층 현관에 '히로세'라는 명패가 걸려 있었다. 초인종을 눌렀지만, 안에서는 반응이 없었다. 재차 눌러 봐도 마찬가지였다.

시험 삼아 문손잡이를 돌려 보니 잠기지 않은 상태였다. 카즈마는 주머니에서 손수건을 꺼내 손잡이를 감싼 채로 문을 열었다.

"누구 계세요?"

그렇게 묻고 잠시 기다렸지만 아무 반응도 돌아오지 않았다. 신발을 벗고 실내로 들어갔다. 부엌과 욕실이 있었고, 그 맞은편이 거실이었다. 거실에 발을 내딛는 순간, 카즈마는 그 광경을 목격했다.

바닥에 남자가 쓰러져 있었다. 뒤통수에서 피가 흘렀다. 총상이 분명했다.

카즈마는 무릎을 꿇고 앉아 남자의 목덜미에 손가락을 댔다. 맥박은 느껴지지 않았고, 동그랗게 뜬 눈에는 초점이 없었다. 죽은 것이 확실했다. 다만 피부에 온기가 남아 있는 것으로 보아 죽은 지 얼마 되지 않은 것 같다.

카즈마는 일어나서 실내를 둘러보았다. 아직 범인이 이곳에 있을지도 모른다. 하지만 화장실과 욕실은 물론, 벽장과 베란다에도 사람 그림자는 없었다. 다시 시신이 있는 거실로 돌아갔다.

지문이 남지 않도록 조심하면서 무릎을 꿇고 시신을 관찰했다. 총상은 뒤통수에 있었다. 면식범의 소행인 듯했다. 피해자는 현관에서 인사를 나눈 뒤 범인을 집 안에 들였을 것이다. 거실에 들어선 순간, 뒤에서 발사된 총알을 맞은 것 같다.

탁자 위에는 TV 리모컨과 서류가 놓여 있었다. 서류는 견적서 같은 업무 문서인 듯했다. 지갑이 눈에 띄어 일단 확인했다. 안에 면허증이 있어서 얼굴 사진과 시신을 대조해 보았다. 생김새가 일치했다. 살해된 사람은 히로세 타카시였다. 면허증에 적힌 현주소도 이곳 네리마였다.

면허증을 다시 지갑에 넣고 이번에는 시신의 소지품을 살펴보았다. 옷 주머니에는 아무것도 없었다. 방금 실내를 둘러봤을 때 집 안이 어지럽혀진 흔적은 없었다. 강도의 짓은 아니다.

조금 전 '콘티넨털'이라는 고급 회원제 바의 종업원 모리가사가 해준 이야기가 떠올랐다. 히로세는 최근에 후타바 미우를 캐고 다녔다. 두 사람은 예전부터 안면이 있었는데, 최근에 관계가 멀어지자 히로세가 미우를 찾아다녔다고 한다. 오늘 아침 미우가 호텔 방에서 시신으로 발견되었고, 같은 날 히로세도 살해되었다. 관련이 있을 것이다.

그때 소파 밑에 떨어진 스마트폰이 눈에 들어왔다. 히로세가 총을 맞으면서 손에 들고 있던 스마트폰을 떨어뜨린 모양이다. 카즈마는 손수건으로 감싸서 스마트폰을 집어 들었다. 당연하게도 잠겨 있었다. 지문을 인식하거나 비밀번호 네 자리를 입력해야 잠금이 풀릴 것 같았다. 지문인식 센서가 뒤쪽에 있어 왼손 검지를 인식하면 되지 않을까 짐작했다.

이 스마트폰을 확인해 보면 아마….

시신의 왼손을 들어 올린 순간이었다. 초인종 소리가 울려 퍼졌다. 무심코 펄쩍 뛸 정도로 놀랐지만 카즈마는 얼른 평정심을 되찾았다.

경찰의 추격이 턱밑까지 쫓아온 것 같다. 현관문은 잠기지 않았지만, 당장 열고 안으로 들어오지는 않을 것이다. 카즈마는 재빨리 일어나 현관으로 가서 자신의 신발을 챙겼다. 그때 두 번째로 초인종이 울렸다.

집 안쪽으로 걸음을 돌려 신발을 신으면서 유리문을 열고 베란다로 나갔다. 얼른 주변을 둘러보았지만, 건물 아래쪽에 감시자는 없는 듯했다. 아래는 자갈이 깔린 주차장이었다. 난간을 타고 넘어서 아래로 뛰어내렸다.

발목에 통증이 번졌다. 아픔을 가라앉히려고 전방 회전 낙법을 써서 한 바퀴 구른 후 곧바로 일어났다. 카즈마는 뒤도 돌아보지 않고 맹렬히 달렸다.

BONDS OF LUPIN

제 2 장

스타의 재난

제2장
스타의 재난

"사람 그림자도 안 보여."

미쿠모는 네리마에 있는 디자인 회사에 왔다. 1층 전면이 유리였는데, 밖에서 보기에는 아무도 없는 것 같았다. 카오리는 양손으로 쌍안경 모양을 만들어 실내를 살펴보았다.

IT 기업 사장인 타마키가 알려준 콘티넨털이라는 회원제 바에 갔다가 모리가사라는 남자를 만났다. 그를 추궁한 결과, 조금 전까지 카즈마가 가게에 있었음을 알아냈다. 20분쯤 전에 떠났다고 했다. 예상대로 카즈마의 목적은 후타바 미우를 살해했을 만한 인물을 추려내는 것이었고, 모리가사는 네리마에 있는 디자인 회사 사장의 이름을 가르쳐주었다고 했다.

"아무도 없는 것 같아. 생활은 2층에서 하지 않을까?"

"가보죠."

미쿠모는 카오리와 함께 외부 계단을 올랐다. 카오리가 초인 종을 눌렀지만, 반응이 없었다. 카오리가 다시 한번 초인종을 눌 렀다. 역시 반응이 없었지만, 안에서 무슨 소리가 난 것 같았다.

"카오리 선배님, 잠깐만요."

미쿠모는 검지를 입술에 대고 귀를 기울였다. 창문을 여는 듯한 소리가 들렸다. 확실하다. 집 안에서 나는 소리였다.

"안에 누가 있어요. 선배님일지도 몰라요."

"절대 안 놓친다, 오빠."

카오리가 그렇게 말하며 도움닫기를 해서 몸으로 문을 부수 려 하자, 미쿠모는 확인차 문손잡이를 돌려보았다. 문이 열렸 다. 카오리와 눈빛을 교환하고 안으로 들어갔다. 앞장선 사람은 카오리였다. 미쿠모가 뒤따라갔다.

"미쿠모, 이거…."

카오리가 말을 잃고 우뚝 멈춰 섰다. 거실에 들어서자마자 쓰러진 남자가 보였다. 바닥에 얼굴을 묻고 엎어진 상태였고 뒤통수에서 피가 흘러내렸다.

달려간 미쿠모는 무릎을 꿇고 남자의 팔을 들어 맥을 짚었 다. 죽은 것 같다. 이 남자가 히로세일까.

"카오리 선배님, 경찰에 신고해주세요."

"그, 그래…."

카오리가 전화하는 동안, 미쿠모는 실내를 둘러보았다. 누가 숨어 있는 것 같지는 않았다. 베란다에서 바람이 불어와 커튼

이 흔들렸다. 베란다로 나가서 바깥을 살폈다. 사람은 보이지 않았지만, 여기서 누가 뛰어내린 것이 분명했다. 그 증거로, 바로 아래 있는 주차장 자갈에 푹 파인 흔적이 남았다. 착지했을 때 생긴 흔적이리라.

"미쿠모, 신고했어."

"감사합니다. 카오리 선배님, 괜찮으세요?"

카오리는 한때 기동수사대에서 근무했지만 교통과에서 일한 기간이 훨씬 길다고 들었다. 시신을 볼 기회가 많지 않았을 것이다. 그래서인지 카오리의 낯빛이 조금 창백했다.

"어, 그냥 뭐. 그보다 미쿠모, 오빠가 한 짓은 아니겠지?"

"네. 아마도요."

절대 아니라고 장담할 수 없어서 답답했다. 시신이 아직 따뜻하니 사망한 지 얼마 되지 않은 것 같았다. 시신의 상황으로 보아 면식범의 소행일 것이다. 피해자는 집에 찾아온 손님을 맞이해 거실에 들어선 순간 뒤에서 총을 맞았다.

그 손님이 형사였다면 어땠을까. 경찰 신분증을 보여주고 조사에 응해달라고 요청했을 것이다. 피해자의 성격에 따라 다르겠지만 서서 얘기하기는 뭣하니 안에서 이야기하자며 집 안에 들였을지도 모른다. 게다가 카즈마는 현장에서 도주했다. 방금 베란다에서 뛰어내린 사람이 카즈마라는 확증은 아직 없었지만, 모든 상황증거가 그를 용의자로 지목했다.

"오빠는 대체 뭘 하고 다니는 거야?" 카오리가 내뱉듯 말했다.

미쿠모는 입술을 깨물었다. 통한의 실수였다. 방금 현관 앞에서 인기척을 들었을 때 문에 대고 외쳤어야 했다. '선배님, 기다리세요.'라고. 그랬다면 카즈마는 마음을 돌렸을지도 모른다.

"카오리 선배님, 죄송합니다. 제 탓이에요."

"네가 사과할 필요 없어. 자, 미쿠모, 이제 어떻게 할까? 수사해야지. 오빠의 무죄를 증명해야 하잖아. 그러려면 뭘 해야 하는지 알려줘."

"수확이 없을 수도 있지만, 일단 이 주변을 수색해주세요. 카즈마 선배님이 이 주변에서 잠복할 수도 있으니까요. 그리고 역과 버스정류장은 특히 꼼꼼히 조사해주세요."

"그런 건 내 전문이지. 체력이 필요한 일은 나한테 맡겨."

카오리가 밖으로 뛰어나갔다. 미쿠모는 다시 시신을 내려다보았다.

카즈마는 후타바 미우를 죽이지 않았다. 그 전제를 출발점에 놓고 생각해 보니, 현재 카즈마가 어떤 행동을 취할지 저절로 알 것 같았다. 그렇다. 후타바 미우를 죽인 진범을 찾는 것. 그것이 카즈마 자신의 혐의를 벗길 가장 빠른 길이었다.

카즈마는 다음 단계로 나아갈 단서를 이 현장에서 발견했을까. 그것을 알아내면, 카즈마가 이제 어디로 향할지 윤곽이 보일 것이다.

미쿠모는 가방에서 곱창머리끈을 꺼내 머리를 하나로 묶고 양손에 흰 장갑을 꼈다.

★

"나 왔다."

거실 문이 열리더니, 아버지 타케루가 들어왔다. 그 모습을 보고 하나코는 한숨을 쉬었다. 엄마도 그렇고 아빠도 그렇고, 초인종을 누르는 대신 멋대로 문을 따고 들어오는 행동은 삼갔으면 좋겠다. 하지만 지금은 그런 것을 지적할 때가 아니었고, 지적한다 해도 소용없을 것이 뻔해 아무 말도 하지 않았다.

타케루가 집을 둘러보다가 말했다.

"뭐야? 에츠코는 없어?"

"엄마는 뭘 산다고 나갔어. 아빠, 방금 경찰이 왔다 갔어."

하나코는 경찰에게 들은 이야기를 전했다. 카즈마가 살인 혐의로 경찰에 쫓기고 있다는 이야기를 듣고도 타케루는 놀라지 않았다.

"그래, 그렇게 나오시겠다…."

"그렇게 나오시겠다? 그게 무슨 말이야?"

"아니, 혼잣말이다. 뭐, 카즈마도 어쨌든 형사니까 알아서 잘 빠져나오겠지. 게다가 미쿠모가 있잖아. 사쿠라바네 딸내미는 제쳐 놓더라도, 미쿠모가 있으니 문제없을 거다."

타케루는 미쿠모의 능력을 높이 샀다. 처음 만났을 때부터 그랬다. 이러니저러니 해도 L의 일족을 이끄는 수장이니만큼 사람을 꿰뚫어 보는 능력은 확실히 있는 모양이다.

"아빠, 경찰에 이야기하는 게 좋지 않을까?"

역시 경찰에 알려야 하지 않을까. 그런 생각이 들기 시작했다. 유괴는 범죄이다. 단순히 거래에 응할 게 아니라, 경찰과 논의한 후에 범인 측과 협상해야 하지 않을까. 경찰에는 유괴 같은 특수범죄를 전문으로 다루는 부서도 있다고 들었다.

"네가 구태여 경찰에 기대고 싶다면, 반대하지는 않으마. 하지만 하나코, 경찰은 10억 엔을 마련해 주지 않을 거야."

"그럼 아빠, 10억 엔을 주면 범인이 안을 돌려보낼 거라는 보장이 있어?"

"당연히 보장은 없지. 하지만 10억 엔을 받았는데 웬만하면 돌려보내지 않겠어?"

"그럼 돈을 마련할 수 있어?"

"물론이지. 지금 구하는 중이야. 나만 믿어. 넌 그냥 속 편하게 기다리면 돼."

타케루는 한없이 자신만만했다. 10억 엔을 마련하는 것쯤은 그에게 식은 죽 먹기일지도 모른다. 타케루는 몸값이 얼마인지 처음 듣고는 60시간 이내에 구하기는 어렵다고 말했다. 그런데 지금은 오후 4시를 지난 시각이다. 약 4시간 만에 10억 엔을 구할 방법을 찾은 것이라면, '역시 아버지'라는 말밖에 나오지 않을 것 같다.

"그런데 하나코, 범인한테서는 연락 왔냐?"

"아니, 안 왔는데…. 아빠, 안은 괜찮을까?"

"걱정하지 마. 10억 엔이잖아. 10억 엔짜리 인질을 해치는 바보가 어디 있어?"

"그건 그렇지만…."

하나코 스스로 생각하기에도 지금 자신은 머리가 마비된 것 같았다. 10억 엔은 터무니없는 거금이다. 자신의 딸에게 그만한 몸값이 매겨진 이 사태를, 하나코는 제대로 받아들이지 못했다. 범인에게 전화가 걸려온 뒤로 계속 꿈속에 있는 것처럼 멍했다. 차라리 꿈이었으면 좋겠다고 생각했다.

스마트폰이 울렸다. 안의 담임선생님인 코바야시의 전화였다. 하나코는 곧장 전화를 받았다.

"네, 미쿠모 하나코입니다."

"코바야시입니다. 그쪽 상황은 어떤가요?"

"딱히 진전은 없어요. 여기저기 찾아보고는 있는데…."

"그렇군요. 저희도 학교 주변을 샅샅이 수색해 봤는데, 역시 없는 것 같습니다."

대화를 이어나가면서도 마음이 무거웠다. 안은 유괴되었으니 아무리 수색한들 나올 리가 없다. 유괴됐다고 말할 수도 없고, 찾았다고 거짓말을 할 수도 없었다. 하나코는 감사 인사를 하는 것 말고는 아무것도 할 수 없었다.

"선생님, 정말 감사합니다."

"아닙니다. 안은 제 소중한 학생인걸요."

하나코는 마냥 인자한 코바야시의 대응에 죄책감을 느끼며 전화를 끊었다. 그때 부엌에서 나오는 타케루가 보였다. 뻔뻔스럽게도 오른손에 캔맥주를 들고 있었다.

"아빠, 지금이 맥주나 마실 때야?"

"어쩔 수 없어. 냉장고에 이것밖에 없었단 말이야."

"거짓말. 우유랑 녹차, 오렌지주스도 있었잖아."

"하나코, 겨우 맥주 가지고 뭘 그러냐? 평일 대낮부터 맥주를 마실 수 있다는 게 이 직업의 매력이야."

타케루가 그렇게 말하며 호쾌하게 맥주를 들이켰다. 그 모습을 보자니 하나코는 불안이 솟구쳤다. 정말 괜찮을까. 정말 안을 구해낼 수 있을까.

카즈마는 이케부쿠로에 있었다. 주상복합 건물 2층에 있는 오래된 찻집이었다. 가게 안은 반쯤 차 있었다. 역과 가까운 가게치고 한산해서 숨은 보석 같은 가게였다. 예전에 이 근처를 탐문하다가 들어온 적이 있었다.

히로세 그래픽 2층에서 뛰어내린 카즈마는 거리로 나가서 지나가는 택시를 잡아탔다. 네리마역 주변에 감시가 깔려 있을 가능성을 고려해 일부러 반대 방향으로 이동했다. 그리고 카미이타바시역에서 토부토죠선으로 갈아탄 다음 이케부쿠로역에서 내렸다.

아이스커피를 마셨다. 오른쪽 발목이 욱신거렸다. 조금 전 2

층에서 뛰어내렸을 때 삐었나 보다. 양말 위로 만져 보아도 상당히 부은 것을 알 수 있었다.

그때 초인종을 누른 사람은 카즈마를 추적하는 경찰이었을 것이다. 그런 확신이 들었다. 그 상황에서 맞닥뜨렸다면 훨씬 난처해졌을 것이다. 다만 카즈마는 지금에 이르러서야 자신의 판단이 옳았을까 하는 고민이 들었다.

후타바 미우의 시신을 발견했을 때, 호텔에서 도망치지 말고 깔끔하게 경찰 조사를 받는 것이 낫지 않았을까. 이제는 너무 늦었지만 그런 후회가 머리를 스쳤다.

벌써 두 번째 시신을 조우했다. 그 시신은 히로세 타카시로, 후타바 미우를 캐고 다니던 남자였다. 예전에 한때는 미우와 가깝게 지냈다지만 자세한 사정은 모른다. 히로세도 총알 한 발에 즉사한 것으로 보아 미우 때와 마찬가지로 꽤 능숙한 자의 범행인 듯했다. 이 짧은 기간에 도쿄에서 시신 두 구가 발견된 데다 심지어 둘 다 총살이다. 동일범의 짓이라고 봐도 무방하리라.

그러나 진범을 찾을 실마리가 없었다. 유일한 단서가 히로세의 스마트폰이었다. 반사적으로 들고 와 버렸지만 잠금을 풀지 못해 정보를 볼 수 없었다. 지문이 없더라도 비밀번호 네 자리를 입력해 잠금을 풀 수 있는데, 간단한 번호 몇 개―7777처럼 흔히들 사용하는 숫자―를 시험 삼아 눌러 봤을 때는 전부 실패였다. 추적당할까 봐 지금은 전원을 꺼놓았다.

역시 경찰에 출두해야 할까. 하지만 이제 와서 출두하기는 망설여졌다. 살인사건 현장 두 곳에서 도주했다. 심증은 한없이 불리하게 작용할 것이다.

아이스커피를 끝까지 들이켰다. 목이 바싹바싹 말랐다. 물잔까지 비자 지나가는 점원에게 물을 달라고 했다. 받은 물을 마시다가, 가게에 들어오는 한 남자를 발견했다. 깜짝 놀란 카즈마는 사레가 들려 캑캑거렸다. 우연일까. 아니, 우연일 리가 없다.

남자는 카즈마가 앉은 테이블석으로 곧장 걸어왔다. 적어도 예순은 넘었을 테지만 아직 기력이 넘친다. 그는 호죠 미쿠모의 조수 야마모토 사루히코였다. 카즈마도 몇 번 얼굴을 본 적이 있었다.

사루히코는 카즈마 앞자리에 앉았다. 카즈마는 간신히 소리 내어 말했다.

"사루히코 씨, 어, 어떻게…."

"촌스러운 질문은 생략하시지요. 이번 사건에서 저는 제 의사대로 움직이고 있습니다."

"그럼 미쿠모는…."

"아가씨는 아무것도 모르십니다. 사실 제가 건강검진 수치가 조금 좋지 않아서 어제 입원을 했거든요. 그런데 너무 지루해서 말입니다. 남아도는 시간을 어쩌나 하던 차에 우연히 카즈마 공의 소식을 듣고 이렇게 도움을 드리러 왔습니다."

"그런데 제가 여기에 있는 건 어떻게 아셨어요?"

사루히코는 대답하지 않았다. 의미심장한 미소를 지을 뿐이었다. 그가 일류 정보원인 것은 카즈마도 안다. 그는 20세기와 21세기를 대표하는 두 명탐정을 뒷바라지한 조수였다. 지금은 미쿠모를 위해 일하는데 정보 수집 능력이 매우 뛰어나다. 미쿠모도 경찰청에서 일하던 시절, 그가 구해다 준 정보로 여러 번 덕을 보았다.

"참고로 아가씨는 카즈마 공의 행방을 쫓고 있습니다. 여동생분도 함께요."

"카오리까지요?"

"두 분이 도주를 돕지 않도록 경계하는 것이겠지요. 아가씨는 수사1과에 배속됐다고 합니다."

이례적인 조치였다. 하지만 미쿠모는 언제가 됐든 수사1과로 복귀했을 것이다. 카즈마와 미쿠모의 친분을 수사본부도 잘 알고 있으니 미쿠모를 추적 팀에 넣은 것은 나쁘지 않은 인력 배치였다. 다만 쫓기는 처지에서는 미쿠모만큼 무서운 존재가 없었다.

"아무튼 카즈마 공, 현재 상황은 어떻습니까?"

대답을 망설였다. 사루히코를 믿어도 될지 확신이 서지 않았다. 사루히코는 미쿠모의 충실한 조수였다. 그에게 전부 이야기하면 그 내용이 그대로 미쿠모의 귀에 들어가지 않을까. 하지만 이번만은 그러지 않으리라는 느낌이 들었다. 사루히코가 미쿠모의 조수로서 움직였다면, 그가 아니라 미쿠모 본인이 여기에 왔을 것이다. 지금의 사루히코는 독단으로 움직였다고 봐도 될 것 같았다.

카즈마는 마음을 굳히고 지금까지 겪은 일을 사루히코에게 말했다. 이야기를 이어가는 동안 아이스커피를 리필했고, 사루히코는 뜨거운 커피를 주문했다.

"…그러셨군요. 관건은 히로세라는 남자와 후타바 미우의 관계인 것 같습니다."

설명을 끝까지 들은 사루히코가 말했다. 카즈마는 자신이 추리한 바를 말해 보았다.

"역시 동일범의 소행일까요?"

"장담하기는 이릅니다. 둘 다 총살이었고 심지어 같은 날 시신이 발견됐지요. 동일범의 소행으로 여기고 싶은 마음은 이해합니다만…."

확실한 증거가 없다는 말이었다. 베테랑 탐정 조수답게 말에 무게가 있었다.

"그런데 카즈마 공, 다친 오른쪽 발목은 괜찮으십니까?"

"네. 이 정도는 별거 아니에요."

카즈마는 그렇게 대답했지만, 사루히코는 의심스러운 시선을 던졌다.

"정말입니까? 잠깐 일어나서 걸어봐 주시겠습니까?"

카즈마가 일어섰다. 사실 조금 전부터 통증이 더 심해졌다. 계속 욱신거리고 쑤셨다. 오른발을 앞으로 내딛다가 저도 모르게 균형을 잃었다. 눈 깜짝할 사이에 일어난 사루히코가 카즈마의 겨드랑이 밑에 손을 넣어 몸을 부축해 주었다.

"우선 의사에게 진찰부터 받아야겠습니다."

그러고 싶은 마음은 굴뚝같았지만, 건강보험을 이용해 진찰을 받으면 진료기록이 경찰에 넘어갈까 봐 걱정되었다. 게다가 수중에 남은 현금은 5천 엔뿐이었다. ATM으로 돈을 뽑거나 신용카드를 쓸 수도 없는 노릇이었다. 경찰이 작정하면 어떤 식으로든 추적할 수 있기 때문이다.

"토라노몬에 잘 아는 병원이 있습니다. 선대께서 쓰러지셨을 때도 그 병원에 신세를 졌지요. 서로 잘 아는 사이라 비밀이 외부에 새어나갈 일은 절대 없습니다. 안내해 드리겠습니다, 카즈마 공."

카즈마는 사루히코의 부축을 받아 걸었다. 발을 내디딜 때마다 오른쪽 발목에 날카로운 통증이 번졌다.

"전 정말 아무것도 몰라요. 그냥 사무 처리만 했고, 기껏해야 여기서 전화 받은 게 다라서…."

미쿠모 앞에는 한 여성이 있었다. 이름은 쿠라사와 유리. 히로세 그래픽에서 일하는 사무원이었다. 일주일에 두세 번 이 사무실에서 전화 응대나 서류 정리를 했다는데, 미쿠모가 보기에는 조금 못 미더운 느낌이었다. 나이는 28세. 어딘가 화류계 냄새를 풍기는 여자였다.

"유리 씨는 히로세 사장님을 어디서 처음 만나셨죠?"

"일하는 곳에서요. 아, 사실 제가 이케부쿠로에 있는 업소에서 일해요. 거기서 히로세 사장님을 알게 됐어요. 그분이 단골이었거든요."

대충 짐작이 갔다. 처음에는 그저 유흥업소 여자와 손님이었다가 점차 사이가 가까워져 회사의 전화 응대까지 맡게 된 것이다.

"히로세 사장님께 원한을 품은 사람이 있었습니까?"

"딱히 없었어요."

"후타바 미우라는 이름을 들어본 적이 있으세요?"

"글쎄요…. 모르겠어요."

유리는 고개를 가로저었다. 거짓말을 하는 것 같지는 않았다.

시신이 발견된 지 2시간이 지났다. 시신은 조금 전 법의학자가 있는 병원으로 이송되었다. 2층 현장에서는 지금도 과학수사대 요원들이 수사하느라 여념이 없었다. 동시에 주변 탐문도 시작되었다.

히로세와 후타바 미우가 연결되어 있다는 결정적인 증거는 아직 찾지 못했지만, 두 사건을 일으킨 범인이 한사람일 가능성이 있어 특별수사본부가 설치될지도 모른다고 했다.

그리고 흥미로우면서도 수사관들의 긴장감을 돋우는 사실이 또 하나 드러났다. 살해된 히로세 타카시가 전직 경찰로 판명되었다.

그가 퇴직한 것은 지금으로부터 10년 전, 42세일 때였다. 그가 음주운전으로 체포되어 감봉 처분을 받은 일이 계기였다. 당시 그는 관할서 형사과에 있었는데 체면이 신경 쓰였는지 곧바로 명예퇴직했다. 그 이후 히로세는 네리마에서 아버지가 운영하는 인쇄회사의 일을 도왔다. 그리고 5년 전, 아버지가 돌아가시자 회사 이름을 히로세 그래픽으로 바꾸고 새 출발 했다. 그다지 규모가 큰 일을 맡지는 않았지만, 경찰청에서 발주하는 포스터 같은 것들을 히로세 그래픽이 담당했다고 한다. 예를 들면, 가을에 나붙는 교통 안전 주간 포스터나 마약 퇴치를 호소하는 포스터 같은 것들이 있었다. 작년에는 물론 재작년에도 지명 경쟁 입찰로 일을 따냈다고 한다.

"마지막으로 그분을 만나신 게 언제죠?"

"그저께였나? 낮에 잠깐 마주친 게 다지만요."

히로세는 독신이었다. 그의 사생활을 자세히 알 만한 사람은 아직 드러나지 않았다. 유리에게서는 이 이상 뽑아낼 정보가 없을 듯했다.

"감사합니다. 여기서 조금만 더 기다려주세요."

미쿠모는 유리를 그 자리에 남겨두고 2층으로 올라갔다. 과학수사대 요원들이 수사를 이어갔다. 미쿠모는 중년의 사복형사를 발견하고 그에게 말을 걸었다.

"이제 사무원 유리 씨를 돌려보내도 될까요?"

"나는 판단할 권한이 없어. 조금만 더 기다리시라고 해."

"알겠습니다. 새로 밝혀진 게 있습니까?"

"눈에 띄는 건 없어. 피해자의 핸드폰이 보이질 않는군. 범인이 들고 갔을지도 모르겠어."

스마트폰 같은 단말기는 정보의 보고이다. 단말기로 피해자의 인간관계를 속속들이 알 수 있다. 범인 또는 카즈마가 의도적으로 들고 갔을 가능성이 컸다.

미쿠모는 사건 현장을 뒤로했다. 계단으로 1층까지 내려갔을 때 스마트폰이 울렸다. 카오리의 전화였다. 카오리는 주변 지역을 탐문하고 있었다.

"나야. 오빠의 모습이 CCTV에 찍혔어."

"거기 위치가 어디예요?"

"지금 위치를 문자로 보낼게. 역 앞에 있는 패스트푸드점이야."

미쿠모는 도착한 문자 메시지를 확인하고 곧장 가게로 향했다. TV 광고에도 자주 등장하는 대형 체인점이었다. 카오리가 가게 앞에서 기다리고 있었다. "여기야." 하며 가게 안으로 들어가더니 미쿠모를 주방 안쪽 사무실로 안내했다.

유니폼을 입은 남자 직원이 컴퓨터 앞에 앉아 있었다. "틀어줘요." 카오리가 말하자, 남자 직원이 컴퓨터 마우스를 움직였다. 잠시 후 화면에서 영상이 나왔다.

계산대를 위에서 비스듬하게 찍은 영상이었다. 한 남자가 다가와서 계산대 앞에 섰다. 청바지에 검은 재킷을 입었고, 눌러 쓴 모자도 검은색이었다. 고개를 약간 숙인 채 계산을 마치고 먹을 것을 받아드는 장면이 담겨 있었다.

카즈마가 요츠야 의류 매장에서 옷을 구입해 거기서 옷을 갈아입었다는 보고를 방금 받았다. 얼굴은 그리 선명하게 찍히지 않았지만, 보고에서 들은 옷차림과 똑같은 것을 보니 영상 속 남자가 카즈마라는 확신이 들었다.

"카운터에서 햄버거를 먹고 바로 가게를 나간 것 같아. 가게에 머문 시간은 총 5분 정도였대."

카오리의 설명에 귀를 기울이며 화면 오른쪽 아래에 표시된 시간을 확인했다. 카즈마가 이 가게를 방문한 시각은 정확히 오후 3시였다. 간발의 차였다. 그때 미쿠모는 카오리와 함께 세이부 이케부쿠로선에 몸을 싣고 있었다. 전철을 한 대만 일찍 탔어도 카즈마를 따라잡았을 텐데.

"미쿠모, 어떻게 할까?"

카오리가 조금 당혹스러운 눈빛으로 물었다. 그녀의 마음을 모르지는 않았지만, 미쿠모와 카오리는 카즈마를 수색하는 팀의 일원이었다.

"보고는 해야죠."

"그렇지, 아무래도."

카오리가 어깨를 축 늘어뜨렸다. 카즈마가 우연히 이 가게에 들어왔을 리는 없다. 이 가게에서 식사를 하고 히로세 그래픽으로 향했다고 봐야 한다. 그렇다면 두고 볼 것도 없이 카즈마는 히로세를 죽인 용의자로 부각될 것이다. 그것도 가장 유력한 후보로.

'선배님, 대체 뭘 하시는 거예요?'

미쿠모는 마음속으로 카즈마에게 따져 물었다.

★

카즈마는 눈을 떴지만 자신이 어디에 있는지 잠시 인지하지 못했다.

조금 전 사루히코에게 끌려와 토라노몬에 있는 종합병원 정형외과에서 진찰을 받았다. 서류 절차는 전부 사루히코에게 맡겼다. 엑스레이 사진을 찍어 보니 뼈에는 이상이 없었지만 발목 인대가 손상됐다는 진단이 나왔다. 쉽게 말해 중증 염좌였다. 파스와 진통제를 처방받고 곧장 병원 근처에 있는 비즈니스 호텔에 방을 잡았다. 진통제를 먹자 금방 잠이 쏟아졌다.

몸을 일으켰다. 아주 평범한 싱글룸이었다. 오후 7시를 넘은 시각이었다. TV를 켜고 NHK뉴스로 채널을 돌렸다. 잠시 집중해 봤지만 후타바 미우나 히로세 타카시 살인사건 이야기는 나오지 않았다. 벌써 지나갔거나 경찰이 언론에 공개하지 않았거나 둘 중 하나였다.

사루히코는 보이지 않았다. 어디로 갔을까. 탁자 위에 카즈마의 지갑과 경찰 신분증이 놓여 있었다. 얼마간 뉴스를 보고 있자니, 문 열리는 소리가 났다. 안으로 들어온 사람은 사루히코였다.

"일어나셨군요." 사루히코는 그렇게 말하며 하얀 비닐봉지를 탁자 위에 올려놓았다. "음식입니다. 괜찮으면 드시지요."

"하나부터 열까지 귀찮게 해드려 죄송하고 감사합니다."

카즈마가 깊이 고개를 숙였다. 그것이 할 수 있는 전부라 죄스러웠다. 이렇게 신세를 지게 될 줄은 꿈에도 몰랐다. 아무리 고개를 숙여도 부족했다.

"아가씨가 카즈마 공께 신세를 많이 지지 않았습니까. 이 정도는 아무것도 아닙니다. 그보다 이번 사건은 아직 뉴스에 나오지 않는 듯합니다. 경찰청도 신중을 기하는 것 같군요. 그리고 재미있는 사실이 하나 밝혀졌습니다. 네리마에서 죽은 히로세 아무개라는 남자가 전직 경찰이었다고 합니다."

그것이 무엇을 의미하는지 카즈마는 알 수 없었다. 전직 경찰과 사기꾼 후타바 미우가 한통속이었다는 뜻일까. 과거에 두 사람이 결탁해서 악행을 벌였는지도 모르지만, 지금 그것을 조사하기는 어려웠다. 지금의 카즈마는 도망자 신세이니 말이다.

"이걸 돌려드리지요."

사루히코가 그렇게 말하며 스마트폰 한 대를 탁자 위에 올려놓았다. 히로세의 집에서 들고 온 스마트폰으로, 아마 죽은 히로세의 물건일 것이다. 사실 몇 번 전화가 걸려왔지만, 경찰 같아서 전원을 꺼버렸다. 그 뒤로 한 번도 켜지 않았다.

"비밀번호를 알아냈습니다."

"정말입니까?"

카즈마는 저도 모르게 몸을 앞으로 쭉 뺐다. 스마트폰 위에 붙은 포스트잇에 숫자 네 개가 적혀 있었다. 사루히코가 설명했다.

"이런 스마트폰 화면에는 반드시 주인의 피지와 땀 같은 분비물이 묻는 법이지요. 특수한 가루를 화면에 뿌려서 손이 자주 닿은 위치를 알아냈습니다. 그 결과 숫자 네 개가 나왔습니다. 그 이후 작업은 간단했지요. 스마트폰 주인에게 친숙한 숫자, 예를 들어 전화번호나 생일과 비교해 봤습니다."

사루히코는 대수롭지 않게 설명했지만, 간단한 일이 아니었다. 호죠 탐정사무소가 얼마나 수준 높은 곳인지 새삼 실감했다. 조수가 이렇게 유능하니 막히는 일이 없을 터였다.

"차량 번호를 비밀번호로 설정해 두었더군요. 흔한 패턴입니다."

카즈마가 스마트폰으로 손을 뻗자, 사루히코가 막았다.

"조심하십시오, 카즈마 공."

"GPS를 걱정하시는 거죠?"

"그렇습니다." 사루히코가 고개를 끄덕였다.

GPS를 수사에 이용하는 것은 사생활 침해에 해당하기에 영장이 없으면 위법이라는 대법원 판결이 나온 바 있다. 게다가 이용자가 GPS 기능을 끄면 애초에 위치를 알아낼 수 없다는 난점도 있었다.

하지만 이 스마트폰은 사망한 히로세의 물건이자 살인사건 피해자의 유품이었다. 그런 스마트폰이 사라졌으니, 경찰은 영장 없이도 수사망을 펼 것이다. 전원을 켜자마자 이곳 위치가 발각될지도 모른다.

"피해자의 스마트폰을 살펴보고 싶은 마음은 이해합니다만, 그러려면 그에 맞는 각오가 필요합니다. 카즈마 공의 위치를 가르쳐주는 꼴이 될 수도 있습니다."

"네. 압니다."

카즈마는 당장이라도 스마트폰을 살펴보고 싶은 욕구를 가까스로 억눌렀다. 아직은 그럴 단계가 아니었다.

카즈마는 바닥에 놓인 가죽구두를 신었다. 진통제를 복용한 덕분인지 이제 오른쪽 발목이 그다지 아프지 않았다.

"나가실 겁니까?"

"네. 잠깐…"

카즈마는 말끝을 흐렸다. 이 다리로는 멀리 갈 수 없겠지만, 딱 한 통이라도 전화를 걸고픈 마음이 간절했다. 하나코의 목소리를 듣고 싶었다. 무사하다는 말을 전하고 싶었다.

"그렇군요. 그럼 저는 실례하겠습니다. 호텔 숙박비는 이미 정산했으니 신경 쓰지 마십시오."

"감사합니다. 돈은 꼭 갚겠습니다."

"그럼 저는 이만. 무슨 일이 생기면 또 뵐 수 있을지도 모르겠군요."

사루히코가 방에서 나갔다. 도움을 준 사루히코에게 진심으로 고마웠다. 그가 없었다면 지금쯤 카즈마는 거리를 배회하고 있었을 것이다.

소형 냉장고 위에 놓인 봉투가 눈에 들어왔다. 열어보니 만 엔짜리 지폐 다섯 장이 들어 있었다. 사루히코는 대체 얼마나 눈치가 빠른 것일까. 고맙게 받기로 했다. 카즈마는 지폐를 지갑에 챙겨 넣고 일어섰다.

1시간 후, 카즈마는 도쿄역 안을 걸었다. 토라노몬역에서 긴 자선을 타고 가다가 야마노테선을 따라 도쿄역까지 왔다. 사루히코가 잡아준 호텔 1층 로비에도 공중전화가 있었지만, 신중에 신중을 기하느라 도쿄역까지 왔다. 전화를 걸었다가 위치를 역추적당할까 봐 걱정돼서였다.

밤 8시가 지났지만, 많은 사람이 도쿄역 역사 안을 오갔다. 출장 갔다 돌아오는 회사원이 대부분이었다. 역사 벽에 붙은 커다란 광고에서 마녀로 분장한 여자 아이돌이 마법 지팡이를 들고 포즈를 취하고 있었다. 호박 랜턴도 있었다. 핼러윈을 콘셉트로 한 광고로, 이 시기에만 파는 한정판 초콜릿을 소개하는 모양이었다.

"있잖아, 아빠. 핼러윈 때는 왜 다들 이상한 옷을 입어?"

일주일 전이었을까. 안과 함께 목욕하다가 그런 질문을 받았을 때 카즈마는 이렇게 대답했다.

"그건 말이지, 안. 핼러윈은 유럽에서 생겨난 행사인데, 사람들은 그날 조상님들의 영혼이 돌아온다고 믿었대. 그런데 조상님들의 영혼하고 나쁜 영혼이 같이 올 때도 있는 거야. 그래서 악령들을 놀래주려고 가면을 쓰거나 분장을 했대."

"흐음, 그렇구나. 그럼 아빠, 그 호박은 뭐야? 왜 눈이랑 코에 구멍이 뚫렸어?"

"그건 랜턴이라는 건데, 음, 손전등 같은 거야. 안에 양초를 넣고 밤길을 걸을 때 사용해. 빛을 밖으로 내보내려고 구멍을 뚫은 거야."

"아빠, 아빠는 핼러윈 파티에 와?"

"응. 갈 수 있으면 가려고."

"수사가 없으면?"

"맞아. 수사가 없으면 아빠도 파티에 갈게. 약속해."

"사건이 안 일어나면 좋겠다. 그럼 새끼손가락 걸자."

핼러윈데이인 모레, 안이 친구네 가족들과 함께 파티를 한다기에 별일이 없으면 카즈마도 참석할 생각이었다. 그런데 이 상태로는 도무지 파티에 갈 수 없을 것 같다. '미안해, 안.' 카즈마는 속으로 사과했다.

야에스 출입구로 밖에 나왔다. 잠시 걷다가 공중전화 부스를 발견했다. 안에 들어가 수화기를 들었다. 10엔짜리 동전을 몇 개 넣고 하나코의 핸드폰 번호를 눌렀다. 통화연결음이 다섯 번쯤 울리자, 하나코가 전화를 받았다.

"…여보세요?"

경계하는 목소리가 들려왔다. 하나코의 스마트폰에는 '공중전화'로 표시되었을 것이다. 경계하는 것이 당연했다. 카즈마는 아내에게 말했다.

"하나코, 나야. 카즈마."

"카즈마…."

첫마디를 뱉자마자 하나코의 목이 메었다. 역시 하나코도 상황을 아는 듯했다. 어쩌면 집에 경찰이 찾아왔을지도 모른다. 집 주변에는 당연히 감시가 깔렸을 것이다.

"정말 미안해. 나는 아무 짓도 안 했어. 믿어줘, 하나코."

"아니야, 카즈마…."

"내가 어떻게든 내 무죄를 증명할게. 그러니까 하나코…."

"그게 아니라고, 카즈마. 내 얘기 들어!"

수화기 너머에서 하나코가 소리치듯 말했다. 서슬 퍼런 말투에 카즈마는 입을 다물었다. 심상치 않은 기운이 느껴졌다. 이내 하나코가 말했다.

"카즈마, 진정하고 잘 들어. 안이… 안이… 유괴됐어."

안이 유괴됐다. 카즈마는 그 말뜻을 이해하지 못했다. 지금 아내는 무슨 실없는 소리를 하는 것일까. 지금은 이런 농담을 할 때가 아닌데. 그런 생각이 들었지만, 하나코는 담담히 설명을 이어갔다.

"오전에 학교에서 전화가 왔어. 담임인 코바야시 선생님한테서. 선생님이 말하길 안이 학교에 오지 않았다서, 급하게 집에 왔어. 집에도 안은 없었어. 온 동네를 뒤졌지만 안을 못 찾았어. 시아버지가 실종신고를 해주셨어."

하나코의 이야기는 농담이 아니었다. 카즈마는 머리 한쪽이 마비된 듯했고, 하나코의 목소리는 아득히 멀리서 들려왔다.

"…점심때쯤 범인한테 전화가 왔어. 음성 변조기인지 뭔지 기계로 만진 것 같은 목소리로 범인이 똑똑히 말했어. 딸을 데리고 있다고. 범인은 몇 가지 조건을 제시하고 전화를 끊었어. 나는 곧장 아빠한테 그 이야기를 전했고."

목이 바싹바싹 탔다. 카즈마는 마른침을 삼키고 말했다.

"정, 정말이야? 정말로 안이…."

"사실이야, 카즈마. 이런 상황에서 내가 왜 거짓말을 하겠어? 나도 다 꿈이었으면 좋겠어. 정말 그랬으면 좋겠어."

안이 유괴됐다. 그 사실을 좀처럼 받아들일 수 없었다. 카즈마는 떨리는 목소리로 말했다.

"미, 미안해, 하나코. 일단 끊자. 그, 금방 다시 걸게. …미안해."

수화기를 내려놓았다. 카즈마는 전화 부스 유리에 등을 기댄 채 미끄러지듯 무너져내렸다. 바닥에 털썩 주저앉아서 머리카락을 마구 헝클었다.

욕실에서 새끼손가락을 걸고 약속하던 순간이 떠올랐다. 안은 핼러윈 파티가 기대된다며 신나게 재잘거렸다. 그런 안이 유괴되고 말았다. '그런데 나는….'

한심하다. 딸이 위험한데 달려갈 수조차 없다. 아빠로서 실격이다. 지금 자신은 대체 뭘 하는 것일까. 자기 자신을 한 대 치고 싶은 기분이었다.

하지만 언제까지고 여기에 주저앉아 있을 수만은 없었다. 카즈마는 일어나서 다시 수화기를 들고 동전을 넣은 다음 하나코의 번호를 눌렀다. 이번에는 금방 연결되었다.

"미안해, 하나코. 그래서 유괴범이 요구한 건 뭐야? 돈이야?"

"현금 10억 엔. 아니면 그에 상응하는 다른 것."

"10억 엔? 그런 거금을 어떻게 구하란 거야?"

"범인은 미쿠모 가문의 정체를 알아. 아빠가 추측하기론 그런 것 같대. 그래서 10억 엔이라는 거금을 요구한 거야."

카즈마의 처부모인 타케루와 에츠코는 현역 도둑이라 변함없이 나쁜 짓을 일삼지만, 카즈마는 그런 행동을 보고도 못 본 체한다. 형사로서 상상할 수도 없는 특수한 상황에 있는 셈이었다. L의 일족에 '악인의 물건만 훔친다'는 철칙이 있는 것이 유일한 위안이었다.

"그럼 설마 장인어른이…."

"10억 엔을 구해 오겠대. 녹록지는 않은 것 같아. 국내에는 자산을 두지 않는 편이라나 뭐라나."

이야기의 규모가 너무 커서 말문이 막혔다. 10억 엔이나 되는 거금을 직접 마련하겠다는 생각 자체가 불가사의했다. 그러나 미쿠모 타케루는 그런 사람이었다. 그러면 정말로 돈을 구해올지도 모른다. 그런 생각을 불러일으키는 무언가가 있었다.

"그럼 경찰에 신고하지 않았다는 거구나."

"응. 사실 시부모님께도 말씀드리지 않았어."

어떤 범죄가 일어나면 당연히 경찰에 신고해 수사를 요청해야 한다. 카즈마 자신도 경찰이니 그 흐름에 의구심은 없었다. 하지만 유괴사건은 까다롭고 복잡해서, 불행한 결말을 맞는 경우가 드물게 있었다. 게다가 유괴된 아이는 자신의 딸이다. 부모로서 어떻게든 구해내겠다는 마음이 드는 것은 당연하니, 거래에 응하려는 타케루의 심정도 이해가 되었다. 그깟 돈으로 안을 구할 수만 있다면 기꺼이 돈을 희생하겠다고 생각할 만도 하다.

"근데 대체 누굴까? 미쿠모 가문의 정체를 아는 사람은 거의 없잖아." 그 말을 하는 순간 불현듯 떠올랐다. 짐작 가는 인물이 딱 한 명 있었다. "하나코, 혹시 그 여자 아닐까? 그 여자가 또 우리한테 장난질하는 걸지도 몰라."

미쿠모 레이. 하나코의 고모인 여자. 경찰관을 살해한 죄로 오랫동안 복역했지만, 약 5년 전에 가석방된 뒤로 홀연히 사라졌다. 뛰어난 범죄 계획자이자 천재적인 범죄자라 수많은 범죄에 가담했을 것으로 추측되었다. 카즈마도 예전에 몇 번 호되게 당한 적이 있어 언젠가 반드시 체포해야 할 위험인물이었다.

"나도 그렇게 생각했어. 아빠한테도 얘기했는데, 아빠는 아닐 거라고 했어."

미쿠모 레이라면 현금을 요구하지 않았을 것이다. 그것이 타케루의 주장이었다. 돈은 마음만 먹으면 얼마든지 훔칠 수 있으니 말이다. L의 일족다운 의견이었지만, 의문이 남았다.

"그럼 대체 누가…"

답답했다. 딸이 유괴됐는데 카즈마는 아무것도 하지 못하고 도망 다닐 뿐이었다. 마음 같아서는 한시라도 빨리 하나코에게 달려가 안이 무사하기를 함께 기도하고 싶었다. 아니, 어디 기도뿐이겠나. 형사로서 직접 유괴범을 잡고 싶었다.

"하나코, 경찰이 집을 감시하고 있지?"

확인차 물어봤다.

"응. 아파트 앞에 잠복용 차량이 서 있어." 하나코가 대답했다.

"그래…"

카즈마는 낙담했다. 역시 집에는 돌아가지 않는 것이 좋겠다. 저도 모르게 한숨을 쉴 뻔하다가 겨우겨우 삼켰다. 하나코에게 한심한 모습을 보여줄 수는 없었다. 하나코도 지금 틀림없이 괴로울 것이다.

"이쪽 일은 알아서 해볼게. 아빠도 있으니까. 그보다 그쪽은 어때, 카즈마? 미쿠모한테 연락받아서 대충 얘기는 들었어."

"나는 아무 짓도 안 했어. 이건 함정이야."

카즈마가 살인 누명을 뒤집어쓴 날 하필 딸 안이 유괴되었다. 카즈마는 이를 우연으로 생각할 만큼 순진하지는 않았다. 두 사건은 이어져 있다. 생각보다 큰 사건일 수도 있는데, 아직 적의 꼬리조차 잡지 못한 것이 현실이었다.

"하나코, 기다리고 있어. 이쪽 일이 정리되면 바로 그쪽으로 갈게."

"알았어. 카즈마, 조심해."

"하나코, 당신도."

카즈마는 수화기를 내려놓고 공중전화 부스에서 나갔다. 다리에 힘이 들어가지 않았다. 근처에 있던 화단 가장자리에 걸터앉았다. 손목시계를 보니 오후 8시 30분이었다. 거래에 임할 수 있는 제한 시간은 모레 자정이라고 했다.

카즈마는 입술을 깨물었다. 행인들이 앞을 스쳐 지나갔다. 이제 51시간 30분밖에 남지 않았다. 카즈마는 과연 그때까지 자신의 무죄를 입증하고 하나코에게 달려갈 수 있을까.

★

안은 계속 침대에 누워 있었다. 가만히 있기도 슬슬 지겨웠다. 점심때 빵을 다 먹자, 왼손이 다시 침대 프레임에 묶였다. 눈과 입은 그대로였지만, 방에 갇힌 처지라 침대 위에 누워 있는 것 말고는 할 일이 없었다. 지루했다.

낡은 건물인데도 전기는 들어오는지 형광등이 빛을 냈지만 한쪽만 켜져서 어둑어둑했다. 조금 전까지 옆 방에서 들려오던 게임 소리는 어느새 사라졌다.

그때 문이 열렸다. 몹시 오래된 건물이라 문만 열어도 큰 소리가 났다. 오오이와라는 덩치 큰 남자가 방에 들어왔다. 손에는 흰 비닐봉지를 들었다.

"밥 사 왔어."

오오이와가 비닐봉지를 침대 위에 내려놓았다. 지금이 몇 시
인지는 몰라도 별로 배고프지 않았다. 그때 오오이와가 말했다.

"안 먹어?"

안은 오오이와를 올려다보았다. 반소매 사이로 굵은 팔뚝이
엿보였다. 아빠도 매일 열심히 운동하지만 그만한 근육은 없었
다. 저 팔에 맞으면 아플 것 같았다.

"저기요, 아저씨." 안은 용기를 짜내 말을 걸었다. "저 이제
어떻게 돼요? 혹시 죽어요?"

오오이와는 대답하지 않았다. 조금 난처한 표정으로 서 있었
다. 안이 이어서 말했다.

"아저씨, 가르쳐 주세요. 저 살 수 있죠?"

"나 아저씨 아니야."

"네?"

"그런 나이가 아니야."

안에게 어른 남자는 다 아저씨였다. 하지만 가끔 아저씨라고
불리기를 싫어하는 사람도 있었다. 그러나 오오이와라는 사람
은 아무리 봐도 아저씨였다. 오빠 느낌은 아니었다.

"그럼 아저씨, 아니지, 음…, 오오이와 님은 몇 살이에요?"

"서른여섯 살."

아빠보다 어려서 놀랐다. 빡빡 깎은 민머리 때문에 나이 들

어 보이는 것일 수도 있다.

"오오이와 님, 다른 사람은 어디 갔어요? 선배라고 부르던 사람요."

"선배님은 밥 먹으러 갔어. 편의점 음식에 질렸나 봐."

"흠…. 그렇구나."

안은 오오이와를 올려다보았다. 키도 크고 몸도 근육질이었다. 생김새는 험악하지만, 그다지 무섭지는 않았다. 오히려 친근감마저 느껴졌다. 뭐랄까. 꼭 친구인 남자애와 대화하는 것 같았다.

"진짜 안 먹어?"

오오이와가 묻자, 안이 대답했다.

"나중에 먹을게요. 지금은 괜찮아요."

"그래, 그럼."

오오이와가 일어나 나가려고 하자, 안이 불러세웠다.

"잠깐만요, 오오이와 님."

오오이와가 멈춰 서서 안을 돌아보았다. 최대한 많은 정보를 모아야 했다. 언젠가 할부지가 해준 말을 떠올렸다. '잘 들어라, 안. 뭘 하든 정보를 모으는 게 제일 중요해. 원하는 보물이 있으면 우선 그 보물의 정보를 모아야 해. 그게 첫 단계야.'

"오오이와 님, 서서 얘기하면 다리 아프잖아요. 여기 앉아요."

안은 묶이지 않은 오른손으로 침대 위를 톡톡 두드렸다. 오오이와는 망설이는 듯하다가 이내 안 옆에 앉았다.

"오오이와 님, 근력 운동 해요?"

가까이서 보니 오오이와의 근육은 엄청났다. 안은 이렇게 근육질인 어른을 처음 봤다. 오오이와는 살짝 고개를 숙인 채 말했다.

"'님'은 없어도 돼. 난 대단한 사람이 아니니까. 중학교도 안 나왔어."

'님'을 붙여서 부르지 말라는 의미인 것 같았다. '군'이나 '양'은 이상하고, 그냥 이름으로 부르기도 그렇다. 그렇다면….

"그럼 오오이와 씨라고 부를게요. 내 이름은 안이에요. 미쿠모 안. 안이라고 불러요."

"…안."

"네, 그렇게 부르면 돼요. 오오이와 씨는 이름에 무슨 한자를 써요?"

오오이와가 몸을 굽혀 콘크리트 바닥에 검지로 글자를 적었다. 먼지가 쌓여 있어 희미하게나마 글자가 보였다. '오오이와(大岩)'라고 적혀 있었다. 빈말로도 잘 썼다고 할 수 없는 글씨였다.

"그럼 나도 써줄게요."

안은 그렇게 말하며 콘크리트 위에 한자로 자기 이름을 적었다. 미쿠모 안(三雲杏). 스스로도 좋은 이름이라고 생각했다.

"너… 똑똑하다. 벌써 한자로 이름을 쓸 줄 아는구나."

"난 벌써 초등학교 3학년인걸요. 그리고 구름 운(雲) 자 말고는 다 쉽잖아요."

방금 나눈 이야기를 떠올렸다. 오오이와는 중학교를 나오지
않았다고 했다. 그럴 수가 있나? 중학교까지는 누구나 반드시
졸업해야 한다는 사실을 안은 알고 있었다. 의무 교육 제도 때
문이었다.

"있잖아요, 오오이와 씨. 나 언제쯤 집으로 돌아갈 수 있어
요?"

"글쎄." 오오이와는 팔짱을 꼈다. "조만간 돌아갈 수 있지 않
을까?"

"조만간이 언젠데요? 내일? 아니면 모레?"

"글쎄. 너희 가족이 돈을 주면 바로 돌아갈 수 있을 거야."

역시 목적은 돈인가. 그런 돈을 몸값이라고 한다. 안은 사쿠
라바 가문 본가에 갈 때마다 할배와 함께 형사 드라마를 본
덕에 그런 용어를 자연스럽게 익혔다.

"내 몸값은 얼마예요?"

"아주 비싸."

30만 엔 정도일까. 아빠와 엄마가 그 돈을 낼 수 있을까. 아
빠와 엄마는 그다지 부자가 아니고, 특히 엄마는 마트에서 파
는 할인 상품이라면 사족을 못 쓴다. 하지만 걱정할 필요는 없
다. 할부지와 할무니가 어떻게든 해줄 것이다. 두 사람은 도둑
인데, 특히 할부지는 유명한 그림을 몇 장이나 갖고 있다고 자
랑했다. 고흐나 피카소 같은 유명한 화가의 그림도 갖고 있다

고 했다.

"오오이와 씨, 나도 게임 시켜 줘요. 여기 있기 지겨워요."

"게임은 안 돼."

"쩨쩨하게."

"내일. 내일이 되면 게임할 수 있을지도 몰라. 하지만 오늘은 안 돼."

멀리서 어떤 소리가 들렸다. 이 공장에 누가 들어오는 소리 같았다. 선배가 돌아온 모양이다. 오오이와는 허겁지겁 일어나 더니 재빨리 덧붙였다.

"조금 있으면 밤 9시야. 밥 먹고 나서 자. 얌전히 있어야 돼."

오오이와가 방에서 나가 버렸다. 또다시 혼자가 된 안은 흰 비닐봉지를 들여다보았다. 주먹밥 두 개와 감자칩, 초콜릿 과자 가 있었다. 마실 것으로는 스포츠음료가 있었다. 안은 감자칩을 무척 좋아하는데 건강에 나쁘다는 이유로 최근에 금지당했다.

감자칩을 꺼내 들었다. 한 봉지 다 먹어도 될까. 아니다. 반만 먹고 나머지는 내일 먹자. 그런 생각을 하자 마음이 조금 들떴다.

★

오후 10시. 미쿠모는 신주쿠 경찰서 대회의실에 있었다. 앞에 서 진행되는 특별수사본부 수사회의를 지켜보았다. 오전에 수 사관들이 30명쯤 동원되었다가, 네리마에서 히로세의 시신이 발견된 뒤로 더 증원됐다고 한다. 어림잡아 80명은 되는 것 같다. 미쿠모는 카오리와 나란히 맨 뒷자리에 앉았다.

"이어서 네리마 현장의 보고다."

회의 진행을 맡은 남자의 목소리에 반응해 한 수사관이 일어섰다. 보고가 시작됐다.

"사망자는 히로세 타카시, 52세. 다들 아시다시피 히로세는 10년 전까지 경찰청에 소속돼 있었습니다. 음주운전을 저질러서 책임지고 명예퇴직했습니다. 마지막 부임지는 시나가와 경찰서 지역과였습니다. 현재는 네리마에 있는 히로세 그래픽의 사장입니다."

예전에는 인쇄회사였지만, 최근에는 직접 인쇄하는 대신 수주한 일감을 하청으로 돌렸다고 한다. 친한 업소 아가씨를 사무원으로 고용했을 정도이니 결과적으로 사업이 잘 풀렸나 보다.

"사인은 총살. 뒤통수에 한 발을 맞고 즉사한 것으로 보입니다. 적출된 총알을 토대로 토카레프 권총이 사용됐다는 사실을 밝혀냈습니다. 후타바 미우를 살해한 권총과는 완전히 다릅니다. 호텔을 빠져나간 뒤에 어디선가 구한 것 같습니다."

시간상 너무 빠듯한 가설이었지만, 미쿠모는 반론하지 않기로 했다. 토카레프는 러시아제 권총이다. 폭발을 방지하는 안전장치가 생략된 것이 가장 큰 특징이었다. 여러 공산권 국가에서 복제 생산된 물건이 국내에 흘러들어와서 조폭들이 토카레프로 총기 사건을 일으키는 경우가 종종 있었다.

"동네 주민들을 탐문했지만, 총소리를 들은 사람은 없었습니다. 시신을 최초로 발견한 수사관이 경찰에 신고했을 때가 오후 3시 28분이었습니다. 범행시각은 그보다 조금 전으로 추정되고, 과학수사대의 의견도 같습니다."

미쿠모와 카오리가 현장에 도착했을 때, 시신은 아직 따뜻했다. 살해된 직후였을 것이다. 미쿠모는 30분도 되지 않았으리라고 추측했다. 다시 말해 히로세가 살해된 것은 오후 3시쯤이라는 뜻이었다.

"과학수사대가 수사한 결과, 베란다로 통하는 유리문에서 사쿠라바 카즈마 경위의 지문이 발견됐다고 합니다. 남아 있던 지문은 그것뿐입니다. 제법 신중하게 움직이다가 도주할 때 실수로 만진 것 같습니다. 수사관들이 실내에 들어갔을 때 유리문이 열려 있었다고 합니다. 용의자 사쿠라바 카즈마는 베란다에서 뛰어내려 도주한 것으로 추정됩니다. 베란다 아래에 뛰어내린 흔적도 있었지만, 선명한 발자국은 없었습니다."

카즈마는 이제 완전히 용의자로 취급되었다. 그럴 만도 했다. 살해 현장 두 곳에서 그의 지문과 유류품이 발견된 데다 도망친 것이 확실해졌기 때문이다.

미쿠모는 옆에 앉은 카오리에게 시선을 던졌다. 카오리는 고개를 약간 숙인 채 책상 한 곳을 뚫어져라 보았다. 그녀의 분노가 전해져 오는 듯했다. 오빠는 용의자 취급을 당하고, 자신은 오빠를 추격하는 수사본부에 투입되었다. 원래 그녀는 조용히 있지 못하는 성격이다. 분통 터지는 심정을 꾹 눌러 참는 것이 분명했다.

"그럼 이어서 탐문 결과를 보고하도록. 우선 호죠 미쿠모 경장부터."

"네." 하며 일어선 미쿠모는 보고를 시작했다.

"네리마역 앞에 있는 패스트푸드점 CCTV에 사쿠라바 카즈마 경위의 모습이 찍혔습니다. 가게에 들어간 시각은 정확히 오후 3시였습니다. 햄버거를 비롯한 음식을 사서 가게 안에서 먹고, 5분 뒤에 가게에서 나왔습니다. 제 보고는 이상입니다."

객관적인 사실만 늘어놓았고 괜한 추측은 일부러 섞지 않았다. 그러자 회의 진행을 맡은 남자가 멋대로 추측을 섞어서 보충 설명했다.

"참고로 그 가게에서 피해자의 집까지는 도보로 5분이다. 가게를 나선 사쿠라바 카즈마는 바로 피해자의 집에 간 것으로 보인다. 도착한 시각은 오후 3시 10분경. 충분히 범행이 가능한 시간이다. 그럼 다음 보고."

다음으로 카즈마를 태웠다는 택시 기사의 증언이 이어졌다. 카즈마가 피해자의 집 근처에서 택시를 탄 것으로 밝혀졌다. 승차 시각은 오후 3시 30분쯤. 미쿠모 일행이 경찰에 신고한 시간대와 일치했다.

카즈마가 택시에서 내린 곳은 토부토죠선 카미이타바시역과 가까운 길거리라 카미이타바시역 CCTV에 그가 찍혔다. 이케부쿠로행 전철을 타는 모습이 담겼지만, 그 이후에 어디로 갔는지 알 수 있는 단서는 전혀 없었다. 카즈마의 모습이 마지막으로 확인된 지 약 6시간이 지났다.

"…히로세 타카시의 스마트폰은," 보고가 계속 이어졌다. "현장에서 발견되지 않았으며 용의자가 가지고 갔을 가능성이 큽니다. 현재는 전원이 꺼졌는지 GPS 반응이 없습니다. 24시간 내내 GPS를 감시할 예정입니다."

히로세가 어떻게 설정해 놓았는지 확실치 않지만, 스마트폰 전원을 켜자마자 위치가 드러날 가능성이 있었다. 그 사실을 카즈마도—스마트폰을 가져간 사람이 카즈마라는 가정하에— 알기에 전원을 꺼두었을 것이다.

모든 보고가 끝났다. 특별수사본부는 다른 것은 제쳐두고 당장은 카즈마를 체포하는 것을 우선하라고 강조했다. 도쿄에 있는 숙박시설을 하나하나 조사할 모양이었다. 카즈마의 얼굴 사진을 뿌리는 방안도 검토한다고 했다.

진행을 맡은 남자가 마지막으로 말했다.

"1시간 전, 언론에 정보를 제공했다. 이르면 23시 뉴스에 보도될 거다. 단, 현시점에서는 사쿠라바 카즈마에 관한 정보를 절대로 외부에 노출하지 말도록. 신중하게 수사에 임해라."

수사관들이 하나둘 회의실을 떠났다. 특정한 역할을 부여받지 않은 미쿠모와 카오리는 유격대인 셈이었다. 경찰청의 높으신 분들은 미쿠모와 카오리가 수사에 이바지하기를 기대해서가 아니라 카즈마와 가까운 사이라서 손안에 두려는 것이 분명했다.

"미쿠모, 어떻게 할까?"

카오리가 물었다. 얼굴이 무척 지쳐 보였다.

"오늘은 일단 집에 돌아가요. 외박할 준비도 안 하고 왔잖아요."

"맞아. 갑자기 불려 왔으니. 이놈의 오빠는 대체 어디로 간 거야?"

필기구를 가방에 넣고 일어났다. 창밖으로 신주쿠의 야경이 보였다. 네온사인을 바라보며 미쿠모는 속으로 카즈마에게 이야기했다.

'선배님은 살인자가 아니에요. 저는 그렇게 믿어요. 반드시 선배님을 찾고 진범을 밝혀낼 겁니다.'

★

'…다음 소식입니다. 오늘 오후, 네리마구 네리마 2가 주상복합건물 2층 가정집에서 남성의 시신이 발견됐습니다.'

여자 아나운서의 목소리에 카즈마는 침대에서 몸을 일으켰다. 오늘 밤에는 최대한 안정을 취하려고 계속 침대 위에 있었다. 방금 먹은 진통제가 들었는지 지금은 그다지 아프지 않았다.

'사망자는 디자인 회사의 대표이사인 52세 히로세 타카시 씨입니다. 권총을 맞고 숨졌으며, 경찰청은 범인을 찾기 위해 수사를 개시했습니다.'

사건을 최초로 보도하는 뉴스인 듯했고, 자세한 내용은 감춰졌다. 의도적으로 감췄을 것이라고 카즈마는 짐작했다. 수사본부는 그를 의심할 것이다. 현장에서 지문을 닦아낼 여유도 없었고, 어쩌면 카즈마가 이용한 택시까지 알아냈을지도 모른다.

'이어서 또 다른 시신이 발견됐다는 소식입니다. 오늘 오전, 신주쿠구에 위치한 호텔 방에서 여성의 시신이 발견됐습니다. 사망자는 시부야구에 거주하는 직업 미상, 34세 후타바 미우 씨입니다. 경찰청은 타살로 보고 수사를 개시했습니다.'

이 뉴스 역시 정보가 많지 않았다. 수사1과 형사가 두 살인 사건을 저질렀을지 모르니, 경찰청이 초조해할 만도 했다.

'그나저나 세상이 참 흉흉하네요.'

'그렇습니다. 국내 치안은 세계 최고 수준이라고 정평이 나 있지만, 최근에는 SNS 관련 사건도 많이 일어나죠.'

카즈마는 여성 아나운서와 남성 해설자가 대화하는 소리를 흘려들으며 다시 침대에 누웠다. 이제 10분만 있으면 자정이다.

사실 카즈마의 마음속에서는 자신이 덮어쓴 누명보다 유괴된 딸 안을 걱정하는 마음이 훨씬 컸다. 안을 구할 수만 있다면 자신은 어떻게 되든 상관없다는 생각이 자꾸만 머리를 맴돌았다.

하지만 지금 단계에서 체포될 수는 없었다. 만약 체포되면 카즈마는 엄중한 경찰 조사를 받게 될 것이다. 안이 안전한지 확인하기도 힘들 테고, 하나코와 연락할 수도 없을 것이다. 그런 점에서는 오늘 오전 호텔에서 도망치기를 잘했다는 생각이 들었다.

뉴스는 다른 주제로 넘어갔다. 지금 안은 어쩌고 있을까. 굶지는 않았을까. 목마르지는 않을까. 청결한 장소에 있는 것일까. 폭행을 당하지는 않았을까. 만약 범인이 딸을 해친다면, 카즈마는 결단코 그놈을 용서하지 않을 것이다. 지옥 끝까지 쫓아갈 것이다.

아마 하나코도 지금 이렇게 뜬눈으로 밤을 지새우겠지. 이런 절박한 순간에 옆에 있어 주지 못해서 이루 말할 수 없이 미안했다. 자기 자신이 너무나 한심하게 느껴졌다. 어떻게든 자신의 결백을 증명해서 한시라도 빨리 하나코에게 달려가야 한다. 이를 다른 무엇보다도 우선해야 한다.

침대 옆 탁자 위, 손 닿는 곳에 히로세의 스마트폰이 놓여 있었다. 위치가 발각될까 봐 아직도 전원을 켜지 않았다. 스마트폰 속 정보는 아직 보지 못했지만 힌트가 될 만한 무언가가 있지 않을까 기대했다. 기회는 한 번뿐이다. 내일 낮, 어딘가에서 스마트폰 속 정보를 확인할 생각이었다.

밤중에 움직일까 고민하다가 역시 행동을 옮기기에는 낮이 좋겠다는 결론을 내렸다. 한밤중에 바깥을 돌아다니면 의외로 눈에 띄어서 불심 검문을 당하기도 쉬웠다. 전철이나 버스 같은 대중교통이 다니는 대낮에는 사람들 틈에 섞일 수 있다는 장점이 있었다.

좀처럼 잠이 오지 않았지만, 내일을 대비해 쉬어야 했다. 카즈마는 리모컨으로 TV를 껐다.

자정이 되어 갔다. 제한 시간까지 이제 48시간 남았다….

거의 수면을 취하지 못한 채 아침을 맞았다. 그래도 새벽에 2시간쯤 어설프게나마 잠들어서 다행이었다.

샤워를 하고 머리를 말렸다. 오른쪽 발목을 괴롭히던 통증은 많이 나아졌다. 파스를 떼고 단단하게 테이핑했다. 카즈마는 오랫동안 검도를 한 덕에 테이핑에 능숙했다.

아침 7시가 되기를 기다렸다가 방에서 나왔다. 어제와 똑같은 청바지에 검은 재킷, 검은 모자 차림이었다.

엘리베이터를 타고 1층으로 내려갔다. 1층에는 프런트가 있었지만, 아직 이른 아침이라 사람이 썩 많지 않았다. 조식을 먹을 수 있는 레스토랑은 2층에 있는 것 같았다. 카즈마는 잰걸음으로 프런트를 지나쳐 자동문으로 바깥에 나왔다. 공기가 서늘했다. 길 건너편에 편의점 간판이 보였다. 고맙게도 가게 앞에 공중전화가 있었다. 전화 부스 형태는 아니었지만 고지식하게 굴지 않기로 했다. 이번에는 도쿄역까지 갈 여유가 없었다.

전화를 걸자, 곧바로 통화가 연결되었다. 하나코의 목소리가 들려왔다.

"여보세요? 카즈마?"

"응, 나야. 하나코, 그쪽엔 별일 없어?"

"응. 괜찮아. 당신은?"

"나도 괜찮아. 장인어른은? 돈은 준비됐어?"

"아직인 것 같아. 어제부터 연락이 안 돼. 엄마는 옆 방에서 자고 있어. 잠깐만 기다려 봐." 부스럭거리는 소리가 났다. 잠시 후 하나코가 말했다. "창밖을 확인해 봤는데, 아직도 경찰차가 있어. 제법 끈질기네."

그것이 그들에게 주어진 임무이다. 카즈마가 체포되지 않는 한, 그들은 계속 집 앞에서 잠복할 것이다.

"하나코, 하나 제안할 게 있어."

카즈마는 어젯밤 내내 고민한 끝에 내린 결론을 아내에게 전했다.

"안이 안전한지 확인해야 해. 일단 범인에게 전화해서 안과 통화하게 해달라고 해. 꼭 해야 하는 일이야. 지금으로선 범인 측의 주장이 거짓일 가능성도 있어."

이런 유형의 사건에서 흔히 쓰이는 수법이었다. 인질이 안전한지를 우선 확인해야 했다. 상상하기도 싫지만, 이미 최악의 사태가 벌어졌을지도 모른다. 수화기 너머에서 하나코가 머뭇거리며 말했다.

"그치만 카즈마, 전화를 걸 기회는 세 번뿐이야. 한 번 걸면 두 번밖에 안 남는데, 그래도 괜찮은 거야?"

"응. 괜찮아. 나는 꼭 해야 할 일이라고 결론 내렸어. 안이 무사한지 확인해야 해. 지금 당장이라도."

하나코는 입을 다물었다. 아침을 맞은 편의점은 혼잡해서 길지 않은 시간 동안 손님이 꽤 많이 드나들었다. 카즈마는 가게 입구를 등지고 서서 수화기를 귀에 바짝 댔다. 이윽고 하나코의 목소리가 들려왔다.

"알았어. 해볼게."

"고마워, 하나코. 이따가 다시 걸게. 그때 어떻게 됐는지 알려 줘."

전화를 끊었다. 그대로 편의점에 들어갔다. 젤리 음료를 사서 밖으로 나왔다. 그 자리에서 젤리 음료와 함께 진통제를 삼켰다. 테이핑으로 고정한 덕분인지 오른쪽 발목 상태가 좋았다.

횡단보도를 건너 호텔로 돌아갔다. 1시간쯤 지나서 하나코에게 다시 전화할 생각이었다. 틀림없이 안은 무사할 것이다. 그러기를 기도했다.

로비를 통과하는데, 출장 나온 회사원으로 보이는 남자가 프런트 앞에서 체크아웃 절차를 밟고 있었다. 엘리베이터 앞에 섰다. 프런트에 선 호텔리어 한 명과 잠시 눈이 마주쳤다. 그의 거동이 수상했다. 자꾸 카즈마를 힐끔거리는 것 같았다.

카즈마는 프런트 쪽으로 과감히 몸을 돌려 호텔리어를 똑바로 보았다. 호텔리어는 눈을 피하듯 아래를 내려다보더니 수화기를 들었다.

들켰다.

카즈마는 그렇게 짐작했다. 카즈마의 얼굴 사진이 도쿄에 있는 모든 숙박 시설에 뿌려진 것이다. 간밤에 메일과 팩스로 보냈으리라. 그리고 저 호텔리어는 카즈마를 보고 사진 속 남자와 닮았음을 알아차린 것이다.

발길을 돌려 로비를 돌아나갔다. 호텔 방에 소지품을 남겨두지 않아서 천만다행이었다. 빠른 걸음으로 로비를 가로질렀다. 호텔리어가 카즈마를 보면서 수화기에 대고 무어라 이야기했다. 경찰에 신고하는 것일까.

자동문을 지나 밖으로 나왔다. 택시는 이용하지 않기로 했다. 막 7시를 지난 이른 아침인데도 인도에는 출근하는 회사원들이 드문드문 지나다녔다. 카즈마는 지하철역을 향해 걸어갔다.

"누구랑 통화했어?"

하나코의 엄마 에츠코가 그렇게 말하며 거실에 들어왔다. 아침 7시가 조금 지난 시각. 늦잠을 좋아하는 에츠코가 이 시간에 일어나다니 보기 드문 일이었다.

"카즈마 전화였어."

안의 안전을 확인해야 한다는 카즈마의 주장에는 수긍 가는 면이 있었다. 생각해 보니 어제 낮에 범인은 안을 유괴했다고 통보했을 뿐, 안이 안전한지를 확인시켜주지는 않았다. 틀림없이 무사할 것이다. 그렇게 믿고 싶었지만, 그것이 객관적 사실은 아니었다.

"카즈마 말에도 일리가 있네."

"그렇지? 엄마, 나 지금 전화할 거야."

"나도 들을래."

"듣는 건 괜찮은데 쓸데없는 소리는 하지 마요."

스마트폰에 어제 저장한 유괴범 'X'의 번호를 띄웠다. 스피커폰으로 설정하고 전화를 걸었다. 통화 연결음이 다섯 번쯤 울린 뒤에 상대가 전화를 받았다. 하지만 아무 말도 하지 않아서, 하나코가 말했다.

"미쿠모 하나코입니다."

"안녕하세요. 돈은 준비됐습니까?"

어제와 똑같은 기계적인 목소리가 들려왔다. 정중한 말투가외려 섬뜩했다. 하나코는 심호흡하고서 말했다.

"딸의 안전을 확인하려고 전화했어요. 목소리를 들려 주세요."

"어제 설명했다시피 이쪽에 전화할 기회는 세 번입니다. 이전화도 횟수에 포함되는데, 괜찮으십니까?"

"상관없습니다. 지금 돈을 구하고 있어요." 지금은 강하게 나가도 되리라 판단했다. 카즈마가 있었다면 똑같이 했을 것이다. "아무튼 딸의 목소리를 들려 주세요. 딸의 안전이 확인되지 않으면 일절 거래에 응하지 않을 겁니다."

수화기 너머에서 유괴범이 침묵했다. 조금 과했나. 엄마 에츠코가 걱정스러운 표정으로 경과를 지켜보았다. 몇 초 후, 드디어 목소리가 들려왔다.

"그러시죠. 몇 분 후에 이쪽에서 다시 걸겠습니다. 발신번호 표시제한으로 뜨겠지만 받으세요."

"알겠습니다."

"이제 통화할 기회는 두 번입니다."

전화가 끊겼다. 여기까지는 잘 왔다. 이제 안이 무사한 것을 확인하면 과제는 끝이다. "목 마르지?" 에츠코가 말하며 부엌으로 향했다. 잠시 후 녹차 음료 두 병을 들고 돌아왔다. 하나코가 한 병을 받아서 첫 모금을 마셨을 때 벨소리가 울렸다. 발신번호 표시제한이었다.

하나코가 스마트폰을 터치해 받았다.

"여보세요?"

응답이 없었다. 부스럭거리는 소리만 들리다가 마침내 목소리가 들려왔다.

"…엄마?"

"안? 안이니?"

"응. 나야."

틀림없이 안의 목소리였다. 무사해서 다행이라고 가슴을 쓸어내리다가 하나코는 이어서 질문했다.

"안, 괜찮아? 다친 데는 없어? 어제는 잘 잤어? 밥은 꼬박꼬박 먹고 있어?"

"난 괜찮아. 어제도 잘 잤고, 밥도 먹었어. 과자도 먹었고."

말투가 또렷했다. 범인이 시켜서 억지로 말하는 느낌이 아니었고 자기 의지로 이야기하는 것 같았다. 안이 이어서 말했다.

"엄마, 미안해. 맥없이 납치돼서."

"그런 소리 하지 마. 꼭 구해줄게."

"아빠는? 아빠는 없어?"

안의 말을 듣자, 하나코는 말문이 막혔다. 그때 에츠코가 목소리를 높였다.

"안, 할무니야. 지금 아빠랑 할부지는 안을 구하려고 애쓰고 있어. 반드시 안을 구해낼 테니까 그때까지 씩씩하게 기다리렴."

"응. 기다릴게."

"어이, 거기 듣고 있어? 이 범인 놈들아." 에츠코가 별안간 말투를 바꾸었다. "너희, 감히 누구한테 이딴 짓을 벌였는지 알지? 이 세상에는 절대로 건드리면 안 되는 존재라는 게 있는 거야. 너희는 거기에 손을 댔어. 너희는 절대 못 이겨. 너희가 아무리 난리를 쳐도 반드시 지게 돼 있다고."

"잠깐, 엄마. 말이 지나치잖아."

전화가 끊겼다. 뚜뚜뚜 하는 소리가 들려왔다. 에츠코가 손으로 입을 막았다.

"어머, 어쩜 좋아. 내가 잠깐 어떻게 됐나 봐."

"엄마, 제발. 그렇게 범인을 자극해서 어쩌려고 이래?"

"미안해, 하나코. 갑자기 울컥해서…"

에츠코가 시무룩한 표정으로 어깨를 축 늘어뜨렸다. 10억 엔이 걸린 인질이니 안에게 위해를 가하지는 않을 것이다. 지금은 그렇게 믿는 수밖에 없었다.

아무튼 안이 무사한 것을 확인했다. 그 사실을 안 것이 가장 중요했다. 타케루에게도 알려야겠다. 하나코는 그렇게 생각하며 스마트폰을 들어 올렸다.

미쿠모가 토라노몬에 있는 비즈니스호텔에 도착한 시각은 오전 8시 조금 전이었다. 전철을 갈아타려고 시나가와역 안을 걷는데 사쿠라바 카오리에게 연락이 왔다. 토라노몬에 있는 비즈니스호텔 종업원이 카즈마로 보이는 남성을 목격했다고 본부에 신고했다고 한다. 카오리는 이른 아침부터 특별수사본부에 붙어 있는 덕분에 그 정보를 들었다고 했다. 미쿠모는 서둘러 그곳으로 달려갔다.

"여기야, 미쿠모."

"카오리 선배님, 안녕하세요."

카오리가 호텔 앞에서 기다리고 있었다. 다른 수사관들도 이미 도착한 모양이다. 안으로 들어가서 로비 안쪽에 있는 사무실로 향했다. 두 수사관이 호텔 종업원에게 이야기를 듣고 있었다.

"…7시쯤이었을 거예요. 호텔에서 나가는 모습을 봤어요. 그리고 잠깐 있다가, 음, 한 10분 지나서였나? 다시 호텔 안으로 들어오더라고요. 그때 얼굴을 봤어요. 경찰이 팩스로 보낸 사진하고 비슷하게 생겼더라고요."

카즈마는 엘리베이터 앞에 서 있다가 별안간 무슨 생각이 들었는지 프런트 쪽으로 몸을 돌렸다고 한다. 그때 호텔리어는 확신했다. 팩스에서 본 남자가 틀림없다고.

"제 판단만으로 경찰에 신고하기가 조심스러워서 우선 안쪽에 계시던 지배인님께 전화를 걸었습니다. 그러는 사이에 그 남자가 엘리베이터 앞을 벗어나서 호텔 밖으로 나가버렸어요. 급하게 뒤를 쫓았지만 밖에 나가 보니 이미 사라지고 없더군요."

사무실 안쪽에 모니터가 죽 늘어선 공간이 있었다. 호텔 내 CCTV 영상을 모아둔 곳인 듯했다. 거기서도 수사관 두 명이 경비원으로 보이는 남자들과 함께 영상을 분석하고 있었다.

"오빠는 어제부터 묵었다나 봐." 옆에서 카오리가 설명했다. "지금 과학수사대 요원이 오빠가 묵은 방을 조사하고 있어. 나도 아까 보고 왔는데 아무것도 없었어. 쓰다 버린 파스하고 약봉지가 쓰레기통에서 발견됐대."

"카즈마 선배님이 다쳤다는 건가요?"

"그런 것 같아. 약은 진통제라고 들었어. 어제 창문에서 뛰어내리면서 발목 같은 데를 삐었나 봐."

이 호텔은 모든 방이 싱글룸이었고, 지방에서 출장 온 회사원들이 주 고객이었다. 조금 전 프런트 앞을 지나쳤을 때도 짐을 든 정장 차림의 투숙객들이 체크아웃을 하려고 줄을 서 있었다.

"카오리 선배님, 카즈마 선배님은 숙박비를 어떻게 내셨죠?"

"선불로 결제했대. 현금으로. 그런데 이상하게도 어제 체크인 절차를 밟은 사람은 오빠가 아니었대. 지금 저쪽에서 그걸 조사하고 있어."

미쿠모는 모니터가 늘어선 쪽으로 걸음을 돌렸다. 수사관 두 명이 호텔 경비원과 함께 컴퓨터 화면을 확인하고 있었다. 카즈마가 아니라면 누가 체크인을 했을까. 조력자가 있다는 뜻일까.

"찾았습니다. 이 남자예요."

수사관 한 명이 그렇게 말하며 모니터 한 대를 가리켰다. 미쿠모는 모니터를 보았다. 오른쪽 아래에 표시된 시각은 어제 오후 5시경이었다. 프런트 앞에 한 남자가 서 있었다. 남자가 돈을 내고 카드키를 받는 모습이 보였다. 남자가 한순간 카메라를 힐끔 쳐다보았다. 거기에 카메라가 있음을 의식한 눈빛이었다.

"이 남자가 체크인을 한 게 확실하군요."

미쿠모는 수사관의 목소리가 귀에 들어오지 않았다. 왜 사루히코가 여기에 찍혀 있는 것일까. 카드키를 받은 남자는 틀림없이 미쿠모의 조수 야마모토 사루히코였다. 미쿠모가 이 세상에 태어났을 때 이미 호죠 가문을 섬기고 있던 베테랑 탐정 조수 사루히코 말이다.

"미쿠모, 왜 그래?"

카오리가 묻자, 미쿠모가 짧게 대답했다.

"죄송해요. 잠깐 나갔다 올게요."

미쿠모는 사무실을 빠져나왔다. 투숙객으로 붐비는 로비를 지나 밖으로 나왔다. 그리고 스마트폰을 꺼내 곧바로 사루히코에게 전화를 걸었다. 그러나 아무리 기다려도 통화는 연결되지 않았다.

사루히코는 그저께 병원에 입원했다. 건강검진에서 무슨 수치가 나쁘게 나와 입원 검사를 받는다고 했다. 어떤 수치가 나쁜지, 어느 병원에 입원했는지 물었지만 가르쳐주지 않았다.

미쿠모는 이어서 엄마 타카코에게 전화를 걸었다. 본가에 사는 엄마라면 뭔가를 알지도 모른다는 생각에서였다. 통화는 금방 연결되었다.

"미쿠모, 이 시간에 어쩐 일이니? 혹시 와타루랑 싸웠어?"

"그런 거 아니야. 저기, 엄마, 사루히코가 입원한 병원이 어딘지 알아?"

"모르는데. 내가 물어도 안 가르쳐 주더라. 사루히코도 나이가 나이다 보니 몸이 여기저기 쑤시고 그럴 거야."

엄마도 모른다면, 알 만한 사람은 이제 한 명뿐이다.

"아버지는? 아버지도 모를까?"

"너희 아버지는 어디 여행을 간다고 며칠 전에 나가서는 아직 안 들어왔어."

미쿠모의 아버지 소타로는 방랑벽이 있어서 사건이 없을 때는 해외로 훌쩍 떠나기 일쑤였다. 지금 아버지가 티베트에 있다고 해도 미쿠모는 놀라지 않을 자신이 있었다. 호죠 소타로는 그런 사람이었다.

"왜 그러니? 사루히코한테 무슨 용건 있어?"

"그냥 뭐 좀 물어보려고. 고마워요."

"잠깐만, 미쿠모. 너 슬슬 와타루랑 정식으로…"

강제로 전화를 끊어 버렸다. 때마침 뒤에서 다가오는 발소리가 들렸다. 카오리가 미쿠모에게 달려왔다.

"미쿠모, 어디 몸이 안 좋아?"

"아니에요. 신경 쓰이는 게 있어서 잠깐 전화로 확인했어요. 문제없습니다."

"그래? 그럼 다행이고."

카오리는 사루히코를 만난 적이 없어서 영상을 보고도 아무것도 눈치채지 못했다. 그나저나 사루히코가 왜 그 영상에 찍혔는지 도무지 알 수 없었다. 사루히코는 입원한 것이 아니었나. 카즈마를 도와준 이유는 무엇일까. 짐작도 가지 않았다.

왠지 불길한 예감이 들었다. 지금까지 수많은 사건을 해결해 왔지만, 이번 사건은 매우 특이했다. 미쿠모가 모르는 곳에서 정체 모를 무언가가 꿈틀대는 느낌이 들었다. 이런 느낌은 처음이었다.

"미쿠모, 우리는 어떡할까? 계속 오빠를 쫓을까?"

"아뇨. 저한테 생각이 있어요. 가시죠."

미쿠모가 그렇게 말하며 걸음을 뗐다. 이럴 때일수록 기본에 충실해야 한다. 단서가 있을 법한 곳부터 하나하나 짚어갈 것이다. 카즈마를 수색하는 일은 다른 수사관들에게 맡기면 된다.

1시간 후, 미쿠모는 세이부 이케부쿠로선 사쿠라다이역에서 내렸다. 어제 히로세의 시신이 발견된 네리마역과 인접한 역이었다. 목적지는 칸죠 7호선에서 멀지 않은 곳에 있었다. 창고 같은 건물이었다. 바깥에 서 있는 트럭 한 대가 보였다.

"실례합니다."

미쿠모가 그렇게 말하며 창고 안을 들여다보았다. 실내에는 인쇄기 몇 대가 놓여 있었다. 지금은 가동되지 않는 듯했다. 안에서 작업복을 입은 남자가 나왔다. 미쿠모는 경찰 신분증을 보여주며 신원을 밝혔다.

"저는 경찰청 수사1과에서 나온 호죠 미쿠모고, 이쪽은 사쿠라바 카오리입니다. 아사야마 씨 계십니까?"

"내가 아사야마인데." 남자가 모자를 벗으며 대답했다. "여형사 2인조는 처음 보는군. 아, 알겠다. 히로세 사건 때문에 온 거지?"

그는 여기서 개인으로 인쇄회사를 운영하는 아사야마 신지라는 남자였다. 원래는 히로세 그래픽의 전신인 히로세 인쇄의 직원이었는데, 히로세가 새 회사를 차릴 때 아사야마도 독립해서 지금의 회사를 세웠다고 한다. 히로세 인쇄에서 사용하던 인쇄기와 여타 장비를 인수한 사람도 아사야마였다.

"여기서 얘기하긴 그러니 이쪽으로 오쇼."

안쪽에 있는 사무실 같은 공간으로 안내받았다. 1인 기업인지 다른 직원의 모습은 보이지 않았다.

"어제 온 형사에게 전부 얘기했는데." 수다스러운 성격인 듯 아사야마는 질문을 받기도 전에 먼저 말을 꺼냈다. "히로세에게 원한을 품은 놈이 있었는지는 나도 몰라. 일도 순조로웠고 말썽도 딱히 없었어. 굳이 꼽아보자면 사무원 유리가 좀 그랬을까? 자기 여자를 사무원으로 고용하는 게 도리에 맞나 싶었거든. 그런데 뭐, 내가 왈가왈부할 문제는 아니니까."

미쿠모가 조사한 바에 따르면, 히로세는 자신이 따온 일감을 대부분 아사야마 인쇄에 맡겼고, 디자인 관련 일은 아오야마에 있는 디자인 사무소에 의뢰했다고 한다. 어젯밤 전화로 아오야마에 있는 디자인 사무소의 담당자와 이야기해 봤는데, 히로세와는 사적인 교류가 거의 없었고 전화나 메일로만 소통했다는 답을 들었다.

"오늘은 히로세 씨의 비즈니스 이야기를 들으려고 찾아뵀습니다. 아사야마 씨는 히로세 씨의 아버지 대부터 교류가 있으셨죠? 지금의 회사를 세우신 게 5년 전이라고 들었습니다. 아사야마 씨가 보시기에 히로세 씨의 회사는 어땠습니까?"

전직 경찰이자 디자인 회사의 사장이던 히로세 타카시. 베일에 싸인 후타바 미우라는 여자보다 현실감 있는 존재였다. 어떤 힌트가 있다면 히로세에게 있을 것이다. 미쿠모는 그렇게 생각했다.

"처음에는 어찌 될는지 불안했는데, 의외로 장사에 재주가 있었나 봐. 아무튼 좀 놀랐어."

히로세의 아버지는 주로 지역 상점의 광고지를 인쇄해주며 회사를 꾸려나갔지만, 그 뒤를 이은 히로세는 그런 일에서 손을 뗐다. 아사야마는 히로세가 처음으로 맡은 일이 무엇인지 듣고 깜짝 놀랐다고 한다.

"옛 직장인 경찰청에서 일을 얻어 왔더라고. 경찰관 모집 포스터였어. 꽤 많은 분량을 찍었을걸."

이를 시작으로 히로세는 여러 번 일거리를 얻어 왔다. 관공서 인쇄물이 많았는데 아무래도 경찰 관련 일이 대부분이었다. 매번 경쟁 입찰을 해야 해서 일을 따내지 못할 때도 많았지만, 끊이지 않고 아사야마의 회사에 일감을 넘길 만큼은 일거리가 있었다고 한다.

"가끔 큰일을 따올 때도 있었어. 작년에는 교통 어쩌고 하는 협회의 팸플릿을 만들었지. 견본이 어디 남았을 텐데."

아사야마는 일어나서 벽 쪽에 있는 선반을 뒤지기 시작했다. 이윽고 팸플릿 한 장을 찾아서 보여주었다. 미쿠모는 받아든 팸플릿을 살펴보았다.

교통 예절을 지키자고 강조하는 팸플릿이었다. 특히 요즘 늘어나는 난폭 운전을 주의하라는 문구가 적혀 있었다. 내용으로 보아 도쿄에 있는 모든 경찰서 혹은 공적 기관에 배포될 만한 인쇄물인 것 같았다. 제작을 맡은 재단 법인은 경찰의 하위 기관이나 다름없는 조직이었다. 퇴직한 뒤 거기서 일하는 경찰이 많다고 들었다.

"오랜만에 밤까지 인쇄기를 돌렸어. 그 정도로 많은 양을 찍어냈다는 거지. 우리 회사도 꽤 많이 벌었으니 히로세 사장은 더 짭짤했을 거야. 우리처럼 작은 바람에도 휘청거리는 영세기업이 그렇게 큰일을 맡게 될 줄은 상상도 못 했어."

아사야마는 그밖에도 히로세가 어떤 일을 넘겨줬는지 알려주었다. 재작년에는 경찰관 모집 포스터와 가을에 있는 교통안전 주간 포스터, 신규 채용 경찰관에게 배포하는 소책자 등을 제작했다고 한다. 발주처는 모두 경찰청이었다.

"빈말로도 믿음직하다곤 못 하겠는 녀석이 회사를 잇는다 길래 솔직히 걱정했어. 근데 역시 사람을 겉모습으로 판단하면 안 되나 봐. 그래 봬도 장사에 재주가 있었으니까."

최대 거래처의 사장이 사망한 셈이었다. 아사야마는 충격을 감추지 못하는 기색이었지만, 본인은 나이가 많아 어차피 회사를 곧 접을 생각이었다고 말했다. 아무튼 아사야마에게는 히로세를 죽일 동기가 없어 보였다.

"협조해 주셔서 감사합니다."

아사야마에게 인사하고 밖으로 나왔다. 미쿠모는 기념품 삼아 받은 팸플릿으로 눈을 돌렸다. 작년에 히로세 그래픽이 아사야마 인쇄에 제작을 맡긴 물건이었다.

"미쿠모, 냄새가 풀풀 나지 않냐?"

"저도 그렇게 생각해요, 카오리 선배님."

아무리 전직 경찰이어도 그리 쉽게 경찰청에서 일을 따낼 수는 없다. 경찰청이 히로세 그래픽에 어떤 일들을 발주했는지 정확히 파헤칠 필요가 있었다.

"일단 경찰청으로 돌아가죠."

도로를 달리는 차가 많았다. 미쿠모는 지나가는 빈 택시를 향해 손을 들었다.

★

우에노역은 몹시 붐볐다. 카즈마는 몸을 움츠린 채 역사 안을 걸었다. 오전 10시가 되어 갔다. 역사 안에 있는 카페에서 한참 시간을 때웠다. 혼잡한 출근 시간이 지나가기를 기다렸다. 혼잡한 시간대에는 전철 안과 승강장에서 사람들 틈에 쉽게 섞일 수 있었지만, 그만큼 움직임이 둔해지기 마련이었다. 만에 하나 발각됐을 때 도주로를 확보하지 못하는 상황은 피해야 했다. 카즈마는 절대로 잡히면 안 된다. 안을 위해서라도.

계단을 올라가 승강장으로 나갔다. 안내방송이 나오더니, 이케부쿠로 방면으로 가는 야마노테선 열차가 미끄러져 들어왔다. 차내를 들여다보니 승객들이 딱 예상한 만큼 있었다. 이 정도면 문제없으리라 판단한 카즈마는 전철에 올라탔다.

전철 안은 그다지 혼잡하지 않았다. 빈 좌석에 앉아 겉옷 주머니에서 히로세의 스마트폰을 꺼냈다.

첫 번째 관문이다. 카즈마는 어제 사루히코가 알려준 비밀번호를 입력했다. 잠금이 해제되는 것을 보고 안도했다. 여기까지는 순조롭다.

스마트폰이 기동하기까지 시간이 걸렸다. 기다리는 잠깐이 무척이나 길게 느껴졌다. 전철이 우구이스다니역에 도착했다. 승객 한 명이 카즈마 앞에 섰다. 스케이트보드를 든 젊은이였다. 수상해 보이지 않아서 카즈마는 스마트폰 화면으로 눈을 돌렸다.

아이콘 몇 개가 늘어서 있었다. 갑자기 스마트폰이 진동해서 카즈마는 움찔했다. 부재중 전화와 문자 메시지 몇 통을 연달아 수신한 모양이었다. 모르는 이름이 줄줄이 보였다. 발신 번호 표시 제한으로 온 전화는 경찰일 것 같았다.

GPS 설정을 바꾸려고 했지만 처음 다루는 기종이라 방법을 알 수 없었다. 게다가 설정을 변경한들 미세한 전파가 나오는 것까지 막을 수는 없다는 이야기를 들은 적이 있었다. 어차피 기회는 한 번뿐이다. 그대로 사용하기로 했다.

우선은 저장된 연락처부터 확인했다. 'ㅎ' 쪽을 살펴봤지만, 거기에 '후타바 미우'라는 이름은 없었다. 혹시나 하고 'ㅁ' 쪽을 확인해 봤지만 '미우'라는 이름은 저장돼 있지 않았다. 일이 쉽게 풀리지는 않을 듯했다.

다음으로 문자를 확인했다. 예전에는 문자라고 하면 통신사가 제공하는 문자 메시지 기능 하나뿐이었지만, 요즘에는 다양한 메신저 앱이 있고 SNS도 있다. 그러나 히로세는 주로 문자 메시지 기능을 사용한 것 같았다. 카즈마는 문자 메시지 수신함을 확인했다.

일주일쯤 거슬러 올라가서 문자 메시지를 확인했지만, 딱히 수상한 내용은 없었다. 회의나 식사 약속을 위한 연락이 대다수였고 사적인 메시지는 거의 없었다. 군이 꼽아보자면 '유리'로 저장된 여자와 나눈 대화에서는 히로세의 일상이 조금 엿보였다. 오늘은 ○○을 먹자, 이제 잘 거야, 같은 하잘것없는 대화였다. 유리라는 여자는 히로세의 아내나 연인일 가능성이 컸다.

문자 메시지 발신함과 휴지통도 확인했지만, 수상한 메시지는 보이지 않았다. 그저께 후타바 미우가 살해된 날 밤, 히로세가 마지막으로 보낸 문자 메시지는 '유리'에게 보낸 것으로, '오늘 밤에는 가게에 못 갈 것 같아.'라는 내용이었다. 유리라는 여자는 접대부일지도 모르겠다.

전철이 멈추었다. 닛포리역이었다. 승차객과 하차객의 수는 거의 같았다. 전철이 다시 출발했다.

SNS가 설치돼 있기에 앱을 열었다. 내용을 일일이 확인했지만 의미 있는 정보를 얻지는 못했다. 검색창에 뜨는 최근 검색 기록을 보는데 경마 관련 키워드가 눈에 띄었다.

어떤 생각이 머리를 스쳐 최근 연락 기록을 살펴보았다. 가장 자주 보이는 이름은 '유리'였고, 그다음이 '아사야마'였다. 방금 확인한 문자 메시지 수신함에도 아사야마라는 이름이 있었다. 업무 관련 메시지인 것 같았다. 쓸모가 있을지 모르겠지만 일단 '유리'와 '아사야마'의 전화번호를 메모했다. 그밖에도 최근 통화한 인물과 그 전화번호를 수첩에 옮겨 적었다.

다시 문자 메시지 앱으로 돌아가서 훨씬 예전 메시지들을 읽었다. '유리'의 메시지는 그냥 넘어갔다. 어차피 대수롭지 않은 대화임을 알아서였다. 그러나 수상한 메시지를 찾지는 못했다.

점점 초조해졌다. 집중하는 사이에 시간이 꽤 흘렀다. 곧 이케부쿠로에 도착할 예정이었다. 전철을 탄 지 15분쯤 지난 것 같았다.

이대로면 위험을 감수하고 스마트폰 전원을 켠 의미가 없었다. 전철이 속도를 줄이더니 이케부쿠로에서 정차했다. 타고 내리는 승객이 많았다. 열차 안이 제법 붐볐다.

전철이 출발했다. 카즈마는 주변을 관찰했다. 수상한 사람은 아직 보이지 않았다. 경찰은 아직 카즈마가 있는 곳을 알아내지 못한 모양이다.

이마에 밴 땀을 손으로 훔치고 다시 스마트폰 화면으로 시선을 떨구었다. 익숙한 아이콘이 눈에 들어왔다. 카즈마의 스마트폰에도 있는 앱이었다. 대형 인터넷 서비스 회사에서 제공하는 무료 앱으로, 카즈마는 주로 뉴스를 볼 때 이용했다. 뉴스뿐만 아니라 일기예보나 대중교통 정보, 숙소 예약, 인터넷 쇼핑도 누릴 수 있는 다기능 애플리케이션이었다.

앱을 켰다. 당연히 그 안에는 메신저 기능도 있었다. 확인해 보니 메시지 몇 통이 남아 있었다.

카즈마는 그 메시지를 읽고 체온이 오르는 듯했다. 그저께 밤, 아니, 자정이 넘었으니 엄밀히 말하면 어제였다. 어제 새벽 1시가 되기 전에 온 메시지였다. '1701호실. 먼저 방에 들어왔어.'라는 내용이었다. 1701호실은 다름 아닌 어제 아침 카즈마가 눈을 뜬 호텔 방 번호였다.

메시지 발신자는 'twinleaf'라는 알파벳 이름으로 되어 있었다. 트윈리프. 두 개의 잎이라는 뜻이었다. 후타바(雙葉)라는 성과 일맥상통했다.

다시 말해 그저께 후타바 미우와 히로세 타카시는 그 호텔 방에서 남몰래 만날 예정이었다. 히로세는 최근에 후타바 미우와 연락하려고 애를 썼다고 들었다. 마침내 그녀와 연락이 닿아 만나기로 한 것이 아닐까. 그리고 그녀가 약속 장소로 정한 곳이 바로 그 호텔 방이었다.

다음 역은 타카다노바바였다. 카즈마는 만일에 대비해 트윈리프의 연락처를 수첩에 적었다. 이제 거의 한계인 것 같다. 신주쿠 근처에서 내리는 것이 좋겠다. 그렇게 생각하면서도 카즈마는 더 많은 정보를 갈망하며 스마트폰으로 눈을 돌렸다.

"뭐야? 히로세의 회사가 경찰청에서 일감을 이렇게 많이 받았어?"

경찰청으로 돌아온 미쿠모와 카오리는 히로세 그래픽이 경찰청에서 어떤 일들을 수주했는지 서무 관련 시스템으로 조사했다.

히로세가 회사를 설립한 것은 5년 전이었다. 첫해에는 아무 일도 받지 못했지만, 2년 차부터는 여러 건을 수주했다. 다만 금액은 크지 않아서 총액이 100만 엔 정도였다. 자질구레한 일이 많았다.

그러다 3년 차가 되자 단번에 액수가 뛰었다. 2천만 엔을 넘는 규모의 일을 받았다. 아사야마가 말했듯 신규 채용 경찰관에게 배포하는 소책자를 제작한 영향일지도 모른다. 4년 차에도 비슷한 금액이었다.

"미쿠모, 이거 수상하다."

"그렇네요. 우리가 위험한 일을 건드린 것 같습니다."

경찰청은 공적 기관이라 다른 관공서와 마찬가지로 과마다 예산을 배정하고, 각 과는 그 예산으로 일한다. 예를 들어 교통 안전 주간 포스터를 만든다면, 교통과 직원이 교통과에 배정된 예산을 써서 인쇄회사에 직접 발주하는 식이다.

다만 금액에 따라 경쟁 입찰을 할 때도 있는데, 그럴 때면 계약 관련 일을 다루는 부서가 전문적으로 입찰을 진행한다. 경찰청의 경우, 총무부에 담당 과가 있다. 사실 미쿠모는 형사 외 길만 걸어온 탓에 관청 내에서 처리되는 사무에 어두웠지만, 그래도 히로세의 회사가 수상쩍다는 것은 알 수 있었다.

설립된 지 얼마 되지도 않은 회사가 이렇듯 많은 일을 따낼 수 있었던 것은 그저 운 때문만은 아니었을 것이다. 어떤 힘이 작용했으리라. 게다가 히로세는 전직 경찰이었으니 알고 지내는 경찰청 사무직원이 있었을 것이다. 그렇다면….

"부정 입찰인가."

카오리가 소리 죽여 말했다. 지금 미쿠모 일행은 카오리가 소속된 홍보과 한쪽 구석에 있었다. 다른 사람들은 당연히 평범하게 일하고 있었다. 그들이 들으면 안 될 이야기였다.

"쉿." 미쿠모가 검지를 입술에 대며 작은 목소리로 말했다. "히로세 그래픽이 수주한 일들을 모아서 출력해주세요. 다 되면 밖으로 나가요."

"알았어."

10분 후, 두 사람은 경찰청에서 나왔다. 다음 목적지가 아직 정해지지 않아서 일단 사쿠라다몬역으로 향했다. 카오리가 심각한 표정으로 말했다.

"히로세가 입찰 정보를 미리 알아서 이렇게 많은 일을 따낼 수 있었다, 그 말이야?"

"아마도요. 그러지 않고서는 말이 안 돼요. 경찰청뿐만 아니라 일반 재단법인에서도 일을 따냈잖아요."

교통 예절 팸플릿을 말하는 것이었다. 미쿠모는 아사야마에게 그 팸플릿의 견본을 받았다. 당사자인 아사야마도 그 일이 가장 규모가 컸다고 말했다.

"강력한 백이 있었을까?"

"저도 그 생각을 해봤어요. 하지만 제 느낌에 이건 훨씬 조직적인 범죄 같아요. 아무튼 내통자가 있는 건 확실합니다."

전직 경찰 한 명이 제 잇속을 차리려고 벌인 짓치고는 규모가 큰 데다 수법도 대담하고 치밀했다. 관건은 살해된 히로세라고 미쿠모는 추측했다. 왜냐하면….

"히로세의 회사가 이번 연도에 경찰청에서 일을 한 건도 못 따낸 게 이상해요. 지금 10월이잖아요. 적어도 한 건은 수주했을 법한 시기죠."

"배제된 건가?"

"가능성은 충분해요. 히로세가 살해된 이유와도 관련이 있을지 모릅니다."

"역시 넌 대단해." 카오리가 감탄하듯 말했다. "수사할 때 정말 생기가 도는구나. 그야말로 물 만난 고기 같아."

"제가 이래 봬도 형사거든요."

지하철역 계단을 내려가다가 카오리가 걸음을 멈추었다. "잠깐 있어 봐." 하더니 다시 지상으로 올라가서 스마트폰을 귀에 댔다. 그리고 무어라 이야기를 시작했다. 표정으로 보아 사건에 변화가 있나 보다.

"…알았어. 고맙다. 이 은혜는 꼭 갚을게." 카오리가 전화를 끊고 말했다. "신주쿠 특별수사본부에 동기가 있는데 개가 정보를 줬어. 한 20분 전에 히로세의 스마트폰 GPS가 반응한 모양이야. 움직임으로 봐서 야마노테선을 탄 것 같대. 곧 신주쿠에 도착할 것 같아. 근처에 있는 수사관은 당장 신주쿠로 가라는 명령이 떨어졌대."

안타깝게도 여기서 신주쿠까지는 너무 멀다. 당장 출발해도 제때 도착하기란 불가능하다. 그런데 지금 히로세의 스마트폰은 전원이 켜져 있다고 한다. 그렇다면….

미쿠모는 자신의 스마트폰을 가방에서 꺼냈다.

전철이 신주쿠역 승강장에 들어섰다. 창밖으로 정장을 입은 남자들이 보였다. 잠깐 보였을 뿐이지만, 어쩐지 불길한 분위기가 감돌았다. 그들은 아마 형사일 것이다. 위치가 노출된 것 같다.

문이 열렸다. 하차객들이 먼저 내렸다. 카즈마가 손에 든 스마트폰 전원을 끄려고 하는데, 진동이 울렸다. 문자 메시지가 온 모양이다. 화면을 터치해 메시지를 띄웠다.

'연락 주세요. 미쿠모.'

짤막하게 적혀 있었다. 미쿠모의 메시지였다. 미쿠모의 핸드폰 번호로 추측되는 090으로 시작되는 번호를 수첩에 적고 버튼을 길게 눌러 스마트폰 전원을 껐다. 좌석에서 일어나 승객들 사이를 비집고 나왔다. 발차를 알리는 소리가 울릴 때, 카즈마는 승강장에 내려섰다.

무심한 표정으로 승강장을 둘러보았다. 계단으로 향하는 사람들 틈에 섞여들었다. 눈에 띄면 안 된다. 고개를 숙이고 자신의 신발을 바라보며 계단을 내려갔다.

역사 안을 걸었다. 많은 사람이 지나다녔다. 아직 들키지 않은 것 같았다. 사람이 이렇게 많으니 쉽게 발견되지는 않을 것이다. 신주쿠에서 내리기를 잘했다. 우에노에서 산 표도 딱 신주쿠까지 올 수 있는 승차권이었다.

히로세의 스마트폰을 살펴봤지만 수확이 있었다고 보기는 어려웠다. 그래도 문자 기록에서 트윈리프라는 인물의 메시지를 찾아낸 것은 한 가지 발견이자 한 줄기 광명이었다. 그 내용으로 보아 트윈리프의 정체는 후타바 미우인 듯했다.

후타바 미우를 살해한 사람은 히로세가 아닐까. 카즈마는 그런 생각이 들기 시작했다. 두 사람 사이에 어떤 문제가 있었는지는 모르지만, 그 메시지에 따르면 히로세는 미우가 살해된 방으로 불려 갔다. 그것만으로도 의심할 만했다.

중앙 동쪽 출구에 있는 개찰구를 지나 밖으로 나왔다. 신주쿠 3가 방면으로 걸었다. 뒤를 살폈지만, 따라오는 그림자는 없었다. 카즈마가 아직 전철에 있는 줄 아는 것일까. 일단은 한숨을 돌렸다.

길 위에 설치된 공중전화 부스가 보여 안으로 들어갔다. 동전을 넣고 하나코에게 전화를 걸었다. 금방 연결됐다.

"카즈마?"

"어, 나야. 미안해. 더 일찍 전화하려고 했는데 늦어졌어." 서둘러 용건을 꺼냈다. "어떻게 됐어? 안은 무사해?"

"응. 무사해. 잠깐이지만 얘기도 나눴어. 안은 건강한 것 같았어. 당신 말대로 하길 잘했어. 그나마 좀 안심이 돼."

안이 무사해서 정말 다행이지만, 사태가 호전된 것은 아니었다. 안은 여전히 범인에게 붙잡혀 있다.

"장인어른은? 돈은 준비됐대?"

"모르겠어. 연락이 안 돼."

"그래…."

마음 같아서는 하나코에게 가서 더 자세한 이야기를 듣고 싶었다. 그것이 남편으로서, 안의 아빠로서 당연한 의무임을 알고 있었다. 자신이 처한 상황 때문에 초조함만 커져 갔다.

"이따가 또 연락할게. 하나코, 정말 미안해."

"엄마도 옆에 있어 주니까 난 괜찮아."

"잘 버텨줘, 하나코."

전화를 끊었다. 가족이 곤경에 처했는데 아무것도 하지 못하는 자신이 한심했다. 그렇다고 마냥 주저앉아 있을 수는 없었다. 수화기를 잠깐 후크에 걸었다가 바로 다시 들었다. 호죠 미쿠모에게 연락할 생각이었다. 그녀는 신뢰할 만한 인물이고 무엇보다도 입이 딱 벌어질 만한 추리력을 지녔다. 그녀만큼 든

든한 아군은 없었다.

번호를 누르는데, 뒤에서 노크 소리가 났다. 뒤돌아보니 정장을 입은 남자 두 명이 서 있었다. 한 사람이 경찰 신분증을 꺼내 보였다. 카즈마는 입술을 깨물었다. 제기랄. 경계를 게을리하고 말았다.

수화기를 다시 후크에 걸었다. 두 사람은 얼른 나오라는 눈빛으로 카즈마를 쳐다봤다. 둘 다 아직 젊은 게 20대 같았다. 처음 보는 얼굴이니 신주쿠 경찰서 형사들일 것이다. 권총을 꺼내지 않은 이유는 행인들을 겁주지 않으려는 배려 때문일까.

카즈마는 양손을 든 채 어깨로 문을 밀고 밖으로 나갔다. 남자 한 명이 말했다.

"사쿠라바 카즈마 경위님이시죠?"

카즈마가 고개를 끄덕였다. 남자가 이어서 말했다.

"문에 손 올리고 뒤돌아서세요."

시키는 대로 전화 부스 문에 양손을 댔다. 형사가 카즈마의 허리춤을 수색했다. 여기서 잡힐 수는 없다.

카즈마는 곧바로 행동에 나섰다. 허리에 가 있는 상대의 손을 붙잡아 비틀었다. 눈 깜짝할 사이에 남자의 권총집에서 권총을 뽑아서 등 뒤로 돌아 들어갔다. 남자의 관자놀이에 총구를 들이댔다. 다른 형사는 새파랗게 질린 얼굴로 자신의 권총을 카즈마에게 겨누었다. 실전에서 권총을 뽑아 든 적은 처음인가 보다. 긴장한 기색이 역력했다. 물론 카즈마도 동료의 머리에 권총을 들이민 적은 처음이었다.

"무모한 짓 하지 마. 파트너가 죽길 바라?"

카즈마가 그렇게 말하면서 남자의 관자놀이에 권총을 더 세게 눌렀다. 대치하고 선 형사가 "알겠습니다. 진정하세요." 하며 허리를 낮춰 권총을 땅에 내려놓았다. 소동을 알아차린 행인들이 웅성거리기 시작했다. 카즈마는 땅 위에 놓인 권총을 힘껏 걷어찼다.

좋아, 지금이다.

카즈마는 붙잡고 있던 남자를 떠밀고 손에 든 권총을 멀리 던져 버렸다. 곧장 걸음을 돌려 뒤도 돌아보지 않고 달렸다. "거기 서!" 하는 목소리가 들렸지만, 쫓아오는 발소리는 들리지 않았다. 두 사람은 권총 회수를 우선한 모양이다. 카즈마가 예상한 대로였다.

쫓아오는 발소리는 여전히 들리지 않았다. 카즈마는 지하철 역으로 통하는 계단을 발견하고 그곳으로 뛰어 들어갔다.

통화를 마친 하나코는 스마트폰을 충전했다. 잠깐이나마 카즈마의 목소리를 들어서 좋았다. 이렇게 힘든 순간에 왜 옆에 있어 주지 않나. 그런 불만이 없지는 않았지만, 애초에 미쿠모 가문이 L의 일족이 아니었다면 안이 유괴되지 않았을지도 모른다. 마냥 카즈마를 탓할 수는 없었다.

현관 쪽에서 인기척이 들렸다. 거실에서 복도를 내다보니 현관으로 들어오는 타케루가 보였다. 커다란 상자가 실린 수레를 밀고 있었다.

"아빠, 이게 뭐야?"

타케루는 대답 없이 수레를 밀며 거실로 들어왔다. 엄마 에츠코가 다가가서 타케루가 가져온 짐을 흥미진진하게 바라보았다. 타케루가 수레에 실린 상자를 열었다. 거기서 나온 것은 소형 지폐교환기였다.

"아빠, 뭘 하려고?"

타케루는 대답하지 않았다. 소형 지폐교환기를 탁자 위에 올려놓고 콘센트에 전원 플러그를 꽂았다. 그리고 주머니에서 지갑을 꺼내 하나코에게 보여주듯 만 엔짜리 지폐 한 장을 팔락팔락 흔들었다.

"제군들, 잘 보시라."

타케루는 그렇게 말하며 손에 든 지폐를 교환기 투입구에 넣었다. 그러자 만 엔짜리 지폐가 아래쪽 배출구에서 천 엔짜리 지폐 10장으로 교환되어 나왔다. 타케루가 만족스럽게 고개를 끄덕였다.

에츠코가 눈을 동그랗게 뜨고 말했다.

"여보, 이거 설마…."

"맞아. 퀄리티가 엄청나지?"

타케루가 그렇게 말하며 불길한 미소를 지었지만, 하나코는 뭐가 어떻게 된 것인지 알 수 없었다. 만 엔짜리를 천 엔짜리로 바꿨을 뿐이다. 뭐가 엄청나다는 말인가.

"에츠코, 당신도 해 봐."

타케루는 그렇게 말하며 에츠코에게 만 엔짜리 지폐를 건넸다. 에츠코는 그것을 지폐교환기에 넣고 교환되어 나온 천 엔짜리 지폐를 보며 흥분한 목소리로 말했다.

"여보, 해냈군요."

"이 정도쯤이야."

타케루는 가슴을 폈다. 하나코는 찜찜함을 누르고 물었다.

"뭐가 어떻게 된 거야? 그냥 만 엔짜리 지폐를 교환한 거잖아. 이게 뭐가 대단한데?"

"하나코, 놀라지 마라." 타케루가 만 엔짜리 지폐를 흔들며 말했다. "이건 위조지폐야. 내 친구 놈 중에 문서 위조의 달인이 있거든. 원래는 주로 면허증이나 여권 같은 걸 위조하는데, 내가 그 녀석에게 제작해 달라고 졸랐어. 진짜하고 똑같이 생긴 위조지폐란다. 아니, 위조지폐의 경계를 훌쩍 넘어섰지."

하나코는 손을 뻗어 타케루의 손에서 지폐를 낚아챘다. 확실히 잘 만들었다. 불빛에 비춰야 보이는 그림도 들어가 있어 어느 모로 보나 진짜 새 지폐 같았다. 하지만….

"할 일이 많아. 10억 엔이나 인쇄해야 하니까. 종이를 확보하는 것만 해도 보통 일이 아닐 거다. 인쇄랑 재단은 내가 맡으마. 에츠코, 당신은 동봉하는 작업을 맡아 줘."

"나 그런 거 잘해요. 맡겨만 줘요."

두 사람은 신나게 떠들었다.

"아빠, 잠깐만." 하나코는 도저히 가만히 있을 수 없었다. "몸 값을 위조지폐로 내겠다는 거야? 만에 하나라도 범인이 눈치 채면 안은 어떻게 되는데?"

"절대 눈치 못 채. 내가 어제 한 말 기억하지? 나만 믿으라니 까."

"믿을 만해야 믿지. 내가 뭘 보고 아빠를 믿어?"

"하나코, 아버지한테 그 무슨 무례한 말이냐? 내가 국내 최고 수준의 위조지폐를 만들어 왔잖아."

"안의 목숨이 달렸어. 아무리 그래도 위조지폐로 몸값을 내 자고 할 줄은…."

"다른 방법이 없으니 어쩔 수 없잖아. 이게 안을 구할 최선 의 방법이야."

하나코는 그 자리에 주저앉았다. 그리고 손에 든 지폐를 구 겨 버렸다. 역시 아버지를 믿는 게 아니었다. 처음부터 경찰을 믿었어야 했다. 머리 위에서 타케루의 목소리가 들렸다.

"잘 들어라, 하나코. 적은 비열한 범죄자다. 여덟 살짜리 아이 를 유괴하고 10억 엔이나 되는 돈을 요구했어. 아무리 생각해 도 제정신이 아니야. 눈에는 눈, 이에는 이, 범죄에는 범죄다."

하나코는 일어나서 동그랗게 구겨진 위조지폐를 타케루에게 던졌다.

"하나코, 이게 무슨 짓이야? 아무리 위조지폐여도 함부로 던지면 안 되지."

"이제 됐어. 됐다고. 아빠를 믿은 내가 바보지."

"하나코, 냉정하게 생각해. 이거 말고 다른 방법이 있냐?"

"없지만, 그래도 이건 아니지."

하나코는 탁자 위에서 충전 중이던 스마트폰을 집어 들었다. 지갑과 소지품이 든 가방을 들고 집에서 뛰쳐나왔다. 타케루가 뒤에서 불렀지만, 귀를 틀어막고 복도를 달렸다. 엘리베이터가 아래층으로 내려가고 있기에 계단으로 향했다.

1층까지 뛰어 내려가서 공동현관을 지나 밖으로 나갔다. 감시하려고 서 있는 경찰의 잠복 차량이 보였다. 밖으로 나온 하나코를 알아봤는지 조수석 문이 열리더니 정장을 입은 형사 한 명이 내렸다.

미행하고 싶으면 마음대로 하라지. 하나코는 개의치 않고 걸어갔다.

"하, 하나코, 저, 정말이냐? 진짜 안이…."

"확실해요. 바로 말씀드리지 않아서 죄송해요."

하나코는 사쿠라바 가문 본가를 찾아왔다. 안이 유괴됐다고 솔직하게 말하자, 하나코의 시아버지 사쿠라바 노리카즈는 아연실색했다. 노리카즈도 안이 사라진 것을 걱정해서 어제부터 몇 번이나 연락을 주고받았다. 결과적으로 시댁 식구들을 속인 셈이라 그 점에서는 아무런 변명도 할 수 없었다. 오롯이 하나코의 잘못이었다.

"이 무슨 청천벽력 같은… 어쨌든 하나코, 무슨 일이 있었는지 시간순으로 말해 보렴. 아주 사소한 것도 괜찮아. 생각나는 대로 전부 말하거라."

"네…."

경찰관답게도 노리카즈가 흐트러진 모습을 보인 것은 겨우 몇 초뿐이었다. 금방 진지한 표정을 되찾고 탁자 위에 수첩을 펼쳤다. 그야말로 경찰의 얼굴이었다.

하나코는 어제부터 일어난 일을 차례대로 설명했다. 카즈마에게 전화가 온 것도 솔직하게 털어놓았다. 이야기를 마치자, 노리카즈가 미간을 누르며 말했다.

"카즈마 이야기는 나도 안다. 어제 오후에 들었어."

카즈마가 가족들에게 도움을 요청하면 반드시 경찰서에 보고하라는 명령이 떨어졌다고 한다. 카즈마가 어제 오전에 잠깐 본가로 전화했지만, 지금 상황에 대해서는 아무런 언급도 하지 않은 모양이다.

"그놈도 사실은 도와달라고 하고 싶었을 거야. 그런데 겨우겨우 참은 거겠지. 우리가 휘말리지 않도록 말이다. 싱거운 놈."

알 것 같았다. 아마 카즈마는 지금 혼자일 것이다. 그에 비하면 하나코는 축복받은 입장이었다. 이렇게 기댈 수 있는 사람이 있으니까. 친부모님이 너무나 괴짜라 골치를 썩이긴 해도.

"나한테 이 얘기를 했다는 건," 노리카즈가 진지한 얼굴로 확인했다. "경찰에 수사를 맡겨도 된다는 뜻이니?"

"…네. 그렇게 해주세요. 저희 가족에게 맡기려니 불안해서…"

"알았다. 당장 경찰에 연락하마. 이런 범죄가 일어나면 경찰청 특수범죄대책과라는 부서가 수사에 나선단다. 범인과의 협상부터 몸값을 넘기는 방법까지, 모든 것을 도맡아 처리하는 정예 부대지."

노리카즈가 스마트폰을 들고 일어났다. 경찰에 연락하려는 것 같았다.

"아버님, 아시겠지만 저희 미쿠모 가문에 대해서는…"

"걱정하지 마라, 하나코." 노리카즈가 고개를 끄덕였다. "미쿠모 가문의 정체가 들통나면 우리도 무사하지 못해. 잘 넘길 테니 안심하거라. 사돈어른 내외도 이제는 조용히 지켜보시는 게 좋겠구나. 내가 나중에 따로 연락드리마."

타케루와 에츠코는 얌전히 있는 것이 낫다. 몸값을 마련하려고 위조지폐를 제작하는 데 열과 성을 다하다니, 정상인의 생각이 통하지 않는 사람들이다.

"범인이 차를 버린 주차장도 신경 쓰이는데. 오늘은 미사코가 출근했으니 과학수사대를 보내는 것도 방법이겠군."

어제 와타루에게 들은 정보였다. 안을 유괴한 검은색 크라운 차량이 키타센쥬 주차장에 방치돼 있을 가능성이 크다고 했다.

"바빠지겠군. 이 집을 수사본부로 쓰자고 해야겠어."

노리카즈의 눈이 번뜩였다. 손녀가 유괴된 데서 오는 분노와 경찰과으로서 수사에 임하는 열정이 뒤섞인 눈빛이었다.

노리카즈가 방에서 나갔다. 툇마루에서 내다보이는 안뜰에 개집이 있었다. 은퇴한 경찰견 아폴로가 엎드려 있었다. 하나 코가 일어나서 미닫이문을 열었다. "아폴로."라고 부르자, 늙은 셰퍼드가 다가왔다.

"고마워, 아폴로. 어제부터 계속 안을 찾으러 돌아다녔지?"

아폴로가 하나코의 손을 핥았다. '안은 반드시 돌아올 거야.' 그렇게 기운을 북돋아 주는 것 같았다.

'안, 걱정하지 마. 꼭 구해줄게.' 그렇게 속으로 되뇌는 것이 지금 하나코가 할 수 있는 유일한 일이었다.

"야, 오오이와, 제대로 감시해. 무슨 일 생기면 가만 안 둔다."

"넵, 선배님."

옆방에서 그런 대화 소리가 들렸다. 안은 침대 위에 누워 있었다. 지루해서 죽을 것 같았다.

오늘도 아침 메뉴는 빵이었다. 딸기잼이 든 빵과 메론빵이었다. 오늘은 금요일이라 평소였으면 학교에 있었을 시간이다. 반 친구들은 사라진 안을 걱정할까.

"안, 일어났어?"

목소리가 들려왔다. 고개를 돌려 보니 문 너머에서 오오이와가 안을 보고 있었다. 안이 대답했다.

"일어났어요. 보면 알잖아요."

"맞아. 보면 알지."

오오이와가 방에 들어왔다. 그러고는 왼손에 묶인 줄을 풀어주었다. 놓아주는 줄 알고 잠깐 기대했지만, 아무래도 그런 것은 아닌가 보다. 몸이 붕 떠올랐다. 오오이와가 안을 공주님처럼 안아 들었다.

그 상태로 옆방에 들어갔다. 벽 쪽 탁자에 TV가 있었다. 그 앞에는 게임기가 놓여 있었다. 오오이와는 TV 앞 소파에 안을 내려놓았다. 가죽으로 된 편안한 소파였다.

아지트 같은 느낌이 물씬 풍겼다. 드라마나 영화에 나오는 악당의 아지트는 대체로 이런 느낌이었다. 노출 콘크리트로 된 방에 여기저기 굴러다니는 컵라면과 페트병 쓰레기. 그리고 아무렇게나 놓인 만화 잡지. 상상한 그대로라 웃음이 나올 지경이었다.

"게임 하고 싶다고 했잖아."

오오이와가 그렇게 말하며 게임기 쪽으로 시선을 던졌다. 게임 소프트 몇 개가 케이스째로 놓여 있었다. 안은 그것들을 들고 살펴보며 대답했다.

"게임은 됐어요."

어제는 지루해서 게임을 하고 싶다고 했지만, 사실 안은 콘

솔 게임을 그다지 좋아하지 않았다. 집보다는 밖에서 노는 것이 좋았다. 방과 후에 하는 경찰과 도둑 놀이를 제일 좋아했지만, 안이 다니는 초등학교에서는 요즘 경찰과 도둑 놀이의 인기가 점점 시들해져 아쉬웠다. 왜 다들 경찰과 도둑 놀이를 하지 않는 것일까. 도무지 이해가 되지 않았다. 올림픽 정식 종목에 경찰과 도둑 놀이가 없다는 사실을 알았을 때는 너무 충격을 받아서 말이 나오지 않았다.

"오오이와 씨, 목말라요."

"오렌지주스 줄까?"

"좋아요."

안은 종이팩에 담긴 주스를 받아서 빨대를 꽂고 마셨다. 굴러다니는 만화 잡지는 전부 남자애들이 좋아할 법한 것들이라 읽을 마음이 들지 않았다. 오오이와는 근처에 있는 철제 의자에 앉았다. 오오이와는 워낙 덩치가 커서 보통 사이즈의 철제 의자 밖으로 엉덩이가 삐져나왔다.

"오오이와 씨, 여기 앉을래요?"

"여기도 괜찮아. 익숙하거든."

"선배님이란 사람은 어디 갔어요?"

오오이와가 눈을 부릅뜨고 안을 쳐다보았다. 괜한 걸 물었나. 그런 생각을 하는데, 오오이와가 시원스레 대답했다.

"나는 몰라. 우리도 이것저것 바쁘거든."

"흠…. 바쁘구나."

"응. 나는 머리가 나빠서 대체로 아지트를 지킬 뿐이지만."

어제 오오이와는 중학교도 나오지 않았다고 말했다. 안은 오오이와의 모습을 다시 관찰했다.

군복처럼 얼룩덜룩한 색깔 바지에 검은 티셔츠를 입었다. 영어로 무어라 적혀 있었지만, 안은 읽을 수 없었다. 목에는 은색 목걸이를 걸었고 야구 방망이보다 굵은 위팔에는 해골 같은 문신을 새겼다. 적어도 안의 주변에서는 보기 힘든 외모라 오오이와가 하굣길에서 말이라도 걸었으면 뒤도 안 돌아보고 파출소로 도망쳤을 것이다. 하지만 어제부터 이야기를 나눠보니 가만히 내버려 둘 수 없는 은근한 귀여움을 발산하는 사람이었다. 적어도 무서운 느낌은 전혀 없었다.

"오오이와 씨는 매일 근력 운동 해요?"

"아니. 옛날에는 했어. 레슬러였을 때는."

"레슬러라면 프로레슬러요?"

"응. 난 옛날부터 셌거든. 그게 유일한 장점이었어."

오오이와가 천천히 이야기를 시작했다. 초등학생 때부터 덩치가 크던 오오이와는 싸워서 져 본 적이 없었다. 중학교 때 유도부에 들어갔고 거기서도 백전불패를 자랑했다. 그런데 오오이와가 중학교 2학년 때 비극이 일어났다. 사업에 실패해 거액의 빚을 진 아버지가 온 가족을 데리고 동반 자살을 시도한 것이다.

"아버지가 차를 몰고 바다에 뛰어들었고, 나 혼자 살아남았어. 난 시설에 보내졌는데 도무지 안 맞아서 사흘 만에 도망쳐

나왔어."

오오이와가 향한 곳은 프로레슬링 단체가 운영하는 도장이었다. 중학교 유도부에 프로레슬링을 좋아하는 친구가 있어서 그 아이의 영향으로 오오이와는 프로레슬링을 좋아하게 됐다. 이 거구를 살릴 수 있는 직업은 프로레슬링밖에 없다고 생각했다.

"입문을 허가받고 매일매일 연습했지."

오오이와가 들어간 곳은 제국 프로레슬링이었다. 간판스타인 파이어 무사시를 비롯해 인기 레슬러가 다수 소속된 유서 깊은 프로레슬링 단체였다. 입문하자마자 나이를 속인 것이 들통났지만 파문되지는 않았다. 열일곱 살에 데뷔해서 한동안은 본 무대 전에 있는 분위기 띄우기용 경기에 출전했다. 본명이 오오이와 아키라라서 링네임을 오오이와 Akira로 했다.

"선배님은 나보다 늦게 입문했지만 나이가 많아서 내가 선배님이라고 불러."

이름은 요다 류지. 올림픽 레슬링 경험자라고 했다. 고등학교 대항전에서 상위에 오른 적도 있는 실력자로, 장래가 유망한 선수였다. 하지만 품행이 불량했고 특히 불법 카지노에 빠져 범죄 조직이 운영하는 도박장을 들락거렸다.

"나는 선배님과 같은 방을 썼어. 난 머리가 나빠서 선배님이 하는 게 잘못된 일인지 몰랐어. 그냥 늘 선배님 뒤를 쫓아다녔을 뿐이야. 그런데 어느 날…"

평소처럼 도박장에 있다가 갑자기 들이닥친 경찰에 붙잡히고 말았다. 당연하게도 제국 프로레슬링에서 해고 통지를 받았다. 의협심이 강한 파이어 무사시는 운송업 같은 건실한 직업을 알선해 줬지만, 오오이와는 요다와 함께하는 길을 택했다. 심부름센터라는 명목으로 업소 아가씨들의 운전기사나 경호원 노릇을 했다. 그러다가 질 나쁜 일에 손을 대게 되었다. 제국 프로레슬링에서 해고된 후 10년 넘게 시간이 흘렀고, 요다와 오오이와는 명목만 심부름센터인 깡패가 되었다.

"안, 왜 그래? 울어?"

오오이와가 묻자, 안은 비로소 자신이 울고 있음을 깨달았다. 오오이와의 처지를 생각하다 보니 가슴속에서 무언가가 울컥 올라왔다. 오오이와는 요다에게 휩쓸려 나쁜 짓에 손을 댔다. 한편 안에게는 도둑 일가의 피가 흐른다. 조금 비슷하다는 생각이 들었다.

"안 울어요."

안은 손등으로 눈물을 닦고 거듭 말했다.

"나 안 울어요."

"그래. 안은 울지 않아."

"네. 안 울어요."

오렌지주스를 마셨다. 조금 전 갑자기 엄마와 통화하게 해줘서 잠깐이나마 이야기를 나눴다. 엄마는 무척 걱정하는 것 같았다. '하지만 괜찮아.' 안은 마음속으로 엄마에게 말했다.

적어도 오오이와는 나쁜 사람이 아니다. 안을 해치지 않을 것이다.

★

카즈마는 토시마구 이케부쿠로에 있었다. 신주쿠 3가에서 토에이 신주쿠선을 타고 이치가야에서 유라쿠쵸선으로 갈아 탄 다음 이케부쿠로로 왔다. 이케부쿠로를 선택한 특별한 이유 는 없었고 되도록 큰 번화가에 몸을 숨기고 싶을 뿐이었다.

검은 재킷과 모자는 이미 역 안에 있는 쓰레기통에 버렸다. 지금은 청바지에 티셔츠만 입은 상태였다. 오늘은 날이 따뜻해 서 이 차림으로 충분했다.

오른쪽 발목은 그다지 아프지 않았다. 하지만 진통제 효과가 떨어지면 통증이 돌아올 것 같아서 눈에 들어온 편의점으로 달려가 빵과 우유를 샀다. 취식 공간에서 바로 먹어치우고 진 통제를 복용했다. 아직까지 경찰에 발각된 낌새는 없었다.

늘 범인을 쫓기만 하다가 쫓기는 처지가 되어 보니 깨달은 점이 적지 않았다. 예를 들면, 도쿄를 벗어나지 않으면서도 몸 을 숨길 장소는 얼마든지 있었다. 그만큼 도쿄에는 사람이 넘 쳐났다.

한편 CCTV가 얼마나 많은지도 새삼 깨닫고 놀랐다. 역사 내, 가게 안…. 이제는 CCTV가 없는 곳을 찾아보기 힘들 정도 였다. 편의점 안에 있는 지금도 CCTV의 존재가 느껴졌다.

카즈마는 편의점에서 나왔다. 밖에 공중전화는 없었다. 잠시 걷다 보니 길가에 설치된 전화 부스가 보였다. 오전 11시 30분이 되어 가는 시각이었다. 전화 부스에 들어가 수첩에 적어둔 번호를 눌렀다. 잠시 후 상대가 전화를 받았다.

"네, 호죠 미쿠모입니다."

"나야, 사쿠라바 카즈마."

"선배님, 왜 이제야 전화하세요? 기다리다가 목 빠지는 줄 알았어요."

"미안해. 전철에 있었거든."

"선배님, 거두절미하고 말씀드리겠습니다." 미쿠모는 대뜸 본론으로 들어갔다. "저는 선배님이 후타바 미우와 히로세 타카시를 죽이지 않았다는 전제로 수사하고 있습니다. 제가 선배님을 믿어도 되겠습니까?"

"물론이지. 나는 죽이지 않았어."

"그럼 왜 도망가셨어요?"

"진범을 잡으려고. 이건 나를 모함하기 위한 덫이야. 그리고 지금 여기서 경찰에 잡힐 수는 없어."

"안 때문이죠?"

미쿠모도 아는 모양이다. 아마 하나코에게 들었을 것이다. 어제 하나코와 통화했을 때 잠깐 미쿠모 이야기도 나왔다. 그녀는 현재 미쿠모 가문의 장남 와타루와 사귀고 있다. 그래서 미쿠모 가문과도 깊은 연관이 있었다.

"맞아. 한시라도 빨리 진범을 잡아서 하나코에게 갈 거야. 그리고 안을 구할 거야. 내가 해야 할 일은 그것뿐이야."

하지만 속에서는 어려울 것 같다는 생각이 스멀스멀 올라왔다. 앞으로 남은 시간은 36시간 남짓. 아직 범인의 꼬리조차 잡지 못한 형국이었다.

"선배님, 히로세의 스마트폰에서 뭘 좀 알아내셨나요?"

"응. 후타바 미우가 그 호텔 방으로 히로세를 불러낸 것 같아. 트윈리프라는 이름으로 온 메시지가 남아 있었어. 아마 그자가 후타바 미우일 거야."

"두 사람이 살해된 걸로 봐서 같은 문제로 얽혀 있었을 가능성이 커요. 히로세의 회사를 조사해 봤는데 조금 수상합니다. 아직 확증은 없지만요."

카즈마는 미쿠모가 유능한 형사인 것을 잘 안다. 특히 뛰어난 점은 감이 좋다는 것이다. 수사의 실마리가 될 핵심을 아주 정확히 꿰뚫어 본다. 카즈마는 그것이 타고난 재능이라고 생각했다. 그런 미쿠모가 수상한 냄새를 맡았다니 뭔가가 있으리라고 기대할 만했다.

"선배님, 어디서 만날 수 없을까요?"

미쿠모가 불쑥 제안하자, 카즈마는 당황했다.

"그, 그건…."

"각자 알아낸 걸 공유하는 게 좋겠어요. 조각난 정보를 조합해야죠. 이대로는 시간만 허비할 뿐입니다. 특별수사본부는 선배님이 범인이라고 결론을 내렸어요. 우리가 어떻게든 손을 써야 합니다."

옳은 말이다. 카즈마는 그렇게 생각했다. 조금 전 신주쿠에서 물불 안 가리고 수사관 두 명을 따돌리기까지 하는 바람에 이미 갈 데까지 간 셈이었다. 카즈마는 이제 완전히 도주범이 되어 버렸다.

"선배님, 지금 어디 계세요?"

대답을 망설였다. 카즈마는 잠깐 고민하다가 대답했다.

"토시마구에 있어."

"오후 1시에 이케부쿠로 어떠세요? 이케부쿠로 니시구치 공원에서 1시요. 거기서 만나시죠."

진범을 잡으려면 미쿠모의 도움이 필요하다. 그녀와 이야기하는 사이에 그런 확신이 생겼다. 지금은 미쿠모가 하자는 대로 하는 것이 좋을 듯했다.

"그래. 오후 1시에 니시구치 공원에서 보자."

"니시구치 공원은 이제 아주 예뻐져서 세련된 카페 같은 것도 있어요. 중앙에 있는 분수 앞에서 만나시죠."

"알았어."

수화기를 내려놓았다. 되돌아온 동전을 챙겨 전화 부스에서 나갔다. 무턱대고 걸어 다녀서 발목에 부담을 주고 싶지는 않았다. PC방 간판이 보여 거기서 잠깐 시간을 때우기로 했다.

★

미쿠모는 카오리와 함께 신주쿠 경찰서 여자 탈의실에 있었다. 실내에 아무도 없어서 밀담을 나누기에 안성맞춤인 장소였다. 통화를 마친 스마트폰을 가방에 넣었다. 대화 내용은 카오리에게도 들렸을 것이다.

"미쿠모, 이케부쿠로로 가는 거지? 이케부쿠로에서 오빠하고 만나는 거지?"

"네. 그럴 거예요. 하지만 그 전에 들를 곳이 있습니다."

미쿠모는 그렇게 말하며 여자 탈의실에서 걸어 나갔다. 신주쿠 경찰서는 건물이 꽤 커서 내부가 복잡했다. 엘리베이터를 타고 특별수사본부가 있는 대회의실로 향했다.

수사관들은 대부분 카즈마를 찾으러 떠났기에 경찰서에 남은 이들은 손에 꼽을 정도였다. 후방 지원을 맡은 수사관이 몇 있었고, 나머지는 진두지휘를 하는 간부들이었다. 미쿠모는 한 수사관에게 다가가 뒤에서 말을 걸었다.

"실례합니다. 시간 괜찮으십니까?"

남자가 뒤를 돌아보았다. 수사 회의 때 자기소개를 들어서 안다. 이 사람은 수사1과 관리관이었다. 미쿠모가 수사1과에 있을 때는 못 본 얼굴이었다.

"어제부로 수사1과에 배속된 호죠 미쿠모라고 합니다. 앞으로 잘 부탁드립니다."

그는 미쿠모의 역량을 가늠하듯 날카로운 시선을 던졌다. 그러나 미쿠모가 이어서 하는 말을 듣고 남자는 낯빛을 바꾸었다.

"방금 사쿠라바 카즈마 경위와 통화했습니다."

"뭐라고? 무슨 소리인가?"

"말 그대로입니다. 오후 1시에 이케부쿠로에 나타날 겁니다. 이케부쿠로 니시구치 공원입니다. 사쿠라바 카즈마 경위를 잡을 천재일우의 기회입니다."

"그게 사실인가?"

미쿠모는 가방에서 스마트폰을 꺼내, 녹음한 통화 내용을 재생했다.

'선배님, 지금 어디 계세요?'

'토시마구에 있어.'

'오후 1시에 이케부쿠로 어떠세요? 이케부쿠로 니시구치 공원에서 1시요. 거기서 만나시죠.'

'그래. 오후 1시에 니시구치 공원에서 보자.'

쉬고 있던 다른 수사관들까지 모여들었다. 관리관의 낯빛도 바뀌었다. 재생이 끝난 스마트폰을 들고 미쿠모가 말했다.

"정보를 제공하겠다고 회유해서 불러냈습니다. 반드시 나타날 겁니다."

"훌륭하군, 호죠 미쿠모 경장. 소문대로야. 자, 되도록 많은 수사관을 모아라. 30분 후 정오에 긴급회의를 하고 곧바로 이케부쿠로로 출동한다."

"한 말씀 드려도 되겠습니까?" 하며 미쿠모가 의견을 내놓

왔다. "수사관을 많이 모으는 건 좋지만, 실제로 공원에 들어갈 인원은 제한하는 게 나을 것 같습니다. 상대도 촉각을 곤두세운 겁니다. 공원에 들어갈 인원은 열 명 이내로 하고, 나머지는 공원을 에워싸듯 배치하는 게 나을 듯합니다."

"일리 있군. 검토해보지. 거기 자네, 공원 상세 지도를 찾아와. 이케부쿠로 경찰서에 협조 요청하는 것도 잊지 말고."

회의실 안이 분주해졌다. 누군가가 뒤에서 미쿠모의 어깨를 붙들었다. 돌아보니 카오리가 성난 얼굴로 서 있었다.

"야, 미쿠모, 오빠를 체포할 셈이야?"

미쿠모는 대답하지 않았다. 아니, 대답하지 못했다는 말이 더 정확하겠다. 주변에는 지켜보는 눈이 많았다.

"실망이다. 설마 네가 뒤통수를 칠 줄이야."

카오리가 떠났다. 미쿠모는 그 뒷모습을 말없이 바라볼 수밖에 없었다.

30분 후, 대회의실에 40명쯤 되는 수사관들이 모여 긴급회의를 했다. 경찰서로 돌아올 수 없는 수사관들은 곧장 이케부쿠로로 가라는 지시가 떨어졌다. 미쿠모는 회의실 구석에서 회의를 지켜보았다.

"잘 들어라, 제군들. 이 기회를 절대 놓치지 마라."

화이트보드에 공원 배치도가 붙어 있었다. 수사관들에게도 똑같은 지도가 배부되었다. 공원을 에워싸듯 알파벳이 A부터 적혀 있었다. 알파벳은 M까지 있었고, 형사들이 대기할 기본 위치를 나타내는 표시였다.

"시간은 없지만 준비를 게을리하지 마라. 특히 공원 안에 들어갈 수사관 여덟 명은 주변 환경에 맞는 복장을 갖춰 입도록."

관리관이 생각해낸 작전은 이러했다. 카즈마는 오후 1시 이케부쿠로 니시구치 공원에 모습을 드러낼 테지만, 중앙 분수 앞에 도착할 때까지는 그에게 손대지 않는다. 일반인으로 위장한 수사관 여덟 명이 서서히 거리를 좁히다가 한꺼번에 사방에서 덮치는 작전이었다. 미쿠모의 제안이 통과된 셈이었다.

미쿠모의 손에는 명단이 있었다. 이 특별수사본부에 동원된 수사관들의 사진이 붙은 명단이었다. 신참이라 동료들의 얼굴과 이름을 외우고 싶다고 하니 선뜻 빌려 주었다. 미쿠모는 얼굴과 이름을 대조하며 그 자리에 있는 수사관들의 이름을 일일이 확인했다.

이 특별수사본부에는 수사1과 형사가 가장 많이 동원되었고, 그다음으로는 신주쿠 경찰서 형사과가 많았다. 히로세 타카시 살인사건도 같은 범인의 짓일 가능성이 커서 네리마 경찰서에서도 지원을 보낸 모양이지만 기껏해야 여섯 명이었다.

"이상이다. 준비가 끝나면 즉시 이케부쿠로로 가라. 상대가 수사1과 형사라는 걸 명심하도록. 벌써 현장에 도착해서 우리의 움직임을 지켜보고 있을 수도 있다. 그런 상황을 전제로 움직여라."

수사관들은 우렁차게 대답한 뒤 각자 준비에 착수했다. 관리관이 미쿠모에게 다가왔다.

"미쿠모 경장, 자네는 어쩔 생각인가? 현장에 갈 텐가?"

"멀리서 지켜보며 배울 생각입니다. 상대는 제 얼굴을 아니까요."

"그렇군. 자네를 미끼로 삼을까 하다가 사쿠라바 카즈마가 인질을 붙잡을 수도 있어서 그 방법은 배제했네. 그나저나 이건 우리끼리 얘기인데…."

관리관이 목소리를 죽이며 말했다.

"사쿠라바 카즈마의 딸이 유괴됐다더군. 조금 전에 사쿠라바 카즈마의 아버지가 경찰에 신고했어. 특대과의 코조네 씨가 투입된 모양이야."

특대과는 특수범죄대책과를 줄인 말이다. 코조네는 그 과의 지휘관인데, 예전 사건 덕에 미쿠모와도 면식이 있었다. 안이 유괴됐다는 사실도 결국 경찰에 알려진 모양이다.

"사쿠라바 가문에는 최악의 사태로군. 사쿠라바 카즈마는 살인 혐의로 쫓기고, 그 딸은 유괴됐으니. 이보다 더한 재앙은 없겠어."

그렇다. 엎친 데 덮친 재앙이었다. 틀림없이 배후가 있을 텐데 아직은 사건의 전모가 보이지 않았다. 짐작하기로는, 하나코의 고모 미쿠모 레이와 연관이 있을 것 같았다. 예전부터 미쿠모 가문에 집착하는 경향을 보이며 여러 번 소동을 일으킨 천재 범죄자였다. 이번에도 그녀가 흑막일지 모른다는 생각이 들었지만, 무엇이 목적인지는 전혀 짐작이 가지 않았다.

가능하면 하나코에게 힘이 되고 싶었으나 공교롭게도 지금은 움직일 수 없었다. 유괴된 안은 미쿠모를 무척 잘 따랐다. 그 아이를 생각하니 가슴이 아팠다. 하지만 지금은 카즈마의 누명을 벗기는 데 전념해야 했다.

"만약 사쿠라바 카즈마를 체포하는 데 성공한다면, 그 공의 절반은 자네 것이겠군."

관리관의 말에 미쿠모는 애매한 미소로 답했다. 그때 미쿠모의 눈에 한 수사관이 들어왔다. 처음 보는 얼굴이었고 명단에서도 보지 못했다. 나이는 쉰쯤 되었을까. 회색 정장을 입었고, 붉은색 넥타이가 조금 화려했다.

"관리관님, 저분은 누구죠?"

미쿠모가 묻자, 관리관은 그 남자를 힐끔 쳐다보고 대답했다.

"인사과일세, 인사과. 이름은 하야시하라야."

"인사과 사람이 왜 여기에 있죠?"

"사쿠라바 카즈마 때문이겠지. 현직 경찰이 살인을 저질렀으니 큰 문제잖나. 그런데 벌써부터 인사과가 얼굴을 비치다니 드문 일이군."

인사과 사람이 특별수사본부에 얼굴을 비쳤다. 그런 이야기를 전에 들어본 적은 없지만, 그만큼 상부가 이번 사건을 중요시한다는 증거 같기도 했다.

"그럼 난 이만 가보지. 현장에서 보세나."

"알겠습니다."

떠나는 관리관을 배웅했다. 은근슬쩍 인사과 하야시하라를 관찰했다. 역시나 그는 조금 튀는 존재라 다른 수사관들과는 어느 정도 거리를 두고 있었다. 지금은 벽 쪽에서 스마트폰을 들여다보고 있다.

저 사람이 바로 미쿠모가 찾던 '이분자(異分子)'일까. 조사할 가치가 있어 보였다.

카즈마가 이케부쿠로 니시구치 공원에 도착했을 때는 5분 전 1시였다. 미쿠모를 의심하는 것은 아니지만 돌다리도 두들겨 보고 건너자는 생각으로 30분쯤 일찍 와서 가까운 주상복합건물 비상계단에 진을 치고 공원을 지켜보았는데 딱히 수상한 사람은 발견하지 못했다. 다만 공원은 무척 넓었고 사람도 많았다. 이제는 미쿠모를 믿는 수밖에 없었다.

오랜만에 찾아온 공원은 완전히 탈바꿈한 모습이었다. 뭐니 뭐니 해도 가장 눈에 띄는 것은 공원 상공을 에워싼 거대한 링이었다. 5중 구조로 된 그 거대한 오브제는 글로벌링이라고 불리는 모양이었다. 대형 디스플레이 장치가 있었고 안쪽에는 영업 중인 카페도 있었다. 벽면이 유리로 된 세련된 가게였다.

카즈마는 공원 중앙에 섰다. 정해진 시간이 되면 바닥에서 물이 뿜어져 나온다고 했다. 주로 만남의 광장으로 사용되는 듯, 누군가를 기다리는 얼굴로 선 남녀가 드문드문 보였다.

이렇게 중앙에 서 보니 얼마나 넓은지 실감이 났다. 여기서 행사를 할 수도 있다고 들었다. 손목시계를 확인해 보니 시곗바늘이 정확히 오후 1시를 가리키고 있었다.

주변을 둘러보았다. 미쿠모로 보이는 사람은 없었다. 미쿠모와 마지막으로 만난 것은 지난달이었다. 집에서 같이 식사하자고 와타루와 함께 초대했다. 아주 즐거웠던 기억이 있다. 시종일관 웃음이 떠나지 않았다.

그런데 지금 이런 식으로 재회하게 될 줄은 몰랐다. 그래도 미쿠모는 예전에 함께 일한 파트너이며 사적으로도 교류가 있다. 틀림없이 힘이 되어 줄 것이다. 카즈마는 믿어 의심치 않았다.

2분이 지났다. 미쿠모는 아직 보이지 않았다. 왜 이렇게 늦을까. 무슨 일이 생겼나. 히로세의 스마트폰이 아직 수중에 있으니 전화를 걸어볼 수는 있었지만, 가능한 한 그 스마트폰을 켜고 싶지 않았다.

다시 한번 주변을 둘러보았다. 그러다 한 커플이 눈에 들어왔다.

30대로 보이는 커플이었다. 두 사람은 팔짱을 끼고 즐겁게 담소를 나누며 카즈마 쪽으로 다가왔다. 카즈마와의 거리는 50미터 정도였다. 두 사람이 신은 신발이 신경 쓰였다. 무슨 이유에선지 둘 다 스니커즈를 신었다. 남자는 정장을 입었고, 여자는 셔츠에 바지를 매치한 가벼운 차림이었지만, 스니커즈와는 묘하게 어울리지 않는 느낌이었다.

그리고 또 다른 무리도 눈에 들어왔다. 남자 두 명이었는데, 무어라 대화를 나누며 카즈마 쪽으로 걸어왔다. 한 남자가 귀에 손을 대는 것이 보였다. 카즈마도 수사 중에 저런 동작을 자주 취한다. 이어폰이 귀에 꽂혀 있을 때 하는 행동이었다.

틀림없다. 이들은 형사들이다. 카즈마는 포위됐다.

얼굴에 표정이 드러나지 않도록 주의하며 주변을 살폈다. 저 사람들도 형사일지 모른다. 저기 오는 남자도 형사일까. 적어도 일고여덟 명은 되는 듯했다.

미쿠모가 배신한 것일까. 처음부터 카즈마를 여기로 유인할 작정이었을까. 어느 쪽이든 지금은 그런 상념에 빠질 때가 아니라고 고쳐 생각했다.

어느 방향으로 도망치든 쉽지 않을 듯했다. 하지만 아직 거리가 있으니 절망적인 상황은 아니다. 문제는 어디로 도망치느냐였다. 아마 공원 밖에도 수사관들이 진을 쳤을 것이다.

어떻게 해야 할까. 이제 시간이 얼마 없다. 스니커즈를 신은 남녀가 10미터 앞으로 다가왔다.

뒤돌아보니 후방에 있는 카페가 눈에 들어왔다. 공원에 딸린 가게라 바깥이 오픈 테라스 형태였다. 미쿠모와 통화할 때 마지막으로 들은 말이 뇌리를 스쳤다. 니시구치 공원은 이제 아주 예뻐져서 세련된 카페 같은 것도 있어요. 중앙에 있는 분수 앞에서….

지금 곱씹어 보니 이상하다. 아무리 생각해 봐도 쓸데없는 사족이었다.

설마….

카즈마는 한 가지 가능성을 떠올렸다. 상황이 좋지 않지만 지금은 도박을 해볼 수밖에 없었다.

"어이, 여기야!" 카즈마가 큰소리로 외쳤다. 스니커즈를 신은 남녀를 향해 걸어갔다. "왜 이제 와? 뭐 하는 거야? 내가 계속 기다렸는데."

카즈마가 갑자기 말을 걸자, 두 사람은 당황한 표정을 지었다. 남자가 귓가에 손을 댔다. 지휘관의 지시를 기다리는 것 같았다.

두 사람의 코앞까지 다가갔다. 카즈마는 남자를 힘껏 밀치고 반대 방향으로 내달렸다.

"거기 서!"

뒤에서 날카로운 목소리가 들렸다. 주위에서 발소리가 들려왔다. 속도를 줄이면 안 된다.

이런 데서 잡힐 수는 없다.

카즈마는 눈앞에 있던 오픈테라스 의자를 들었다. 의자를 뒤로 던지며 최소한의 저항을 시도했다.

BONDS OF LUPIN

제 3 장

누명 쓴 여자

제3장
누명 쓴 여자

"그래서 노부나가는 죽어요. 아케치라는 가신한테요. 조금만 더 있었으면 노부나가가 천하를 통일할 수 있었을 텐데."

"아케치는 나쁜 놈이구나."

"그때 있잖아요, 히데요시는 멀리 있었는데 서둘러 돌아왔어요. 그래서 있죠, 히데요시가 아케치를 물리쳤어요. 그게 야마자키 전투예요."

"안은 역사를 잘 아는구나."

"그럭저럭요. 실은 내가 역사를 되게 좋아하거든요."

안은 요즘 역사 공부에 푹 빠졌다. 할부지에게 학습 만화를 전권 사달라고 해서 계속 읽었다. 덕분에 역사를 훤히 꿰게 되었다.

오오이와의 선배 요다가 아직 돌아오지 않아서 안은 오오이와와 단둘이 대화를 나누었다. 방금 컵라면으로 점심을 해결한 참이었다. 놀랍게도 오오이와는 컵라면을 세 개나 먹어치웠다. 안은 주변에서 이만큼 많이 먹는 사람을 본 적이 없었다.

"히데요시라는 놈은 힐이야?"

오오이와가 묻자, 안이 되물었다. "힐이 뭐예요?"

"악역이라는 뜻이야. 프로레슬링에서는 악역을 힐이라고 하고, 착한 역할을 베이비 페이스라고 해."

"여기서는 악역이 아니에요."

"그럼 베이비 페이스구나."

오오이와는 만족스럽게 고개를 끄덕였다. 안은 전직 프로레슬러에게 유괴되었다. 나중에 학교에 가서 친구들에게 말해도 아무도 믿지 않을 것 같았다.

"오오이와 씨는 뭐였어요? 베이비 페이스? 아니면 힐?"

"나는 힐이었어. 데뷔 때부터 계속."

어쩐지 슬픈 표정이었다. 힐은 악역이라 결국에는 지게 되어 있다. 슈퍼 히어로가 나오는 어린이 드라마에서도 악역은 어김없이 패배하는 운명을 맞는다.

"아, 맞다. 잠깐 기다려 봐."

오오이와가 주머니에서 스마트폰을 꺼내 만지작거리다가 잠시 후 화면을 안에게 보여주었다. 링 한가운데서 두 남자가 싸우고 있었다. 동영상 사이트에서 찾은 영상인 듯했다.

"혹시 이게 오오이와 씨예요?"

"뭐, 그렇지."

오오이와는 자랑스러운 표정으로 고개를 끄덕였다. 상대 선수는 화려한 은색 마스크를 쓴 남자로, 언뜻 봐도 정의의 히어로 같은 느낌이었다. 한편 오오이와는 검은 타이츠를 입고 짧은 머리를 금색으로 물들인 모습이었다.

경기는 마스크맨의 페이스대로 흘러갔지만, 오오이와의 동료로 보이는 남자가 링 밖에서 경기를 방해하자, 오오이와가 그 틈을 타 철제 의자로 마스크맨을 후려쳐서 전세를 역전시켰다. 객석에서 야유가 터져 나왔다. 하지만 화면 속 오오이와와, 그 장면을 보는 지금의 오오이와는 똑같이 만족스러운 미소를 지었다.

"곧 나온다."

오오이와가 말했다. 화면 속 링 한가운데에 마스크맨이 누워 있었다. 오오이와는 가장 높은 로프 위에 올라가 스님처럼 합장하는 포즈를 취한 다음 공중을 날았다. 날았다기보다는 떨어졌다는 표현이 더 정확하겠다. 오오이와의 이마가 마스크맨의 가슴팍에 정통으로 꽂혔다.

"대단해요, 오오이와 씨."

"내 필살기야. 다이빙 헤드 버트."

아쉽게도 3카운트를 얻어내지는 못했다. 마스크맨은 아직 여유가 있어 보였다. 이제 어떻게 될지 기대하는데, 오오이와가 스마트폰을 휙 가져갔다.

"뒷부분도 보고 싶은데."

"안 돼. 여기까지만이야."

"네? 한창 재밌는데 왜요?"

오오이와는 못 들은 척 스마트폰을 주머니에 넣었다. 그 모습을 보자 상상이 되었다. 뒷부분에는 아마 오오이와가 지는 장면이 나올 것이다. 슈퍼 히어로 드라마에 나오는 괴수처럼 정의의 사도 앞에서 패배를 맛보았을 것이다.

"야, 사이 좋아 보인다?"

뒤에서 불쑥 목소리가 들려 안은 펄쩍 뛰어오를 만큼 놀랐다. 요다가 서 있었다. 프로레슬링에 빠져서 그가 돌아온 줄도 몰랐다.

"오오이와, 너 이 자식 정신 안 차려? 내가 똑바로 감시하라고 했지, 언제 꼬맹이랑 놀고 있으랬냐?"

"죄, 죄송합니다, 선배님."

"죄송하면 다야?"

요다가 다가왔다. 키는 오오이와보다 작았지만, 몸집은 오오이와만큼 건장했다. 요다가 별안간 오오이와를 때렸다. 오오이와가 뒤쪽으로 날아가자, TV가 요란스러운 소리를 내며 쓰러졌다. 안은 사람이 주먹으로 얻어맞는 모습을 처음 봤다.

"오오이와 씨!"

안은 오오이와에게 달려갔다. 오오이와는 바닥에 등을 대고 쓰러져 있었다. 피하려면 피할 수 있었을 것이다. 그러지 않은 이유는 두 사람 사이에 절대적인 상하관계가 있기 때문이었다.

"오오이와 씨, 괜찮아요?"

입술 끝에서 피가 흘렀다. 오오이와는 반쯤 뜬 눈으로 안을 보며 고개를 끄덕였다.

"뭐? 오오이와 씨? 놀고 있네."

갑자기 옷깃이 당겨지나 싶더니 곧 안의 몸이 공중으로 떠올랐다. 요다에게 옷깃을 잡힌 채 침대가 있는 방으로 끌려갔다. 요다는 안을 침대 위에 내동댕이치고 양쪽 손발에 밧줄을 친친 감았다.

"얌전히 있어. 소란 피우면 그냥 안 넘어간다."

요다는 그 말을 남기고 방에서 나갔다. 어떤 소리가 들렸다. 요다가 오오이와를 패는 소리였다. 오오이와는 반항하지 않고 가만히 맞고 있는 듯했다. 폭력이라는 것을 태어나 처음 접한 안은 아무것도 할 수 없는 자신의 무력함을 통감했다.

이따금 "윽."이나 "컥." 같은 오오이와의 목소리가 들렸다. 저도 모르게 눈물이 터져 나왔다. 귀를 틀어막고 싶었지만 손이 묶여 그마저도 할 수 없었다.

★

카즈마는 카페 안으로 뛰어 들어갔다. 밖을 보니 추격자들이 바로 뒤까지 쫓아온 상태였다. 황급히 가게 안쪽으로 들어갔다. 실내 좌석은 반쯤 차 있었고, 손님들은 여유로운 시간을 즐겼다. 카즈마가 처한 상황과는 정반대인 분위기였다.

입구에서 뛰어 들어오는 수사관들이 보였다. 역시 이 가게에 들어온 것은 실수였다. 스스로 제 목을 조른 것이나 마찬가지였다.

진퇴양난이다. 카즈마가 마음의 준비를 하는데, 익숙한 목소리가 들렸다.

"선배님, 이쪽이에요."

가게 통로 안쪽에서 미쿠모가 얼굴을 내밀었다. 카즈마는 수사관들의 눈을 피하고자 몸을 숙이고 미쿠모가 있는 쪽으로 나아갔다. 손님들이 수상한 눈빛으로 쳐다보았지만 그런 데에 신경 쓸 겨를이 없었다.

미쿠모가 있는 공간에 다다랐다. 그녀는 작게 고개를 끄덕이고 몸을 돌려 통로 안쪽으로 걸어갔다. 가게 주방을 가로질러 창고 같은 곳으로 나갔다. 조금 더 안쪽으로 들어가니 문이 하나 나왔다.

미쿠모는 조심스럽게 문을 열고 고개만 빼서 바깥 상황을 살폈다. 그런 다음 카즈마에게 말했다.

"괜찮습니다. 가시죠."

가게 장비나 재료를 반입할 때 쓰는 문인 듯했다. 바깥에는 승합차 한 대가 뒷좌석 문을 열어 둔 채 서 있었다. 미쿠모가 망설임 없이 뒷좌석에 올라타자, 카즈마도 뒤를 따랐다. 문이 닫힘과 동시에 차가 출발했다.

"카오리잖아."

운전석에 앉은 사람은 카즈마의 여동생 카오리였다. 백미러 너머로 누이 마주쳤다. 카오리는 잠시 입가에 미소를 머금었다가 금방 진지한 표정을 되찾고는 운전에 집중했다. 미쿠모는 창밖을 주의 깊게 살폈다. 이케부쿠로 니시구치 공원이 벌써 자그마하게 보였다.

"괜찮은 것 같네요. 쫓아오는 차는 없습니다."

미쿠모가 말했다. 천하의 경찰도 카즈마가 차로 도주할 줄은 몰랐을 것이다. 아무튼 정말 간발의 차였다. 조금이라도 늦었으면 카즈마는 지금쯤 체포됐을 것이다. 그렇게 생각하니 소름이 끼쳤다. 그러나 미쿠모는 카즈마의 심정 따위는 안중에도 없는 듯 말했다.

"선배님, 좀 더 빨리 오셨어야죠. 선배님이 분수로 가시는 거 보고 까무러칠 뻔했잖아요."

조금 전, 전화를 끊기 직전에 미쿠모는 뜬금없이 아무 상관도 없는 카페 이야기를 꺼냈다. 카즈마는 그 기억을 떠올리고 잽싸게 카페 안으로 도망쳐 들어갔다.

"그럼 처음부터 그 카페에서 만나자고 하지 그랬어. 근데 어떻게 경찰들이 여기 있어? 네가 약속 장소를 알려준 게 아니고서야."

"당연히 제가 알려줬죠. 선배님이랑 통화한 내용 뒷부분을 녹음해서 특별수사본부에서 틀었거든요."

"왜 그런 짓을 했어?"

"그 전에, 지금까지 알아낸 정보를 공유할게요."

미쿠모가 이야기를 시작했다. 네리마 자택에서 살해된 히로세 타카시는 5년 전 지금의 회사를 세웠고 경찰청에서 여러 번 일감을 받았다. 금액도 상당히 큰 것으로 보아 배후에서 힘을 쓴 세력이 있었으리라고 미쿠모는 추측했다. 히로세가 목숨을 잃은 원인도 그 일과 관련이 있지 않을까. 미쿠모는 그렇게 예상했다.

"그러니까 한마디로, 히로세가 입찰 전에 내부에서 정보를 받았다는 거야?"

"아마도요." 미쿠모가 고개를 끄덕였다. "히로세는 전직 경찰이에요. 경찰 시절에 만든 연줄로 부정하게 정보를 입수했겠죠. 그런데 히로세가 다른 단체에서도 일감을 받은 걸로 봐서 단독범은 아닌 것 같습니다. 히로세에게 정보를 흘린 경찰 관계자도 있을 테고, 중간 역할도 있었을지 몰라요. 이건 상상 이상으로 큰 사건입니다."

경찰청의 입찰 정보가 외부로 새어나간 것이 사실이라면 심각한 문제이니 경찰 전체의 신뢰도를 위해 신중하게 수사해야 했다. 원래는 반년 내지는 1년 이상을 내사에 투자할 만한 사건이었다.

"선배님의 상황이 좋지 않으니 이번 사건은 차근차근 조사할 수가 없어요. 그리고 저도 개인적으로 벽에 부딪힌 느낌이 들었어요. 이 상태로는 수사를 이어가도 돌파구가 보이지 않겠다 싶던 차에 선배님과 연락이 닿았죠. 이 방법을 이용하는 수밖에 없었습니다"

미쿠모는 카즈마와 만나기로 한 것을 관리관에게 보고했다. 미쿠모의 예상대로 곧바로 수사관들이 소집되어 긴급회의를 했다고 한다.

"다른 그림 찾기라고 할까요? 이번 사건이 정말 히로세의 부정 입찰에서 비롯했다면, 경찰 내부에 배신자가 있다는 뜻이죠. 그 이분자를 유인해서 밝혀내는 게 제 목적이었습니다. 미리 설명하지 않아서 의도치 않게 카오리 선배의 기분을 상하게 했지만요."

운전석에 앉은 카오리는 무언가 할 말이 있는 사람처럼 입가에 웃음을 띠었다.

"그래서 누군지 알아냈어?"

"확증은 없지만, 인사과 소속인 하야시하라라는 사람이 특별수사본부에 갑자기 얼굴을 내밀었습니다. 선배님이 얽힌 불미스러운 사건 때문에 인사과가 나선 것처럼 보이기도 했지만, 관리관님이 이례적이라고 말씀하셨어요."

카즈마도 하야시하라라는 이름을 들어봤다. 인사나 총무 관련 부서를 왔다 갔다 하는 남자였다. 경찰청에서는 사무를 전문으로 처리하는 행정 직원도 많이 뽑는다. 하지만 하야시하라는 원래 행정 직원이 아니라 경찰관으로 채용된 사람이었다.

"넌 하야시하라가 부정 입찰에 가담했다고 생각해?"

"네. 어디까지나 추측이지만요. 그리고 히로세는 이번 연도에 경찰청에서 일을 따내지 못했습니다. 거기에 살해 동기가 숨어 있을지도 몰라요."

카즈마 일행을 태운 차가 메이지도로를 따라 신주쿠 방면으로 달렸다. 차가 깜빡이를 켜고 속도를 줄이더니 패밀리레스토랑 주차장으로 들어갔다. 1층은 주차장이고 2층은 매장이었다. 가장 구석진 자리에 차가 섰다.

"선배님, 여기서 헤어지시죠." 미쿠모가 안전벨트를 풀며 말했다. "이 차는 카오리 선배 이름으로 빌린 렌터카예요. 선배님이 계속 사용하세요. 면허증은 갖고 계시죠?"

"면허증은 있는데, 뭐가 어떻게 되는 거야? 너희는 어디로 가려고?"

"본부는 저희 핸드폰 번호를 알아요. 특별수사본부가 저와 카오리 선배를 이 수사에 끼워 넣은 건 다른 목적이 있었기 때문입니다."

무슨 말인지 이해되었다. GPS 정보를 이용해 본부가 두 사람의 움직임을 감시한다는 의미였다. 카즈마가 도주하는 것을 두 사람이 돕지 않도록 말이다. 아니, 어쩌면 카즈마가 이들과 접촉하는 순간을 노려서 체포할 심산이었을지도 모른다.

"저희는 저기 있는 차로 갈아탈 거예요."

미쿠모의 시선 끝에 차 한 대가 서 있었다. 크림색 소형 왜건이었다. 외관이 동그스름한 그 차는 카오리의 자가용이었다. 미쿠모가 문을 열려고 하자, 운전석에 앉은 카오리가 돌아보며 말했다.

"미쿠모, 넌 남아."

"카오리 선배님…."

"넌 오빠하고 움직여. 그게 베스트야. 네 파트너는 내가 아니야. 오빠지."

카오리는 그렇게 말하고는 안전벨트를 풀고 운전석에서 내렸다. 미쿠모가 창문을 열자, 카오리가 손을 내밀며 말했다.

"미쿠모, 네 스마트폰 줘."

미쿠모는 순순히 가방에서 스마트폰을 꺼내 카오리에게 넘겼다. 미쿠모와 카오리가 함께 움직인다는 착각을 일으키기 위해서였다.

"본부에는 네가 몸이 안 좋아서 못 왔다고 변명할게. 뒷일을 잘 부탁한다, 미쿠모."

떠나기 전, 카오리가 카즈마를 바라보았다. 둘은 친남매이다. 말하지 않아도 알 수 있다. 카즈마는 고개를 끄덕였다. 카오리도 크게 고개를 끄덕였다.

카오리가 자신의 차로 걸어갔다. 운전석에 올라탄 카오리는 곧장 차를 움직였다.

카즈마는 주차장을 빠져나가는 여동생의 차를 지켜보다가 뒷좌석에서 내려 운전석으로 자리를 옮겼다. 미쿠모도 조수석에 올라탔다. 카즈마가 안전벨트를 매며 물었다.

"미쿠모, 어떻게 할까? 다음 수는 생각해 놨지?"

"물론이죠, 선배님."

한때 카즈마와 콤비로 활동하던 실력파 여형사는 예전과 똑같은 태연한 얼굴로 그렇게 대답했다.

"역시 목표는 하야시하라예요."

차가 출발한 뒤 미쿠모가 입을 열었다. 지금 카즈마는 목적지 없이 차를 몰고 있었다. 방금 머문 패밀리레스토랑 주차장에서 멀어지기 위해서였다.

"하야시하라가 부정 입찰에 관여했다고 생각하는 거지?"

"네. 확증은 없지만요. 아까 회의실에서 본 하야시하라는 왠지 주변과 동떨어진 모습이었어요. 인사과라서 그런 것도 있겠지만, 그 점을 차치하더라도 좀 수상했습니다."

미쿠모의 직감이 그렇다면, 카즈마는 이견이 없었다. 하지만 카즈마가 뒤집어쓴 누명은 후타바 미우와 히로세 타카시를 살해한 혐의이지, 부정 입찰 혐의가 아니었다. 카즈마가 불안해하는 것을 눈치챘는지 미쿠모가 말했다.

"괜찮습니다. 분명히 연결될 거예요. 그리고 결국에는…."

갑자기 울린 벨소리가 미쿠모의 뒷말을 막았다. 미쿠모가 무릎 위에 올려둔 가방에서 벨소리가 흘러나왔다. 미쿠모가 "이건 서브 폰이에요." 하며 전화를 받았다. "갑작스러운 부탁을 해서 미안해요. 정말 고마워요. …그래요? 역시 그랬군요."

사루히코와 통화하나 싶었지만, 그런 것치고는 말투가 공손했다. 잠시 후 전화를 끊은 미쿠모가 말했다.

"와타루 씨예요. 경찰청 데이터베이스에 침입해서 하야시하라를 조사해달라고 부탁했거든요."

와타루는 일류 해커이다. 경찰청 데이터베이스를 해킹하는 것쯤은 식은 죽 먹기일 것이다. 하지만 그것은 명백한 범죄 행위였다. 미쿠모는 선수를 치듯 말했다.

"상황이 상황이니 이 정도는 감수해야죠. 이용할 수 있는 수단은 뭐든 이용해야 한다고 판단했습니다."

카즈마도 마음을 굳게 먹었다. 미쿠모 말마따나 지금은 태평한 소리나 할 때가 아니었다. 이렇게 도망 다니는 것 자체가 이미 용납되지 않는 일이니까.

"그래서 뭘 알아냈어?"

"하야시하라의 경력을 중심으로 조사했어요. 올해로 50세고 젊었을 땐 형사였다는데, 내장 질환을 앓은 뒤로 사무 쪽으로 빠졌다고 합니다. 한 5년 전까지 총무부에서 계약 관련 업무도 했대요."

5년 전이면 딱 히로세 그래픽이 설립됐을 즈음이다. 직접적인 관련은 없었더라도 하야시하라는 경찰청에서 경쟁 입찰이 어떤 방식과 흐름으로 진행되는지 알았을 것이다.

"하야시하라는 사전에 입찰 정보를 흘렸을 겁니다. 인쇄 관련 정보는 히로세에게만 흘린 것 같지만, 다른 분야의 사업자에게도 정보를 흘렸을 가능성이 있어요. 입찰로 거래되는 물품과 사업은 경찰청에 차고 넘치니까요. 그런데 하야시하라 혼자서 저지른 범행 같지는 않습니다. 그런 계획을 총괄한 자가 있을 거예요. 아마 그자가…."

"후타바 미우라는 거지?"

미쿠모는 고개를 끄덕였다. 그녀는 카즈마와 대화하면서도 스마트폰 화면에서 시선을 떼지 않았다. 와타루가 보낸 데이터를 훑어보는 모양이었다.

"경찰청뿐만 아니라 다른 관청이나 기업, 단체에도 손을 댔을 거예요. 그 여자가 콘티넨털 같은 고급 바를 드나든 건 연줄을 만들기 위해서였겠죠."

남자를 유혹해서 제 뜻대로 조종하는 것이 그녀의 방식이었으리라. 이용할 수 있는 남자는 이용하고, 이용 가치가 없는 남자는 돈을 뜯어낸 다음 버렸을 것이다. 반년 전에 사고로 죽은 부은행장은 그녀에게 그다지 가치 없는 남자였다는 뜻일까.

"이제 결정적인 한 방만 있으면 돼요. 지금은 섣불리 하야시하라를 추궁한들 그 사람이 발뺌하면 끝입니다. 하야시하라를 몰아넣을 결정적인 무언가가 필요해요. 그래서 지금 하야시하라를 감시하려고 작업하고 있어요."

"감시? 어떻게?"

"GPS요. 와타루 씨가 작업에 들어갔어요. 하야시하라의 핸드폰 번호는 아니까 위치 정보를 찾기만 하면 됩니다. 와타루 씨는 30분 안에 위치 정보 시스템에 침입할 수 있을 것 같다고 했어요."

미쿠모는 태연스레 말했다. 명문 탐정사무소의 외동딸과 L의 일족 장남의 조합이라니 기가 막힐 노릇이었다. 신세기의 홈즈와 천재 해커. 두 사람이 손을 잡으면 풀지 못할 수수께끼가 없지 않을까.

"어디 눈에 띄지 않는 곳에 차를 세우고 와타루 씨의 연락을 기다리는 게 좋겠어요."

"알았어. 아, 그러고 보니 어제 사루히코 씨한테 도움을 많이 받았어. 고맙다고 전해줘."

"사루히코가요?"

미쿠모가 고개를 들었다. 혹시 미쿠모가 몰래 입김을 넣었나 했는데 역시 아니었나 보다. 만약 사루히코가 도와주지 않았다면 카즈마는 지금쯤 여기에 없었을 것이다. 병원에 데려가준 사람도 그였고, 비즈니스호텔에 방을 잡아준 것도 그였다. 심지어 도주 자금까지 살짝 놓고 갔다.

"사루히코 씨가 입원 중에 내 소식을 듣고 도와주러 왔다고 하셨어. 건강검진에서 수치가 나쁘게 나왔다고 들었는데, 몸은 괜찮으셔?"

"입원 검사를 받는다고 들었어요. 그랬군요. 사루히코가…."

미쿠모는 턱에 손을 대고 곰곰이 생각에 잠겼다. 조수가 어디서 뭘 하는지 몰랐다는 사실에 당황하는 것 같았다. 하지만 사루히코는 선의로 한 일이었다. 그에게는 잘못이 없다.

"사루히코 씨한테 뭐라고 하지 마. 그보다 아까 무슨 말 하려고 하지 않았어? 이것저것 연결되면 결국에는 어쩌고 하다가 말았잖아. 무슨 말을 하려던 거야?"

"아, 그거요. 지금 일어나는 사건들은 전부 연결돼 있다는 말이었어요. 선배님의 누명을 벗기고 안을 구하는 것. 그게 우리의 목표입니다."

그렇다. 역시 그렇게 생각해야 한다. 카즈마가 범죄자라는 누명을 쓴 당일에 하필 딸이 유괴된 것은 결코 우연이 아니다.

지금 이 순간에도 안은 두려움에 떨고 있을지 모른다. 그 생각을 하니 가슴이 미어졌다.

'안, 조금만 기다려. 아빠가 꼭 구해줄 테니까.'

오후 2시, 하나코는 사쿠라바 본가의 부엌에 있었다. 경찰청에서 나온 특수범죄대책과 사람들이 응접실에 자리를 잡고 끝없는 회의를 이어갔다. 향후 대책을 논의한다고 했다. 하나코는 부엌에서 물을 끓여 그들에게 대접할 차를 준비했다. 급하게 집으로 돌아온 시어머니 미사코도 하나코와 함께 부엌에 있었다.

"새아가, 먼저 그 과자를 내가렴."

"네."

하나코는 미사코가 시키는 대로 만쥬와 전병이 담긴 쟁반을 들고 응접실로 갔다. 탁자 주변에 수사관들이 모여 있었다. 여섯 명 정도였다. 수사관들의 목소리가 들려왔다.

"전화를 걸 기회는 이제 두 번뿐이야. 신중하게 움직여야 해."

"맞는 말이지만, 범인의 말에 너무 휘둘리는 건 좋지 않아. 최대한 일찍 접촉하는 게 나아."

"우선 몸값을 전달할 방법부터 정해야 합니다. 제안이 묵살되면 죽도 밥도 안 되잖습니까."

하나코는 쟁반을 탁자 위에 올려놓았다. 시아버지 노리카즈는 응접실 구석에 앉아서 진지한 표정으로 수사관들의 말에 귀를 기울였다. 노리카즈는 현재 경호부에 적을 두고 있지만, 예순을 넘겨 촉탁직으로 취급되었다.

"미쿠모 안 양이 납치된 현장 수색은 무코지마 경찰서에 맡겼습니다."

"아무튼 몸값을 전달할 방법부터 생각하자. 그게 먼저다. 가능하면 오늘 중에 아이디어를 내서 사전 준비에 들어가면 좋겠어."

"주임님, 키타센쥬 주차장과 연락이 닿았습니다."

"그래, 연결해."

주임이라고 불린 남자는 코조네로, 하나코와도 조금 안면이 있는 지휘관이었다. 범인이 차를 버리고 간 키타센쥬 주차장에 수사관 몇 명이 찾아갔는데, 그들과 연락이 닿은 모양이었다.

하나코가 있는 위치에서는 컴퓨터 화면이 보이지 않았지만 목소리는 들렸다.

"수고하십니다. 아직 수사 중이지만 현재까지 알아낸 정보를 전달하겠습니다. 차량 번호 판독 시스템에서 조회한 대로 검은색 크라운이 버려져 있습니다. 차량 번호로 도난 차량인 걸 확인했습니다. 대략 일주일 전에 시나가와 경찰서에 피해 신고가 들어왔습니다."

"유류품은 있나?"

"지문과 머리카락을 발견해서 지금 분석하고 있습니다. CCTV에 사각지대가 있어서 범인이 갈아탄 차는 추려내기 힘들 것 같습니다."

주차장이 무척 오래됐는지 고장 난 채로 방치된 CCTV도 있다고 했다. 범인은 의도적으로 그런 주차장을 골랐을 것이다.

"또 뭔가 알아내면 연락하도록. 잘 부탁한다." 코조네가 통화를 마치고 수사관들을 둘러보며 말했다. "우리는 계속 대책을 강구한다. 우선 유괴범으로부터 걸려온 전화를 역추적하는 건…"

하나코는 계속 여기 있어 봤자 방해만 될 것이다. 응접실에서 나왔다. 안을 구출하려고 진지하게 고심하는 수사관들의 모습을 보니 조금 마음이 놓였다. 위조지폐로 몸값을 마련하려는 아버지와는 완전히 다르다.

하나코는 복도로 나갔다. 그때 초인종이 울렸다. 현관으로 가 보니 정장을 입은 남자 두 명이 서 있었다. 어제도 만난, 카즈마와 같은 반 형사 나가타와 사토였다.

"사모님, 갑작스럽게 죄송합니다. 여기 계시다는 얘기를 듣고 왔습니다."

"무슨 일이시죠?"

형사들의 태도가 어제보다 조금 부드러웠다. 안이 유괴된 사실을 알고 배려하는 것일지도 모르겠다.

"따님 일은 저희도 들었습니다. 그때 이후로 다소 진전이 있어서 저희 수사에도 협조해주십사 찾아왔습니다. 협조 부탁드립니다."

"당연히 협조해야죠. 그런데 지금 집 안이 복잡해서…."

하나코는 샌들을 신고 밖으로 나갔다. 그들이 타고 온 경찰차 앞에서 이야기를 나누기로 했다. 먼저 나가타가 말했다.

"남편분은 아직 도주 중입니다. 약 1시간 전에 마지막으로 목격됐고, 장소는 이케부쿠로 니시구치 공원이었습니다. 수사관들의 추적을 따돌리고 모습을 감췄습니다. 그 뒤로 단서가 끊겼고요. 사모님, 혹시 카즈마에게 연락이 왔습니까?"

하나코는 솔직하게 털어놓았다. 어젯밤과 오늘 오전에 총 세 번 전화가 왔으며 항상 공중전화였고 대화 내용은 유괴된 안에 관한 이야기가 대부분이었다고 말했다.

"남편은 딸아이 걱정만 하고 자기가 어떤 상황인지는 가르쳐주지 않았어요. 도움이 되지 못해서 죄송합니다."

"사모님이 사과하실 필요 없습니다. 카즈마는 살인사건 두

건의 중요 참고인으로 쫓기고 있습니다. 하지만 카즈마가 범인 이라는 명백한 증거는 없고, 두 번 다 사건 현장에서 도주하는 모습이 목격됐을 뿐입니다."

하나코는 어제 미쿠모와 통화하면서 대충 이야기를 전해 들 었지만, 그때 이후로 혐의가 한 건 늘어난 듯해 놀랐다. 카즈마 는 하나코의 상상을 한참 뛰어넘는 곤경에 처한 것 같았다.

"이 사진을 봐주십시오."

나가타가 그렇게 말하며 주머니에서 사진 두 장을 꺼냈다. 그것을 하나코에게 내밀며 말했다.

"두 피해자의 생전 모습입니다. 이분들을 아십니까?"

"한번 볼게요."

하나코가 사진 두 장을 받아들었다. 한 명은 남자였고, 다른 한 명은 여자였다. 남자는 경찰관 같았다. 경찰 신분증에 쓰이 던 사진인 듯 중년 남성이 딱딱한 표정을 짓고 있었다. 다른 사 진은 몰래 찍은 티가 나는 사진이었다. 같은 여자인 하나코가 보기에도 무척 아름다운 여자였다. 색기라고 할까. 몹시 요염한 분위기가 사진만으로도 전해졌다.

"죄송합니다. 둘 다 모르는 분이에요."

"그렇군요."

애초에 기대하지도 않았는지 나가타는 별로 실망한 기색을 비치지 않았다. 하나코는 사진 두 장을 돌려줬지만 여자의 얼 굴이 뇌리에서 떠나지 않았다.

어디서 본 기억은 없지만 묘하게 친숙한 느낌이 들었다. 그만큼 아름다운 여자를 봤다면 분명히 기억에 남았을 텐데. 기분이 이상했다.

"왜 그러시죠?"

"아뇨. 아무것도 아니에요."

"카즈마는 지금 혼자 도망 다니는 것 같습니다. 카즈마가 도주하는 걸 도울 만한 친구가 있다면 알려주십시오. 친한 지인이든 단골 가게 사장님이든, 뭐든 상관없습니다."

참고가 될 만한 대답을 들려주지는 못했다. 두세 가지 질문에 더 대답한 뒤에 이야기가 마무리되었다. 집으로 들어가기전, 하나코가 나가타에게 물었다.

"형사님, 돌아가신 두 분의 성함을 다시 알려주실 수 있나요?"

"남자분은 히로세 타카시. 전직 경찰입니다. 여자분은 후타바 미우. 사기 혐의가 있습니다."

후타바 미우…. 하나코는 그 이름을 속으로 곱씹었다.

"선배님, 다음 골목에서 우회전하세요."

"알았어."

카즈마는 조수석에 앉은 미쿠모의 지시에 따라 차를 몰았다. 지금은 메구로구를 달리고 있었다.

대략 30분 전에 움직임이 있었다. 와타루가 미쿠모에게 연락해 하야시하라가 경찰청에서 나왔다고 알려주었다. 지금 미쿠모가 손에 든 태블릿 PC에는 지도가 떠 있었고 거기에는 하야시하라의 위치가 표시돼 있었다. 그는 지하철을 몇 번 갈아탄 뒤 메구로에서 택시를 탔다.

"아, 멈췄네요. 골프 연습장 같아요."

앞쪽에 녹색 네트가 보였다. 비교적 규모가 큰 골프 연습장이었다. 밖에서 잠시 상황을 살피다가 미쿠모와 함께 안으로 들어갔다. 접수대에서 두 명 치 요금을 내고 내친김에 골프채를 빌려 장내로 들어갔다.

평일 오후라 그리 혼잡하지 않았다. 손님은 주로 중년들이었고, 자리가 반쯤 차 있었다. 1층과 2층이 있었는데, 하야시하라는 2층 동쪽 타석에 있었다. 카즈마와 미쿠모는 2층 서쪽 타석으로 들어갔다. 거리가 멀어서 들킬 우려는 없었다. 벤치에 앉아 하야시하라의 행동을 관찰했다.

그는 막 연습을 시작한 참이었다. 자세도 좋았고 공의 궤도도 나쁘지 않았다.

"인사과는 좋겠네요. 업무 시간에 골프 연습도 할 수 있고."

미쿠모가 비꼬듯 말했다. 진심으로 하는 말은 아닐 것이다. 미쿠모는 공 대여기에 동전을 넣고 골프공을 받아서 티에 올렸다. 골프채를 천천히 들어 올렸다가 아래로 휘둘렀다.

군더더기 없는 자세였다. 바람을 가르는 소리와 함께 공이 일직선으로 날아갔다. 도무지 초짜로 보이지 않았다.

"미쿠모, 잘한다."

"아닙니다. 잘하지는 못해요."

미쿠모는 그렇게 말하며 또다시 공은 쳤다. 이번에두 공이 똑바로 날아갔다. 미쿠모는 날아가는 공을 지켜보다가 카즈마에게 말했다.

"선배님은 골프 치세요?"

"옛날에 잠깐 쳐봤어. 이제는 전혀 안 쳐."

20대 때 상사가 부추겨서 마지못해 골프 연습장에 가봤지만 금방 그만두었다. 미쿠모는 공을 한 번 더 친 다음 카즈마에게 다가와서 말했다.

"저는 할아버지한테 골프를 배웠어요. 골프는 신사의 스포츠라고 하잖아요? 명망 높은 사람들이 정보를 교환하기 좋은 공간을 제공해주죠. 그래서 골프는 배워서 나쁠 것 없다는 게 할아버지의 지론이었어요. 대학생 때는 캐디 아르바이트도 해봤어요. 세상 돌아가는 원리를 많이 배웠죠."

탐정으로서 능력을 키우려고 골프를 배웠다니, 역시 호조 탐정사무소의 영재교육은 상상 이상이었다.

"어차피 시간도 있으니까 제가 가르쳐 드릴게요."

"나는 됐어."

"사양하지 마세요."

미쿠모가 카즈마의 손에 억지로 골프채를 쥐여 주었다. 카즈마는 공을 티에 올리고 정신을 집중해 휘둘렀다. 헛스윙이었다.

공은 티 위에 그대로 남아 있었다.

"선배님, 혹시 일부러 그러시는 거예요?"

"아니야. 난 진지했어."

"그럼 준비 자세부터 잡아보죠. 우선 다리를 어깨너비로 벌리고 살짝 무릎을 굽히세요. 좋아요. 그런 느낌이에요."

미쿠모가 잘 가르쳐서 그런지 몇 번 해보니 카즈마 자신도 느낄 만큼 스윙이 좋아졌다. 시험 삼아 공을 쳐보자 이번에는 제대로 맞았다. 약간 옆으로 빠지긴 했지만 헛스윙이 아닌 게 어디인가.

"선배님, 재능 있으신데요? 이 속도면 조금만 연습해도 라운드 갈 수 있겠어요. 미쿠모 가문 어르신께 같이 가자고 해보세요."

"아니, 아니, 안 해. 절대 안 해."

미쿠모 가문 어르신은 미쿠모 타케루를 가리키는 말이었다. 그는 조금 특이하게도 모든 물건을 현장에서 바로바로 구해 골프를 쳤다. 골프장에서 발견한 먹잇감에게서 고급 골프채를 슬쩍해 플레이하고 탈의실에서 돈 되는 물건을 훔쳐서 돌아오는, 그야말로 범죄의 향연이었다. 카즈마가 경찰로 사는 한, 미쿠모 타케루와 골프를 치는 일은 절대 없을 것이다.

카즈마는 연달아 공을 쳤다. 그러다가 재미있어하는 자신을 발견하고 반성했다. 지금 자신은 도망자 신분인 데다 안은 포로로 붙잡혔다. 천하태평하게 골프나 칠 때가 아니다. 그런 생각이 들었을 때, 미쿠모가 말했다.

"선배님, 누가 왔어요. 하야시하라 옆자리로 들어갔습니다."

그때 마침 카즈마는 하야시하라를 등진 채 타석에 서 있었다. 카즈마는 스트레칭을 하는 척 몸을 움직였다. 하야시하라의 앞 타석에 남자가 서 있었다. 남자는 카즈마를 등지고 하야시하라와 무어라 이야기를 나누었다. 하야시하라는 저 남자를 만나려고 이곳에 온 것이 분명했다.

대체 저 남자는 누구이고, 하야시하라와 무슨 이야기를 하는 것일까. 참을 수 없이 궁금했지만 섣불리 접근할 수는 없었다. 하야시하라는 카즈마의 얼굴을 알 터였다.

타석에서 나온 카즈마는 통로에 있는 자판기에서 음료수를 뽑아 가까운 벤치에 앉았다. 그리고 음료수를 마시며 하야시하라 쪽을 관찰했다. 미쿠모도 와서 카즈마 옆에 앉았다. 스마트폰을 보는 척하며 이따금 고개를 들어 그들의 동향을 살폈다.

길게 이어지던 대화가 드디어 끝났는지 남자가 타석에 서서 골프채를 들었다. 몸을 풀듯 스윙을 연습하는 남자를 보고 카즈마는 저도 모르게 "어?"라고 목소리를 높였다.

"왜 그러세요? 아는 사람이에요?"

미쿠모가 물었다. 그녀는 저 얼굴을 모를 것이다.

"쿠로마츠 치안감님이야."

카즈마가 그렇게 말하자, 미쿠모는 "네? 저 사람이요?" 하며 놀란 표정을 지었다.

쿠로마츠 타다시. 1년 전까지 도쿄 경찰청의 차장이었으며 차기 경찰청장 후보로 거론되던 인물이었다. 하지만 그가 아끼던 부하가 거액의 보이스피싱 사기를 주도한 사실이 밝혀졌고, 그 일을 계기로 그는 무너졌다. 그 보이스피싱의 흑막을 밝혀낸 사람은 다름 아닌 미쿠모와 카즈마였다. 쿠로마츠는 차장직에서 물러났고, 이제는 인사과를 전전한다고 들었다. 그를 받아줄 부서가 없어서 정년이 다할 때까지 방치되다가 조용히 떠날 운명이었다.

"일이 재미있어지네요, 선배님."

옆에 앉은 미쿠모가 살짝 웃으며 말했다.

정원에서 아폴로가 짖었다. 설거지를 하던 미사코가 그 소리를 듣고 말했다.

"하나코, 아폴로 산책 좀 시켜줄래?"

"그럴게요."

응접실에서는 수사관들이 아직도 회의를 이어가고 있었다. 하나코는 현관으로 나가서 안뜰로 갔다. 은퇴한 경찰견 아폴로가 개집 앞에서 꼬리를 흔들며 기다리고 있었다. 곧 산책 시간임을 아는 것이다.

"아폴로, 오늘은 나랑 가자."

그렇게 말하며 산책용 목줄로 교체하려던 하나코는 아폴로의 목걸이에 무언가가 끼어 있는 것을 발견했다. 흰 종이였다.

마치 신사에서 점괘를 뽑아 나뭇가지에 묶을 때처럼, 누군가가 아폴로의 목걸이에 흰 종이를 묶어 놓았다.

누가 이랬을까. 정원을 살펴보았지만, 인기척은 없었다. 목걸이에 묶인 작은 종이를 펼쳐 보니, 이렇게 적혀 있었다.

'공원 중앙 벤치. 와타루.'

하나코의 오빠 와타루가 범인이었다. 공원이라면 이 근처에 있는 공원을 가리키는 것이리라. 그곳은 아폴로의 산책 코스이기도 했다. 하나코는 종이를 주머니에 넣고 아폴로를 이끌었다. 집 밖으로 나가자 뒤에서 따라오는 남자의 기척이 느껴졌다. 사복을 입은 형사였다. 역시 하나코에게 감시가 붙는 모양이었다.

아폴로는 경쾌한 걸음걸이로 나아갔다. 평소 산책하는 코스와 똑같아서 하나코가 길을 알려줄 필요가 없었다. 이윽고 공원에 들어섰다. 오후 4시가 지난 시간이라 동네 초등학생들이 공원에서 놀고 있었다. 원래 같았으면 안도 학교 운동장에서 신나게 놀았을 시간이다. 가여운 딸을 생각하자 하나코는 조금 침울해졌다.

공원 안쪽에 벤치 세 대가 놓여 있었다. 하나코는 중앙에 있는 벤치로 향했다. 그냥 보기에는 특이한 점이 없었다. 벤치에 앉은 하나코는 아폴로에게도 앉으라고 지시했다. 은퇴 경찰견 아폴로는 웬만한 지시는 다 잘 따랐다.

사복 경찰이 공원 입구에서 하나코의 움직임을 살폈다. 거리는 30미터쯤 떨어져 있었다. 공원에 들어올 생각은 없는 듯했다.

대체 와타루는 어쩔 생각일까. 형사가 눈에 불을 켜고 있으니 접촉하기가 쉽지 않을 것이다. 그렇게 생각했을 때, 어디선가 낮은 진동 소리가 들렸다. 엉덩이 밑에서 들려오는 것 같았다. 형사가 눈치채지 못하도록 벤치 아래를 보았다. 벤치 밑에 스마트폰 한 대와 작은 케이스가 청테이프로 붙어 있었다.

테이프를 떼고 스마트폰과 작은 케이스를 손에 쥐었다. 진동이 멈췄다. 작은 케이스에는 무선 이어폰이 들어 있었다. 형사의 눈을 피해 이어폰을 귀에 꽂았다. 잠시 후 전화가 걸려 왔다. 스마트폰을 터치하자 오빠의 목소리가 들렸다.

"하나코, 잘 들려? 들리면 아폴로의 머리를 쓰다듬어."

아폴로의 머리를 쓰다듬었다. 그러자 와타루가 이어서 말했다.

"난 지금 미쿠모한테 부탁을 받아서 GPS 위치 정보 시스템을 해킹하고 있어."

미쿠모는 카즈마를 수색하는 데 동원됐다고 들었다. GPS로 무엇을 찾으려는 것일까.

"그래서 말인데, 하나코, 모처럼 해킹에 성공했으니까 이걸 활용하면 좋을 것 같아. 너 범인의 전화번호 알지? 그 번호를 나한테 가르쳐주면, 내가 범인의 위치를 알아낼 수 있어."

그럴 수만 있다면 큰 진전이 있겠지만, 하나코는 아마 어렵지 않을까 생각했다. 범인도 바보가 아니다. 하나코에게 전화번호를 노출했으니 위치 정보를 알아내지 못하도록 어떤 대비를 해놓았을 것이다.

하나코의 걱정을 잠재우려는 듯 와타루가 말했다.

"걱정하지 마. 내가 어떻게든 해볼게. 범인은 네가 언제 전화 히든 깨까 받으려고 항상 전원을 켜놓을 거야. 다시 말해서 스마트폰에서 항상 미약한 전파가 흘러나온다는 뜻이지. 나한테는 그걸로 충분해."

와타루는 10대 때부터 집에 틀어박혀 인터넷 세상에서 살아온 진정한 해커였다. 와타루의 말을 믿어보기로 했다. 그렇게 해서 안을 구할 수만 있다면.

"내 작전에 동의한다면 아폴로의 머리를 쓰다듬어."

시키는 대로 아폴로의 머리를 쓰다듬었다. 칭찬받는 줄 알았는지 아폴로가 신나게 꼬리를 흔들었다. 공원 입구에 선 형사가 하나코를 보고 있었다. 슬슬 이동하는 것이 좋을 듯했다.

"범인의 전화번호를 가르쳐줘. 지금 내가 다른 전화로 다시 전화를 걸 테니까 그 번호로 문자를 보내. 그러면 바로 작업에 들어갈게. 범인이 스마트폰을 어떻게 설정해놨는지에 따라 달라지겠지만, 1시간은 걸릴 것 같아. 이해했으면…"

와타루의 말이 끝나기도 전에 아폴로의 머리를 쓰다듬었다. 귀에서 이어폰을 빼고 와타루가 설치해둔 스마트폰을 주머니에 넣은 뒤 일어났다. 지금 하나코의 스마트폰은 특수범죄대책과 수사관들에게 있다. 적당한 변명거리를 찾아서 스마트폰을 돌려받는 것이 먼저였다.

"가자, 아폴로."

하나코는 형사에게 가볍게 인사하고 아폴로와 함께 공원을 뒤로했다.

★

안은 침대 위에 있었다. 조금 전부터 소변이 마려웠다. 이제 곧 한계였다. 안은 누워서 목소리를 높였다.

"저기요, 화장실 가고 싶어요."

왠지 서러웠다. 울고 싶었다. 사정사정하지 않고는 화장실에도 못 가는 신세라니 정말 포로가 됐구나 싶었다. 안은 다시 한번 말했다.

"저기요, 화장실 가고 싶어요."

드디어 문이 열렸다. 방에 들어온 사람은 오오이와가 아니라 요다였다. 요다는 몸 여기저기에 은색 액세서리를 착용했고 팔에는 문신이 있었다.

요다는 말없이 안의 손과 발에 묶인 밧줄을 풀었다. 오랜만에 다리가 자유로워진 안은 몸을 일으켰다. "가." 요다가 짧게 말했다. 요다는 무기 같은 것을 들고 있지 않았지만, 안이 보기에는 권총이라도 지녔을 것 같은 분위기였다.

옆방에 들어갔다. 켜진 TV에서 드라마 재방송이 흘러나왔다. 방 한쪽 구석에서 오오이와를 발견했다. 참혹하게도 얼굴은 벌겋게 부었고, 코에는 휴지가 꽂혀 있었다.

"오오이와 씨."

안은 저도 모르게 오오이와에게 달려갔다. 오오이와는 안을 보았지만 눈빛이 공허해 보였다. 정말 심하게 맞은 모양이다.

"오오이와 씨, 괜찮아요? 네? 괜찮아요?"

안이 묻자, 오오이와는 몇 번 고개를 끄덕였다. 의식은 있는 듯했다.

"소변 마렵다며?"

뒤에서 옷깃을 움켜잡고 끌어당기는 손이 느껴졌다. 안은 요다에게 붙잡혀 다른 방으로 질질 끌려갔다. 휑한 그곳에는 기계의 잔해 같은 것들이 굴러다녔다. 반쯤 열린 셔터를 지나 밖으로 나갔다.

초목이 울창하게 우거졌다. 작은 숲 같기도 했다. 전에 오오이와가 화장실에 데려다준 적이 몇 번 있는데, 그때마다 그는 셔터 앞에서 기다렸다. 하지만 요다는 숲 바로 앞까지 따라왔다.

안은 주변을 둘러보았다. 철조망이 공장 터를 에워싸고 있었다. 높이는 2미터쯤 될까. 주변에도 비슷한 공장들이 있는지 굴뚝 몇 개가 언뜻 보였다. 햇살의 느낌으로 보아 4시쯤인 것 같았다. 평소였으면 학교 수업을 마치고 돌봄교실에 갔을 시간이다.

"잠깐 기다려."

요다의 목소리에 멈춰 섰다. 요다는 스마트폰을 꺼내서 만지작거렸다. 문자 메시지라도 보내는 것일까. 안은 다시 주변을 둘러보았다.

철조망 너머에는 창고 같은 건물이 줄줄이 늘어섰다. 인기척은 없었지만, 더 깊숙이 들어가면 또 어떨지 모른다. 아마 길 정도는 있을 것이다. 길은 반드시 어딘가로 통하게 되어 있다.

도망칠 수 있지 않을까. 안은 그런 희망적인 관측을 품었다. 볼일을 보고 나서 곧장 수풀 너머로 뛰면 어떨까. 철조망을 올라가기는 힘들겠지만 못 할 것도 없으리라. 문제는 요다가 얼마나 빠른 속도로 쫓아오느냐였다. 겉으로 보기에 요다는 힘만 세고 발은 빠를 것 같지 않았다. 50미터 달리기에서 8초대를 기록하는 안은 빠르기로 소문난 남자아이들과 겨루어도 뒤지지 않았다.

'그래. 도망치자. 나는 잡히지 않을 거야. 기필코 도망치고 말거야.'

그렇게 생각하자 기분이 조금 고조되었다. 체육 수업에서 기록을 재기 전 같았다. 요다는 아직도 스마트폰을 만지작거렸다. 안은 신발의 감촉을 확인하듯 양쪽 발끝으로 번갈아 가며 땅을 툭툭 두드렸다.

"야, 다녀와."

드디어 요다가 고개를 들고 손에 든 휴지를 안에게 넘겼다. 안은 휴지를 받아서 수풀로 걸어갔다.

일단 철조망을 뛰어넘어야 한다. 그것이 첫 번째 관문이었다. 그 뒤에는 달려서 멀리 도망치기만 하면 된다. 그리고 누군가에게 도움을 청할 것이다.

"야, 잠깐 기다려."

뒤에서 요다가 불러 세우자, 안은 뒤돌아보았다. 요다가 비열한 미소를 지으며 말했다.

"혹시라도 도망칠 생각은 하지 마. 네가 도망치면 오오이와 그 자식이 어떻게 될지 알지?"

등골이 오싹했다. 안이 도망치면, 오오이와가 더 심한 폭행을 당할까. 방금 본 오오이와의 모습이 떠올랐다. 몹시 약해진 상태였다. 더 맞았다가는 못 버틸지도 모른다.

"얼른 갔다 와."

요다가 말했다. 도망치겠다는 생각은 접을 수밖에 없겠다. 수풀로 걸어가는 안의 다리가 납덩이처럼 무거웠다.

카즈마는 코지마치 주택가 한쪽에 있었다. 앞에 3층짜리 저층 아파트가 보였다. 하야시하라가 사는 아파트였다. 와타루가 제공한 데이터에 나와 있었다.

메구로에 있는 골프 연습장에서 밀회한 하야시하라와 쿠도 마츠 치안감은 둘이서 1시간 정도 골프 연습을 했고, 하야시하라가 먼저 연습장을 떠났다. 카즈마와 미쿠모는 흩어져서 두 사람을 다 미행할까 고민했지만 아무래도 둘이 같이 있는 것이 나을 듯해 함께 하야시하라를 미행하기로 했다.

하야시하라는 골프 연습장 앞에서 택시를 잡았다. 택시가 가는 방향을 보니 경찰청 청사로 돌아갈 생각인 것 같았다. 카즈마와 미쿠모는 상황상 경찰청 안에 들어갈 수 없어서 선수를 쳐 하야시하라의 집을 감시하기로 했다.

"이쪽으로 오고 있어요. 이 속도면 아마 자전거겠네요. 몇 분만 있으면 도착할 거예요."

조수석에 앉은 미쿠모가 태블릿 PC로 지도를 확인했다. 와타루가 보내준 GPS 위치 정보 시스템이었다. 오후 6시가 다 된 시간이었다. 하야시하라는 일을 마치고 귀가하는 듯했다.

"좋아. 그럼 주차장에서 잠복하자."

"알겠습니다."

차에서 내려 아파트 앞 주차장으로 향했다. 아파트 현관이 자동으로 잠기는 방식이라 안에 들어가서 기다릴 수는 없었다. 마침 주변에 분리수거장이 있어 거기에 몸을 숨겼다.

"곧 도착합니다, 선배님."

미쿠모의 목소리에 카즈마는 바짝 긴장했다. 이윽고 누가 주차장으로 들어오는 기척이 느껴졌다. 경계하며 지켜보고 있자니, 자전거를 탄 남자가 주차장으로 들어오는 모습이 보였다. 로드 레이싱 자전거였다. 남자는 거치대에 자전거를 세우고 자물쇠를 채웠다. 카즈마는 지체 없이 남자에게 다가가 뒤에서 말을 걸었다.

"하야시하라 경위님이시죠?"

남자가 뒤를 돌아보았다. 카즈마의 얼굴을 보고 경악한 표정을 지었다. 그리고 카즈마 뒤에 선 미쿠모의 모습을 보고 고개를 살짝 갸웃했다. 하야시하라가 말했다.

"너, 너, 사쿠라바 카즈마잖아. 네가 어떻게…."

"경위님께 용건이 있어서요. 아, 이쪽은 호죠 미쿠모 경장입니다. 어제부로 수사1과에 배속됐다고 합니다. 경위님은 인사과에 계시니 이미 아시겠죠."

미쿠모가 빙긋 웃으며 앞으로 나서서 허리를 굽혔다. "처음 뵙겠습니다. 호죠 미쿠모입니다."

"왜 여기에…. 너는 지금…."

하야시하라는 머리가 혼란스러운 듯 말했다. 그럴 만도 했다. 살인 혐의로 도주 중인 형사와 수사1과에 갓 들어온 여형사가 잠복까지 하며 자신을 기다렸으니까.

"하야시하라 경위님, 여쭤볼 게 있어서 이렇게 집까지 찾아왔습니다. 어제 사망한 히로세 타카시는 경찰청에서 인쇄 관련 일감을 자주 받았다고 들었습니다. 더 자세한 이야기를 듣고 싶습니다."

"낭쵀 무슨 말인지 모르겠군. 너는 살인 용의자야. 미안하지만 신고해야겠어."

하야시하라는 그렇게 말하며 가슴 주머니에서 스마트폰을 꺼냈지만, 카즈마는 차분하게 말했다.

"원하는 대로 하시죠. 그러면 저는 경위님이 가담한 부정 입찰에 대해서 모조리 털어놓겠습니다. 그러면 되겠죠?"

하야시하라가 움직임을 멈췄다. 카즈마의 속셈을 간파하려는 듯 조용히 생각에 잠겼다. 조금만 더 몰아붙이면 될 것 같다. 카즈마는 이어서 말했다.

"저는 경위님이 주범이라고 생각하지 않습니다. 경위님은 오히려 피해자에 가까우시죠. 그런데 이번에 일어난 사건들은 경위님이 가담한 부정 입찰에서 비롯된 것 같습니다. 자세한 정황을 얘기해주십시오."

하야시하라는 아직 입을 굳게 다물고 있었다. 아파트 주민으로 보이는 여자가 카즈마 일행을 힐끔거리며 공동현관으로 들어갔다. 여기서 이야기하다가는 주민들이 들을지도 모른다. 그렇게 판단했는지, 하야시하라는 쌀쌀맞게 "들어와." 하고는 공동현관 쪽으로 걸어갔다. 첫 번째 관문은 통과한 것 같다. 카즈마는 미쿠모와 눈빛을 교환하고 하야시하라를 따라갔다.

안내를 받아 도착한 곳은 2층 끝 집이었다. 남자가 사는 집치고는 깔끔했다. 요리는 거의 하지 않는지 부엌이 새것처럼 깨끗했다. 거실에 들어서자마자 하야시하라가 물었다.

"어디까지 알고 있지?"

"히로세의 회사가 수주한 일은 대부분 부정 입찰을 거쳤다는 것까지 결론 내렸습니다. 원래 입찰 관련 업무를 하시던 경위님은 정보를 구할 수 있는 지위였고, 그 지위를 이용해서 사전에 히로세에게 정보를 흘리셨죠. 아닙니까?"

하야시하라는 대답하지 않았다. 소파에 앉아 입을 다문 채 바닥만 뚫어져라 쳐다보았다. 어떻게 하는 것이 현명할지 고민하는 것이리라.

"따님이 미인이시네요."

미쿠모가 불쑥 말했다. 그 시선 끝에는 서랍장이 있었고 그 위에 놓인 사진 액자에는 한 여자의 모습이 담겨 있었다. 스무 살 전후로 보이는 여자였다.

"이름이 미사키였죠, 아마? 지금은 대학교 4학년이고요? 금융계 회사에 합격했다고 하더군요. 훌륭한 따님을 두셨네요."

이혼남인 하야시하라는 헤어진 전처 사이에 딸 하나를 두었다. 미쿠모는 그 사실을 조사한 모양이다. 와타루 덕분에 알아낸 정보일 테지만, 이런 상황에서는 정보량이 많을수록 상대에게 위협이 된다. 정신적 타격이 있었는지 하야시하라의 이마에서 땀이 배어 나왔다.

"하야시하라 경위님이 혼자 하신 일은 아닐 겁니다. 주동자가 있었겠죠. 부탁드립니다. 솔직하게 말씀해주세요."

미쿠모가 앞으로 나서서 손에 든 태블릿 PC를 하야시하라 앞 탁자에 내려놓았다. 조금 전 골프 연습장에서 찍은 사진이 화면에 떠 있었다. 하야시하라와 쿠로마츠가 나란히 찍힌 사진이었다. 하야시하라는 그것을 보고 체념한 듯 큰 한숨을 뱉었다.

"하나코, 이쪽이야."

하나코의 오빠 와타루의 목소리가 들렸다. 목소리가 난 쪽을 돌아보니, 와타루가 서 있었다. 주변은 벌써 어둑어둑했지만, 껑충한 오빠의 실루엣은 한눈에 알아볼 수 있었다.

하나코는 시부야구에 있는 주택가를 걷고 있었다. 소위 말하는 고급 주택가로, 넓은 부지에 세워진 주택들이 줄을 이었다. 주차된 차들도 전부 고급이었다. 하나코의 아버지 타케루가 보면 좋아할 것 같은 장소였다.

공원에서 산책을 마치고 돌아온 하나코는 자신의 스마트폰을 잠시 되찾는 데 성공했다. 학교와 연락하겠다고 하자 금방 허가가 떨어졌다. 하나코는 곧바로 'X'라는 이름으로 저장된 유괴범의 전화번호를 찾아서 문자 메시지로 와타루에게 전송했다.

와타루에게 연락이 온 것은 그로부터 1시간이 지난 오후 5시경이었다. 유괴범의 GPS를 조사해 보니 시부야구 주택에서 미약한 전파가 흘러나왔다고 했다. 두 사람은 곧장 그곳에서 만나기로 약속했다.

그런데 하나코가 있는 사쿠라바 본가에는 형사들이 바글바글했고, 개를 산책시키러 갈 때도 경비가 따라붙을 만큼 경계에 빈틈이 없었다. 하나코는 몸이 좋지 않아 집에 가야겠다고 변명하고 본가를 나섰다. 경호를 맡은 형사 한 명이 아파트까지 동행했지만 금방 돌아간 덕분에 하나코는 뒷문으로 나와서 시부야까지 왔다.

"집이 크네."

하나코가 와타루 곁으로 가서 말했다.

고풍스러움이 느껴지는 높은 울타리에 둘러싸인 집이었다. 집보다는 저택이라는 말이 더 어울렸다. 와타루는 커다란 배낭을 메고 있었다. 그 안에는 와타루가 애용하는 정찰용 드론이 들었다.

"지금은 이 저택에서 전파가 나오지 않아. 범인이 또 핸드폰을 사용하면 위치를 알아낼 수 있을 텐데…."

적어도 1시간 전까지는 여기에 유괴범이 있었을 것이다. 안도 여기에 있었을지 모른다. 자꾸 마음이 조급해지는 하나코를 와타루가 달랬다.

"하나코, 진정해. 아까 지나가던 동네 주민에게 물어봤는데, 이 집은 오랫동안 비어 있었대. 방금 드론을 띄워서 정찰해 봤지만 인기척이 전혀 없었어."

와타루가 그렇게 말하며 태블릿 PC를 꺼내 드론으로 상공에서 촬영한 영상을 보여주었다. 희끄무레한 저택이 주변의 어둠을 가르고 덩그러니 서 있었다. 불빛은 전혀 없었고 안에 사람이 있는 기척도 없었다.

"어떻게 할래? 하나코."

함부로 들어가면 불법 침입이다. 평소의 하나코라면 주저했겠지만 지금은 안의 목숨이 달려 있었다.

"안에 들어가 볼래. 범인의 흔적이 남아 있을지도 모르니까."

"그렇게 말할 줄 알았어, 하나코."

와타루는 울타리에 등을 대고 깍지 낀 양손을 앞으로 뻗었다. 하나코는 도움닫기를 해서 와타루의 손을 밟고 뛰어올라 울타리 위에 안착했다. 그런 다음 위에서 와타루의 손을 잡고 끌어올려 주었다. 이러니저러니 해도 둘 다 L의 일족의 피를 이었다. 이 정도는 별것도 아니었다.

넓은 정원이 펼쳐졌다. 집 지키는 개가 있는 것 같지도 않았고 적외선 카메라 같은 장치도 없는 듯했다. 하나코는 울타리에서 뛰어내렸다. 와타루와 함께 정원을 가로질러 저택 쪽으로 향했다. 정원에 심긴 나무들은 뻗친 가지 하나 없이 가지런히 손질되어 있었다. 정원사가 정기적으로 관리한다는 증거였다. 잔디도 짧게 깎여 있었다.

저택 현관에 다다랐다. 목제 문 옆에 달린 초인종을 눌러보았지만 소리가 나지 않았다. 전기가 들어오지 않는 모양이다.

"하나코, 이걸 써."

와타루가 배낭에서 손전등을 꺼내 건넸다. "고마워." 하며 받아든 하나코는 다른 쪽 손으로 자기 머리에서 머리핀을 뺐다. 허리를 굽히고 열쇠 구멍에 핀을 꽂았다. 여는 데 30초나 걸리고 말았다. 할머니 마츠가 봤으면 놀림을 받았으리라.

손전등을 비춰 가며 안으로 들어갔다. 와타루와 흩어져서 실내를 수색하기로 했다. 곰팡내 속에서 묘하게 달콤한 향기가 느껴졌다. 향수 냄새일까. 누가 여기에 있었던 것이 확실하다.

"하나코, 이것 좀 봐."

와타루가 불러서 가보자, 부엌이 나왔다. 아일랜드 식탁 위에 빈 페트병이 놓여 있었다. 그 근처에서 쓰레기가 담긴 비닐봉지도, 발견했다. 역시 누군가가 최근까지 여기에 숨어 있었던 것이 분명하다.

조금만 더 살펴보기로 했다. 하나코는 2층으로 올라갔다. 계단을 오르니 긴 복도가 하나 나왔고, 문 몇 개가 좌우로 달려 있었다. 하나코는 문을 열고 실내를 확인하면서 묘한 감정에 휩싸였다.

어째서일까. 이 집에 와 본 적이 있는 것 같다.

그 근거로, 다음에 보이는 저 문은 아마….

문을 열었다. 예상대로 그곳은 화장실이었다.

이번에는 끝 방으로 다가갔다. 여기는 아마 서양식 방일 것이다. 이 집에서 가장 넓은 서양식 방. 아마 사다리가 있어서….

역시나 서양식 방이었다. 게다가 사다리가 있어서 다락방으로 올라갈 수 있는 구조였다.

'얘, 하나코, 안 돼. 위험해.'

그렇게 타이르는 누군가의 목소리가 아득히 들려왔다. 환청? 아니, 기억일까.

웃음소리가 들려왔다. 여자아이의 웃음소리였다. 그 사이에 하나코의 목소리도 섞여 있었다. 하나코의 웃음소리라니, 대체 누구와 웃었단 말인가? 언제 그런 일이 있었을까? 하나코는 그런 기억을 모른다.

여자아이의 웃음소리가 점점 커졌다. 이제는 시끄러울 지경이었다. 하나코는 저도 모르게 양손으로 귀를 막았다.

"괜찮아?"

누군가가 어깨를 흔들었다. 와타루의 목소리에 제정신이 들었다. 조금 전까지 들리던 여자아이들의 웃음소리는 어느새 사라진 뒤였고 주변에는 적막만이 가득했다.

"아무도 없는 것 같아. 이제 돌아가는 게 좋겠어. 다들 걱정할 거야."

"…그래. 그러자."

하나코는 오빠의 말대로 1층으로 내려갔다. 현관을 나서기 직전, 멈춰서서 뒤를 돌아보았다. 그리고 하나코는 질문을 던졌다.

'이 저택은 뭘까. 나는 대체 어떻게 된 거지?'

"알았어. 아는 대로 다 말할게. 그 전에 물 좀 마시게 해줘."

막을 이유는 없었다. 카즈마가 고개를 끄덕이자, 하야시하라는 부엌 쪽으로 사라졌다. 잠시 후 돌아온 그의 손에는 생수병이 들려 있었다. 소파에 앉은 그는 생수를 한 모금 마시고 이야기를 시작했다.

"나는 쿠로마츠 치안감님을 아버님이라고 불러. 지금은 이혼했지만, 중매를 서주신 분이 그분이었거든. 그 일로 나를 무척 아껴 주셨지. 나는 그분께 마음의 빚이 많아."

경찰청에도 파벌 같은 것이 있다. 작년에 무너지기 전까지만 해도 쿠로마츠파는 도쿄 경찰청에서 가장 큰 파벌이었다. 어쩌면 쿠로마츠는 부하들의 중매를 서면서 파벌을 키워나갔는지도 모르겠다.

"5년 전에 아버님이 만나자고 하셨어. 약속 장소는 고급 음식점이었지. 거기서 히로세 타카시를 소개받았어. 나는 히로세와 안면이 없었지만, 그 사람이 퇴직한 건 알고 있었어. 아버님은 거기서 부정 입찰 얘기를 꺼내셨지."

카즈마는 미쿠모를 보았다. 그녀는 벽 쪽에 서서 하야시하라의 이야기를 들었다. 미쿠모는 카즈마의 시선을 알아차리고 고개를 까닥였다. 녹음하고 있다는 뜻이었다.

"거절할 생각은 없었습니까?"

카즈마가 묻자, 하야시하라는 고개를 저었다.

"아버님의 말씀은 절대적이야. 거절할 수가 없어. 그리고 나한테도 나쁜 제안이 아니었거든. 어느 정도 수수료가 떨어졌으니까."

이 아파트의 월세도 저렴하지는 않을 것이다. 게다가 방금 그가 타던 자전거는 상당히 고급 제품이었다. 100만 엔 정도는 하지 않았을까.

"히로세는 방금 말한 그 음식점에서 본 게 끝이었어. 그 이후에는 한 번도 못 봤어. 나는 가끔 연락을 받고 불려가서 데이터를 넘겨줬어. 누구한테 줬냐면…."

"트윈리프. 후타바 미우죠?"

"맞아. 신출귀몰한 여자였지."

영화관 안, 종합병원 대기실, 고층 빌딩 전망대⋯. 한 번도 똑같은 장소로 부른 적이 없었다고 한다. 그만큼 경계했다는 뜻이다.

"나는 시키는 대로 정보를 넘겼을 뿐이야. 아무것도 몰라. 믿어 줘."

하야시하라는 애원하듯 말했다. 거짓말하는 것 같지는 않았다. 하야시하라는 수수료를 대가로 이용당한 것뿐이었다. 다만 그가 한 짓은 경찰관으로서, 아니, 공무원으로서 용서받을 수 없는 행위였다.

"히로세에 관해 아는 걸 가르쳐주세요. 경위님은 인사과에 계시잖아요. 이런저런 정보가 많지 않습니까?"

"그 사람도 쿠로마츠파였어. 하지만 히로세는 특별했지. 이건 그다지 알려지지 않은 사실인데, 히로세는 아버님과 먼 친척이야. 그래서 두 사람은 오래전부터 교류가 있었다고 들었어."

나이 차이는 일고여덟 살 정도였을까. 경찰청에 재직하던 당시, 히로세는 쿠로마츠파의 입지를 강화하고 세를 확장하는 데 남몰래 일조했을지도 모른다.

"아까 골프장에서 쿠로마츠 치안감님을 만나셨죠? 어떤 대화를 나누셨습니까?"

"아버님이 날 불러서 사건에 대해 물은 게 다야. 나도 자세한 건 모른다고 사실대로 말했어."

어제 후타바 미우가 시신으로 발견됐을 때, 하야시하라도 소스라치게 놀랐다고 한다. 오래지 않아 쿠로마츠에게서 전화가 왔다. 쿠로마츠도 무척 놀란 기색이었지만, 일단 정보를 모으라고 지시했다. 때마침 카즈마가 살인 혐의를 받은 덕에 인사과 직원으로서 신주쿠 경찰서 특별수사본부에 얼굴을 비칠 명분이 있었다.

"이봐, 카즈마. 아니, 카즈마 경위, 제발 그냥 넘어가 줘. 난 아버님에게 조종당했을 뿐이야. 이렇게 부탁할게. 제발 봐 줘."

하야시하라가 소파에서 내려가 바닥에 무릎을 꿇었다. 고개까지 깊이 숙였다. "제발, 카즈마 경위. 그냥 넘어가 줘."

도저히 가만히 보고 있을 수 없었다. 카즈마는 하야시하라의 등을 가볍게 토닥였다.

"고개 드세요, 하야시하라 경위님."

그때, 멀리서 사이렌 소리가 들려왔다. 경찰차 사이렌이었다. 그 소리가 서서히 다가오는 것 같았다.

카즈마는 미쿠모와 시선을 교환했다. 조금 전 하야시하라가 생수를 가지러 부엌에 갔을 때. 그때 전화나 메시지로 경찰에 신고한 것 같다.

하야시하라가 갑자기 카즈마의 허리에 달려들었다. 표정이 험악했다. 도주 중인 형사를 잡아서 마지막으로 점수를 따야겠다고 생각했는지도 모른다.

"미쿠모, 먼저 가."

"하지만…."

"괜찮으니까 얼른."

미쿠모가 허둥지둥 밖으로 나가는 것을 확인한 뒤에 카즈마는 하야시하라의 양손을 떨쳐내려 했다. 하지만 그도 온 힘을 쏟아붓는지 꿈쩍하지 않았다. 하야시하라가 신음하며 말했다.

"절대… 안 놓쳐."

경찰차 소리가 더 가까워졌다. 시간이 없다. 카즈마는 "죄송합니다."라고 사과한 뒤, 몸을 숙여 오른팔을 그의 목에 걸어 졸랐다. 유도에서 사용하는 맨손조르기 기술이었다. 처음에는 저항하던 하야시하라가 이내 힘이 빠져 축 늘어졌다. 카즈마는 그의 코에 손을 대고 숨 쉬는 것을 확인한 다음 일어섰다. 곧장 현관으로 갔다.

문을 열자, 경찰차 사이렌이 훨씬 크게 들렸다. 계단을 뛰어내려가서 공동현관으로 나갔다. 그때 눈앞에 경찰차가 멈춰 섰다. 카즈마는 당황해서 뛰기 시작했다. 경찰차에서 내린 경찰들이 쫓아왔다. "거기 서!"

아스팔트 위를 달렸다. 뒤에서 여러 명의 발소리가 들렸지만, 뒤돌아볼 시간마저 아까웠다. 이대로면 잡힌다. 하야시하라를 상대하느라 이미 힘이 빠진 상태였다.

여기까지인가….

그렇게 체념하려는 때였다. 검은색 차가 카즈마를 앞질러 정차했다. 미쿠모가 운전하는 렌터카였다. 뒷좌석 문이 열려 있었다.

"선배님, 빨리요!"

뒷좌석에 머리부터 집어넣으며 뛰어들자, 미쿠모가 잽싸게 액셀을 밟았다. 차가 타이어 소리를 내며 출발했다.

카즈마는 뒤를 돌아보았다. 경찰관들이 경찰차로 돌아가는 모습이 보였다. 거리가 점점 벌어졌다. 카즈마는 심호흡하듯 숨을 가다듬었다. 한동안 괜찮던 오른쪽 발목에 둔한 통증이 돌아왔다.

"선배님, 우리 언제부터 이런 액션과 형사가 된 거죠?"

미쿠모가 진지한 얼굴로 묻자, 카즈마는 실소로 대답할 수밖에 없었다.

문 열리는 소리가 들렸다. 안은 실눈을 뜨고 주변을 살폈다. 방에 들어온 사람은 요다가 아니라 오오이와였다. 그것을 알고 안은 일어났다. 하지만 말은 하지 않았다. 요다가 안의 목소리를 들으면, 오오이와가 또 혼날지도 몰라서였다.

"지금은 말해도 돼." 오오이와가 말했다. "선배님은 잠깐 잠들었으니까 작게 말하는 건 괜찮을 거야."

"알았어요. 오오이와 씨, 아프지 않아요?"

오오이와의 얼굴은 엉망진창이었다. 입가와 눈가가 온통 보라색이었다. 왼쪽 눈두덩이는 잔뜩 부어서 눈이 반쯤 감겨 있었다.

"나는 괜찮아. 이런 거 익숙하거든."

오오이와가 그렇게 말하며 웃었다. 웃으니 오히려 더 무서워 보였지만 오오이와의 마음은 충분히 전해졌다. 신경 쓰지 않아도 된다고 말하려는 것이다.

"나는 부모님을 그다지 좋아하지 않지만 튼튼하게 낳아준 것만은 고맙게 생각해. 내가 전직 복싱 선수를 이긴 적도 있거든. 옛날 일이지만."

제국 프로레슬링에 있을 때 이야기였다. 지방 순회 중에 머문 호텔 레스토랑에서 그 동네 조폭이 시비를 걸었다. 각각 대표자를 뽑아 일대일로 결판을 짓기로 했는데, 제국 프로레슬링의 대표로 선발된 사람이 바로 오오이와였다. 파이어 무사시의 격렬한 응원이 날아왔다. '아키라, 해치워 버려!'

"내가 강해서 선발된 건 아니었고, 나만 술을 마시지 않은 상태라서 뽑혔어. 하지만 질 수는 없었어. 상대 쪽 대표는 전직 복싱 선수였어. 나는 맞고 또 맞으면서도 포기하지 않고 맞섰어."

오오이와는 몽롱한 의식 속에서 몸을 던져 남자 위에 올라탔다. 도망치려는 전직 복싱 선수의 목을 졸라 멋지게 승리했다.

"오오이와 씨는 강하군요."

"운이 좋았을 뿐이야. 포기하지 않은 덕분에 이길 수 있었어."

그렇다. 포기하면 안 된다. 틀림없이 구출될 것이다. 여기서 도망칠 수 있을 것이다. 그렇게 생각해야 한다.

"안, 할 얘기가 있어."

오오이와가 작은 목소리로 말했다. 안은 절대 요다가 들으면 안 되는 얘기라는 직감이 들어 오오이와 쪽으로 몸을 기울였다.

"뭔데요?"

"너를 놓아줄게."

안은 말문이 막혔다. 그런 제안을 할 줄은 몰랐다. 그런데 대체 어떻게 안을 놓아주겠다는 것일까.

"내일 아침에 실행에 옮길 거야. 너를 편의점에 데려가려고."

오오이와 일행이 식량과 음료를 사러 가는 편의점이 있다고 했다. 거기에 안을 데려가겠다는 것이다. 데려갈 구실은 화장실이었다. 큰 볼일을 해결하고 싶다고 하면 안을 편의점에 데려갈 수 있다고 오오이와가 설명했다.

"나간 김에 아침밥을 사 온다고 하면 선배님도 반대하지 않을 거야."

혹시 요다가 따라오지 않을까. 그가 눈에 불을 켜고 지켜보는 상황에서는 도망칠 수 없을 것이다. 오오이와가 이어서 계획을 설명했다.

"가게 안에 개별 화장실이 있어. 거기에 작은 창문이 있거든. 어른은 빠져나갈 수 없지만, 너라면 빠져나갈 수 있을 거야."

변기 위에 올라가서 창문을 넘어 탈출하라는 뜻이었다.

"창문 밖에 창살이 달려 있어. 하지만 걱정할 필요 없어. 아까 장 보러 갔다가 빼냈거든."

오오이와가 오른쪽 손바닥을 보여주었다. 거기에는 나사 여러 개가 있었다.

"몇 번 두드리면 아래로 떨어질 거야. 화장실 밖으로 나오면 그대로 뛰어서 도망쳐. 가능하면 택시를 타. 그리고 멀리 가."

성공할 것 같다는 느낌이 들었다. 몸이 가벼운 안은 원래부터 그런 것이 특기 중의 특기였다. 하지만….

"오오이와 씨는요? 그럼 오오이와 씨는 어떻게 되는데요? 내가 도망치면, 또 혼나는 거 아니에요?"

"나도 도망칠 거니까 걱정하지 마."

그렇다면 최고의 묘안이었다. 두 사람 다 살 수 있으니 이보다 좋은 선택지는 없었다.

"내가 내일 신호를 보낼게. 그러면 배가 아픈 척해. 그다음은 내가 알아서 할게."

"알았어요."

"도시락 사 왔어. 따뜻할 때 먹어."

오오이와가 가져온 봉지를 안의 무릎 위에 올려놓았다. 오오이와의 말대로 조금 따뜻했다. 봉지 안에는 돈가스 카레가 들어 있었다.

"카레 좋아해?"

"네. 좋아해요. 오오이와 씨는요?"

"나도 좋아해. 중요한 경기 전에는 꼭 돈가스 카레를 먹었어.

항상 졌지만."

안은 그 말에 웃었다. 오오이와는 힐이라서 경기에서 이길 수 없었다. 아무리 열심히 해도 결국에는 착한 역할인 간판 레슬러에게 질 수밖에 없는 슬픈 운명이었다. 그래도 오오이와는 경기 전에 꼭 돈가스 카레를 먹었다. 조금 애달프고, 그러면서도 귀여웠다.

"안, 자기 전에 화장실에 데려갈게. 그때 다시 얘기하자."

"알았어요."

오오이와가 방에서 나갔다. 안은 봉지에서 돈가스 카레를 꺼냈다. 갑자기 식욕이 샘솟는 느낌이었다. 내일은 결전의 날이다. 그렇게 생각하자 영양을 보충해야 한다는 생각이 들었다.

포크로 돈가스를 찍어 입에 넣었다. 안은 형사의 딸이자 L의 일족 딸이다. 어떤 곤경에 처하든 절대로 포기하면 안 된다.

"와타루 형님, 감사합니다. 욕실 잘 썼습니다."

"별것도 아닌데 뭐."

카즈마는 와타루의 집에 몸을 숨겼다. 츠키시마에 있는 고층 아파트 꼭대기 층이었다. 방이 꽤 많지만 와타루는 여기서 혼자 산다. 월세만 해도 카즈마의 월급을 뛰어넘을 텐데, 와타루는 해킹으로 벌어들인 돈을 자산운용하여 도쿄에서 부동산을 여럿 사들였다고 하니, 역시 L의 일족은 뭘 하든 상상을 초월하는 것 같다.

미쿠모와는 아파트 앞에서 헤어졌다. 그녀는 경찰청으로 돌아갔다. 하야시하라의 증언에 따라 미쿠모가 카즈마를 도왔다는 사실이 드러날지도 모른다. 경찰청에 가면 위험할 수도 있지만 하야시하라가 어떤 증언을 할지 궁금했다. 무슨 일이 생기면 미쿠모가 바로 카즈마에게 연락하기로 했다.

카즈마는 거실 소파에 앉았다. 오른쪽 발목에 파스를 붙이고 붕대를 감았다. 시원해서 기분이 좋았다. 저녁에는 꽤 아팠지만 지금은 많이 좋아졌다. 그래도 오늘 밤에는 안정을 취해야 했다.

"지금 식사를 준비하고 있어. 잠깐만 기다려."

"감사합니다. 그보다 형님, 하나코 상태가 그렇게 이상했나요?"

"응. 조금…."

목욕하기 전에 들은 이야기에 따르면, 와타루는 유괴범의 전화번호로 위치 정보를 알아냈다고 한다. 그곳은 시부야 고급 주택가에 있는 빈집이었다. 실내는 텅 비어 있었지만, 누군가가 숨어 지낸 흔적이 있었다. 방을 하나하나 살펴보는데, 하나코의 상태가 갑자기 이상해졌다고 한다.

"낯빛이 어두웠고 말이 없었어. 뭐, 어제부터 연달아 큰일을 겪었으니 피로가 쌓여서 그런 거 아니었을까?"

정말 피로 때문이었을지도 모른다. 원래는 남편인 카즈마가 곁에 있어 줘야 하는데 그러지 못했다. 하나코가 정신적인 피로를 겪도록 내버려 두고 말았다. 그 생각을 하니 자신의 한심함에 화가 날 지경이었다.

어쩌다 그렇게 됐는지는 모르지만, 하나코는 지금 카즈마의 본가에서 지낸다고 했다. 아마 타케루와 에츠코가 기상천외한 작전을 생각해내서 참다못한 하나코가 집을 나왔으리라고 카즈마는 추측했다. 지금은 노리카즈가 정식으로 경찰에 신고해서 특수범죄대책과가 수사에 착수했다고 들었다. 마음 같아서는 하나코의 목소리를 듣고 싶었지만, 섣불리 전화하지 않기로 했다. 수사관들이 하나코 옆에서 눈에 핏발을 세우고 감시하고 있을 것이다. 괜한 위험을 감수할 수는 없었다.

"형님, 범인의 GPS 말인데요. 또 잡아낼 수 있는 겁니까?"

와타루는 부엌에 있었다. 저녁 식사를 준비하는 듯했다. 와타루는 카즈마를 보며 설명했다.

"위치 정보 서비스는 사용자가 핸드폰에서 설정하지 않으면 이용할 수 없어."

카즈마도 아는 사실이었다. 카즈마의 스마트폰도 마찬가지였다. 위치 정보 서비스를 켜야 지도를 확인하거나 주변 시설을 검색할 수 있었다.

"그런데 그런 설정을 꺼도 스마트폰은 미약한 전파를 계속 내보내거든. 내가 개발한 위치 정보 추적 시스템은 그런 미약한 전파를 잡아내."

기존의 위치 정보 시스템을 해킹해서 직접 손봤다고 한다.

"범인 쪽도 그걸 눈치채고 대책을 마련한 것 같아. 스마트폰을 전파 차단 상자에 넣어 둔 게 아닐까 싶어. 그래서 지금은 범인의 위치, 정확히 말하면 범인이 사용하는 스마트폰의 위치를 전혀 알 수 없어. 하지만 나는 승산이 있다고 생각해, 카즈마."

"왜죠?"

"범인은 반드시 전화를 받을 테니까. 하나코의 전화는 꼭 받아야 하잖아. 그 순간만큼은 강력한 전파를 내보내겠지. 10초든 20초든 상관없어. 그만큼의 시간만 주어지면, 내가 밝혀낼 거야."

이 부분에서는 와타루를 믿어도 될 것 같았다. 그만큼 와타루의 말은 설득력이 있었고 든든했다. 안은 와타루의 조카이기도 하다. 안은 와타루를 케빈이라고 부르며 잘 따르고 좋아한다. 이 사건을 마주하며 와타루도 결심한 바가 있었으리라.

아무튼 지금은 경찰이 움직이기를 기다리는 수밖에 없었다. 경찰이 몸값을 전달할 방법을 고안해서 범인에게 전하는 그 순간을 노려, 와타루가 범인의 위치를 알아낼 것이다. 그것이 현시점에서 생각할 수 있는 최고의 작전이었다.

"카즈마, 다 됐어."

와타루가 그렇게 말하며 쟁반을 들고 부엌에서 나왔다. 접시에 담긴 것은 카레였다. 와타루가 접시를 식탁에 내려놓으며 말했다.

"내가 요리를 못해서 이거밖에 준비를 못 했어. 평소에는 배달을 시키는데, 지금은 상황이 좋지 않으니까…. 레토르트 식품이지만 맛있게 먹어."

"감사합니다."

와타루의 배려가 가슴 깊이 스며들었다. 숟가락을 들고 카레를 먹었다. 카즈마는 이따금 안을 데리고 저녁을 먹으러 본가에 갔다. 메뉴는 항상 카레였다. 저녁을 다 먹으면 아버지 노리카즈는 늘 안을 무릎 위에 앉히고 옛날 형사 드라마를 보여주었다. 카즈마는 '나도 어릴 때 저렇게 아버지가 틀어주는 형사 드라마를 봤는데.' 하며 두 사람의 모습을 지켜보았다.

오후 10시를 넘었다. 내일은 결전의 날이다. 내일 반드시 사건의 전모를 밝혀내고 안을 구해야 한다.

★

"정말이야? 정말 네 의지로 사쿠라바 카즈마를 도왔다고?"

앞에 앉은 수사관이 물었다. 처음 보는 남자 형사였다. 그 뒤에 다른 남자 형사도 대기하고 있었다. 미쿠모는 차분한 말투로 대답했다.

"아까부터 몇 번이나 말했잖습니까. 저는 제 의지로 카즈마 선배님을 도왔습니다. 계속 똑같은 말 하게 하지 마세요."

벌써 한참 동안 경찰 조사를 받았다. 가능한 한 솔직하게 이야기했지만 너무 적나라하게 털어놓으면 카오리까지 휘말릴 테니 그런 이야기는 재주껏 얼버무렸다. 하야시하라와 쿠로마츠가 은밀하게 만난 사실, 하야시하라가 관여한 것으로 보이는 경찰청의 부정 입찰 의혹. 이야기를 들은 수사관의 눈이 휘둥그레지더니, 담당 수사관이 젊은 형사에서 중년 형사로 바뀌었다.

"하야시하라 경위님은 뭐라고 했습니까? 제대로 조사받고 있죠?"

형사는 대답해주지 않았다. 미쿠모는 몸을 앞으로 기울이며 말했다.

"왜 대답을 안 해주십니까? 저는 이래 봬도 어제부로 수사1과에 배속된 형사입니다. 우리는 동료 아닙니까?"

미쿠모 맞은편에 앉은 형사는 피곤하다는 듯 한숨을 내쉬었다. 그러나 한숨을 쉬고 싶은 사람은 오히려 미쿠모였다. 이런저런 이유로 2시간 넘게 이 방에 갇혀 있었으니 말이다.

"아무튼 후타바 미우와 히로세 타카시를 죽인 사람은 카즈마 선배님이 아닙니다. 그 두 사람은 부정 입찰 때문에 분쟁에 휘말린 게 분명해요. 왜 그걸 안 믿으십니까?"

"그럼 사쿠라바 카즈마는 왜 현장에서 도망쳤지? 켕기는 게 있으니까 도망친 거잖아. 아니야?"

"아닙니다. 자기 손으로 직접 누명을 벗고 싶어서 현장에서 도망친 겁니다."

"정말 그럴까? 넌 그냥 시간을 벌려고 이러는 것 같은데."

"제가 왜 시간을 벌려고 하겠습니까? 그 근거를 대보세요.

30자 이내로 간략하게요."

형사가 또다시 한숨을 쉬었다. 말이 안 통한다고 생각했으리라.

끊임없이 제자리걸음이었다. 어느 한쪽도 물러서지 않은 채 시간만 흘러갔다. 한편으로는 심문하는 형사의 마음도 이해되었다. 미쿠모가 이야기한 것은 상식을 벗어난 추측인 데다, 그 이야기가 사실이라면 경찰에 치명타가 될 터였다. 형사가 난처해하는 것은 당연했다.

"오늘은 이쯤 하지. 당분간은 자네를 수사에서 제외할 거야. 내일 아침에도 조사받으러 와. 오전 9시까지 여기에 오도록."

드디어 풀려났다. 심문실을 나와 보니, 한밤중이라 복도가 어두컴컴했다. 미쿠모가 복도를 걸어가는데 앞에 사람 형체가 보였다. 카오리였다.

"미쿠모, 고생했다."

"카오리 선배님, 제가 나오기를 기다리셨어요?"

"당연하지. 이쪽으로 와."

카오리의 손에 이끌려 간 곳은 다른 층에 있는 휴게실이었다. 간이 부엌이 딸린 방이었다. 점심때는 밥을 먹는 직원들로 북적이지만, 지금은 아무도 없다. 그도 그럴 것이 거의 자정이었다.

"잠깐 기다려봐. 데워줄게."

카오리가 그렇게 말하며 비닐봉지를 들고 간이 부엌으로 향했다. 잠시 후 돌아온 카오리가 플라스틱 용기를 내밀었다. 카레였다.

"와, 감사합니다. 안 그래도 배고팠어요."

"그럴 줄 알았어. 사실 나도 점심때부터 아무것도 못 먹었거든."

둘이서 카레를 먹었다. 카레가 맛있었고 작은 컵에 든 양배추 샐러드도 있어서 좋았다. 먹으면서 자연스럽게 사건 이야기가 나왔다.

"하야시하라 경위님은 계속 묵비권을 행사하나 봐. 뭘 물어도 입도 뻥긋 안 한대."

예상한 대로였다. 단번에 모든 것을 털어놓지는 않을 것이다. 그의 목이 잘릴 수도 있으니까.

"방금 오빠랑 잠깐 얘기했어." 카오리가 목소리를 낮추며 말했다. "오빠는 지금 와타루 씨네 아파트에 있대. 부정 입찰이랑 관련 있는 거지? 1과 형사들이 쿠로마츠 치안감님을 만나러 댁에 갔는데 이미 자취를 감춘 뒤였대. 핸드폰으로도 연락이 안 되고."

쿠로마츠는 메구로구에서 부인과 단둘이 산다. 1과 수사관들이 찾아가서 부인에게 쿠로마츠의 행적을 물어보니, 그는 골프 연습을 하러 간다고 나간 뒤 돌아오지 않았다고 한다. 하야시하라에게 이야기를 듣고 자신에게 위험이 닥칠 것을 예상했는지도 모른다. 그런 면에서는 감이 좋은 모양이다.

"미쿠모, 오늘 밤은 늦었으니까 우리 집에서 자. 그러는 게 낫겠어."

"그럼 감사히 신세 좀 지겠습니다, 선배님."

"내일부터는 어떻게 할 거야? 방법은 생각해 놨어?"

"걱정하실 필요 없어요. 방법은 얼마든지 있으니까요."

"그 말을 들으니 안심된다. 아무튼 얼른 먹고 집에 가자. 제대로 쉬어야 내일 또 열심히 뛰어다니지."

"네, 선배님."

카즈마의 결백을 증명하고 살인사건 두 건을 일으킨 진범의 정체를 밝혀내야 한다. 유괴된 미쿠모 안도 무사히 구출해야 한다. 심지어 제한 시간까지는 24시간밖에 남지 않았다.

할 수 있느냐, 없느냐를 따질 문제가 아니었다. 무조건 해내야 했다.

사쿠라바 가문에서는 아침부터 분주하게 시간이 흘러갔다. 특수범죄대책과 수사관들은 물론, 주변을 경계하는 무코지마 관할서 수사관들에게도 커피와 아침밥을 대접하기 위해서였다.

하나코는 부엌에서 샌드위치 만드느라 여념이 없었다. 속에 달걀을 넣은 것과 햄을 넣은 것 두 종류였다. 벌써 2킬로그램 정도는 만든 것 같다. 하나코의 시어머니 미사코는 커피를 타서 보온 용기에 담는 작업을 반복했다. 사실 식사와 음료를 제공할 의무는 없었지만, 경찰 일가라는 집안의 명성 때문인지 사쿠라바 가문이 수사관들의 식사를 도맡아 준비했다.

고되지만 한 가지 이점이 있었다. 분주하게 움직이는 동안에는 잡생각이 들지 않았다. 이런 상황에서 아무것도 하지 않았으면 하나코는 정말로 정신을 놓았을지도 모른다.

샌드위치 모양을 다듬고 먹기 좋게 잘랐다. 이제 끝이다. 자른 샌드위치를 접시에 올려 응접실로 가져갔다. 수사관들이 모두 모여 아침 회의를 하고 있었다.

"…늦어도 오늘 오전 중에 범인에게 연락할 거다. 그때 범인이 제안을 받아들이면, 서둘러 작전을 실행한다."

이야기하는 사람은 지휘관인 코조네였다. 그는 하나코가 온 것을 알아차리고 말했다.

"전화는 사모님이 걸어주셔야 합니다. 잘 부탁드립니다."

"네. 저야말로 딸을 잘 부탁드립니다."

어제 아침, 잠깐이나마 안과 대화했다. 그 덕분에 마음이 한결 편해졌다. 적어도 안이 살아 있는 것만은 확인했으니까. 만약 어제 안의 목소리를 듣지 못했다면 틀림없이 불안에 떨었을 것이다. 안의 안전을 가장 먼저 확인해야 한다는 카즈마의 제안은 적절했다.

"실행범으로 추정되는 요다 류지, 오오이와 아키라 2인조를 수사1과의 협조를 얻어 지속적으로 수색하고 있다. 자세한 정보가 들어오면 순차적으로 알리겠다."

키타센쥬 주차장에 버려진 차에서 지문을 채취해 실행범으로 추정되는 두 명을 밝혀냈다. 두 사람은 전직 프로레슬러였고 10년도 더 전에 불법 카지노를 들락거리다가 현행범으로 체포되어 소속 단체에서 해고되었다. 암흑가와 연이 있어 그곳에서 심부름꾼으로 활약했다는 소문이 있었다.

어젯밤 그 이야기를 들었을 때, 하나코는 두 사람의 이름을 인터넷으로 찾아봤다. 흉악해 보이는 사진만 잔뜩 떠서 안이 이런 사람들과 같이 있다고 생각하니 절망적이었다. 프로레슬링이 일종의 엔터테인먼트인 것은 알지만, 그래도 엄마로서 걱정이 됐다.

회의가 끝나려면 먼 듯했지만, 하나코는 빈 컵을 거둬서 응접실을 나왔다. 부엌으로 돌아가 보니, 미사코가 여전히 커피를 타고 있었다. 하나코의 바지 주머니에서 스마트폰이 울렸다. 어제 와타루에게 받은 물건이었다. 화면에 모르는 번호가 떠 있었다. 와타루일까. 아니, 어쩌면….

하나코는 뒷문으로 나갔다. 아무도 지켜보지 않는 것을 확인한 뒤 스마트폰을 귀에 댔다.

"여보세요?"

"나야, 하나코."

역시 카즈마였다. 왠지 모르게 그런 예감이 들었다. 저도 모르게 "카즈마."라고 부를 뻔하다가 가까스로 말을 삼켰다. 집 밖에는 잠복하는 경찰차가 서 있었고, 그 안에는 감시 임무를 맡은 형사가 타고 있었다. 아마 목소리는 들리지 않겠지만, 그래도 최대한 조심해야 했다.

"와타루 형님이 빌려주신 스마트폰이야. 하나코, 그쪽 상황은 어때?"

하나코는 조금 전 코조네가 이야기한 내용을 전달했다. 실행범들의 정체가 밝혀진 것은 카즈마도 몰랐던 모양이다.

"…그렇구나. 코조네 주임님이라면 좋은 작전을 생각해내실 거야. 그런데 장인어른이랑 장모님은? 뭔가 하고 계셔?"

위조지폐로 몸값을 만들 계획이라고는 도저히 말할 수 없었다. 게다가 어제 와타루가 스마트폰을 빌려준 이후 부모님에게 여러 번 연락해봤지만 한 번도 연결되지 않았다.

"모르겠어. 난 계속 여기에 있었거든."

"두 분이 이상한 일을 벌이지 않으시면 좋겠는데…. 그럴까 봐 걱정돼."

눈치가 빠르다. L의 일족을 가장 가까이서 지켜봐 온 사람다웠다.

"내가 아빠한테 잘 얘기할 테니까 걱정하지 마. 그보다 그쪽은 어때? 아직 쫓기고 있어?"

"뭐, 그렇지. 그래도 조금씩 사건의 실체에 가까워지는 느낌이야. 미쿠모 덕분이지. 아마 오늘 오전 중에 어느 정도 해결될 것 같아. 그러면 하나코, 곧장 당신한테 달려갈게."

"응. 기다릴게."

통화가 끝났다. 하나코는 스마트폰으로 현재 시각을 확인했다. 정확히 오전 7시였다.

이제 제한 시간까지 17시간 남았다.

★

카즈마와 미쿠모는 시나가와구 고층 아파트 앞에 있었다. 어제부터 사용한 렌터카 안이었다. 미쿠모가 카즈마를 불러낸 것은 약 2시간 전인 아침 6시였다. 미쿠모는 어젯밤 카오리네 아파트에서 묵었다는데, 밖에 경찰의 감시 차량이 주차돼 있었다고 한다. 그런데도 감시망을 뚫고 아파트에서 빠져나왔다고 하니 역시 탐정의 딸다웠다.

어젯밤 하야시하라는 경찰 조사에서 침묵으로 일관했다고 한다. 아마 오늘도 입을 열지 않을 테니 역시 하야시하라 배후에 있는 쿠로마츠 본인에게 직접 이야기를 듣는 수밖에 없다. 그것이 미쿠모가 내린 결론이었다.

미쿠모가 이 고층 아파트를 주목한 이유는 와타루가 준 정보 때문이었다. 어제 와타루는 안을 구출하기 위해 민간기업의 위치 정보 시스템을 해킹하고 추가로 개량해서 미약한 전파만으로 핸드폰의 위치를 밝힐 수 있는 시스템을 개발했다고 한다. 단순한 해킹에 그치지 않고 그것을 자기 나름의 방식으로 개량하는 것을 보면 역시나 L의 일족 피를 이은 사람이구나 싶었다.

위치를 알아내는 데에는 성공했지만, 정확히 몇 호실인지는 알아내지 못했다. 현재 기술 수준으로는 높이 차이를 구분할 수 없다고 했다. 그래서 카즈마와 미쿠모는 이른 아침부터 아파트 앞에서 잠복을 했다.

"미쿠모, 정말 여기에 쿠로마츠 치안감님이 숨어 있을까?"

"네. 확실해요."

미쿠모는 자신만만하게 고개를 끄덕였지만, 카즈마는 반신반의했다. 어제도 하야시하라의 위치를 알아냈으니, 와타루가 개발한 위치 정보 추적 시스템이 믿을 만하다는 것은 안다. 그런데도 정말 믿어도 될지 약간 망설여졌다. 너무 초조해서 그런 생각이 든다는 자각은 있었다.

죽은 히로세 타카시가 경찰청 부정 입찰에 손을 댔고 후타바 미우도 거기에 가담했다. 두 사람은 부정 입찰로 불거진 문제 때문에 살해된 것이 분명했다. 카즈마는 자신의 결백을 이미 증명했다고 생각했지만, 미쿠모의 말에 따르면 특별수사본부는 아직도 카즈마의 행방을 쫓는 듯해 당황스러웠다.

"선배님, 저 사람 수상하지 않습니까?"

미쿠모의 말에 아파트 공동현관으로 눈을 돌렸다. 토요일 아침이라 드나드는 사람이 그리 많지 않았다. 산책하러 가는 주민이 가끔 들락거릴 뿐이었는데, 마침 지금도 남녀 한 쌍이 공동현관에서 나오는 참이었다.

여자 쪽은 큼지막한 선글라스를 낀 채 토이 푸들을 데리고 나왔다. 남자 쪽은 하얀 마스크를 썼다. 언뜻 보면 부부가 개를 산책시키러 나온 것처럼 보였지만, 남자가 쿠로마츠와 비슷해 보였다.

"아마 맞을 거야." 카즈마는 남자의 눈가를 관찰하며 말했다. "역시 대단하다, 미쿠모. 너랑 와타루 형님은 최강의 콤비야."

"아닙니다. 선배님과 하나코 언니 부부도 훌륭하신걸요."

차에서 내렸다. 아파트에서 나온 남녀는 함께 산책할 것처럼 보이더니, 여자만 개를 데리고 걸어 나갔다. 남자의 옆구리에는 신문이 끼어 있었다. 남자는 우편함에서 신문을 꺼내러 나온 모양이었다.

남자가 공동현관에 다다르기 직전에 따라잡았다. 카즈마가 남자의 등에 대고 말을 걸었다.

"쿠로마츠 치안감님, 잠깐 시간 되십니까?"

남자가 멈춰 섰다. 뒤돌아본 남자의 눈에는 날카로운 빛이 서려 있었다. 쿠로마츠가 틀림없었다. 치안감인 쿠로마츠는 직급으로 따지면 도쿄 경찰청에서 두 번째로 높았다. 그 위에는 도쿄 경찰청장 한 명뿐이니 실질적으로는 거의 꼭대기에 있다 해도 과언이 아니었다.

"수사1과 소속 사쿠라바 카즈마입니다. 이쪽은 호죠 미쿠모고요. 여쭤볼 게 있어서 찾아뵀습니다."

"네놈들이군." 쿠로마츠는 마스크 아래에서 웅얼거렸다. "적당히 좀 하게. 나를 얼마나 더 괴롭혀야 속이 시원하겠나? 나는 진작에 끝장난 몸이야. 썩 꺼져."

1년 전 그가 무너진 원인은 어느 여형사가 보이스피싱 사기에 가담해서였다. 그녀가 쿠로마츠파였다는 이유로 그는 도쿄경찰청장으로 승진하지 못했다. 쿠로마츠가 카즈마와 미쿠모를 증오 어린 눈빛으로 볼 줄은 알았지만, 꺼지라고 할 줄은 몰랐다. 카즈마는 몇 발짝 나서서 쿠로마츠의 앞을 막았다.

"사람이 둘이나 죽었습니다. 살인범을 체포하는 건 저희 형사들의 임무입니다."

쿠로마츠는 아무 말도 하지 않았다. 카즈마에게 날카로운 눈빛을 던질 뿐이었다. 당연한 이야기이지만 쿠로마츠는 도쿄대를 졸업한 이른바 성골이었다. 그런데도 젊은 시절부터 솔선수범해서 현장에 나갔고 범죄 조직을 단속하는 데 일조한 인물이라 경찰청에서 명망이 높았다.

"그렇다면," 쿠로마츠가 드디어 무거운 입을 열었다. "증거를 찾아와. 피의자를 밝혀내고 체포영장을 받아. 그게 너희 형사들의 임무 아닌가?"

"이번 사건의 배후에는 경찰청을 둘러싼 부정 입찰이 있습니다. 그와 관련해 이야기해 주십시오. 치안감님이 아끼시는 심복 하야시하라는 계속 침묵을 지키고 있습니다."

쿠로마츠는 올해로 59세였다. 1년만 있으면 정년퇴직할 테니 더는 말썽에 휘말리고 싶지 않을 터였다. 그러지 않아도 이미 인사과를 전전하는 신세였다. 그가 은퇴하는 것을 아쉬워하는 부하들을 뒤로한 채 멋지게 은퇴하는 모습은 볼 수 없을 것이다.

"나는 아무것도 몰라. 내가 부정 입찰에 관여했다고 우기고 싶으면 증거를 가져와. 그러면 상대해주지."

쿠로마츠가 자동문을 향해 걸음을 뗐다. 그때 카즈마 뒤로 물러나 있던 미쿠모가 앞으로 나왔다.

"치안감님, 잠시만요."

쿠로마츠가 걸음을 멈췄다. 그 등에 대고 미쿠모가 말했다.

"아까 그 여자, 거리가 멀어서 자세히 보이지는 않았지만, 꽤 젊은 것 같더군요."

검은 선글라스를 끼고 토이 푸들을 데려가던 여자. 카즈마는 쿠로마츠의 얼굴에만 신경이 쏠려 있었는데, 듣고 보니 옆에 있던 여자가 젊었던 것도 같다.

"저희에게 시간을 내주신다면, 아까 그 여자에 관해서는 일체 함구하겠습니다."

쿠로마츠가 뒤를 돌아보았다. 입가에 옅은 미소가 떠오른 것처럼 보였다. 쿠로마츠가 말했다.

"자네, 나하고 거래를 할 생각인가?"

"물론입니다. 치안감님께는 사모님이 계시죠. 가정에 일어날지도 모를 풍파를 피하고 싶은 마음은 세상 어느 남자나 똑같을 겁니다."

방금 그 여자는 불륜 상대일 것이다. 집에 수사관들이 들이닥칠 것을 예상한 쿠로마츠는 애인의 집으로 도망쳤나 보다.

"역시 호죠 소타로 씨의 따님이군. 감이 보통이 아니야."

쿠로마츠는 대놓고 웃었다. 그리고 곧 입을 열었다.

"좋아. 내가 아는 범위에서는 얘기해주지. 따라오게."

쿠로마츠가 걸어 나가자, 거기에 반응해 자동문이 열렸다. 카즈마와 미쿠모는 눈빛을 교환하고 동시에 안으로 들어갔다.

★

인기척이 들려, 안은 살짝 눈을 떴다. 방 입구에 요다가 서 있었다. 방 안을 관찰하는 듯했다.

결전의 아침이 밝았다. 여기서 도망칠 것이다. 조금 긴장돼서 어제 잠을 제대로 자지 못했다. 하지만 몸 상태는 완벽했다. 조금 전 소변을 핑계 삼아 밖에 나갔다가 오오이와와 최종 회의를 마쳤다.

"야, 일어났냐?"

요다가 그렇게 묻자, 안은 일어났다. 여전히 양손과 양발이 묶여 있었다. 하지만 오오이와가 느슨하게 묶어준 덕분에 사실 별로 괴롭지 않았다.

"이제 아침밥 사 올 거야. 기다려."

요다가 그렇게 말했다. 그 뒤에 오오이와가 서 있었다. 오오이와가 한쪽 눈을 감는 모습이 보였다. 윙크를 할 생각이었나 본데 너무 부자연스러웠다. 하지만 안은 그것이 신호임을 알아차렸다.

"아야야야."

안은 그렇게 말하며 배를 움켜쥐고 침대에 드러누웠다. 다리를 버둥거리며 아파하는 연기를 이어갔다.

"아파. 너무 아파. 엉엉."

두 사람이 방으로 들어오는 발소리가 들렸다. 머리 위에서 말을 건 사람은 요다였다.

"야, 왜 이래? 배 아파?"

"아파. 배 속에 벌레가 있는 것처럼 아파."

"선배님." 오오이와가 끼어들었다. "편의점 화장실에 데려가는 게 낫지 않을까요? 편의점에서는 복통약도 팔 거예요."

국어책을 읽는 것 같은 느낌이 없지 않아 있었지만, 오오이와는 회의 때 정한 대사를 그대로 읊었다. 안의 상태가 걱정돼서인지 요다는 오오이와의 어색한 연기를 의심하지 않는 듯했다. 요다가 혀를 찼다.

"쳇, 하는 수 없지. 꼬맹이를 편의점에 데려간다."

"넵."

오오이와가 손발에 묶인 줄을 풀고 안을 가뿐하게 안아 올렸다. 그리고 곧장 방에서 데리고 나갔다. 평소에 요다와 오오이와가 사용하는 방, 통칭 휴게실을 빠져나와 넓은 공장 안을 가로질러서 반쯤 열린 셔터를 통해 밖으로 나왔다.

화장실로 쓰는 수풀 반대 방향으로 가니, 하얀 승합차 한 대가 서 있었다. 오오이와는 승합차 뒷좌석에 안을 눕혔다. 오오이와가 운전석에, 요다가 조수석에 앉았다. 엔진 돌아가는 소리가 나나 싶더니 차가 출발했다.

요다가 백미러 너머로 안을 관찰했다. 안은 계속 "아파."라는 말을 반복하다 지쳐서 손에 얼굴을 묻고 우는 시늉을 했다. 그게 더 편하다는 것을 깨달았다.

처음에는 덜컹거리던 차가 머지않아 안정감을 찾았다. 아스팔트 도로 위를 달리는 듯했다. 이제 조금만 더 참으면 된다. 그러면 자유의 몸이 될 수 있다.

"오오이와, 너무 급하게 몰지 마. 침착하게 운전해."

"넵, 선배님."

차의 속도가 약간 줄었다. 길을 몇 번 꺾고 나서 차가 멈췄다. 편의점에 도착한 줄 알았는데 아니었다. 안은 빨간불에 걸렸나 보다고 짐작했다. 잠시 후 차가 다시 출발했다.

몇 번 더 신호를 기다린 뒤, 마침내 차가 완전히 멈췄다. 조수석에 앉은 요다가 말을 걸었다.

"야, 도착했다. 걸을 수 있지?"

"…네."

뒷좌석 문이 열렸다. 밖에서는 오오이와가 진지한 눈빛으로 안을 보고 있었다. 안은 일어나 차에서 내렸다. 그곳은 편의점 주차장이었다. 안은 여기가 어느 지역인지 알 수 없었다. 다만 도로를 달리는 차가 많았고 건물도 많았다. 도쿄 어딘가인 것 같았다.

"가자."

요다가 그렇게 말하며 걸음을 뗐다. 안이 그 뒤를 따라갔고, 오오이와가 줄을 잇듯 안의 뒤를 따라갔다. 주차장을 가로질러 편의점으로 갔다. 대형 편의점 체인이라 익숙한 마크가 보였다. 그 옆에는 '綾瀬店(아야세점)'이라는 글자가 적혀 있었다. 안은 그 글자가 어디를 뜻하는지 몰랐다. 한자가 어려워서 어떻게 읽는지도 알 수 없었다.

자동문이 열리자 가게 안으로 들어갔다. 맨 먼저 들어간 요다는 계산대 앞을 지나 도시락 매대로 갔다. 아침 식사를 고를 생각인 것 같았다. 안은 등을 떠밀리는 대로 왼쪽으로 꺾어 잡지 매대를 지났다. 곧장 안쪽에 있는 화장실로 나아갔다.

다행히도 화장실은 비어 있었다. 안은 문 앞에 멈춰 서서 뒤를 돌아보았다. 오오이와가 서 있었다. 사실은 고맙다는 말을 하고 싶었다. 그리고 작별 인사도 하고 싶었다. 하지만 소리 내어 말할 수는 없었다. 요다가 들으면 계획이 틀어질 것이다.

'고마워요, 오오이와 씨. 잘 지내요, 오오이와 씨.'

안은 속으로 그렇게 말했다. 그 마음이 전해졌는지 오오이와는 안을 보며 고개를 끄덕였다. 좋아. 가자. 마음을 다잡은 안은 문을 열고 화장실에 들어갔다.

의외로 넓은 화장실이었다. 앞쪽에 세면대가 있었고 기저귀를 교환하는 장소도 있었다. 문을 잠그고 안쪽 변기로 갔다. 오오이와가 말한 대로 벽 위쪽에 작은 창문이 있었다.

변기 뚜껑을 내리고 그 위에 올라서서 창문을 열었다. 바깥쪽에 창살이 달려 있었다. 오오이와가 나사를 풀어놓은 덕분인지 만지기만 해도 흔들렸다. 힘껏 밀자 창살이 아래로 떨어졌다. 생각보다 큰 소리가 나서 깜짝 놀랐다. 위험하다. 지금 이 소리를 누군가 들었다면 큰일이었다.

창틀을 붙잡고 머리부터 밖으로 빼냈다. 떨어지지 않도록 창가에 발을 얹고 아래를 내려다보았다. 정확히 편의점 뒤편인 듯 빈 컨테이너들이 쌓여 있었다. 안은 뛸 만한 높이라고 판단하고 뛰어내렸다.

오오이와가 시간을 벌어주겠지만, 서둘러서 나쁠 것은 없었다. 안은 달렸다. 좁은 골목을 달리다 보니 금방 차들이 지나다니는 대로가 나왔다. 운 좋게도 멈춰 있는 택시가 보였다. 더구나 빈 차 표시에 불이 들어와 있지 않은가. 안이 뒷좌석으로 다가가자 문이 열렸다. 잽싸게 올라탔다.

택시 기사는 하얀 마스크를 쓴 여자였다. 무서운 기사 아저씨가 내리라고 하면 어쩌나 하고 걱정하던 안은 가슴을 쓸어내렸다. 여자 기사가 물었다.

"꼬마 아가씨, 어디 가요?"

경찰서라고 말하고 싶었지만, 일단은 최대한 빨리 이곳을 벗어나고 싶었다. 안이 대답했다.

"히가시무코지마로 가주세요."

"알겠습니다. 히가시무코지마요."

택시가 출발했다. 안은 안도했다. 탈출해서 다행이다. 얼른 집으로 돌아가자. 아빠와 엄마가 틀림없이 걱정하고 있을 것이다. 오오이와에게 보답해야겠다. 오오이와가 생각해낸 작전이 성공했으니까. 만에 하나 나중에 오오이와가 체포되더라도, 사실 그는 알고 보면 나쁜 사람이 아니라고 아빠에게 말해야겠다.

창밖으로 죽 늘어선 공장 같은 건물들이 보였다. 어디로 가는 것일까. 안은 조금 불안해졌다. 방향을 보니 꼭 원래 장소로 돌아가는 것 같았다.

"기사님, 저기…."

안은 그렇게 말하며 앞을 보았다. 택시 기사가 모자를 깊이 눌러쓴 탓에 표정이 보이지 않았다. 안은 한 번 더 말했다.

"기사님, 저기요…."

그러자 택시 기사가 시선을 앞에 고정한 채 안의 말을 자르듯 말했다.

"제멋대로 굴면 안 되죠, 미쿠모 안 양."

안은 백미러를 보았다. 마스크를 써서 눈밖에 보이지 않았지만, 여자 기사의 눈은 웃고 있었다.

꽤 넓은 거실이었다. 창문으로 바깥 풍경이 한눈에 보였다. 미쿠모는 카즈마와 나란히 소파에 앉았다. 맞은편에는 쿠로마츠 치안감이 앉았다.

1년 전까지 차기 도쿄 경찰청장 후보로 주목을 받다가, 미쿠모가 밝혀낸 사건 때문에 자격을 박탈당한 사람이었다. 이제는 인사과를 전전하는 신세였지만, 그래도 많은 수하를 거느리는 리더 특유의 카리스마가 느껴졌다. 사람이 호탕하다는 소문은 들었다. 자신의 몰락을 이끈 미쿠모와 카즈마를 이렇게 집에 들인 것을 보니 성격이 얼마나 호탕한지 짐작이 되었다.

"간단히 말하면 나도 인계받은 안건이었네. 내가 5년 전 도쿄 경찰청 차장으로 취임했을 때 전임자한테서 그 업무를 인계받았어. 그게 바로 트윈리프일세."

'이 건은 트윈리프니까 아무 말 마.' '이 안건도 트윈리프야.' 그런 식으로 트윈리프라는 말이 사용되었다. 한마디로 외부 업자에게 내부 정보를 흘려 부정 입찰을 하는 계약 사항 전반을 일컫는 말이었다.

"나는 보고도 못 본 척했어. 긁어 부스럼이라는 말이 있잖나. 딱 그거였어. 이러니저러니 해도 나도 경찰이야. 최소한의 정의감은 있지. 하지만 트윈리프는 들쑤시지 않는 게 좋다고 판단했네. 내가 소란을 피워서 트윈리프의 전모를 밝혀내기는 쉬워. 하지만 말일세, 역대 차장들은 모두 그 건을 눈감아 주고 돈 얼마를 자기 주머니에 챙겼다네. 나는 수많은 선배가 저지른 비리를 폭로할 용기가 없었어."

그런 관행이 완전히 자리 잡은 상태라서 쿠로마츠는 믿을 만한 부하 하야시하라를 담당자로 지명했다. 그 뒤로는 딱히 신

경 쓰지 않아도 잘 굴러갔기에 쿠로마츠는 자기 손을 더럽혔
다는 자각이 없었다. 1년에 몇 번 트윈리프 쪽에서 지시가 오
면 업자와 대면하는 자리에 얼굴을 비치기만 하면 되었다.

"치안감님, 여쭤볼 게 있습니다." 카즈마가 질문했다. "지난
몇 년 동안 인쇄 관련 업무를 전직 경찰인 히로세가 운영하는
회사에 맡겼다고 들었습니다. 치안감님은 히로세와 가깝게 지
내신 것 같은데, 자세한 이야기를 들려주십시오."

"그 녀석은 내 먼 친척이야. 그래 봤자 피는 아주 조금 섞였
지만. 트윈리프 쪽이 우리를 배려해서 그 녀석에게 일을 맡긴
것 같아. 내가 그 녀석을 선택한 게 아니야. 지난 몇 년 동안 히
로세는 돈을 꽤 벌었다고 들었어."

그런데 히로세 그래픽은 이번 연도 들어 한 번도 경찰청에서
일감을 얻지 못했다. 지금까지 이어진 흐름을 생각해 보면 그
이유를 알 것 같았다. 쉽게 말해 트윈리프의 배려가 사라진 것
이다. 쿠로마츠가 차장직에서 내려왔기 때문이다.

"나한테 아부할 필요가 없어진 거지. 그래서 히로세의 회사
가 버려진 거야. 그 녀석은 몇 번이나 나를 찾아와서 매달렸어.
하지만 나도 할 수 있는 일이 없었어. 차장 자리에서 물러나면
서 트윈리프와 관계가 끊어졌으니까. 내가 해줄 수 있는 게 아
무것도 없었네."

서서히 사건의 윤곽이 드러나기 시작했다. 히로세는 일거리
가 급격히 줄어 무척 초조했을 것이다. 그동안 우호적인 관계

를 맺어온 후타바 미우와도 연락이 끊겨 버렸다. 그래서 히로세는 미우가 갈 만한 장소를 쫓아다니며 그녀의 행적을 조사했다. 그때 찾아간 곳이 미나미아자부에 있는 콘티넨털이었을 것이다.

그러다 히로세는 마침내 후타바 미우와 연락을 취하는 데 성공했다. 니시신주쿠 호텔 스위트룸에서 만날 약속을 잡았다. 히로세는 마음을 굳게 먹고 약속 장소로 향했다.

"나는 히로세에게 이 건에서 손을 떼라고 여러 번 말했지만, 녀석은 포기를 못 한 것 같아. 인간은 단맛을 한 번 보면 잊지 못하는 법이니까."

그 장면이 눈앞에 그려졌다. 스위트룸에 들어간 히로세는 일감을 달라고 후타바 미우에게 애원했을 것이다. 무릎까지 꿇었을지도 모른다. 하지만 후타바 미우는 비웃으며 히로세의 부탁을 묵살했으리라. 두 사람은 말다툼을 벌였을 테고, 먼저 권총을 꺼내든 사람은 후타바 미우였을 것이다. 현시점에서는 어찌된 영문인지 알 수 없지만, 그녀는 카즈마의 권총을 갖고 있었다. 그 권총을 차지하려고 몸싸움을 벌이다가 결국 히로세가 총을 손에 넣었다. 히로세는 미우를 바닥에 엎어뜨렸다. 소음기 대용으로 베개를 그녀의 머리에 대고 방아쇠를 당겼다.

"나는 후타바 미우를 만나본 적이 없어. 하지만 후타바 미우라는 여자가 거래자 역할을 맡아서 비밀리에 활동한다는 이야기는 들었네. 그래서 그저께 신주쿠에서 후타바 미우라는 여자가 살해됐다는 이야기를 들었을 때, 제일 먼저 히로세가 떠올랐지. 한편으로는 현장에서 도망친 형사가 있다는 얘기를 듣고 깜짝 놀랐어."

쿠로마츠는 그렇게 말하며 카즈마의 얼굴을 보고 작게 웃었다. 그렇다. 후타바 미우 살인사건은 어디까지나 부정 입찰을 둘러싼 내분 같은 것이었다.

"원래는," 미쿠모가 끼어들었다. "살인사건이 일어난 다음 날 아침에 호텔 직원이 이상한 낌새를 눈치채고 방을 확인하다가, 바닥에 쓰러져 죽은 후타바 미우를 발견했어야 합니다. 하지만 실제로는 그렇지 않았어요. 시신을 발견한 사람은 카즈마 선배였습니다. 게다가 시신은 욕실로 옮겨져 있었죠. 누군가가 일부러 판을 짠 겁니다."

"대체 누가 그런 짓을…."

"이 모든 정황을 아는 사람이 있었던 겁니다. 후타바 미우와 히로세의 불화를 알면서, 그날 밤 후타바 미우가 살해될 것을 예상한 인물이요. 어마어마한 정보수집능력과 어마어마한 예측력을 지닌 인물입니다. 그자는 후타바 미우가 살해될 것을 예측했고, 그 죄를 선배에게 뒤집어씌우려고 했습니다. 어쩌면 단순히 재미로 그랬을지도 모릅니다. 아니면 반대로 저희가 상상도 못 한 목적이 있었을지도…."

"미쿠모, 역시 그 여자야?"

카즈마도 눈치챈 모양이다. 그 여자가 뒤에서 움직였다. 그렇게 생각해야 자연스러웠다. 카즈마가 얽힌 사건만이 아니었다. 안이 유괴된 사건도 마찬가지였다.

"맞습니다. 아마 그 여자 짓일 겁니다."

미쿠모 레이. 미쿠모 하나코의 고모인 천재 범죄자였다.

"이봐, 자네들 무슨 이야기를 하는 건가?"

쿠로마츠가 물었다. 자신이 소외된 것을 알아차렸나 보다. 하지만 미쿠모 레이에 관해 말할 수 있는 것은 많지 않았다. 그녀는 공식적으로는 존재하지 않는 사람이니까.

"저희끼리 얘기입니다. 죄송합니다."

카즈마가 고개를 숙였다. 미쿠모는 생각했다. 만약 미쿠모 레이가 관련돼 있다면 일이 정말 복잡해진다. 그녀가 천재 범죄자인 것은 지난 사건들만 봐도 명백한데, 그중에서도 가장 무서운 것은 동기가 불분명하다는 점이었다. 그녀가 이런 일들을 벌이게 한 그 무언가의 정체가 아직도 밝혀지지 않았다.

"커피라도 마시겠나?"

쿠로마츠가 그렇게 말하며 일어났다. 벽 쪽 선반에 커피 메이커가 놓여 있었다. 버튼을 누르기만 해도 커피가 추출되어 나오는 전자동식이었다. 쿠로마츠가 머그컵에 커피를 따르며 물었다.

"카즈마 경위, 자네가 현장에 도착했을 때 히로세는 이미 죽었던가?"

"네. 살해된 직후였습니다."

"보복이라고 봐야겠군. 후타바 미우와 가까운 누군가가 복수한 거야."

미쿠모는 보복보다는 입막음에 가깝다고 생각했다.

미쿠모 레이는—아니, 아직 그녀가 범인이라고 단정할 수는 없으니 일단 X라고 부르겠다—X는 후타바 미우와 히로세 타카시 사이에 갈등이 생길 것을 예상하고 후타바 미우 살해죄를 카즈마에게 덮어씌웠다. 문제는 실제로 살인을 저지른 히로세였다. 정신이 불안정한 그를 그대로 내버려 둘 수는 없었으리라. 그래서 입막음하기로 한 것이다. 게다가 그 죄까지 카즈마에게 덮어씌우려고 절묘한 타이밍에 히로세를 죽였을 것이다.

"사양 말고 들게."

쿠로마츠가 그렇게 말하며 미쿠모와 카즈마 앞에 머그컵을 내려놓았다. 향기로운 커피 냄새가 났다. 우유와 설탕은 없는 듯했다. 사실 미쿠모는 아무것도 넣지 않은 커피는 마시지 않는다. 가끔 와타루가 어린애 입맛이라고 놀리지만, 써서 넘어가질 않으니 어쩔 수 없었다.

"치안감님, 이제 어쩌실 겁니까? 하야시하라는 아직 침묵을 지키지만, 어쩌면 당장 오늘이라도 입을 열지 모릅니다. 그렇게 되면 치안감님도 무사하시지는 못할 겁니다."

카즈마가 그렇게 말하자, 쿠로마츠는 커피를 마시며 대답했다.

"그래. 그건 나도 각오했어. 하지만 말일세, 카즈마 경위. 아까도 말했다시피 트윈리프에는 역대 간부들까지 연루돼 있어. 솔직히 말해서 외부 공개는 불가능할걸. 경찰청의 신뢰도와 직결된 문제니까."

오랫동안 경찰청을 좀먹어 온 폐단이었다. 미쿠모는 그런 요소를 단번에 끊어내는 것이 최선이라고 생각했다. 그러려면 지금이 좋은 기회이지 않을까. 관건은 그럴 용기가 있느냐 없느냐였다. 하지만 경찰청은 거대한 조직이라 그런 것은 늘 윗분들이 판단했다. 미쿠모 같은 일개 형사가 이러쿵저러쿵할 사안이 아니었다.

"이걸 다 마시면 경찰차를 불러주게. 하나도 빠짐없이 털어놓겠다고는 못 하지만, 말할 수 있는 한에서는 진술하겠네. 그러면 자네의 누명도 벗겨지겠지."

"감사합니다."

미쿠모는 카즈마와 눈빛을 주고받았다. 쿠로마츠가 카즈마의 무죄를 완벽히 증명해 주지는 못하겠지만 적어도 지금 상황을 벗어나는 데에는 도움이 될 터였다. 그것만은 기대할 만했다.

"이상하군." 쿠로마츠가 미소를 지었다. "자네들이 없었으면 나는 지금쯤 도쿄 경찰청의 청장이 됐을 거야. 그런데 어째선지 자네들이 원망스럽지는 않아."

쿠로마츠가 그렇게 말하며 머그컵을 탁자에 내려놓았다. 다 마신 모양이다. 미쿠모가 경찰차를 부르려고 가방에서 스마트폰을 꺼냈을 때, 이상한 일이 일어났다. 쿠로마츠가 갑자기 탁자 위에 엎어졌다.

"치, 치안감님…."

미쿠모가 일어나서 쿠로마츠 옆으로 달려갔다. 쿠로마츠는 고통스러운 표정으로 숨을 헐떡였다. 눈꺼풀이 마구 떨리고 이마에서 이상할 정도로 많은 땀이 쏟아졌다. 입 가장자리에서 거품 같은 것이 흘러내렸다.

독극물이다. 미쿠모는 빈 머그컵으로 눈을 돌렸다. 이 안에 들어 있었을까. 그렇다면 혹시….

"선배님!"

미쿠모가 뒤를 돌아보았다. 카즈마도 쿠로마츠처럼 고통스러운 표정으로 숨을 헐떡이는 것을 보고 미쿠모는 그쪽으로 몸을 돌렸다. 카즈마도 머그컵에 든 커피를 반쯤 마신 듯했다. 어떤 독인지는 모르겠다. 하지만 손 놓고 보고 있을 수는 없었다.

"선배님, 실례할게요."

미쿠모는 카즈마를 부축해 일으켰다. 카즈마의 몸을 질질 끌다시피 하며 거실에서 나가 복도에 있는 문을 하나하나 확인한 끝에 드디어 발견한 화장실로 카즈마를 밀어 넣었다.

"선배님, 게워 내세요. 토할 수 있겠어요?"

카즈마는 고통스럽게 호흡하면서 고개를 끄덕였다. 그 모습을 보고 미쿠모는 화장실에서 뛰어나가 부엌으로 향했다. 찬장에서 최대한 큰 잔을 찾아 물을 따랐다. 다시 카즈마가 있는 화장실로 돌아갔다.

카즈마가 변기에 대고 토악질을 했다. 그 손에 잔을 쥐여 주었다.

"이걸 마시고 또 게워 내세요. 선배님은 절대 안 죽어요."

카즈마의 얼굴은 흙빛이었다. 당장은 독을 몸 밖으로 배출하는 것이 우선이었다. 어떤 종류의 독이든 이보다 좋은 응급처치는 없었다. 카즈마는 잔에 든 물을 끝까지 마시고 입 안에 손가락을 쑤셔 넣었다.

미쿠모는 황급히 거실로 돌아가 스마트폰으로 119에 신고했다. 현재 위치와 환자의 증상을 알렸다. 구급차 두 대를 불렀다. 쿠로마츠는 탁자에 엎어진 채 꿈쩍도 하지 않았다.

전화를 끊었다. 화장실에서 물 내리는 소리가 들렸다. 쿠로마츠의 상태를 확인해 보니 애석하게도 숨을 쉬지 않는 듯했다. 탁자 위에 머그컵 세 개가 놓여 있었다. 그중에 미쿠모가 앉았던 자리에 놓인 머그컵은 손도 안 댄 상태였다. 만약 미쿠모도 이 커피를 마셨다면…. 그런 상상을 하니 등골이 오싹했다. 아마 저 커피 메이커 탱크에 독이 들었을 것이다. 대체 누가, 무엇을 위해서 독을 넣었을까.

미쿠모가 카즈마의 상태를 확인하려고 다시 화장실로 걸음을 옮길 때였다. 거실 구석에 자리한 작은 탁자가 보였고, 그 위에 자질구레한 잡화가 놓여 있었다. 그중에 사진 액자가 있었다. 한 여자가 토이 푸들과 함께 찍은 사진이었다.

미쿠모는 저도 모르게 맨손으로 액자를 집어 들었다. 사진

속 여자를 본 적이 있다. 이만한 미인은 흔치 않으니 확실히 기억이 난다.

미쿠모는 사진을 빤히 바라보았다. 이 여자가 이 방의 주인일까. 며칠 전 사망한 후타바 미우가 토이 푸들을 품에 안은 채 웃고 있었다.

BONDS OF LUPIN

제 4 장

도둑의 집

제4장
도둑의 집

방금까지 머물던 폐공장으로 다시 끌려왔다. 부지 안에 들어서자 택시가 멈췄다. 모자를 깊이 눌러쓴 여자가 안을 보지도 않고 말했다.

"내리렴. 도망갈 생각은 안 하는 게 신상에 좋아."

여기까지구나. 안은 체념했다. 혼노지에서 아케치가 기습했다는 소식을 들은 노부나가가 된 심정이었다. 그 정도로 이 여자에게서는 묘한 카리스마가 느껴졌다.

여자에게 등을 떠밀려 공장으로 들어갔다. 요다와 오오이와는 아직 돌아오지 않은 것 같았다. 이 여자는 틀림없이 요다와 한패일 것이다. 안과 오오이와가 탈출 계획을 세웠다는 것을 처음부터 알았을지도 모른다.

안이 휴게실이라고 부르는 방으로 들어갔다. 더 안쪽에 있는 감금실에 갇힐 줄 알았더니 뜻밖에도 여자가 웃으며 말했다.

"여기 앉아서 기다려. 그 사람들도 곧 돌아올 테니까."

여자는 다른 방으로 사라졌다. 몇 살인지 짐작이 되지 않았다. 엄마와 나이가 비슷한 것 같기도 했고, 많은 것 같기도 했다. 다만 묘하게 친숙한 느낌이 들어서 이상하게도 싫지 않았다.

안은 철제 의자에 앉았다. 너무 긴장했던 탓인지 피로가 한꺼번에 몰려왔다. 이제 자력으로는 탈출할 수 없을 것이다. 아빠와 경찰이 구해주기를 기다리는 수밖에 없었다.

켜진 채 방치된 TV에서 오전 뉴스가 흘러나왔다. 마이크를 든 기자가 신주쿠 호텔에서 살인사건이 일어났다며 호텔 앞에서 소식을 전했다. 현장에서 도망친 경찰관이 있다고 했다. 경찰 내부에서 새어 나온 정보라는데, 경찰청은 현재 수사 중이라는 말만 되풀이한다고 했다. 정말로 경찰이 사람을 죽였다는 말인가. 하늘이 무너져도 아빠는 아닐 것이다.

발소리가 들렸다. 처음 들어온 사람은 오오이와였다. 뒤이어 들어온 사람은 요다였다. 요다가 뒤에서 오오이와의 다리를 걸어찼다. 오오이와가 거꾸러져 바닥에 쓰러졌다.

"오오이와 씨!"

안은 오오이와에게 달려갔다. 오오이와는 안을 보고 면목 없다는 듯 고개를 흔들었다. 머리 위에서 요다의 목소리가 들렸다.

"야, 꼬맹이. 너 아주 깜찍한 짓을 했더라? 네년이 안 나와서 내가 화장실 문을 부쉈어. 그걸 내가 변상하게 생겼지 뭐냐?"

안은 고개를 들고 요다의 시선을 정면으로 받아냈다. 저런 사람에게 야단맞을 의무는 없다. 왜냐하면….

"나는 아무 잘못 없어. 나는 유괴된 거야. 잘못을 한 사람은 아저씨야."

"와, 이 꼬맹이 말 잘하네."

요다는 흉악한 미소를 지었다. 주먹이 날아오리라 생각하며 눈을 꼭 감았지만, 아무 일도 일어나지 않았다. 대신 옆에서 퍽하는 둔탁한 소리가 났다. 눈을 떠 보니 오오이와가 몸을 웅크리고 있었다. 요다가 발로 오오이와의 머리를 걷어찬 것 같았다.

"그만해!"

안은 일어나서 요다에게 달려들었다. 하지만 요다는 너무나 쉽게 안을 벽으로 내던졌다. 요다는 멈추지 않고 오오이와를 뒤꿈치로 밟았다. 가죽 부츠라서 오오이와가 무척이나 아플 것 같았다. 안은 또다시 요다에게 덤벼들었다.

"그만하라고!"

똑같았다. 안은 쉽게 내동댕이쳐졌다. 오오이와는 이미 몸을 가누지 못하는 상태라 얻어맞고만 있었다. 안이 달려들었다가 내동댕이쳐지기를 몇 번이나 반복하는데, 여자 목소리가 들렸다.

"그만해, 요다."

요다의 움직임이 우뚝 멈췄다. 훈련받은 군인 같았다. 여자가 방으로 들어왔다. 조금 전까지는 택시 기사 복장이더니, 지금은 검은 블라우스와 검은 롱스커트 차림이었다. 긴 머리를 뒤로 묶였고, 계속 쓰고 있던 마스크는 벗었다. 예쁜 얼굴이었다.

여자가 걸어와서 안 앞에서 멈췄다. 한쪽 무릎을 굽히고 앉아 오오이와의 상태를 살펴보았다. 오오이와의 얼굴은 끔찍하게 부어서 눈을 뜨고 있기도 힘들어 보였다.

"가엽기도 하지."

여자는 그렇게 말하며 오오이와의 이마를 쓸었다. 그뿐이었는데 오오이와가 흠칫하며 몸을 떨었다. 겁을 먹은 것 같았다.

여자는 어느새 칼을 손에 쥐고 있었다. 언제 꺼냈는지도 모를 만큼 재빠른 움직임이었다. 잔뜩 날이 선 칼끝이 불길한 빛을 내뿜었다. 대체 무얼 하려는 것일까. 그렇게 생각한 순간, 안은 믿을 수 없는 광경을 목격했다.

"끄아악!"

오오이와가 괴성을 질렀다. 그의 오른쪽 허벅지에 칼이 꽂혀 있었다. 안은 휘둥그레진 눈으로 오오이와의 허벅지에 꽂힌 칼자루를 바라보았다. 왜, 이런 짓을….

"오오이와 씨!"

안이 소리쳤다. 그것 말고는 할 수 있는 일이 없었다. 오오이와의 얼굴이 고통으로 일그러졌다. 여자의 목소리가 들렸다.

"자, 이쯤에서 문제. 여기 수건이 한 장 있습니다. 이걸로 오오이와에게 응급 처치를 하세요."

여자가 하얀 수건을 꺼내 안에게 던졌다. 수건이 팔랑팔랑 떨어져 발치에 내려앉았다. 아주 평범한 수건이었다.

"응급 처치…?"

안은 그렇게 말하며 고개를 들었지만, 여자는 서늘한 미소를 지을 뿐이었다. 요다도 벽에 기대어 팔짱만 끼고 있었다. 안은 오오이와에게로 눈을 돌렸다.

괴로운 듯 입술을 깨물고 있었다. 이럴 때 칼을 뽑으면 안 될 것 같았다. 뽑으면 피가 확 뿜어져 나올 듯했다. 그 증거로, 지금도 벌어진 상처에서 피가 나오기는 하지만 경악스러운 양은 아니었다.

묶어야 한다. 그런 것을 지혈이라고 부른다고 들었다. 할부지와 함께 본 루팡 3세인지 아니면 할배와 함께 본 형사 드라마인지 모르겠지만, 그런 장면을 본 기억이 났다. 문제는 어디를 묶느냐였다. 몸에서 피가 빠져나가지 않게 하는 것이 목적이니까 아마….

"오오이와 씨, 다리를 조금 들 수 있겠어요? 묶을게요."

하얀 수건을 오오이와의 허벅지에 감았다. 허벅지가 시작되는 부분에서 묶었다. 오오이와가 안의 의도를 이해하고 도와준 덕분에 세게 묶을 수 있었다. 느슨하게 묶으면 소용없을 것이다.

5분쯤 분투한 끝에 드디어 지혈을 마쳤다. 안은 자기도 모르는 새에 숨을 헐떡이고 있었다. 박수 소리가 들렸다. 여자가 만족스러운 표정으로 손뼉을 쳤다.

"잘했어. 나랑 같은 피가 흐르는 아이답네."

같은 피가 흐른다고? 무슨 말인지 이해할 수 없었다. 안은 곰곰이 생각하다가 마침내 깨달았다. 이 사람은 나의…. 그 이상 머리가 돌아가지 않아 멍하니 여자의 얼굴을 올려다보았다.

"내 이름은 미쿠모 레이야. 네가 할부지라고 부르는 미쿠모 타케루의 누나지. 잘 부탁해, 미쿠모 안."

여자가 그렇게 말하며 웃었다. 보기만 해도 등골이 서늘해지는 차가운 미소였다.

★

미쿠모는 시나가와구 종합병원에 있었다. 카즈마가 이 병원으로 이송된 지 약 45분이 지났다. 안타깝게도 쿠로마츠는 구하지 못했다. 현장에 도착한 구급대원들이 쿠로마츠가 사망한 것을 확인했다.

여기는 2층에 있는 처치실이었다. 사용 중임을 나타내는 빨간 램프에 불이 들어왔다. 복도를 달려오는 발소리가 들렸다. 고개를 드니 세 남녀가 파랗게 질린 얼굴로 다가오는 모습이 보였다. 미쿠모가 일어나서 그들을 맞이했다.

"미쿠모, 카즈마는?"

그렇게 물은 사람은 사쿠라바 노리카즈였다. 뒤에는 그의 부인 미사코와 카오리가 있었다.

"계속 치료를 받고 있습니다. 독을 마셨어요. 사실 저희가…."

그동안 일어난 일을 설명했다. 사건의 열쇠를 쥔 쿠로마츠 치안감의 애인 자택을 방문했는데 거기서 대접받은 커피에 독이 들었을 가능성이 크다는 것, 그리고 쿠로마츠 본인도 커피를 마시고 현장에서 사망했다는 것을.

"카즈마 선배는 커피를 반쯤 남겼습니다. 게다가 곧바로 게워 냈습니다. 그래서 지금 어찌어찌 버티는 것 같습니다. 정말, 정말 죄송합니다. 저 때문입니다. 제가 조금 더 신중했더라면…"

미쿠모는 차마 말을 잇지 못하고 고개를 숙였다. 할 수 있는 일이 그것밖에 없었다. 아무리 자기 자신을 탓하고 탓해도 부족했다. 방심해도 유분수지, 적일 수도 있는 사람이 내온 음식을 입에 대다니. 왜 먹지 말라고 말리지 않았을까.

"미쿠모, 고개 들어. 지금은 카즈마의 생명력을 믿는 수밖에 없다."

노리카즈의 말에 미쿠모는 고개를 들었다. 그리고 여기에 왔어야 할 한 사람이 보이지 않는 것을 알아차리고 물었다.

"그런데 하나코 언니는요?"

"하나코는 유괴범에게 전화하는 큰 역할을 맡아서 집에서 대기하도록 조치했다. 걱정 끼치고 싶지 않아. 그래서 아직 알리지 않았다."

그렇게 된 것인가. 미쿠모는 상황을 이해했다. 지금 미쿠모 가문과 사쿠라바 가문은 상상을 초월하는 곤경에 처했다. 카즈마는 살인 누명을 뒤집어쓴 채 도주했고, 유괴된 안에게는 10억 엔이나 되는 몸값이 매겨졌다. 더구나 설상가상으로 카즈마가 독을 마시고 병원에 실려 왔다. 하나코에게 걱정을 끼치지 않으려고 배려하는 노리카즈의 마음이 이해되었다.

"어? 나왔다."

카오리가 말했다. 처치실 램프가 꺼지고 수술복을 입은 의사가 문밖으로 나왔다. 다 같이 의사에게 달려갔다. 젊은 의사가 설명했다.

"환자분은 지금 의식이 없습니다. 생명에 지장은 없을 것 같지만, 아직 장담할 수는 없습니다. 상태가 갑자기 나빠지는 예도 있거든요. 위 세척은 했으니 할 수 있는 일은 다 했습니다. 어떤 독을 마셨는지 최대한 빨리 분석하고 있고요. 결과가 나오면 바로 해독제를 처방할 수 있을 겁니다."

현장에서 마시다 남은 커피를 제출한 뒤였다. 미쿠모의 추측으로는 비소가 아닐까 싶었지만, 일단은 정식으로 분석이 끝나기를 기다려야 했다.

이제 중환자실에서 치료를 이어간다고 했다. 면회가 가능해질 때까지는 조금 더 시간이 필요했다. 처치실로 돌아가는 의사에게 인사한 뒤, 노리카즈가 험악한 표정으로 물었다.

"미쿠모, 대체 뭐가 어떻게 된 거냐? 카즈마가 사람을 죽인 건 아니지?"

아들이 살인범으로 몰렸다. 그런데 노리카즈 자신도 현역 경찰관이다. 얼마나 복잡한 심경일지 짐작이 됐다.

"카즈마 선배는 범인이 아닙니다. 조금만 있으면 진범의 정체를 밝힐 수 있을 겁니다."

트윈리프가 조직인지 아니면 일종의 관행인지는 불확실했지만, 후타바 미우가 깊이 관여했다는 것만은 분명했다. 그리고 그 뒤에서는 미쿠모 레이의 그림자가 엿보였다.

"카오리 선배님, 저에 대해서는 뭐라고 하셨어요?"

미쿠모는 카오리에게 상황을 물었다. 오늘 아침 경찰 조사에 불출석하고 말았다. 지금은 특별수사본부가 시키는 대로 할 때가 아니었다. 경찰청에 무어라 변명할지는 온전히 카오리에게 맡겼다.

"네가 몸이 안 좋아서 쉰다고 했어. 쿠로마츠 치안감님까지 그렇게 됐으니 특별수사본부는 너를 신경 쓸 겨를이 없어."

그럴 만도 했다. 쿠로마츠 치안감의 죽음은 경찰청을 뒤흔들 만큼 큰 사건이었다. 이로써 이번 사건의 피해자는 세 명이 되었다.

"미사코, 당신 괜찮아?"

노리카즈가 그렇게 말하며 미사코의 어깨를 붙들었다. 그리고 벤치에 앉혔다.

"미안해요, 여보. 아침부터 분주하게 움직였더니 조금 피곤한가 봐요."

"여기서 쉬고 있어. 카오리, 시원한 음료수라도 사 와라. 면회가 가능해질 때까지 여기서 기다려야겠다."

"알았어."

카오리가 서둘러 복도를 달려갔다.

그때 어떤 남자들이 멀찍이 서서 미쿠모와 사쿠라바 가족을 지켜보았다. 경찰 관계자인 것 같았다. 지금쯤 경찰청은 발칵 뒤집혔을 것이다.

미쿠모는 처치실 문을 바라보다가 잠시 눈을 감았다. 그리고 마음속으로 빌었다. '선배님, 제발 무사히 일어나세요.'

"미쿠모, 어디 가려고?"

미쿠모가 걸음을 떼자, 뒤에서 노리카즈가 불러 세웠다. 미쿠모가 뒤를 돌아보며 대답했다.

"저는 형사입니다. 형사가 할 수 있는 일은 수사뿐입니다."

그 여자는 카즈마에게 살인죄를 뒤집어씌웠을 뿐만 아니라 독까지 먹였다. 어린 안을 납치하고는 말도 안 되는 금액을 요구했다. 그 여자, 미쿠모 레이가 한 짓은 절대 용서받을 수 없다.

미쿠모는 진심으로 맹세했다.

'나는 당신을 체포할 거야. 반드시…'

"사모님, 괜찮습니다. 저희가 고안한 작전이니 아무 문제 없을 겁니다."

하나코는 사쿠라바 본가의 응접실에 있었다. 이제 1분 후면 오전 11시가 된다. 오전 11시가 되면 범인에게 전화를 걸어 경찰들이 고안한 거래 방법을 제안할 예정이었다. 1시간 전부터 코조네와 함께 여러 번 예행연습을 했다.

"이제 30초 남았습니다."

젊은 수사관의 목소리가 울렸다. 모두 숨을 죽이고 때를 기다렸다. 탁자 위에는 하나코의 스마트폰이 놓여 있었다. 단자에서 뻗어 나온 코드가 경찰청의 비품 컴퓨터에 연결되어 있었다. 녹음만 하는 것이 아니라 전화 상대의 위치를 역추적하려는 것 같았다.

"사모님, 준비하십시오."

코조네가 그렇게 말하며 이어폰을 귀에 꽂았다. 하나코는 스마트폰을 들었다. 코조네가 손가락을 튕기자, 하나코는 다이얼 화면에 'X'의 번호를 불러와 전화를 걸었다. 하나코를 둘러싸고 앉은 수사관 다섯 명이 모두 숨을 죽이고 이어폰에 의식을 집중했다. 통화 연결음이 세 번 울리자, 상대가 전화를 받았다. 음성 변조기로 변조된 목소리가 들려왔다.

"안녕하십니까. 준비는 다 되셨나요?"

"네." 하나코가 대답했다. 방금까지 연습도 여러 번 했고, 할 말을 적어둔 메모도 있었다. "돈을 준비했습니다. 지금부터 설명해도 될까요?"

"하세요."

"준비한 10억 엔을 금속제 서류 가방에 넣어 놨어요. 하나당 1억 엔이 들어 있습니다. 그걸 저희가 준비한 승합차 짐칸에 넣었습니다. 차종은 마쓰다 봉고입니다. 차량 번호는…."

메모를 읽어나갔다. 상대편에서 반응이 없자, 하나코는 이어서 설명했다.

"다시 말해 10억 엔을 실은 차라고 생각하시면 됩니다. 이 차를 그쪽이 지정한 장소에 두겠습니다. 운전은 당연히 제가 할 겁니다. 그런데 저는 운전이 미숙해서 가족 한 명을 조수석에 태우게 해주시면 좋겠습니다. 시간과 장소를 정해주시면 어디든 가겠습니다. 도착하면 즉시 그 자리를 떠날 테니 그 이후에는 편하신 대로 하세요. 어떻습니까?"

숨을 죽이고 범인의 목소리를 기다렸다. 잠시 후 X가 입을 열었다.

"나쁘지 않군요. 꽤 괜찮은 방법이에요. 그런데 한 가지 확인하고 싶은 게 있는데, 정말 10억 엔을 준비하셨습니까?"

"네. 준비했어요."

"당신한테 묻는 게 아닙니다. 거기 계신 경찰분들, 특수범죄대책과 여러분께 여쭤보는 겁니다. 코조네 주임님, 대답해주시죠."

코조네는 갑자기 지목을 받아서 눈이 휘둥그레졌다. 하지만 그는 금방 냉철한 표정을 되찾고는 메모지에 '도청기?'라고 적었다. 그 글을 본 부하가 움직이기 시작했다. 이 집에 도청기가 설치됐다는 뜻일까.

코조네가 손을 내밀자, 하나코는 스마트폰을 건넸다. 코조네가 스피커폰 기능을 이용해 이야기했다.

"전화 바꿨습니다. 특수범죄대책과 코조네입니다."

"아까 드린 질문에 대답하세요. 돈을 전부 마련했다는 거죠?"

코조네의 이마에 커다란 땀방울이 맺혔다. 범인에게 지목을 받을 줄은 상상도 못 한 모양이다. 코조네가 대답했다.

"물론입니다. 10억 엔을 준비했습니다."

"지금 저는 어떤 영상을 보고 있습니다. 거기에는 승합차 한 대가 나오고 있죠. 뒤쪽 해치에서 남자 몇 명이 서류 가방을 싣는 것 같군요."

코조네의 낯빛이 변했다. 다른 수사관들의 안색도 창백해졌다. X의 차가운 목소리가 울려 퍼졌다.

"가방 하나당 1억 엔. 그러니까 100만 엔짜리 돈다발을 100개 넣었다는 말인데, 실상은 제일 위쪽과 아래쪽에 넣은 것만 진짜고 나머지 98개는 종잇조각이군요. 다시 말해 가방 하나당 200만 엔입니다. 이게 10개 있으니 총 2천만 엔. 제가 말씀드린 10억 엔에는 한참 못 미칩니다."

코조네는 대답하지 않았다. X의 말이 사실일지도 모른다. 아무리 경찰이어도 그리 쉽게 10억 엔이라는 거금을 준비할 수는 없었을 것이다. 만에 하나라도 갈취당할 가능성이 있으니까.

"방금 작업자로 보이는 남자가 차를 만지작거리는 걸 확인했습니다. GPS 발신기를 달았군요. 혹시 모를 사태에 대비해 틀림없이 여러 개를 달았을 테고요. 돈을 차와 함께 넘기면서 인질을 풀어달라고 협상도 하고, GPS 전파를 길잡이 삼아 차의 행방도 추적할 작전이었겠죠."

완전히 X의 페이스에 말려들었다. X는 특수범죄대책과의 작전을 전부 꿰뚫어 보았다. 하다 하다 경찰청 지하 주차장까지 감시했다니 역시 보통내기가 아니었다. '우리 L의 일족에 대한 도전.' 하나코는 아버지 타케루의 말을 떠올렸다. 역시 경찰의 힘을 빌려도 무리인가.

"그러니 여러분의 이번 제안은 거절합니다. 이제 남은 기회는 한 번입니다. 건투를 빕니다."

전화가 허무하게 끊겼다. 주위에 답답한 공기가 흘렀다. 이를 떨쳐내려는 듯 코조네가 수사관 한 명에게 말했다.

"역추적은?"

"죄송합니다. 못 잡았습니다."

"주임님." 한 수사관이 다가왔다. "전화기 콘센트에 이런 게 붙어 있었습니다." 남자가 손에 든 물건은 라이터만 한 크기의 검은 박스였다. "아무래도 도청기 같습니다."

"이것 말고도 또 있을 수 있다. 샅샅이 뒤져라."

"네."

수사관들이 일어나서 방을 구석구석 수색했다. 이제 완전히 원점으로 돌아간 셈이었다. 코조네가 비통한 표정으로 말했다.

"사모님, 죄송합니다. 이번에는 적이 저희보다 한 수 앞섰던 것 같습니다. 그래도 넓은 아량으로 이해해주셨으면 좋겠습니다. 저희로서도 10억 엔이나 되는 거금을 마련하기는 불가능했

습니다. 그래서 주어진 시간 안에 적의 정체를 밝혀서 인질을
구출하는 작전으로 갈 수밖에 없었습니다."

돈을 마련할 수 없으니 방법은 그것뿐이었다, 제한 시간 내
에 안을 구출하는 것이 가장 좋은 방법이었다.

"그런 점까지 다 포함해서 상부와 협의한 뒤에 다시 작전을
세우겠습니다. 부디 계속해서 협조해 주십시오."

"물론이죠. 저야말로 잘 부탁드립니다."

코조네가 응접실에서 나갔다. 하나코는 일어나서 손님들에게
차를 대접하려고 부엌으로 향했다. 1시간 전, 하나코의 시부모
님은 급히 어디론가 떠났다. 카즈마가 얽힌 사건에서 어떤 진
전이 있는 듯했지만, 자세히 듣지는 못했다. '너는 안만 신경 쓰
면 된다.' 노리카즈는 그렇게만 말했다.

현재 시각은 오전 11시 12분. 제한 시간은 오늘 자정까지였
다. 속절없이 시간만 흘러갔다. 하나코는 이루 말할 수 없는 초
조함을 느꼈다.

미쿠모가 시나가와에 있는 고층 아파트 한 호실에 도착했을
때, 쿠로마츠의 시신은 이미 실려 나간 뒤였고, 시나가와 경찰
서 형사들이 한창 수사를 벌이고 있었다. 현직 경찰이, 그것도
작년까지 도쿄 경찰청 차장이라는 지위에 있던 사람이 사망한
탓에 현장은 몹시 소란스러웠다. 기가 막히게 냄새를 맡고 온

기자들이 아파트 앞에 진을 쳤다.

방의 세입자는 후타바 '마우'라는 34세 여성이었다. 방에 남아 있던 신분증명서로 시나가와구 종합병원에서 근무하는 간호사임이 밝혀졌다. 오늘 아침 토이 푸들을 데리고 밖으로 나가던 모습이 아파트 CCTV에 찍혔지만 아직 귀가하지 않았다. 핸드폰으로 전화해 봐도 받지 않는다고 했다.

비슷한 이름으로 짐작하건대, 신주쿠 호텔에서 시신으로 발견된 후타바 '미우'의 자매인 것 같았다. 하필 관공서가 쉬는 토요일이라 신분을 조회하려면 시간이 걸린다고 했다.

오늘 아침 공동현관에서 잠깐 목격한, 커다란 선글라스를 낀 여자. 설마하니 그녀가 후타바 미우의 혈육이었을 줄은 몰랐다. 그때는 쿠로마츠에게서 이야기를 이끌어 내야 한다는 생각으로 머리가 꽉 차 있었다.

여기 머물러 봤자 할 수 있는 일은 없다. 그렇게 판단하고 미쿠모는 밖으로 나갔다. 엘리베이터에서 운동복을 입은 중년 여성과 마주쳤다. 그녀가 2층에서 내리자, 미쿠모도 따라 내렸다.

2층에는 주민 전용 헬스장이 있었다. 시설이 제법 좋아 보였고 토요일이라 그런지 많은 사람이 운동에 열을 올리고 있었다. 역시 헬스장 안에는 수사관이 없었다. 미쿠모는 근처에 있던 중년 여성에게 경찰 신분증을 보여주며 말을 걸었다.

"실례합니다. 저는 경찰청 수사1과에서 나온 호죠 미쿠모라고 합니다. 이 아파트에 거주하는 후타바 마우 씨를 아십니까?"

"글쎄요. 모르겠는데요."

그런 식으로 한 명 한 명을 붙잡고 질문했다. 네 명까지는 아무런 수확이 없었지만, 헬스 자전거를 타는 고령이 여성에게 질문하자 반응이 돌아왔다. 가끔 헬스장에서 후타바 마우와 마주쳐 몇 번 이야기를 나눴다고 한다.

"마우 씨는 어떤 분이었죠?"

"괜찮은 아가씨였어. 간호사라길래 내가 건강 상담을 받은 적도 있어."

"뭔가 인상적인 점은 없었나요?"

"흠…." 여성은 페달을 밟던 발을 멈추었다. "그게 아마 두 달쯤 됐나? 엘리베이터에서 만났는데 좀 이상하더라고. 내가 말을 걸어도 반응이 미적지근한 거야. 복장도 평소보다 화려했고."

마치 생전 처음 보는 사람에게 말을 건 기분이었다고 한다. 나중에 만나서 그 이야기를 하니, 마우는 직장에서 충격적인 일을 겪어 정신이 반쯤 나가 있었다고 설명했다는 모양이다.

틀림없다. 미쿠모는 확신했다. 이 여성이 엘리베이터에서 마주친 사람은 후타바 마우가 아니라 미우였다.

"감사합니다."

미쿠모는 인사한 뒤 탐문을 이어나갔다. 하지만 그 이상의 성과는 없었다.

미우와 마우. 두 사람의 관계가 마음에 걸렸다. 헬스장을 벗어나 1층 공동현관을 지나서 밖으로 나갔다. 아파트 앞에는 경찰의 잠복 차량이 몇 대나 서 있었고, 카메라를 든 언론 관계자가 모여 있었다. 하지만 미쿠모에게 말을 거는 사람은 아무도 없었다. 수사1과 형사라고 생각하지 못하는 것 같았다.

소란스러운 아파트 부지를 벗어난 미쿠모는 스마트폰을 꺼냈다. 주변에 아무도 없음을 확인하고 누군가에게 전화를 걸었다. 곧바로 통화가 연결됐다.

"호죠 미쿠모입니다."

"아니, 이게 어쩐 일이야? 무슨 용건이라도 있어?"

미쿠모 타케루의 목소리가 들려왔다. '약은 약사에게'라는 말이 있으니, 악당과 관련된 일은 악당에게 물어보자는 생각이었다. 타케루는 남자친구 와타루의 아버지이자 확고한 신념을 지닌 악당이었다. 타케루 본인은 나쁜 놈들에게서만 훔치니 악당이 아니라고 우기겠지만.

"어르신, 여쭤볼 게 있습니다. 트윈리프라는 말을 들어보신 적이 있습니까?"

"아아, 알지." 타케루는 매우 가볍게 대답했다. "관공서를 중심으로 부정 입찰을 하는 놈들이야. 뭐, 나하고는 업무가 겹치지 않아서 자세히는 모르지만. 아무튼 그런 놈들이 있다는 건 들었어."

역시 든든하다. L의 일족 수장다웠다.

"그저께 신주쿠 호텔에서 한 여성이 살해됐습니다. 이름은 후타바 미우예요."

"그 사건은 나도 언뜻 들었어. 카즈마가 누명을 쓴 사건이지?"

"맞습니다. 후타바 미우가 트윈리프이자 사건의 주동자인 것 같습니다. 살해된 이유도 부정 입찰 때문입니다. 그 여자한테 마우라는 언니 혹은 여동생이 있는 것 같은데, 아는 게 있으십니까?"

"미쿠모, 벌써 눈치챘잖아."

"쌍둥이인가요?"

"맞아. 트윈리프. 잎이 두 개라는 뜻이지."

두 사람은 일란성 쌍둥이였다. 쌍둥이라는 특성을 살려 젊은 시절부터 미인계로 돈을 긁어모은 자매. 암흑가에서 유명했다고 한다. 다만 여동생은 몇 년 전 업계에서 모습을 감췄고 언니 미우만 홀로 일을 이어나갔다고 한다. 조금 전 아파트 주민에게 들은 이야기를 떠올렸다. 후타바 마우가 간호사라고 했는데, 그 이야기는 사실이리라.

"아무튼 만만찮은 여자야. 미쿠모, 얽힐 거면 최대한 조심해."

"충고 감사합니다."

"나는 당분간 잠적하려고. 뒷일을 잘 부탁한다."

잠적이라니 무슨 뜻일까. 지금 사쿠라바 가문과 미쿠모 가문은 위기에 직면했다. 이 상황을 모른 척하고 자취를 감추겠다는 뜻인가. 미쿠모는 저도 모르게 목소리를 높였다.

"어르신, 그건 너무 무책임…"

통화가 일방적으로 끊겼다. 그는 L의 일족을 거느리는 수장이라 세간에 자신의 존재가 드러나는 것을 가장 두려워한다. 이런 위기가 닥쳤을 때 가장 먼저 도망치는 것이 그의 방식인지도 모른다. 그래서 지금껏 경찰에 잡히지 않고 버틸 수 있었던 것일까. 하지만 그렇게 되면 하나코 언니와 카즈마 선배님이….

타케루에게 다시 전화를 걸었지만, 벌써 핸드폰 전원이 꺼졌는지 통화가 연결되지 않았다. 정말로 잠적한 모양이다. 한 입으로 두말하지 않는다는 표현이 그만큼 잘 어울리는 사람도 없을 것이다.

미쿠모는 정신을 가다듬었다. 중요한 정보가 손에 들어왔다. 후타바 미우와 마우는 일란성 쌍둥이였다. 그 사실을 알아낸 것만으로도 큰 수확이었다. 그 사실을 깨닫자, 커다란 의문이 하나 떠올랐다.

신주쿠 호텔에서 살해된 사람은 과연 정말로 후타바 미우였을까.

★

오오이와는 잠을 잤다. 아니, 정확히 말하면 의식이 흐릿한 것 같았다. 안은 감금실 바닥에 앉아서, 침대에 누운 오오이와의 상태를 살폈다.

허벅지에 칼이 꽂힌 상태 그대로였다. 지혈을 했다고는 하나, 피가 조금씩 흘러나왔다. 통증도 있는 것 같았다. 오오이와의 이마에 굵은 땀방울이 맺혔다. 안은 그 땀을 수건으로 닦았다.

"오오이와 씨, 괜찮아요?"

"…아, 응."

오오이와는 쉰 목소리로 대답했다. 시계가 없어서 확신할 수는 없지만 칼에 찔린 지 두세 시간은 지난 것 같았다. 정말로 당장 병원에 데려가지 않아도 괜찮을까. 그런 불안감이 피어올랐다.

문이 열리더니 요다가 들어왔다. 요다는 손에 든 봉지를 바닥에 내려놓았다.

"밥이다. 먹어라."

식욕이 없었다. 그래도 안은 봉지를 들여다보고 생수병을 꺼냈다. 뚜껑을 따서 오오이와의 입가로 가져갔다. 목이 말랐는지 오오이와는 물을 꽤 많이 마셨다.

"저기요, 오오이와 씨를 살려 주세요. 병원에 데려가 주세요. 제발요."

요다는 들은 척도 않고 히죽거렸다. 프로레슬러 시절에 선배였다고 들었다. 처음에 오오이와를 나쁜 길로 이끈 것도 바로 저 사람이었다. '저 사람만 없었으면, 오오이와 씨는…'

"아직 살아 있나 보구나."

그렇게 말하며 방에 들어온 사람은 미쿠모 레이라는 여자였다. 할부지의 누나라고 했다. 그 말이 사실이라면 예순을 넘었다는 뜻인데 한참 젊어 보였다. 이목구비가 묘하게 엄마 하나코와 닮았다. 할부지의 누나라면 엄마와도 피가 섞였을 것이다.

그래서 엄마와 비슷하게 생긴 것 같다.

레이가 오오이와에게 다가왔다. 손에 든 작은 병을 오오이와의 상처 쪽으로 기울였다. 떨어진 액체가 칼날을 타고 상처를 적시자, 오오이와가 고통스러운 비명을 질렀다.

"뭐 하는 거예요!"

"알코올로 소독한 거야. 역시 전직 프로레슬러답게 잘 버티네. 하지만 오늘 중에 병원에 데려가지 않으면 힘들겠는걸. 상처가 곪아서 최악의 경우에는 못 걷게 된다든가, 그런 후유증이 남을 수도 있겠어."

"병원에 데려가 주세요. 제발 오오이와 씨를…."

"안, 잘 들으렴."

레이가 그렇게 말하자, 안은 입을 다물었다. 목소리도 엄마와 비슷했지만 어쩐지 차가운 느낌이 났다. 입가에 걸린 미소도 얼음처럼 차가웠다. 언제나 따뜻한 엄마와는 정반대였다.

"내 말대로 하면 오오이와를 병원에 데려가 줄게."

"뭐, 뭘 하면 되는데요?"

"안, 너도 알지? 우리가 L의 일족이라는 걸."

안은 당황하면서도 고개를 끄덕였다. 엄마 쪽 가족인 미쿠모 가문은 도둑 일가였다. 경악스러운 그 사실을 안 것은 작년 이맘때였다. 심지어 아빠 쪽 가족은 경찰 일가라서 상황이 훨씬 복잡했다. 처음에는 이런저런 고민이 많았지만, 이제는 이런 것도 재미있다고 생각하며 넘어갔다.

"안, 너한테도 도둑의 피가 흐른단다. 그것도 아주 유능한 도둑의 피가 흐르는 것 같더구나."

안은 마른침을 삼켰다. 확실히 안은 운동 신경이 좋았다. 체육 시간에는 항상 안의 독무대가 펼쳐졌다. 할부지는 늘 엄마 몰래 칭찬해 주었다. '역시 대단하구나, 안. 너한테는 우리 L의 일족의 피가 흘러.'

"네가 도둑질을 해줬으면 좋겠어. 성공하면 오오이와를 병원에 데려가 줄게."

"도둑질이라고요? 그런 건 해본 적 없어요."

"그래서 시키는 거야. 간단해. 너를 어떤 가게에 데려갈 테니까 가게 종업원의 눈을 피해서 네가 원하는 걸 훔쳐 와."

물건을 슬쩍하라는 소리였다. 도둑질은 범죄이다. 절도죄라는 죄목에 해당한다는 것쯤은 안도 알고 있었다.

"가게의 돈이나 지갑을 훔치라는 게 아니잖아. 초콜릿 한 개든 사탕 한 알이든 상관없어. 아무튼 가게에서 파는 상품 하나를 들키지 말고 훔쳐. 그게 오오이와를 병원에 데려가는 조건이야."

레이는 별것 아닌 듯 말했지만, 사탕 하나라도 범죄는 범죄였다. 도둑질로 손을 더럽히면 안은 범죄자가 되는 것이다.

"나는 잠깐 볼일이 있어서 자리를 비워야 해. 결심이 서면 요다에게 말해. 생각할 시간을 줄게. 1시간 이내에 어떻게 할지 결정해."

요다가 앞으로 나오더니 손에 차고 있던 손목시계를 던졌다. 안은 그것을 받았다. 정확히 오후 1시였다.

"안, 잘 들어. 이건 테스트야. 네게 L의 일족의 피가 흐르는지 시험하는 테스트. 오오이와의 목숨은 너의 그 조그만 손에 달렸어. 너에게 나와 똑같은 피가 흐른다는 걸 네 손으로 직접 증명해 봐."

레이와 요다가 감금실에서 나갔다. 안은 오오이와의 상태를 확인했다. 반쯤 혼수상태에 빠진 것처럼 눈을 감은 오오이와는 조금 전부터 아무런 움직임도 보이지 않았다. 운동으로 단련된 가슴이 위아래로 오르락내리락했다. 호흡이 약해진 느낌이었다. 정말 이대로 괜찮을까.

요다가 남기고 간 시계를 확인했다. 초침이 착실하게 시간을 새겼다.

안은 고민에 빠졌다.

오오이와를 구하려면 도둑질을 하는 수밖에 없을까. 안에게 L의 일족의 피가 흐르는 것을 스스로 증명하는 수밖에 없을까.

"하나코, 그쪽 상황은 어떠니?"

오후 1시쯤, 노리카즈에게서 전화가 왔다. 범인에게 거래를 제안했지만 받아들여지지 않았다고 하자, 수화기 너머에서 낙담한 한숨 소리가 들려왔다.

"그렇구나. 사실 나도 은연중에 이렇게 될 줄 알았다. 보통 방법으로는 안 될 것 같아. 적은 너희 가족의 정체를 알고 승부를 건 게 분명하다. 만만치 않은 상대일 줄은 알았지만 이 정도일 줄이야."

자신의 손녀에게 도둑 일가의 피가 흐르는 것을 누구보다도 우려하던 노리카즈였다. 틈만 나면 안에게 형사 드라마를 보여 주는 것도 그 나름대로 손녀의 앞날을 걱정해서였다. 그 마음만은 진심으로 고마웠다.

"그런데 아버님, 카즈마는 어떻게 됐나요? 뭔가 진전이 있는 거죠?"

오늘 오전, 카즈마의 신변에 변화가 있다며 시댁 식구들이 집을 나섰다. 하나코는 유괴범에게 전화하는 임무를 맡은 탓에 여기 남았다.

"특별한 진전은 없는 것 같다. 그 녀석도 자기 나름대로 애쓰고 있을 거야. 그러니까 하나코, 너도 기운 내라."

딸이 유괴되는 큰일이 일어났는데도 달려올 수 없었다. 하나코는 카즈마의 심경이 어떨지 뼈저리게 이해했다. 비록 살인범이라는 누명을 뒤집어썼지만, 미쿠모가 그를 돕는다고 들었다. 카즈마는 분명 이 위기를 잘 극복할 것이다. 지금은 그렇게 믿는 수밖에 없었다.

"안은 반드시 돌아올 거야. 돌아오고말고."

수화기 너머에서 노리카즈의 목소리가 떨렸다. 어떤 감정을 삼키는 것 같았다. 대체 무슨 일이 일어난 것일까. 하나코가 캐물었다.

"아버님, 괜찮으세요? 무슨 일이 있는 거예요?"

"아무것도 아니다. 내가 지금 좀 감정이 격하구나. 무슨 일 생기면 또 연락하마. 하나코, 나중에 다시 통화하자."

전화가 끊겼다. 하나코는 응접실을 들여다보았다. 수사관들은 정보를 모으는 것 같았다. 코조네는 경찰청으로 돌아갔다. 간부들과 협의한다고 했다. 솔직히 말하면 벽에 부딪힌 느낌을 지울 수 없었다. 오전에 제안한 거래가 너무나 허무하게 묵살된 데다, 범인은 경찰청의 지하 주차장까지 감시하고 있었다.

빈 찻잔을 챙겨서 부엌으로 갔다. 설거지를 시작하려 할 때, 초인종이 울렸다. 현관으로 가보니 택배 기사가 있었다.

"미쿠모 하나코 씨 앞으로 온 택배입니다."

"수고 많으십니다."

꽃이 심긴 화분이었다. 혼자 들 수 없을 만큼 화려했다. 꽃 틈에 꽂힌 봉투가 살짝 엿보였고, 거기에 '미쿠모 하나코 님께'라는 글자가 적혀 있었다. 하나코가 여기 있는 것을 어떻게 알았을까. 하나코는 그런 의문을 느끼면서도 수사관들이 다가오기 전에 냉큼 봉투를 꺼내 바지 주머니에 넣었다.

"무슨 일이죠? 꽃인가요?"

"그런 것 같아요."

수사관들이 다가와서 배달된 화분을 검사하기 시작했다. 하나코는 얼른 그 자리를 벗어나 부엌으로 갔다. 봉투를 열어 보았다.

안에 든 것은 사진 한 장이었다. 커다란 기둥이 찍혀 있었고 기둥에는 글자 같은 것이 새겨져 있었지만, 뭐라고 적혔는지는 알아볼 수 없었다. 그런데 공연히 그리운 느낌이 들었다. 어릴 적에 이것과 똑같은 것을 본 적이 있다. 그런 생각이 들었다.

어떤 집의 내부를 찍은 사진이었는데, 집의 위치까지 머릿속에 그려졌다. 어제 와타루와 함께 숨어든 시부야 고급 주택가에 있던 저택이었다. 2층 방에 들어갔을 때, 하나코는 환청 같은 웃음소리를 들었다. 그것은 어쩌면 하나코의 기억이 아니었을까. 쉽게 말해 하나코는 그 저택을 안다는 뜻이었다. 하지만 대체 어떻게…?

다시 사진을 살펴보았다. 이것을 보낸 사람은 누구일까. 틀림없이 유괴사건과 상관이 있을 것이다. 와타루가 조사한 바에 따르면 그 저택에서 범인의 핸드폰 전파가 나왔다고 했다.

사진 뒷면에 글자가 적혀 있었다.

'WHO ARE YOU?'

너는 누구…?

'너'는 하나코를 가리키는 말일까. 나는 미쿠모 하나코다. 그것 말고는 답할 말이 떠오르지 않았다. 나는 틀림없이 미쿠모 하나코다.

점점 더 초조해졌다. 경찰 수사가 벽에 부딪힌 지금, 기다리기만 해서는 안을 구하지 못할 것 같다는 생각이 들었다. 게다가 카즈마도 걱정되었다. 안의 아빠인 그가 움직일 수 없다면, 엄마인 하나코가 움직이는 수밖에 없지 않을까.

다시 사진을 들여다보았다. 이건 범인이 하나코에게 보낸 메시지일 것이다. 어떤 의도가 숨어 있는지는 모르지만, 이 장소에 가 보면 무언가를 알 수 있을 것 같았다.

하나코는 앞치마를 벗고 부엌을 나섰다. 복도로 나와 발소리를 죽이며 뒷문으로 걸어갔다.

★

"…그러니 니시신주쿠에서 발견된 시신은 후타바 미우가 아닐 가능성이 큽니다. …그러니까 아까부터 몇 번이나 말씀드렸잖습니까. 미우한테는 쌍둥이 동생이 있었습니다. 그 동생의 집에서 쿠로마츠 치안감님이 살해됐다고요."

미쿠모는 전화로 설명하느라 분주했다. 조금 전 수사1과 관리관이 전화해서 설명을 요구했다.

"…지금요? 신주쿠에 있는 병원에 왔습니다. 후타바 미우의 시신을 조사하려고요. …알겠습니다. 새로운 정보가 들어오면 연락드리겠습니다."

전화를 끊었다. 이곳은 신주쿠에 있는 대학병원이었다. 신주쿠 경찰서가 지정한 법의학자가 있어 후타바 미우의 시신이 여기로 보내졌다. 조금 전 확인해 보니 미우의 시신을 아직 보관

하고 있다고 했다. 병원 측도 시신을 누구에게 넘겨야 할지 몰라 그녀의 친척을 수소문하던 차였다.

"형사님." 흰 가운을 걸친 법의학자가 다가왔다. "신주쿠 경찰서와 연락이 닿았습니다. 사망한 피해자분의 지갑에서 그분 명의의 치과 진료 카드를 찾았대요. 어느 치과인지 알려 주셨어요."

이 시신은 정말 후타바 미우일까. 미쿠모는 그런 의심이 들었다. 조금 전 법의학자에게 그런 이야기를 하며 수사를 도와 달라고 요청했다.

원래 미쿠모는 지금쯤 경찰서에서 조사를 받으며 어제 그렇게 행동한 이유를 해명해야 했지만, 여전히 자유롭게 움직이고 있었다. 방금 통화에서도 관리관은 미쿠모를 추궁하지 않았다. 특별수사본부가 아직 혼란에 빠져 있다는 증거였다.

"곧 치과 진료 차트가 올 겁니다. 차트를 받으면 바로 시신의 치아와 대조해 볼 거예요."

"그렇군요. 잘 부탁드립니다."

미쿠모는 감정 결과를 확인할 것도 없이, 신주쿠 호텔에서 살해된 사람은 여동생 마우일 것이라고 확신에 가까운 믿음을 느꼈다. 오늘 아침 토이푸들을 데리고 우아하게 아파트를 빠져나간 선글라스를 낀 여자. 그 당당하던 태도. 그녀가 바로 언니 후타바 미우일 것이다.

시간은 오후 1시 30분을 넘어섰다. 조금 전 사쿠라바 노리카즈가 전화해서 카즈마는 치료가 끝났으며 이제는 오롯이 그의 회복력에 달려 있다는 이야기를 해 주었다. 그 소식을 들은 미쿠모는 카즈마가 무사히 깨어나기를 기도했다. 그는 미쿠모에게 소중한 존재였다. 절대 죽으면 안 되는 사람이었다.

이제 어떻게 해야 할까. 미쿠모는 고민했다. 이런 때일수록 멈추면 안 된다. 멈추지 않고 끊임없이 생각할 것. 그것이 미쿠모의 신조였다. 아버지와 할아버지에게 배운 태도이기도 했다.

스마트폰이 울렸다. 와타루의 전화였다. 무슨 일일까. 궁금해하며 전화를 받자, 와타루가 불쑥 본론을 꺼냈다.

"미쿠모, 배고프지 않아?"

"네? 배요? 음, 고픈 것 같기도 하고…"

사실 아침부터 아무것도 못 먹었다. 아침에 분주하기도 했고, 카즈마가 병원에 실려 가는 바람에 식사할 겨를이 없었다.

"잘 챙겨 먹어야지. 포도당이 부족하면 뇌가 둔해져. 같이 먹자."

"와타루 씨는 어디 있는데요?"

"미쿠모가 있는 병원 앞."

미쿠모는 황급히 복도를 달려갔다. 병원을 나서니 정말로 있었다. 쇼핑백을 끌어안은 와타루가 정문 밖에 서 있었다. 미쿠모는 와타루에게 달려가서 물었다.

"제가 여기 있는지 어떻게 알았어요?"

"GPS로."

병원 앞이 광장이라 거기 놓인 벤치에 나란히 앉았다. 와타루가 사 온 음식은 베이글 샌드위치와 카페오레였다. 음식을 먹으며 이야기를 나누었다. 와타루는 안이 유괴된 사건과 관련해 최신 정보를 가르쳐 주었다.

오늘 오전에 경찰이 고안한 거래 방법을 제안했지만, 범인 측은 단호하게 거절했다. 경찰 쪽 정보가 전부 새어나가 현재 난관에 봉착했다고 한다. 범인이 상당히 교활했다.

"와타루 씨, 범인 측 전파를 잡는 데는 성공했어요?"

오늘 아침 후타바 마우의 아파트 앞에서 잠복했을 때, 카즈마에게 그런 이야기를 들었다. 와타루가 범인의 위치를 알아낼 수 있다고 호언장담하며, 자신이 개발한 위치 정보 추적 시스템은 정밀도가 아주 높다고 했다는 이야기였다.

"적이 한 수 위였어." 와타루가 어깨를 축 늘어뜨렸다. "범인 쪽도 경계를 철저히 했나 봐. 우리가 위치 정보를 알아내지 못하도록 방해 전파를 내보낸 것 같아. 그래도 중간에 거쳐 간 장소의 느낌상 도쿄 북동부에 있지 않을까 싶어. 석어노 아라카와보다는 동쪽이야."

그래도 여전히 광범위했다. 미쿠모는 훈제 연어와 크림치즈가 들어간 베이글 샌드위치를 먹으며 와타루에게 말했다.

"와타루 씨, 그거 말고도 더 있죠?"

"들켰네."

와타루가 그렇게 말하며 웃었다. 미쿠모는 무언가 전달할 것이 있어서 그가 여기까지 자신을 만나러 왔으리라고 짐작했다. 함께 점심을 먹는 것이 유일한 목적은 아니었을 것이다.

"이걸 봐 줘."

와타루가 가방에서 꺼낸 물건은 태블릿 PC였다. 그는 화면에 무언가를 띄워 미쿠모에게 보여주었다. SNS에 올라온 동영상이었다.

문을 들이받는 남자가 찍혀 있었다. 어깨를 힘껏 문에 부딪치는 모습이었다. 세 번 들이받자 문이 열렸다. 아니, 열렸다기보다는 부서졌다. 동영상은 거기서 끝났다.

"이게 뭐예요?"

"여기는 편의점이야. 남자가 몸으로 들이받아서 화장실 문을 부쉈나 봐. 아야세에 있는 편의점이고 남자는 전직 프로레슬러야. 이름은 요다 류지."

미쿠모는 영상을 올린 사람이 적은 본문을 읽어 보았다. 거기에는 이렇게 쓰여 있었다. '아야세 편의점에서 전직 프로레슬러 요다랑 마주침. 대뜸 화장실 문을 들이받더라. 개무서워ㅋㅋ.'

"맞아요. 키타센쥬에서 발견된 도난 차량이 있었죠."

미쿠모는 그 이야기를 카즈마에게 들었다. 키타센쥬 주차장에 버려진 도난 차량을 조사한 결과, 두 전과자의 이름이 용의선상에 올랐다. 요다 류지와 오오이와 아키라. 둘 다 10년쯤 전에 불법 카지노를 들락거리다가 현행범으로 체포된 전직 프로레슬러였다.

"맞아. 여러 단어로 실시간 검색을 해보다가 우연히 발견했어."

"아야세면 위치도 딱 들어맞아요."

아라카와보다 동쪽이면서 도쿄 북동부. 와타루가 이야기한 범인의 위치와도 일치했다. 여기와는 조금 거리가 있었지만, 한 번 가볼 만한 가치는 있을 듯했다. 베이글 샌드위치는 이미 다 먹었다. 미쿠모는 한 손에 카페오레를 들고 일어났다.

"저는 아야세에 가야겠어요. 와타루 씨는요?"

"하나코가 걱정돼서 상태를 좀 보고 오려고."

"알았어요. 그럼 뭔가 알아내면 연락할게요."

미쿠모는 걸음을 뗐다. 조금이지만 확실히 적에게 다가서고 있다는 느낌이 들었다.

"잘 들어. 저 모퉁이에 있는 가게야. 보이지?"

안은 조수석에 앉아 있었다. 운전석에 앉은 요다가 가리키는 곳에는 한 상점이 있었다. 술을 파는 곳인 듯했고 가게 안에는 자판기 여러 대가 보였다. 꽤 오래된 가게였다.

"편의점에는 CCTV가 있어서 작업이 어려워. 그 점에서 저 가게는 안전해. 카메라도 없고 자리 지키는 사장도 비실비실한 노인네야. 만에 하나 네가 실패하더라도 뛰어서 도망치면 못 쫓아올 거야."

오오이와를 병원에 데려가야 했다. 각오를 다진 안은 도둑질을 하겠다고 선언했고 곧 여기로 끌려왔다. 레이의 모습은 보이지 않았지만, 요다가 안을 감시할 것 같았다. 오오이와는 지금도 감금실 침대 위에서 괴로워하고 있을 것이다.

"혹시라도 도망칠 생각은 하지 마라. 네가 도망치면 오오이와 그 자식은 저세상 가는 거야."

어떻게 도망을 치겠는가. 안은 요다의 얼굴을 노려보았다.

"야, 표정 풀어. 이제부터는 네가 원하는 대로 해. 나는 여기서 기다릴 테니까 준비되면 출발해."

안은 긴장했다. 이렇게 긴장한 적은 태어나 처음이었다. 당연하다. 운동회 계주나 학예회 발표와는 차원이 다르니까. 지금 안이 하려는 일은 그야말로 범죄 행위였다.

이럴 때는 어떻게 해야 하더라? 안은 할부지가 예전에 가르쳐 준 것을 떠올렸다. 손바닥에 어떤 글자를 쓴 다음 먹는 시늉을 하면 긴장이 풀린다고 했는데, 무슨 글자를 써야 하는지 잊어버렸다. 되는대로 자신의 이름 '안'을 한자로 써서 먹는 시늉을 해 봤다. 세 번 되풀이했다. 마음이 조금 차분해지는 것 같았다.

좋아. 가자.

안은 문을 열고 조수석에서 내렸다. 가게와는 20미터쯤 떨어진 위치였다. 안은 천천히 걸어갔다. 자꾸만 고개가 아래로 떨어졌다. 지나가는 사람들에게 얼굴을 보이고 싶지 않았다.

가게 앞에 도착했다. 한쪽 벽면이 전부 유리인 가게로, '○○ 입고됐습니다'라고 적힌 종이가 여기저기 붙어 있었다. ○○은 일본 술 브랜드인 듯했는데, 한자가 어려워서 안은 읽을 수 없었다.

크게 심호흡한 뒤 자동문을 지나 가게에 들어갔다. 들어가자마자 계산대가 있었고, 사장님으로 보이는 나이 든 남자가 "어서 오십쇼." 하며 안을 맞아 주었다. 머리가 희었고 코 밑에 난 수염도 하얀색이었다. 영락없는 할아버지였다.

가게 안을 걸었다. 술집답게 술로 가득했다. 가게 안쪽에 냉장고가 보였고 그 안에는 시원한 맥주와 음료수가 들어 있었다. 우선은 가게를 한 바퀴 돌았다. 일회용품과 과자류도 있었다.

"꼬마 아가씨, 심부름 왔니?"

갑자기 들려온 목소리에 저도 모르게 움찔했다. 돌아보니, 백발 사장님이 안을 보고 있었다. 안은 미소 지으며 대답했다.

"네. 맞아요."

"그래, 그래. 기특하구나."

백발 사장님은 그렇게 말하고는 시선을 내렸다. 신문을 읽는 것 같았다. 안은 가게를 둘러보는 척하며 과자가 늘어선 진열대 앞에 섰다.

안주로 먹을 법한 짭짤한 과자가 많았지만, 달콤한 과자도 있었다. 안이 점찍은 물건은 딱 허리 높이에 놓인 초콜릿 과자였다. 한입 크기라서 이 정도면 주머니에 넣어도 티가 나지 않을 것 같았다.

계산대에 있는 백발 사장님을 흘끗 보았다. 신문을 읽느라 안을 신경 쓰지 않는 것처럼 보였다.

안은 마른침을 삼켰다. 지금이 기회였다. 과자 봉지를 집어서 주머니에 넣기만 하면 되었다. 간단한 일이었다. 그러면 오오이와가 살 수 있었다.

마음속에서 다른 목소리가 들렸다. 정말 그래도 될까. 도둑이 돼버려도 괜찮을까. 할부지를 비롯한 L의 일족은 나쁜 사람의 물건만 훔치는 것을 신조로 삼는다고 들었다. 하지만 저 백발 사장님은 나쁜 사람이 아닌 것 같다.

하지만…. 안은 고개를 절레절레 흔들었다. 안은 좋아서 도둑질하는 것이 아니다. 오오이와를 살리려고 훔치는 것이다. 어쩔 수 없지 않은가.

안은 다시 백발 사장님의 눈치를 살폈다. 신문을 읽느라 정신이 팔린 것처럼 보였다.

지금이다.

안은 손을 뻗어 제일 근처에 있는 초콜릿 과자 봉지를 집었다. 다음 순간, 봉지는 주머니 속에 들어와 있었다. 자신이 이렇게 빨리 움직일 수 있는지 몰랐다. 눈에 보이지 않을 만큼 재빨랐다. 스스로 놀랄 정도였다.

이제 태연한 표정으로 가게를 나서면 끝이었다. '진정해, 안.' 진열대를 벗어나 계산대를 피하듯 빙 돌아서 가게 출입문으로 향했다. 자동문을 지나 밖으로 나가려 할 때, 갑자기 뒤에서 목소리가 들렸다.

"꼬마 아가씨, 찾는 게 없었니?"

우뚝 멈춰 섰다. 뒤돌아보니 백발 사장님이 고개를 들고 안을 보고 있었다. 안은 어색하게 웃으며 대답했다.

"지, 지갑을 놓고 왔어요."

"그래, 그래. 그럼 어쩔 수 없지. 또 오려무나."

관자놀이를 타고 땀이 흘렀다. 안은 예의상 웃으며 인사한 뒤 곧장 자동문 밖으로 나왔다. 뛰어서 도망치고 싶은 마음을 억눌렀다. 아직 백발 사장님이 보고 있을지도 모른다. 아무튼 마지막까지 차분하게 행동해야 했다. 그게 가장 중요했다.

시선을 바닥에 떨군 채 5미터쯤 걸었다. 이제 괜찮을 것 같았다. 안은 뛰기 시작했다. 주머니 속에는 훔친 초콜릿 과자가 들어 있었다.

아, 결국 저지르고 말았다. 진짜 도둑이 되고 말았다.

갑자기 죄책감이 밀려왔다. 울고 싶은 심정이었다. 안은 거우겨우 눈물을 참으며 차를 향해 열심히 내달렸다.

주택가는 고요했다. 하나코는 시부야 고급 주택가에 있는 빈 집 터를 걸었다. 어제는 울타리를 뛰어넘어서 침입했지만 오늘은 정문으로 들어왔다. 마치 하나코가 찾아오기를 기다린 것처럼 철문이 열려 있었다.

아무도 살지 않을 텐데 가을 장미가 탐스럽게 피었다. 재잘거리는 새소리가 들려왔다. 기분 좋은 오후 한때였지만 하나코의 마음은 평온하지 않았다. 대체 이 저택은 무엇일까. 어제는 어두워서 몰랐지만 역시 묘하게 익숙한 느낌이었다.

현관문도 잠기지 않은 상태였다. 배려심 넘치게 슬리퍼까지 놓여 있었다. 신을 갈아 신고 안으로 들어갔다. 다른 누군가가 있는 기척은 느껴지지 않았다.

조금 전 받은 사진에 찍힌 커다란 기둥. 하나코는 그 기둥이 있는 위치도 대강 알고 있었다. 1층 거실과 부엌 사이에 있었다. 거실 천장이 2층까지 탁 트인 구조라 기둥이 지붕까지 이어졌고 기둥 굵기는 50센티쯤이었다. 이 저택에서 가장 중요한 기둥일지도 모른다.

찾았다. 기둥에 새겨진 글자들. 하나코는 무릎을 꿇었다. 그러지 않으면 보이지 않는 위치에 그 글자들이 새겨져 있었다. 비슷한 높이에 홈 세 개가 거의 일직선으로 패였다. 세 아이가 서로 키를 비교한 흔적이었다. 각각의 선 근처에 검은 매직으로 이름이 적혀 있었다. 오랜 세월이 지난 듯했지만, 아직 간신히 읽을 만했다.

가장 오른쪽에 있는 선이 그나마 제일 높은 위치에 있었다. 그 옆에는 '하나코'라고 적혀 있었다. 하나코 자신일까. 높이로 보아 세 살쯤이었을 것 같다.

그 옆에는 '미우', 가장 왼쪽에는 '마우'라고 적혀 있었다. 그런 이름을 가진 친구들은 기억나지 않았다. 아마 아버지나 엄마가 어린 하나코를 데리고 자주 왕래하던 저택이었을 것이다. 그래서 희미하게나마 기억이 남아 있는 것이다. 어젯밤 2층 서양식 방에서 들은 여자아이들의 웃음소리도 예전에 여기서 놀던 시절의 기억 일부일지 모른다. 분명 그럴 것이다. 그 이상의 의미는 없을 것이다.

"생각났어?"

그 목소리에 뒤를 돌아보았다. 한 여자가 거실에 들어왔다. 상당한 미인이었다. 몸에 달라붙는 붉은 드레스를 입었다. 터진 치맛단 사이로 보이는 다리가 아름다웠다.

"좋아 보인다, 하나코."

여자는 그렇게 말하며 미소를 띠었다. 아마 여기에 적힌 '미우'나 '마우' 중 한 명일 것이다. 하지만 하나코는 그보다 중요한 사실을 한 가지 깨달았다.

어제였다. 카즈마의 상사 나가타라는 형사가 부하와 함께 사쿠라바 본가를 찾아와서 이것저것 질문했다. 그때 사진 두 장을 보여줬다. 그게께 시신으로 발견된 남자와 여자의 사진이었다. 지금 앞에 있는 저 여자가 그중 한 장에 찍혀 있었다.

어제 본 사진은 숨어서 찍은 듯한 구도였는데, 실물로 보니 몇 배는 더 아름다웠다. 하지만 중요한 것은 그녀의 미모가 아니었다. 이름이었다. 후타바 미우. 살해된 여성의 이름이었다.

미우. 미우. 어떻게 그 여자가 여기에…. 죽은 게 아니란 말인가.

"그때 우리는 세 살쯤이었어." 수수께끼의 여자가 기둥에 새겨진 흔적을 보고 그립다는 듯 말했다. "네가 여기를 떠나기 반년쯤 전이었을 거야. 사실 나도 기억이 잘 안 나. 하지만 네가 여기를 떠난 뒤에도 우리는 계속 네 이야기를 했어. 하나코는 잘 지낼까? 다음 달에 하나코 생일이네. 그런 이야기를 마우랑 했어."

무슨 소리인지 모르겠다. 하나코가 여기서 살았다는 말인가. 지금 눈앞에 있는 미우와, 마우라는 다른 아이가 함께.

어젯밤처럼 또다시 웃음소리가 들려왔다. 다만 어젯밤보다 목소리가 선명했다. 말소리도 똑똑히 들려왔다.

'하나코, 이리 와.'

'잠깐만, 미우. 나 두고 가지 마.'

'마우 운다. 엄마, 엄마, 마우 울어.'

똑같은 옷을 입은 세 여자아이가 장미로 둘러싸인 정원에서 놀고 있었다. 그 모습을 따뜻한 눈길로 바라보는 여성이 있었다. 엄마 에츠코가 아니었다. 언뜻 보기에 병약해 보일 만큼 가녀린 여자였다.

"지금 생각해 보면 너와 지내던 시절이 제일 좋았어. 그래서 우리는 네가 사라진 뒤에도 계속 너와의 추억을 소중히 여겼어."

"잠, 잠깐만요." 하나코가 드디어 입을 열었다. 입 안이 건조했다. "무슨 말인지 모르겠어요. 제가 여기에서, 이 저택에서 당신들과 함께 살았다는 말이에요?"

후타바 미우라는 여자가 다가왔다. 브랜드는 알 수 없지만 달콤한 향수 냄새가 났다. 미우가 손을 뻗어 하나코의 머리칼을 쓰다듬으며 말했다.

"존댓말 쓰지 마, 우리 사이에. 설마 정말로 우리를 잊어버린 거야?"

하나코는 대답하지 않았다. 어쩐지 불길한 예감이 들었다. 하나코는 열면 안 되는 비밀 상자를 열려고 하는 것일지도 모른다. 그렇다. 판도라의 상자를 말이다.

하지만 이미 늦었다. 여기서 물러설 수는 없었다. 모든 것이 연결되어 있다는 느낌이 들었다. 안이 유괴된 것도, 카즈마가 살인범으로 몰린 것도, 전부 선 하나로 연결된 것 같았다. 그리고 그 선 끝에는 봉인된 하나코의 기억이 있을 것이다.

"이걸 보면 생각날 거야."

미우가 사진 몇 장을 내밀었다. 첫 장은 세 아기가 침대 위에 나란히 누운 사진이었다. 서로 똑 닮은 사랑스러운 세 니사아이. 다른 사진에도 세 여자아이가 찍혀 있었다. 어느새 성장해서 귀여운 포즈를 취할 수 있을 만큼 자랐다.

마지막 사진에는 그 여자가 찍혀 있었다. 세 아이에게 둘러싸여 엷은 미소를 짓고 있었다. 그렇다. 하나코는 이 사람을 안다. 엄마. 틀림없이 그렇게 부르던 사람이었다.

★

"…갑자기 큰 소리가 나서 무슨 일인가 했어요. 확인하러 가보니까 남자가 문을 들이받고 있더라고요. 깜짝 놀랐어요."

미쿠모는 아야세에 있는 편의점에 왔다. 가게 안쪽에 있는 화장실 문이 뜯겨 나간 채 벽에 기대어 있었다. 당연하게도 화장실은 사용이 중지되었고, 그 내용을 알리는 종이가 벽에 붙어 있었다.

"제일 먼저 가맹본부에 보고했습니다. 피해 신고를 할지 말지는 본부가 판단해야 하거든요. 저는 월급쟁이 점장이라서 그런 걸 판단하기는 좀…. 결국 경찰에 신고해서 아까까지 순경님이 있다 가셨어요."

미쿠모는 현장에 도착하자마자 점장에게 자초지종을 들었다. CCTV도 확인했다. 오늘 아침 오전 8시쯤, 가게에 두 남자와 한 여자아이가 들어왔다. 여자아이는 안이었고, 나머지 두 사람은 용의 선상에 오른 덩치 큰 남자들이었다. 안이 화장실에 들어가고 얼마 후 이상한 일이 벌어졌다. 점장이 이야기한 대로, 남자 한 명이 화장실 문을 어깨로 들이받아 억지로 부쉈다.

무슨 일이 일어난 것일까. 미쿠모는 화장실 내부를 보고 대강 상황을 짐작했다. 변기 위에 달린 창문으로 안이 도망쳤으리라. 하지만 안을 찾았다는 소식이 아직 들리지 않는 것을 보면 도망치는 데 실패한 모양이다.

CCTV에 찍힌 두 남자는 요다 류지와 오오이와 아키라라는 전직 프로레슬러였다. 키타센쥬에서 발견된 도주 차량에서도 두 사람의 지문이 검출되었으니 그들이 이 유괴사건의 범인이라는 데에는 의심의 여지가 없었다. 그러나 주동자가 따로 있을 터였다. 천재 범죄자인 그 여자가.

미쿠모는 점장에게 인사하고 밖으로 나왔다. 오후 2시 30분이 되어가는 시각이었다. 밖에서 대기하던 택시를 타고 가장 가까운 파출소로 향했다. 스마트폰에 부재중 전화가 한 통 있어 통화 버튼을 눌렀다. 조금 전에 들른 신주쿠 대학병원으로 연결됐다. 수화기 너머에서 법의학자가 말했다.

"말씀하신 대로입니다. 치아를 치료한 흔적이 일치하지 않아요. 다시 말해 후타바 미우의 시신이 아닙니다."

"그렇군요."

예상한 일이라 미쿠모는 놀라지 않았다. 신주쿠 호텔에서 발견된 시신은 후타바 마우. 미우의 쌍둥이 여동생이었다.

"아까 신주쿠 경찰서의 담당자님께도 전달했습니다. 무척 놀라시더군요."

"감사합니다. 무슨 일 있으면 또 연락 주세요."

전화를 끊었다. 후타바 미우. 경찰청을 무대 삼아 트윈리프라 불리는 부정 입찰 관행을 이어온 당사자. 그리고 미쿠모 레이. L의 일족이 낳은 천재 범죄자. 드디어 꼬리를 잡았다. 그런 느낌이 들었다.

두 사람 다 까다로운 상대였다. 사실 둘을 동시에 상대하고 싶지는 않았다. 하지만 지금은 그런 태평한 소리를 할 때가 아니었다. 최악의 사태를 가정하고 움직일 것. 그것이 할아버지가 가르쳐 주신 탐정의 마음가짐이었다.

"학생, 곧 도착해요."

택시 기사가 그렇게 말했다. 미쿠모는 학생으로 불릴 나이는 아니었지만, 동안이라서 자주 오해를 받았다. 얼마 전에도 수사 때문에 시부야 번화가를 지나가는데, 아이돌이 되지 않겠냐고 길거리 캐스팅을 당했다. 경찰 신분증을 보여주자, 캐스팅을 하려던 남자가 하얗게 질려서는 줄행랑을 쳤다.

택시가 멈췄다. 요금을 내고 택시에서 내렸다. 파출소 안에는 제복 경찰 두 명이 있었다. 미쿠모가 경찰 신분증을 보여주며 설명했다.

"경찰청 수사1과에서 나온 호죠 미쿠모입니다. 유괴사건 수사 때문에 찾아뵀습니다. 이 주변에 범인 일당의 은신처가 있는 것 같습니다. 그 일당은 이 앞에 있는 편의점 화장실을 부순 것으로 보입니다. 부디 협조해주십시오."

젊은 경찰이 어리둥절한 얼굴로 미쿠모를 쳐다보았다. 그런데 옆에 있던 베테랑 경찰이 예상치 못한 움직임을 보였다. 갑자기 일어나서 미쿠모에게 말했다.

"그 편의점이라면 아까 조사했는데…. 어? 혹시 호죠 소신 선생님의 손녀분 아닙니까?"

"마, 맞는데요."

"이야, 이거 참 반갑습니다. 한 20년 전이었나? 도쿄에서 발생한 은행 강도 농성 사건에서 제가 소신 선생님께 도움을 받은 적이 있거든요. 그야말로 쾌도난마였죠. 아, 제가 말이 많았군요. 뭐든 편하게 말씀하십시오."

"가, 감사합니다. 그럼…."

주변 지도를 받아서 방금 그 편의점 위치를 확인했다. 미쿠모는 펜으로 그곳을 표시하고 설명했다.

"범인 일당은 이 화장실을 사용했습니다. 은신처에서 가장 가까운 편의점이 여기였을 가능성이 큽니다. 실행범은 남자 두 명이고 상당한 거구입니다. 편의점에서 반경 3킬로미터 이내를 수색 범위로 잡고 은신처로 쓸 만한 건물이나 시설을 추려 주시면 좋겠습니다."

"맡겨만 주십쇼." 베테랑 경찰이 자기 가슴팍을 탁 쳤다. "범죄 예방 차원에서 눈여겨보던 장소가 몇 군데 있습니다. 당장 목록을 만들죠. 저희도 돕겠습니다. 나눠서 작업하면 오래 걸리지 않을 겁니다."

"감사합니다. 잘 부탁드립니다."

미쿠모는 협조적인 태도에 고마워하며, 돌아가신 할아버지의 위엄을 다시금 실감했다. 그리고 동시에 안을 생각했다.

경찰 일가와 도둑 일가의 유전자를 동시에 물려받은 아이. 화장실 창문으로 도망치려고 하다니, 어쩜 그렇게 무모한 짓을 했을까. 큰일로 번지지 않으면 좋으련만. 불안한 마음이 자꾸만 고개를 내밀었다.

★

"네가 내 자매라고 믿어 의심치 않았어. 그렇잖아. 기억도 안 나는 어린 시절부터 네가 같이 있었으니까. 나하고 마우, 너. 우리 셋은 항상 함께 놀았어. 그 모습을 엄마가 멀리서 다정한 눈으로 지켜봤지. 나의 가장 오래되고 즐거웠던 시절의 추억이야."

후타바 미우는 아득한 과거를 회상하는 눈빛으로 말했다. 하나코는 그녀의 이야기를 듣고 있자니 서서히 기억이 되살아나는 듯했다.

우는 여자아이가 있었다. 그 아이의 손끝에서 피가 배어 나왔다. 실수로 장미를 만진 것 같았다. 그 여자아이는 미우였을까, 아니면 마우였을까.

또 다른 기억에서는 어린 하나코가 피아노를 쳤다. 조그만 손 여섯 개가 건반 위에서 춤을 췄다. 세 여자아이는 정해진 바 없이 신나게 건반을 두드렸다.

"아빠는 거의 집에 들어오지 않았어. 아마 그때부터 부부 사이가 소원했던 거겠지. 하나코, 아빠는 하나도 기억 안 나지?"

전혀 기억나지 않는다. 엄마라 부르던 사람이 희미하게 기억날 뿐이었다.

"엄마는 지금 시설에 있어. 이것저것 모르는 게 많아지는 병에 걸렸거든. 이제는 내가 문병을 가도 누군지 못 알아봐. 하지만 그 나름대로 괜찮은 점이 있는 것 같아. 네가 이곳을 떠난 뒤로 우린 많은 일을 겪었거든."

미우는 입가에 웃음을 띠었지만, 눈은 전혀 웃지 않았다. 그 눈에는 정체 모를 무언가가 숨어 있었다.

"네가 사라지기 전에 아빠가 증발했어. 아빠는 수입 회사를 운영했거든. 뭘 수입했냐고? 당연히 마약이지. 큰 거래가 있던 날, 아빠는 돈을 들고 사라졌어. 원래 빚이 꽤 많았나 봐. 그리고 너까지 사라져서 우리 자매와 엄마만 남았지. 셋이서는 살아남을 수 없었어. 그래서 엄마는 질 나쁜 인간의 애인이 됐어. 엄마는 젊었고 외모도 나쁘지 않았으니까."

저택을 팔고 도쿄에 있는 공동주택으로 이사했다. 좁은 집이었다. 거기서 세 명이 함께 살았다.

"엄마가 버림받은 건 내가 초등학교 6학년이 될 즈음이었어. 쉽게 말해 젊은 여자로 갈아탄 거지. 그래서 수입이 눈에 띄게 줄었어. 그때까지 밖에서 일해본 적도 없던 엄마가 동네 약국에서 아르바이트를 시작했어. 그런데도 돈이 한참 부족했어. 우리가 벌 수밖에 없었지."

미우와 마우는 조숙한 데다 남자를 꾀기에 충분한 미모를 자랑했다. 이를 썩힐 수는 없었다.

"만남 사이트로 남자들에게 접근해서 돈을 뜯어냈어. 특히 돈 많은 남자를 잡았을 때는 둘이 협조했지. 한 명이 속은 척 호텔에 가면 다른 한 명이 그 모습을 사진으로 찍었어."

나중에 그 사진을 보여주며 돈을 요구했다. 많을 때는 한 달에 수백만 엔을 벌어들였다. 그동안 살던 집에서 나와 아파트로 이사했다. 남자를 등쳐 먹은 돈으로 생활했다.

"중학교를 졸업하고 나서 마우는 고등학교에 들어갔어. 그때부터 간호사가 되고 싶다는 소리를 했어. 간호사가 되면 의사한테 접근할 수 있어서 그러는 줄 알았는데, 아무래도 마우는 진심으로 간호사가 되고 싶었나 봐. 하지만 나는 달랐어. 남들이 뭐라든 남자를 등쳐 먹는 게 내 유일한 낙이었어."

남자들은 잘만 걸려들었다. 미모로 남자를 낚는 것은 미우의 일이었고, 마우는 뒤에서 거드는 역할이었다. 하지만 세상사는 뜻한 대로 흘러가지 않는 법이었다. 20대 중반쯤에 등친 남자가 꽤 실력 있는 변호사라 스캔들을 겁내지 않고 피해 신고를 해 버렸다. 그는 인맥을 활용해 열심히 미우와 마우의 행적을 쫓았다. 도망칠 수 없었다. 미우는 경찰에 붙잡혔지만 단독범이라고 바득바득 우겼다. 결국 마우는 증거 불충분으로 풀려났고, 미우만 기소되었다.

"초범이라 집행유예를 받았어. 딱 그때쯤이야, 마우가 이 일에서 손을 떼겠다고 한 게. 원래 자기주장이라곤 없던 애가 그러길래 좋을 대로 하라고 했어. 나는 석방된 뒤에도 혼자 일을 이어나갔어. 최근에는 남자한테서 돈을 뜯어내는 데 그치지 않고 좀 더 효율적으로 버는 방법을 생각해내서 실행에 옮겼어."

일은 순조롭게 진행됐다. 미모로 남자를 낚아서 이용할 만큼 이용했다. 한번 약점을 잡으면 뒷일은 수월했다. 특히 공무원들은 경계심이 강했지만 한번 구워삶는 데만 성공하면 아주 큰 이익을 낳았다. 제 배를 불리려고 오히려 자진해서 움직여줄 때도 있었다. 그러다 반년 전, 대출을 끼기는 했지만, 드디어 이 저택을 다시 사들이는 데 성공했다. 이 저택을 되찾는 것은 미우의 소원이었다. 대출을 허가해준 은행의 부은행장과는 용건이 끝나서 교통사고로 위장해 처리했다.

"아, 맞다, 맞다. 사실 한 3, 4년 전에 우연히 너를 본 적이 있어. 남편이랑 딸이랑 즐겁게 걸어가더라. 그렇게 복잡하고 기괴한 성장 배경을 갖고 있으면서 넌 지극히 평범한 행복을 움켜쥐었다는 듯이 웃었어. 그 얼굴을 보고 생각했지. 도둑맞은 아이 주제에 잘도 행복한 표정을 짓는구나, 라고."

도둑맞은 아이. 무슨 말인지 이해가 되지 않았다. 누군가가 하나코를 훔쳤다는 뜻일까.

"나를, 도둑맞았어? 대체 누구한테…."

"뻔하잖아. 너를 훔친 건 L의 일족이야. 하지만 너한테 L의 일족 피가 흐르는 건 의심의 여지 없는 사실이니 아주 엉뚱한 곳에 가지는 않은 셈이지."

정리해보자면 이랬다. 하나코는 태어나자마자 이 저택에 맡겨졌다. 이유는 알 수 없다. 어쨌든 하나코가 여기서 지낸 것은 사실이다. 그러다가 세 살 때 타케루 일행이 이곳에서 데리고 나갔다.

도둑맞았다는 표현은 적절하지 않다. 오히려 원래 있어야 할 곳으로 돌아간 셈이었다. 타케루와 에츠코는 하나코를 훔친 것이 아니라 자신들의 아이를 되찾은 것이었다.

"하나코, 아직도 모르겠어? 너 정말 순진하다."

미우가 새된 소리를 내며 웃었다. 은근히 하나코를 낮추보는 듯한 웃음이었다. 미우가 이어서 물었다.

"프리즌 베이비라는 말 알아?"

프리즌은 교도소, 베이비는 아기라는 말이다.

"교도소에서 태어난 아기를 그렇게 불러. 여자 수감자가 입소한 후에 임신한 걸 알면 어쩔 수 없이 교도소 안에서 애를 낳아야 하거든. 해외에서는 흔한 일이고, 국내에서도 사례가 없지는 않아."

등줄기에서 식은땀이 흘렀다. 이 사람은 무슨 소리를 하는 것일까.

"옛날에 말이야, 국내 모 교도소에서 태어난 여자아이가 있었어. 맡아줄 곳을 찾을 때까지 그 아이는 교도소에 있는 병원에서 자라야 했어. 그러다 아이를 맡아줄 보육원이 정해져서 사람들이 아기를 교도소 밖으로 데리고 나왔지. 그 틈을 노려 우리 부모님이 아기를 훔쳤어. 네 친엄마에게 부탁을 받았거든."

하나코는 머리를 감싸 안았다. 교도소에서 태어난 아기를 훔쳤다니, 도무지 믿을 수 없는 이야기였다. 절대 믿지 않을 것이다.

"너는 두 번이나 도둑맞은 불쌍한 아이야. 너는 네가 아는 미쿠모 하나코가 아니야. 드디어 네가 이 진실을 아는 날이 왔구나."

복도 쪽에서 발소리가 들렸다. 발소리가 가까워지자, 갑자기 심장이 빠르게 뛰었다.

하나코는 뒤돌아보았다. 발소리의 주인공은 한 여자였다. 온몸에 검은색을 휘감은 여자였다. 얼굴이 낯익었다. 끝을 알 수 없는 공포가 가슴을 옥죄었지만, 한편으로는 형용할 수 없는 그리움이 어렴풋이 느껴졌다.

"하나코, 오랜만이야. 내가 네 친엄마란다."

미쿠모 레이가 만족스러운 표정으로 그렇게 말했다.

그 공장 부지는 철조망에 에워싸여 있었다. 얼핏 봐도 오래 방치된 것처럼 보였다. 미쿠모는 파출소에서 빌려준 지도로 시선을 떨어뜨렸다. 예전에는 자동차 부품 공장이었지만 지금은 사용되지 않는 듯했다. 창문은 대부분 깨져 있었다.

파출소 경찰관들과 관할구역을 분담해 수색하는 참이었다. 그들은 미쿠모에게 파출소에서 기다리고 했지만, 도저히 가만히 있을 수 없어서 자리를 박차고 나왔다. 이 공장은 요다 일당이 목격된 편의점에서 3킬로미터 정도 떨어진 위치에 있었다.

지도에 적힌 메모에는 젊은이들이 여름에 담력 시험을 하러 이곳을 찾는다고 되어 있었다. 확실히 담력 시험을 하기 좋은 장소였다. 부지 안에 덤불이 자라 울창한 숲 같았다. 까마귀 울음소리가 들려 으스스함을 더했다.

미쿠모는 철조망을 따라 걸으며 안쪽을 관찰했다. 잠시 걷다가 철조망이 찢어진 곳을 발견했다. 담력 시험을 하러 오는 젊은이들은 이 틈새로 부지 안에 들어갈 것 같았다. 미쿠모도 그 틈새로 들어가기로 했다. 무슨 일이 생기면 당장 연락할 수 있도록 오른손에는 스마트폰을 쥐었다.

부지 안에 침입했다. 귀를 기울여봤지만, 까마귀 울음소리와 나뭇잎 스치는 소리만 들렸다. 울창한 덤불을 피해 돌아가면서 안쪽으로 나아갔다. 건물이 여러 채인 것 같았다. 공장이 가동되던 시절에는 제법 규모가 큰 회사였을 것이다.

미쿠모는 걸음을 멈추었다. 시야 끝에 수상한 것이 보였다. 나무 그늘에 숨어서 얼굴만 내밀고 앞쪽을 살폈다. 흰색 승합차가 서 있었다. 차 안에는 아무도 없는 듯했다. 잠시 상황을 살피며 차 주변에 아무도 없음을 확인하고는 천천히 다가갔다.

차 안을 관찰했다. 특별히 눈에 띄는 물건은 없었다. 일단 차량 번호를 적어 두었다. 가장 가까운 건물의 셔터가 반쯤 열려 있었다.

실내를 살펴볼 가치가 있을 듯했다. 하지만 혼자서는 너무 위험했다. 지원을 부르려고 스마트폰을 들어 올린 순간, 뒤에서 불쑥 목소리가 들렸다.

"아가씨."

뒤돌아보니, 조수 사루히코가 몸을 낮추고 서 있었다. 미쿠무는 저도 모르게 지를 뻔한 비명을 겨우겨우 삼키고 작은 목소리로 말했다.

"사루히코, 어떻게 된 거야? 여기를 어떻게 알고 왔어? 그보다 병원은? 입원한 거 아니었어?"

"이곳의 위치는 파출소에서 빌린 지도를 보고 알았습니다. 아가씨라면 이곳을 눈여겨보시리라 생각했습니다. 몸은 괜찮습니다. 이런 큰일이 일어났는데 태평하게 병원에 누워 있을 순 없지요."

사루히코는 그렇게 말하며 웃었다. 혈색이 좋아 보였다. 사루히코는 반쯤 열린 셔터를 보고 고개를 끄덕이며 말했다.

"아마 여기가 맞을 겁니다. 안 님이 걱정되는군요. 가시죠."

"잠깐 기다려, 사루히코."

사루히코는 말리는 미쿠무의 목소리를 들은 체 만 체 하며 서슴없이 걸어갔다. 지나치게 적극적이다. 사루히코는 이번 사건에서 활약이 적었다. 그저께 카즈마를 도왔다고 들었지만 그뿐이었다. 여기서 만회하려고 의욕을 불태우는 것일지도 모른다.

셔터를 지나 건물 안으로 들어갔다. 실내가 넓었다. 노출 콘크리트 바닥에 깨진 석고 보드 파편이 굴러다녔다.

"아가씨, 저쪽입니다."

사루히코가 작은 목소리로 말했다. 그의 시선 끝에 보이는 문에서 희미한 소리가 새어 나왔다. 게임 소리 같았다. 발소리를 죽이며 문으로 다가갔다. 가까이 갈수록 소리가 또렷이 들렸다. 문 너머에 누가 있는 것이 분명했다. 미쿠모가 지원을 부르려고 손을 든 순간, 누군가가 손에서 스마트폰을 낚아채 갔다.

어느새 뒤에 남자가 서 있었다. 안 보이는 곳에 숨어 있었나 보다. 조금 전 편의점 CCTV에서 본 남자였다.

"너희 누구야?"

남자는 목 관절을 꺾어 우두둑 소리를 내며 미쿠모를 내려다보았다. 요다라는 전직 프로레슬러였다.

"저한테 맡기십시오."

사루히코가 그렇게 말하며 앞으로 나섰다. 이래 봬도 사루히코는 유도 3단을 자랑하는 실력자이자 할아버지와 아버지를 보필하며 다양한 위기를 극복해온 역전의 용사였다.

사루히코가 기합을 넣으며 요다에게 달려들었다. 하지만 요다는 꿈쩍도 하지 않았다. 사루히코가 업어치기를 하려고 끙끙거렸지만, 요다는 태연하게 서 있었다.

"이게 끝이야, 영감님?"

요다가 사루히코의 몸을 가뿐히 들어 올려 바닥에 내리꽂았다. 그리고 사루히코를 다시 들어 올려 벽에 내던졌다. 벽에 등을 부딪친 사루히코는 그대로 떨어져 바닥에 머리를 박았다.

"사루히코!"

요다가 벽 쪽으로 가서 위에서 사루히코를 내려다보았다. "노친네가 끈질기네." 하며 사루히코의 오른쪽 손목에 수갑을 채우고 다른 쪽 수갑을 근처에 돌출된 배관에 걸었다. 사루히 코는 축 늘어져 있었다. 잠깐 정신만 잃은 것이면 좋겠는데….

"자, 이제 네 차례네."

요다가 그렇게 말하며 미쿠모에게 눈을 돌렸다. 미쿠모는 권총도 갖고 있지 않아서 승산은 제로에 가까웠다. 상대도 이를 아는지 여유로운 미소를 지었다.

"직접 차."

요다가 수갑을 던졌다. 미쿠모는 수갑을 받았다. 지금은 시키는 대로 할 수밖에 없었다. 미쿠모는 양손에 수갑을 찼다. 요다가 다가왔다. 저항이 무색하게도 번쩍 들어 올려졌다.

"안 돼, 이거 놔!"

문을 지나 방으로 들어갔다. 줄곧 여기에서 잠복했는지 도시락 용기와 페트병이 흩어져 있었다. 컴퓨터 모니터가 있었고, 거기에는 공장 내부의 모습이 비쳤다. 보이지 않는 곳에 카메라를 설치해 두었나 보다. 그 덕분에 미쿠모와 사루히코가 침입한 것도 알았으리라.

"내려놔, 내려놓으라고!"

미쿠모는 발버둥 쳤지만, 요다는 꿈쩍도 하지 않았다. 안쪽에 또 다른 방이 있는지 그쪽으로 미쿠모를 데려갈 뿐이었다.

방 밖이 과하게 소란스러웠다. 여자 비명 소리가 들리는 것 같았다. 누가 왔나. 안이 그렇게 생각하며 귀를 기울이는데 문이 벌컥 열렸다. 서 있는 사람은 요다였다. 요다가 어깨에 짊어진 사람을 내동댕이쳤다. 여자의 몸이 땅에 떨어졌다.

"미쿠모 언니!"

안은 반사적으로 달려갔다. 아빠의 친구인 호죠 미쿠모였다. 어릴 때부터 같이 놀아서 잘 아는 사이였다. 안이 아는 사람 중에서 단연코 가장 예쁜 여자였다. 게다가 얼굴만 예쁜 것이 아니라 형사로서도 능력이 뛰어나다고 했다. 그야말로 여자의 귀감인 사람이었다.

"미쿠모 언니, 괜찮아?"

"괜찮아." 미쿠모가 대답했다. 떨어질 때 무릎을 부딪쳤는지 얼굴을 찡그렸다. 양손에 수갑이 채워져 있었다. "그보다 안, 네가 무사해서 다행이다. 다친 데는 없어?"

"응. 난 괜찮아."

요다는 이미 사라지고 없었고, 문은 굳게 닫혔다.

"그래, 다행이다. …저 남자는 누구야?"

미쿠모의 시선을 따라가 보니 오오이와가 있었다. 오오이와는 침대 위에 가만히 누워 있었다. 허벅지에 칼이 꽂힌 상태로 아까부터 계속 잠만 잔다. 이마를 만져 보니 뜨거웠다.

"오오이와 씨야. 음, 어떻게 된 거냐면…"

안은 지금껏 겪은 일을 설명했다. 오오이와와 친해져서 그가 안을 구하려고 탈출 계획을 세운 일, 처음부터 그 계획을 눈치챈 레이라는 여자가 오오이와에게 칼을 꽂은 일. 전부 미쿠모에게 털어놓으려고 했지만, 방금 도둑질을 했다는 이야기는 도저히 할 수 없었다. 미쿠모는 형사였다. 나쁜 도둑을 체포하는 것이 직업이었다.

"그랬구나."

미쿠모가 일어나서 오오이와에게 다가갔다. 상태를 확인하려는 듯했다. 잠시 후 미쿠모가 고개를 들었다.

"출혈 정도를 보니까 동맥은 다치지 않은 것 같아. 그래도 얼른 병원에 데려가는 게 좋겠어."

그 여자가 시키는 대로 안은 물건을 훔쳤다. 훔친 초콜릿 과자를 요다에게 보여주었다. 그러니 오오이와를 병원에 보내줘야 했다. 하지만 레이라는 여자는 아직 나타날 기미가 없었다.

"저기, 미쿠모 언니, 그 레이라는 여자가 진짜로 할부지의 누나야?"

안이 묻자, 미쿠모는 어정쩡한 미소를 지었다. 그 미소를 보니 사실이구나 싶었다. 그 사람도 L의 일족이었다. 게다가 할부지와 할무니보다 무언가가 진한 느낌이 들었다. 무엇이 진한지는 모르겠다. 아무튼 그 여자는 진했다.

미쿠모는 일어나서 방 안을 둘러보았다. 탈출로를 찾는 모양이었지만, 공교롭게도 이 방에는 창문이 없었다. 미쿠모는 체념한 듯 고개를 가로저었다.

"여기서 탈출하긴 힘들겠어. 저기, 안, 하나만 더 가르쳐 줘. 네가 본 사람은 오오이와, 요다, 미쿠모 레이, 이렇게 세 명이지?"

"맞아. 처음에는 오오이와랑 요다뿐이었는데, 오늘 처음으로 레이라는 아줌마가 왔어."

앓는 소리가 들렸다. 오오이와가 가위에 눌렸나 보다. 안이 상태를 보러 다가가자, 때마침 오오이와가 잠에서 깼다. 눈을 반쯤 뜬 오오이와가 미쿠모를 발견하고 경계하는 눈빛을 보냈다. 일어나려고 하는 것을 안이 막았다.

"오오이와 씨는 누워 있어야 돼요. 괜찮아요. 이 언니는 나랑 친한 형사님이에요."

"안에게 얘기 들었습니다." 미쿠모가 몸을 앞으로 기울였다. "저는 경찰청 수사1과 형사입니다. 오오이와 아키라 씨 맞으시죠?"

오오이와가 고개를 끄덕였다. 의식은 아직 또렷한 듯했다.

"저는 요다 류지가 당신을 부추겨 이번 사건에 연루시켰다고 생각합니다. 아니, 애초에 당신들은 종범일 뿐이고, 주범은 따로 있죠. 당신들이 이 사건에 가담하게 된 경위를 가르쳐 주십시오."

"한 5년 전이었나?" 오오이와가 갈라진 목소리로 대답했다. "어떤 여자가 경호 일을 의뢰했어."

자신이 가지고 논 남자가 원한을 품고 목숨을 노린다고 했다. 요다가 인맥으로 소개받은 의뢰였고, 요다와 오오이와는 그 의뢰를 덥석 받아들였다.

"의뢰이우 후타바 미우라는 여자였어. 그 뒤로 그 여자와 한 팀이 됐어."

후타바 미우. 안은 모르는 이름이었지만, 미쿠모는 짚이는 데가 있는지 고개를 끄덕였다. 오오이와가 이어서 말했다.

"이번에도 그랬어. 미우가 얘기를 꺼냈어. 나는 하기 싫었는데, 선배가 돈이 꼭 필요하대서 어쩔 수 없이 받아들였어. 말이 유괴지, 실제로는 여자애를 무사히 돌려보낼 거라고 약속하기도 했고."

"진짜야, 미쿠모 언니." 안은 잠자코 있을 수 없었다. "오오이와 씨는 잘못 없어. 나를 구해주려고 했단 말이야. 오오이와 씨는 잘못 없어. 믿어 줘, 미쿠모 언니."

미쿠모가 안의 머리를 쓰다듬었다. 양손에 채워진 수갑 때문에 불편해 보였다. 그래도 미쿠모는 다정한 눈빛으로 안을 보며 말했다.

"응. 믿어."

다행이다. 안은 안심하며 가슴을 쓸어내렸다. 말을 많이 해서 지쳤는지 오오이와가 다시 눈을 감았다.

"있잖아, 미쿠모 언니. 우리, 집에 갈 수 있지? 아빠가 구해주러 오는 거지?"

"괜찮아. 걱정하지 마. 안의 아빠가 꼭 구하러 올 거야."

미쿠모는 그렇게 말했지만 한순간 눈을 피한 것 같아서, 안은 조금 신경이 쓰였다.

★

그 여자가 곧장 걸어왔다. 미쿠모 레이. 그동안 고모인 줄로만 알았다. 대체 어떻게 된 것일까. 하나코는 잇따라 밝혀지는 진실을 마주하며 망연히 서 있었다.

"사실이야, 하나코. 너는 내가 낳은 아이야. 35년 전 교도소에 들어간 지 얼마 안 돼서 네가 태어났어."

거짓말. 그렇게 소리치고 싶었지만, 혀가 턱에 딱 달라붙은 것처럼 목소리가 나오지 않았다.

"재판 중에 임신한 걸 알았어. 갑자기 속이 안 좋더라. 아기가 생겼구나, 그렇게 짐작했지."

후타바 미우는 어느새 모습을 감추었고, 하나코는 레이와 단둘이 남았다. 레이는 계속해서 말했다. 분하게도 하나코는 그녀의 목소리를 거부할 수 없었다.

"나는 무기징역을 받았어. 임산부가 무기징역을 받는 건 이례적이었지만, 임산부라고 판결이 뒤집히지는 않았어. 경찰을 죽인 죄가 무거운 건 당연해. 나는 배가 부른 상태로 입소했어."

체포 당시 레이는 거대 사기단의 수장이었지만 신분을 위장해 젊은 경찰관과 교제했다. 사기단의 아지트가 적발됐을 때 레이는 마지막으로 남자친구를 만났다. 이별을 고할 생각이었다. 그때 하필 다른 경찰관과 마주쳐 서로 총을 겨누다가 레이의 남자친구가 휘말려 목숨을 잃고 말았다.

"내가 네 이름을 지었어. 화려하게 빛나는 인생을 살길. 그런 바람을 담은 이름이란다. 그렇게 태어난 너는 시설에 맡겨지게 됐어. 그래서 내가 후타바에게 부탁했지. 아, 후타바라는 사람은 내가 이끌던 사기단의 간부야. 간신히 체포되지 않고 도망쳤거든. 그리고 그 사람의 아내가 후타바 미마. 그러니까 미우와 마우의 엄마야."

후타바 부부는 보육원에 가기 위해 교도소를 빠져나온 아기를 훔쳐다가 자기 자식처럼 키웠다. 마침 같은 해에 후타바 미마가 여자 쌍둥이를 출산했다. 세 아이는 병아리처럼 사랑스러워서 동네에서도 귀염기로 유명했다.

"후타바는 내가 체포된 뒤에도 사기단 잔당들과 함께 일을 이어갔어. 그런데 망령이 들었는지 어느 날 돈을 들고 도망쳤어. 아내와 세 딸은 남겨졌고. 그때 나선 사람이 바로 내 귀여운 동생 타케루야."

자신의 조카가 불행해지는 것을 가만히 두고 볼 사람이 아니었다. 타케루는 그 아이를 훔치기로 했다. 어느 날 밤, 타케루는 후타바의 집에 침입했다. 그리고 침대에 누워 평온하게 자는 어린아이를 안아 들었다.

"안 그래도 피가 섞였겠다, 애 엄마는 경찰을 죽인 죄로 무기 징역을 받았겠다…. 자기 자식으로 키우겠다는 타케루의 선택은 어찌 보면 당연했어. 교도소에 갇힌 나는 네가 자라는 모습을 지켜보는 게 유일한 낙이었단다."

레이가 교도관을 제 뜻대로 주물러 수감자답지 않은 파격적인 대우를 받았다는 이야기를 카즈마에게 들은 적이 있었다. 교도소에 있으면서도 지속적으로 누군가에게 사진을 찍어달라고 부탁해 딸이 어떻게 자라는지 지켜본 모양이다.

레이는 5년 전 가석방된 뒤—그 가석방도 사실은 레이가 꾸민 일이었다—행방을 감췄지만 잊을 만하면 하나코에게 접근했다. 그것도 지금 생각해 보니 엄마로서 딸이 어떻게 지내는지 궁금해서 한 행동이었던 것 같다.

"하나코, 그렇게 된 거란다. 너는 내 딸이야."

하나코는 바닥에 주저앉았다. 이제 서 있을 수도 없었다. 그만큼 충격적이었다.

레이의 말은 진실이다. 그런 확신이 들었다. 다른 무엇보다 두 사람의 생김새가 그 사실을 뒷받침해 주었다. 하나코가 나이 들면 저런 느낌을 풍기지 않을까. 그런 생각이 자연스럽게 들 만큼 미쿠모 레이의 얼굴에는 하나코와 닮은 구석이 많았다.

가장 슬픈 것은 하나코 자신이 미쿠모 타케루와 미쿠모 에츠코의 딸이 아니라는 사실이었다. 이제 그 두 사람을 아빠, 엄마라고 부를 수 없는 것일까. 그렇게 생각하자 머리를 세게 얻어맞은 것처럼 멍했다.

하나코는 미쿠모 타케루와 미쿠모 에츠코의 딸이었다. 믿고 안 믿고의 문제가 아니라 너무나 당연한 사실이었다. 도둑 일가의 딸이라는 태생을 저주한 적이 한두 번이 아니었다. 하지만 부모님을 원망한 적은 한 번도 없었다. 가끔 말다툼을 하더라도 하나코는 두 사람을 사랑했고 사랑받는다고 생각했다. 그런데….

"네가 수사1과 형사와 결혼한다는 이야기를 들었을 때 역시 내 딸이구나 싶었어. 도둑 일가의 피를 이어받았으면서 경찰과 사랑에 빠지다니, 이게 유전이 아니면 뭐겠니? 내 딸은 이 세상에 오로지 너 한 명뿐이야, 하나코."

레이가 다가와서 무릎을 꿇고 손을 뻗었다. 레이의 손이 하나코의 뺨에 닿았다. 그 손은 소름이 끼칠 만큼 차가웠다.

"넌 훌륭한 딸이야. 나한테 손녀까지 보여줬잖니."

하나코는 레이의 손을 뿌리쳤다. 그리고 말했다.

"안을 돌려줘. 당신이지? 당신이 안을 납치했지?"

레이가 모습을 드러낸 뒤로 막연히 그런 생각이 들었다. 레이가 한 짓이 아니라면, 하나코를 이런 곳에 불러내지도 않았을 것이다.

"맞아." 레이가 시원스레 인정하더니 태연한 얼굴로 말을 이었다. "그나저나 10억 엔은 준비했니? 제한 시간까지 9시간도 안 남았는데. 무능한 경찰이랑 노닥거릴 시간에 네 머리로 직접 방법을 생각해 봐. 넌 안의 엄마잖아?"

그렇게 나오니 할 말이 없었다. 레이의 말마따나 하나코는 안을 걱정하기만 했지, 자기 힘으로 안을 구하려고 하지는 않았다.

"하나코, 떠올려봐. 범인이, 아니, 내가 처음에 네게 뭘 요구했는지."

그게 걸려온 전화였다. 현금 10억 엔을 요구했다. 아니, 아니다. 정확히는 10억 엔에 상응하는 다른 것도 상관없다고 했다. 값비싼 미술품도 괜찮다는 뜻인 줄 알았는데, 설마….

"드디어 깨달았구나. 그래, 네가 나한테 오면 안을 무사히 풀어줄게. 너한테는 10억 엔만큼의, 아니, 그 이상의 가치가 있으니까."

그런 뜻이었나. 하나코는 마침내 깨달았다. 이 사람의 목적은 처음부터 나였다.

"나는 30년 가까이 교도소에 있었어. 출소하면 뭘 할지 생각하고 또 생각했지. 그때 계획한 걸 지금 조금씩 해나가는 중이야. 덕분에 전부 순조롭게 진행되고 있어. 이 나라 경찰은 정말 한심하다니까."

뼛속까지 범죄자라고 들었다. 레이는 10대 때 마약 매매에 손댄 것을 계기로 하나코의 할아버지 미쿠모 이와오에게 의절당했다. 그 뒤로 L의 일족과 관계를 끊었다. 출소 후에도 모리어타라는 이름을 내세워 인터넷으로 완전범죄 계획을 팔았다고 한다. 어떤 악행을 저질렀다 해도 놀랍지 않지만, 지금은 약간 뒷맛이 썼다. 이 여자는 하나코의 생모이니까.

"그런데 나도 세월에는 못 당하겠더라. 체력이 예전 같지 않아. 그래서 파트너가 필요해. 내가 세운 계획을 한 치의 오차도 없이 실행할 수 있는 파트너가."

"안 돼. 난 못 해."

"할 수 있어, 하나코. 너라면 할 수 있어. 지금은 선량한 일반인인 척 가면을 썼을 뿐이잖니. 너한테 L의 일족 피가 흐르는 건 분명한 사실이야. 그 유명한 미쿠모 이와오가 천재라 칭할 만큼 훌륭한 피가."

이 사람은 하나코를 범죄자로 만들 속셈이었다. 하지만 그럴 일은 절대 없다. 하나코는 형사의 아내이다.

"도둑 일가의 딸이 일반인으로 사는 데는 한계가 있어. 너도 진작에 깨달았잖아. 특히 너는 형사인 남자를 택했으니 더 그렇겠지. 경찰 일가의 아들과 도둑 일가의 딸. 영원히 섞일 수 없는 물과 기름 같은 관계지. 너희 가족은 머지않아 파국에 이를 거야. 내가 장담해."

"당신이 그런 소리—"

"나니까 할 수 있는 말이야. 나도 딱 너처럼 경찰을 사랑했으니까. 그래, 아직은 괜찮겠지. 하지만 앞으로 안이 크면 어떻게 될까? 분명히 분기점이 찾아올 거야. 그러면 넌 반드시 선택해야 해. 사쿠라바 가문을 택해야 할까? 아니면 미쿠모 가문을 택해야 할까? 그 어려운 선택을 앞에 두고 고뇌하는 네 얼굴이 벌써부터 눈에 선하구나."

하나코는 바보가 아니다. 이미 여러 번 그런 고민을 거쳤다. 그리고 한참 전에 결론을 내렸다. 반드시 한쪽 집안을 골라야 하는 순간이 온다면, 하나코는 조금도 망설이지 않고 사쿠라바 가문을 고를 것이다. 안을 도둑으로 만들 수는 없으니까.

"불가능해." 하나코의 각오를 깔보듯 레이가 딱 잘라 말했다. "넌 사쿠라바 가문의 일원이 될 수 없어. 너한테는 도둑의 피가 흐르니까. 발악해봤자 너는 미쿠모 가문 사람이고, 평생 거기서 벗어날 수 없어."

이름은 개명으로 바꿀 수 있고, 얼굴은 성형 수술로 바꿀 수 있다. 하지만 하나코의 몸에 흐르는 L의 일족의 피만은 절대 바꿀 수 없다.

"어차피 언젠가 파탄 날 게 뻔하니까 지금 나한테 와, 하나코. 간단하잖아. 틀림없이 재미있을 거야. 모녀끼리 같이 살자. 전 세계를 여행하면서."

"만약 내가 거절하면?"

"당연한 걸 묻는구나. 안은 내가 가질 거야. 네가 싫다는데 어쩌겠어? 그 아이를 대신 데려가야지. 그 아이는 내 손녀잖니. 아직 어리니까 키우는 맛이 있을 거야. 훌륭하게 내 뒤를 이어주겠지. 게다가 그 아이는 지금쯤…."

레이가 웃음을 참듯 입을 가렸다. 이 여자는 이런 상황에서 뭐가 우스운 걸까.

"안 돼. 안은 절대 못 데려가."

"그럼 답 나왔네. 네가 오는 수밖에."

레이는 일어나며 미소 지었다. 이겼다는 듯 의기양양한 표정이었다.

지금은 이 여자가 말하는 대로 따르는 수밖에 없겠다. 하나코는 그렇게 마음을 다잡았다. 하지만 아직 기회는 있다. 카즈마가 반드시 구하러 올 것이다.

"그러고 보니," 레이가 연극배우 같은 어조로 말했다. "네가 사랑해 마지않는 남편 말이야. 지금 병원에 있어. 미우가 약을 먹었다더라."

순간 머릿속이 하얘졌다. 레이가 무슨 말을 하는지 이해할 수 없었다. 방금, 카즈마가 입원했다고 한 것인가?

"잠, 잠깐. 그게 무슨 말이야? 카즈마가, 우리 남편이 입원을…."

"말 그대로야. 사건의 진실에 너무 근접해서 말이야. 미우가 숨겨 놓은 약을 먹고 병원에 실려 갔대. 의식불명에 중태라나? 깨어나면 좋겠지만, 모르지 뭐."

조금 전 집에 있을 때, 시아버지 노리카즈에게 전화가 왔다. 지금 생각해 보니 그때 노리카즈의 목소리가 이상했던 것 같다. 카즈마의 상태를 듣고 건 전화였을지도 모른다. 하나코에게 괜한 걱정을 끼치지 않으려고 아무 말도 하지 않은 것일까.

"하여튼 미우는 사고뭉치라니까. 죽이라는 말은 한마디도 안 했는데. 참고로 미우하고 나는 오래된 사이야. 그 아이는 내가 복역 중일 때도 자주 면회를 와줬어. 수양딸 같은 아이라고나 할까?"

이제 레이의 말은 귀에 들어오지 않았다. 그냥 스쳐 지나갈 뿐이었다. 레이가 하나코의 어깨를 잡고 억지로 일으켜 세웠다. 하지만 다리에 힘이 들어가지 않았다. 카즈마가 정말….

"이제 시간이 됐어. 가자, 하나코."

믿지 않을 것이다. 믿고 싶지 않다. 하나코를 낳아준 엄마가 정말 이 여자란 말인가.

"안에게 인사하러 가야지. 마지막으로 만나게 해줄게."

저항할 수 없는 희한한 감각이었다. 친모녀란 바로 이런 것일까. 보이지 않는 인연으로 묶인 느낌이었다.

하나코는 레이를 따라 걸었다. 걸음이 불안정했다. 마치 늪속을 허우적거리는 것 같았다. 꿈이라면 얼른 깨고 싶다. 진심으로 그렇게 바랐다.

미쿠모가 갇힌 곳은 노출 콘크리트로 된 네 평 남짓한 방이었다. 오래된 침대가 하나 있었고 그 위에는 오오이와라는 남자가 누워 있었다. 오른쪽 대퇴부에 칼이 꽂힌 상태였다.

여기에 갇힌 채 어영부영 1시간 넘게 시간을 흘려보냈다. 오후 4시를 넘어가고 있었다. 창문이 없는 방이었고 출입문은 밖에서 잠겼다. 예전에는 창고로 사용되었을 것이라고 미쿠모는 추측했다. 구석구석 살펴봤지만, 환기구조차 보이지 않아서 밖으로 탈출하기는 불가능했다.

이제 제한 시간까지 8시간도 남지 않았다. 파출소에서 만난 경찰관들이 주변 지역을 수색하고 있을 것이다. 그들이 이곳을 찾아내면 가장 좋겠지만 거기에 너무 기대서는 안 된다. 자력으로 이 상황을 타개할 방법이 없을까. 미쿠모는 계속 그 생각만 했다.

안에게 물어보니 용변은 이 공장 밖 수풀 속에서 해결했다고 한다. 안은 초등학교 3학년밖에 안 된 여자아이인데 그동안 고생했을 생각을 하니 미쿠모는 짠한 마음이 들었다.

그러나 볼일을 밖에서 봐야 한다는 사실을 이용하지 않고 썩히기는 아까웠다. 화장실을 핑계로 도망칠 수 있지 않을까. 지금은 요다라는 전직 프로레슬러 한 명만 상대하면 된다. 잘하면 미쿠모와 안은 도망칠 수 있을 것이다. 하지만 그렇게 되면 오오이와라는 남자는 여기에 두고 갈 수밖에 없었다. 저 상태로 데리고 가려다가는 짐만 될 것이다.

"저기, 안."

미쿠모가 안을 불렀다. 안은 줄곧 오오이와 옆에 앉아 있었다. 안이 미쿠모를 돌아보았다.

"있잖아, 안. 화장실에 가는 척하면서 여기서 도망치는 게 어떨까 싶어. 만약 도망치지 못하더라도 바깥 상황을 살필 수 있으니까 절대 손해는 아니야. 그런데 안, 저 오오이와라는 오빠는 데려갈 수 없어."

안은 조용히 미쿠모의 말에 귀를 기울였다.

"탈출에 성공하면 곧장 경찰서에 가서 구급차를 부르자. 그러면 저 오빠도 틀림없이 살 수 있을 거야. 버리고 가는 게 아니야. 저 오빠를 구하기 위해서라도 우리가 여기서 탈출해야 해."

안은 대답할 생각이 없어 보였다. 원래는 훨씬 활발하고 행동력 있는 아이였다. 지금은 어쩐지 기운이 없는 느낌이었다.

"안, 왜 그래? 몸이 안 좋아?"

벌써 갇혀 지낸 지 사흘째였다. 몸에 이상이 생겼대도 놀랍지 않았다. 하지만 안은 고개를 흔들며 대답했다.

"아니야, 미쿠모 언니. 그게 아니야. 나 있잖아…."

안이 그렇게 말하며 바지 주머니에 손을 넣었다. 거기서 나온 것은 초콜릿 과자였다. 한입 크기라서 미쿠모도 종종 편의점에서 사서 가방 속에 넣어두는 과자였다. 안은 과자 봉지를 꼭 쥐며 말했다.

"이거 있잖아, 내가 훔친 거야. 가게에서 훔쳤어."

"그게 무슨 말이야?"

"아무거나 하나만 훔치면 오오이와 씨를 병원에 데려가 준다고 했어. 그래서 내가…."

안이 이 과자를 직접 훔쳤다는 뜻인가. 아니, 정확히는 훔치도록 강요당했다는 뜻이다. 그런데….

"누가 그런 걸 시켰어?"

"아줌마가. 미쿠모 레이라는 아줌마가 그랬어."

역시 그 여자인가. 아무리 그래도 너무 가혹하다. 다친 친구를 구하려는 안의 착한 마음을 이용해 나쁜 짓을 시키다니 이 얼마나 악질인가. 그런 가혹한 방식은 절대 용서할 수 없었다.

"미쿠모 언니, 나 체포돼? 밧줄에 묶여서 끌려가?"

안은 닭똥 같은 눈물을 뚝뚝 흘렸다. 죄책감 때문에 괴로운 가 보다. 미쿠모는 안의 어깨에 손을 얹고 말했다.

"안의 잘못이 아니야. 범인들이 나쁜 놈들이야. 언니가 꼭 체포할게. 그러니까 울지 마, 안."

안은 좀처럼 눈물을 그치지 않았다. 이렇게 순수한 눈물은 오랜만에 보는 것 같아서 가슴이 찡했다. 이렇게 티 없이 맑은 아이를 울리다니, 미쿠모 레이를 놓치면 안 될 이유가 또 하나 늘었다.

문밖에서 인기척이 들렸다. 미쿠모는 안을 보호하듯 등 뒤에 숨겼다. 문이 열렸다. 먼저 들어온 사람은 요다였다. 뒤이어 들어온 사람은 붉은 드레스를 입은 여자였다.

"처음 뵙겠습니다, 탐정님. 얼굴이 정말 귀여우시네. 꼭 인형 같다."

여자가 말했다. 조롱하는 표정이었다. 미쿠모는 여자의 얼굴을 올려다보며 말했다.

"살아 있었군요, 후타바 미우 씨."

여자는 요염한 분위기를 풍겼다. 이런 폐공장에 있는데도 그녀만은 눈부신 밤의 세계에서 살짝 빠져나온 것처럼 보였다. 남자를 능숙하게 홀린다고 들었는데, 수긍이 갈 만한 미모였다. 숨 막히는 아름다움이란 바로 이런 것이구나 싶었다.

"역시 대단하네요, 탐정님. 벌써 아시는구나."

"신주쿠 호텔에서 발견된 시신은 당신의 쌍둥이 동생 후타바 마우죠. 사건의 발단은 당신이 관공서를 상대로 시행한 부정 입찰이었습니다. 당신은 트윈리프라는 이름으로 그 사건에 관여했어요."

미우는 간부들과 은밀히 교류하면서 사전에 입수한 입찰 정보를 팔아 돈을 벌었다. 도쿄 경찰청에서는 예로부터 역대 차장이 트윈리프를 상대했는데, 쿠로마츠 치안감이 작년에 차장직에서 내려오자 이번 사건이 시작되었다.

"당신은 쿠로마츠의 비위를 맞추려고 그의 옛 부하 히로세에게 일감을 넘겼습니다. 하지만 쿠로마츠가 사임하자 그를 신경 쓸 필요가 없어졌죠. 내쳐진 히로세는 당신에게 강한 분노를 느꼈고, 나아가 살의까지 품게 됐습니다. 그때 당신은 한 가지 계책을 생각해냈습니다. 당신을 향한 분노를 이용해 방해만 되는 여동생 마우를 없애버리기로 한 거죠."

"용케도 알아냈네, 이 짧은 기간에." 미우가 말했다. 붉은 드레스가 잘 어울렸다. 립스틱도 짙은 붉은 색이었다. "마우는 옛날부터 고지식한 애였어. 예전에는 가끔 나를 도와줬지만 최근에는 정서가 불안정해져서는 같이 자수하자는 헛소리나 해댔지. 그래서 없앨 수밖에 없었어. 그때 마침 히로세가 내 목숨을 누리는 걸 알았고."

히로세의 살의를 이용해 동생 마우를 없앨 계획이었다. 그야말로 비열하기 짝이 없었다. 미우의 예상대로 히로세가 마우를 살해한 것까지는 좋았지만….

"하지만 당신의 계획은 실패했죠. 히로세가 알아차렸거든요. 자신이 죽인 사람이 언니 미우가 아니라는 걸요."

"왜 그렇게 생각하지?"

미우가 물었다. 대화를 즐기는 기색이 엿보였다. 자신이 절대적 우위에 있음은 변하지 않는다는 듯 우월감에 빠진 모습이었다. 요다가 팔짱을 끼고 미쿠모를 지켜보았다. 확실히 완력으로는 승산이 없겠다.

"당신의, 아니, 신주쿠 호텔에서 발견된 시신의 사진을 처음 봤을 때 조금 의아했습니다. 왜 시신이 알몸일까 하고요."

시신은 옷을 벗은 채 욕조에 누워 있었다. 하지만 그녀는 목욕하다가 총을 맞은 것이 아니었다. 객실에서 총을 맞고 욕실로 옮겨진 다음 거기서 알몸이 되었다. 대체 왜 그래야만 했을까. 그런 의문이 들었다.

"히로세는 자신이 죽인 사람이 정말 후타바 미우인지 의구심이 들어 시신의 옷을 벗겼습니다. 언니에게만 있는 신체적 특징을 확인하기 위해서였죠."

일란성 쌍둥이끼리는 당연히 외모가 비슷하다. 그러니 두 사람을 구분하려면 후천적으로 생겨난 신체적 특징을 확인해야 했다.

"아마 문신이 아니었을까 싶습니다. 당연히 히로세도 당신에게 쌍둥이 동생이 있다는 걸 알았을 테고, 원래는 형사였으니 그 정도는 의심했을 법합니다. 그래서 언니에게만 있는 문신을 확인하려고 한 겁니다. 하지만 어디에 문신이 있는지 몰랐던 히로세는 옷을 전부 벗겨서 확인할 수밖에 없었습니다."

미우는 치마를 걷어 올렸다. 허벅지 위쪽에 새빨간 나비 문신이 있었다.

"정답. 이건 마우한테는 없고 나한테만 있는 거야. 히로세가 이 문신을 알 거라곤 상상도 못 했어."

그 호텔에서는 다른 작전도 동시에 진행되었다. 카즈마를 재워서 시신이 있는 현장에 옮기는 작전이었다. 꼭대기 층 바에 부하를 심어 카즈마의 잔에 수면제를 타도록 손을 썼다. 뒷일은 간단했다. 복도 CCTV에 살짝 장난을 쳐놓고 카즈마를 방에 옮기면 끝이었다.

안을 유괴한 것과 마찬가지로 그 작전 또한 미쿠모 레이가 계획했을 것이다. 미쿠모 레이가 이런 짓을 하는 근본적인 동기는 불확실했지만, 아마 카즈마에게 누명을 씌워 미쿠모 가문과 사쿠라바 가문을 일시적으로 마비시키려는 목적이었을 것이다. 그 증거로, 히로세는 카즈마가 소지하던 권총으로 마우

를 죽였다. 아마 레이가 꾸민 일이었겠지만, 지금은 안이 옆에
서 듣고 있어 카즈마를 구체적으로 언급할 수 없었다. 그러지
않아도, 안은 이미 마음에 깊은 상처를 입었다.

"그래서 당신은 직접 히로세를 처리할 수밖에 없었습니다.
당신이 히로세를 죽인 거죠?"

"글쎄." 미우가 모호하게 대답했다. 부정하지 않는 것으로 보
아 그녀의 짓이 확실했다.

히로세는 범인을 집에 들였다. 미우는 히로세에게 다시 연락
해 예전처럼 일감을 주겠다고 사탕발림해서 그의 집에 들어간
것이 아닐까. 물론 카즈마가 연관된 것처럼 조작하려고 시간까
지 철저히 계산했을 것이다. 미우에게 지시를 내린 사람은 그
여자가 틀림없었다.

즉흥과 계산. 적이지만 그 두 가지의 균형이 완벽했다. 지난
사흘간 미쿠모와 카즈마는 미쿠모 레이의 손바닥 위에서 놀아
났을 뿐이었다.

"생각했던 것보다 더 영리하네, 우리 탐정님."

"난 탐정이 아닙니다. 형사입니다."

"형사나 탐정이나. 아무튼 추리 놀이는 여기까지야. 따라와."

여기서 나간다는 말인가. 경찰이 이 주변을 수색하는 것을
눈치챈 모양이다. 그게 아니라면 왜 아지트를 포기하겠는가.

"저기요, 오오이와 씨는 어떻게 해요? 여기 두고 갈 수는 없
어요."

안이 울먹이며 말했다. 밖으로 나가려던 미우가 걸음을 멈추고 돌아섰다. 그리고 안의 머리를 쓰다듬으며 말했다.

"오오이와는 내 소중한 부하란다. 죽게 내버려 둘 리가 없잖아. 곧 구급차가 올 거야."

"정말요?"

"그럼. 나는 태어나서 지금까지 한 번도 거짓말을 한 적이 없는걸."

가만 듣자니 어처구니가 없었다. 이 여자는 엄청난 베테랑 사기꾼이었다. 하지만 괜히 그 이야기를 꺼내서 안을 불안하게 할 수는 없었다. 미쿠모는 침대에 누운 오오이와를 보았다. 지혈이 잘 되어 밤까지는 겨우겨우 버틸 수 있을 것 같았다.

"둘 다 얼른 나와."

요다가 말하자, 미쿠모는 안과 함께 밖으로 나갔다. 어지러운 방을 지나 넓은 작업공간에 들어섰다. 벽 쪽에서 등을 돌리고 누운 사루히코가 보였다. 아직 의식이 돌아오지 않은 모양이다. 미우가 사루히코를 전혀 신경 쓰지 않는 듯해 미쿠모는 안도했다.

이제 다른 아지트로 끌려갈 것이다. 그리고 그곳에는 틀림없이 그 여자가 있을 것이다. 이 모든 것을 계획한 그 여자가.

"넌 뭐야?"

앞서 걷던 요다가 갑자기 걸음을 멈췄다. 앞에서 웬 남자가 걸어왔다. 백발 노인이었다. 길을 헤매다 실수로 들어온 것일까.

그런 생각이 들 정도로 이 장소와 어울리지 않는 노인이었다.
노인은 지팡이를 짚으며 걸어왔다.

누군가가 미쿠모의 손을 잡았다. 옆을 돌아보니, 안이 미쿠모
의 손을 꼭 쥐고 정체불명의 침입자를 진지한 눈빛으로 보고
있었다.

★

확실했다. 술집 계산대에 있던 그 할아버지였다. 안은 눈을
동그랗게 뜨고, 걸어오는 할아버지를 바라보았다. 옆에 있던 미
쿠모의 손을 자기도 모르게 꼭 쥐었다. 그러지 않으면 불안해
서 견딜 수가 없었다.

"왜 그래? 안."

미쿠모가 그렇게 물었지만, 안은 대답할 수 없었다. 할아버지
를 응시했다. 설마 저 할아버지가 안을 잡으러 온 것일까.

"그 이상 가까이 오지 마."

요다가 위협적으로 말했지만, 할아버지는 충고를 무시하고
걸어왔다. 결국 요다 앞까지 와 버렸다. 할아버지는 그제야 멈
춰서서 요다를 올려다보며 말했다.

"안녕하시오. 별고 없소?"

"당신 미쳤어?"

"저기 있는 꼬마 아가씨에게 용건이 있소. 꼬마 아가씨가 실
수로 우리 집 물건을 가져간 것 같아서 말이오."

"뭔 소린지 모르겠네. 당신 저 가게 할배지?"

요다도 노인의 정체를 알 터였다. 요다는 뒤돌아보며 미우라는 여자에게 시선을 던졌다. 지시를 기다리는 듯했다. 미우는 고개를 살짝 들어 턱짓했다. 그 모습을 보고 요다가 악랄한 표정으로 고개를 끄덕였다.

"미안하게 됐어, 할배."

요다가 굵은 오른팔을 휘둘렀다. 하지만 할아버지에게는 닿지 않았다. 요다는 이어서 왼팔을 휘둘렀지만, 할아버지는 주먹을 피하더니 어느 틈에 안 앞으로 성큼 다가왔다.

"꼬마 아가씨, 돌려주련?"

할아버지가 내민 오른손을 보고 안은 바지 주머니에서 초콜릿 과자를 꺼냈다. 할아버지에게 건네면서 고개를 숙였다.

"죄송해요. 다시는 안 그럴게요."

"착하구나."

할아버지는 만족스럽게 고개를 끄덕였다. 그런데 안이 여기에 있는 것을 어떻게 알았을까. 옆을 보니 미쿠모도 고개를 갸웃거리고 있었다.

"이 노친네가 어디서 장난질이야?"

요다가 그렇게 말하며 뒤에서 덤벼들었다. 하지만 할아버지는 뒤통수에 눈이 달린 것처럼 뒤를 돌아보지도 않고 주먹을 피하더니 손에 든 지팡이로 요다의 손등을 탁 쳤다.

"이 자식이…."

요다가 으르렁거리며 주먹과 발길질을 퍼부었지만, 할아버지는 한 번도 맞지 않았다. 맞기는커녕 손에 든 지팡이로 반격을 가해는데, 그때마다 날카로운 소리가 울려 퍼졌다. 요다의 코에서는 어느새 코피가 흘렀다.

하지만 할아버지가 우세한 상황도 오래가지는 못했다. 요다가 할아버지의 옷깃을 붙잡았다. 요다는 전직 프로레슬러인 데다 올림픽 레슬링의 명수라고 했다. 요다는 할아버지를 단숨에 들어 올려 업어치기로 바닥에 내던지려 했다.

할아버지가 위험하다.

하지만 할아버지는 공중에서 한 바퀴 회전한 뒤 깔끔하게 착지했다. 그런데 이상한 변화가 있었다. 백발이던 할아버지의 머리카락이 검게 변했다. 자세히 보니 요다가 하얀 가발을 손에 쥐고 있었다.

"여기까지인가."

할아버지가 그렇게 말하며 턱 쪽을 잡고 얼굴을 벗겨내자 변장이 풀렸다. 안은 저도 모르게 펄쩍 뛰며 소리쳤다.

"할부지!"

"안, 오래 기다렸지?"

할부지는 지팡이를 내던졌다. 조금 전 그 가게에 있던 사람은 할부지였다. 다시 말해 할부지는 그 가게에 안이 올 줄 알고 변장한 채로 가게를 지킨 것이다. 할부지는 정말 대단하다. L의 일족을 이끄는 사람다웠다.

"미쿠모 타케루. 제 발로 여기까지 와주다니 고맙네."

미우라는 여자가 말했다. 이 사람에게는 왠지 호감이 가지 않았다. 치파오 같은 드레스 차림이었다. 슈퍼 히어로 드라마에 나오는 변신 영웅처럼 붉은색 옷이었지만, 전혀 정의의 히어로로 같지 않았다. 오히려 표독스러운 악역 같았다.

미우와 요다가 동시에 할부지에게 접근했다. 둘이서 할부지를 쓰러뜨리려는 속셈이었다. 하지만 할부지는 여유로운 미소를 지었다. 요다의 발차기를 피하고 미우가 내지른 오른손을 피했다. 미우의 손에는 어느새 검은 무언가가 들려 있었다. 전기충격기였다.

처음에는 팽팽한 접전을 벌이는 듯 보였지만, 아무래도 둘을 동시에 상대하기는 버거웠는지 할부지가 조금씩 밀리기 시작했다. 그러나 할부지는 반격 자세를 유지하며 빈틈을 노려 발차기와 주먹을 퍼부었다.

그때 뒤에서 발소리가 들렸다. 돌아보니 오오이와가 있었다. 다리를 질질 끌며 걸어왔다. 오오이와를 발견한 미우가 말했다.

"오오이와, 마침 잘 왔다. 너도 가세해."

"알겠습니다, 보스." 오오이와는 고분고분 고개를 끄덕였다. 3 대 1이 되면 할부지에게는 승산이 없다. 그나저나 오오이와는 괜찮을까. 오른쪽 허벅지에는 여전히 칼이 꽂혀 있었다.

오오이와가 우렁찬 고함을 질렀다. 오른쪽 다리에 꽂힌 칼을 뽑아 바닥에 던졌다. 환부에서 피가 뿜어져 나왔다. 오오이와는 개의치 않고 할부지를 향해 거세게 돌진했다. '할부지, 위험해!' 안이 그렇게 생각한 순간, 오오이와는 불현듯 방향을 틀어서 요다를 덮쳤다. 요다는 오오이와의 거대한 몸을 겨우겨우 받아냈다.

"해보자는 거냐, 오오이와?"

곧 두 사람의 싸움이 시작됐다. 처음에는 기습에 성공한 오오이와가 우세했지만, 얼마 지나지 않아 요다의 공격이 눈에 띄게 강해졌다. 오오이와는 다친 상태라 아무래도 몸이 마음처럼 움직이지 않는 것 같았다. 그래도 포기하지 않고, 맞고 또 맞으면서도 요다와 맞서 싸웠다. 얼굴은 더욱 처참하게 부풀어 올랐다.

"이제 그만…."

안은 그렇게 외치다가 말을 삼켰다. 이게 아니다. 오오이와는 프로레슬러였다. 링 위에서 응원을 들으며 싸우는 프로레슬러였다. 그러니 지금 오오이와에게 해야 할 말은….

"힘내, 오오이와!"

그 말에 오오이와가 되살아나는 듯했다. 요다의 주먹이 날아오는데 일부러 앞으로 나서서 이마로 받아냈다. 요다는 주먹이 아픈지 얼굴을 찌푸리며 오른손을 붙잡았다. 오오이와는 그 틈을 놓치지 않고 연달아 박치기를 했다. 요다는 버티지 못하고 다운됐다.

오오이와가 옆에 있던 공장 기계 위로 기어올랐다. 그리고 합장하듯 양손을 모았다. 오오이와의 필살기 다이빙 헤드 버트였다.

"오오이와, 해치워 버려!"

오오이와가 날았다. 그대로 요다의 가슴팍에 머리부터 떨어졌다. 안의 발밑이 흔들릴 정도로 강한 충격이 번졌다. 요다는 조금도 움직이지 않았다. 기술을 성공시킨 오오이와도 대자로 뻗었다. 3카운트를 세는 심판은 없었지만, 오오이와의 승리임은 분명했다.

안은 반사적으로 오오이와에게 달려갔다. "괜찮아요?"라고 말을 걸며 오오이와의 얼굴을 들여다보았다. 오오이와는 가쁜 숨을 몰아쉬었다.

"내가 이겼어…?"

오오이와가 그렇게 말하자, 안이 대답했다.

"네. 오오이와 씨가 이겼어요."

"그렇구나."

오오이와는 만족스러운 미소를 지으며 눈을 감았다. "안." 하는 목소리에 뒤를 돌아보니, 미쿠모가 서 있었다. 미쿠모의 허리띠에 작은 케이스가 달려 있었고, 그 안에는 사용하지 않은 수갑이 있었다. 요다에게 채우라는 의미로 해석한 안은 양손을 쓰지 못하는 미쿠모 대신 기절한 요다에게 수갑을 채웠다.

'맞다. 할부지는 어떻게 됐지?'

다른 곳에서 할부지와 미우가 싸우고 있었다. 할부지가 훨씬 우세해 보였고 미우는 가쁜 숨을 몰아쉬었다. 역시 할부지는 강하다. 미우가 절박하게 휘두르는 전기충격기를 피하고 그 손목을 잡아 비틀었다. 그리고 미우의 복부에 전기충격기를 갖다 댔다. 미우는 경련하듯 몸을 떨다가 그 자리에 쓰러졌다.

"간만에 애를 먹었군. 대단한 여자야."

할부지는 그렇게 말하며 미우를 내려다보다가 안에게 걸어왔다. 살았다. 그런 생각이 들자 안은 갑자기 묵직한 피로를 느꼈지만, 그보다 기쁨이 훨씬 컸다.

"안, 다친 데는 없니?"

"응. 난 괜찮아."

"안은 강한 아이구나."

그렇게 말하며 다가오는 할부지에게 안이 달려가 안기려고 한 순간이었다. 휙 하고 공기를 가르는 소리가 들리더니, 다음 순간 할부지가 쓰러졌다. 오른쪽 무릎을 부여잡은 채였다.

"타케루, 오랜만이다."

미쿠모 레이가 서 있었다. 손에는 권총처럼 생긴 눌선을 들고 있었다. 그보다 놀라운 것은 레이 옆에 엄마가 있다는 사실이었다. 하지만 엄마는 평소의 엄마가 아니었다. 안의 시선을 피하려는 듯 엉뚱한 곳을 바라보고 있었다.

'드디어 나타났구나, 미쿠모 레이.'

미쿠모는 무릎을 짚고 일어났다. 요다는 수갑으로 결박해 두었고, 오오이와의 환부에는 지혈대를 막 고쳐 맨 참이었다. 미우는 전기충격기 때문에 정신을 잃었다. 당분간 일어나지 못할 것이다.

"무, 무슨 장난질을…."

타케루가 그렇게 말하며 일어나려고 하자, 레이는 손에 든 총을 망설임 없이 쏘았다. 다시 공기를 가르는 소리가 들리더니, 타케루가 반대쪽 다리를 부여잡았다. 타케루는 이상하다는 듯 자신의 두 다리를 바라보았다.

"이건 내가 개발한 마취총이야. 의료용 국소 마취제가 들어 있지. 이걸 맞은 신체 부위는 일시적으로 마비돼서 한동안 움직일 수 없어. 잘만 쓰면 사람을 죽일 수도 있지. 이렇게." 레이가 주저앉은 타케루의 가슴에 총구를 겨누었다. "심장을 쏘면 돼. 심장이 마취되면 어떻게 될까. 똑똑한 탐정님이라면 알겠지?"

레이가 유쾌하게 웃었다. 타케루의 누나인지라 60세를 넘었을 테지만, 외모는 40대라 해도 믿을 만큼 젊어 보였다. 검은 롱스커트에 검은 블라우스 차림이었다. 레이 옆에는 하나코가 있었는데 상태가 영 이상했다. 넋이 나갔다고 할까. 멍해 보였다. 유괴된 딸과 재회했으니 한마디 말이라도 할 법한데 안과 눈도 맞추지 않았다. 엄마가 이상한 것을 눈치챘는지 안도 당황한 기색으로 우두커니 서 있었다.

"하나코, 네 딸에게 작별 인사 하렴."

무슨 뜻일까. 하나코는 고개를 푹 숙이고만 있었다. 타케루가 목소리를 쥐어짜 말했다. 그 얼굴에 분노가 가득했다. 타케루가 그런 표정을 짓는 것은 보기 드문 일이었다.

"누님, 설마 하나코에게 그 이야기를…."

"맞아. 했어. 하나코가 사실은 네 딸이 아니라 내 딸이라고 말이지. 하나코도 처음에는 당황하는 것 같더니 잘 설명하니까 이해해주더라."

잠깐. 뭐라고? 미쿠모는 동요하는 자기 자신을 느꼈다. 저 여자가 방금 하나코가 자기 딸이라고 말한 건가?

미쿠모는 타케루의 표정을 보고 깨달았다. 레이의 말은 사실이다. 일찍이 미쿠모 가문에, L의 일족에 무슨 일이 있었는지는 모른다. 레이의 말을 믿어 본다면, 레이가 낳은 아이를 타케루가 자신의 딸로 키웠다는 의미였다.

갑작스레 등장한 화제이기는 하나 그럴듯하게 들렸다. 레이와 하나코의 생김새 때문이었다. 복장과 머리 모양은 달랐지만, 얼굴형과 이목구비가 놀라우리만치 닮았다.

"하나코는 나랑 같이 가기로 했어. 마지막으로 딸을 만나게 해주려고 온 거야." 레이가 말했다.

그럴 리가 없다. 하나코는 안을 두고 떠날 리가 없다. 그렇게 믿고 싶었지만, 하나코의 표정을 보자 불안이 가슴속에서 잔물결을 일으켰다. 그동안 몰랐던 출생의 비밀을 알았으니 정신적 충격이 얼마나 컸을까. 미쿠모는 감히 짐작할 수도 없었다.

"엄마, 어디 가는 거야?"

안이 물었지만, 하나코는 대답하지 않았다.

"엄마, 안을 두고 어디 가지 않을 거지? 엄마는 안을 데리러 온 거지?"

마침내 하나코가 입을 열었다. 울음을 삼키는 듯 말꼬리가 흐려졌다.

"미안해, 안…."

하나코는 그 말만 하고 시선을 떨구었다. 안이 하나코에게 다가가려고 했지만, 미쿠모가 얼른 안의 어깨에 손을 얹어 막았다. 하나코 옆에는 레이가 있었다. 저 여자는 범죄자였다. 가까이 가기에는 위험했다. 안은 미쿠모의 생각을 이해했는지 그 이상 다가가려고 하지 않았다.

"누님, 그거 기억나? 우리 옛날에 장기를 자주 뒀잖아."

타케루가 불쑥 레이에게 말했다. 두 다리가 부분 마취돼서 아직 일어날 수 없는 모양이었다. 앉은 채로 이야기를 시작했다.

"누님이 나한테 장기를 가르쳐 줬지. 기억 안 난다는 뻔한 거짓말은 하지 마. 틈만 나면 둘이서 장기를 두며 놀았잖아. 우리 남매한테는 특별한 규칙이 있었어. 잡은 말을 상대에게 보여주지 않아도 된다는 특수 규칙. 상대가 어떤 말을 가졌는지 예측하면서 승부에 임해야 했지."

종반에 접어들면 둘 다 연달아 장군을 부르며 승리를 차지하려 했다. 그때 몰래 손에 쥔 말이 몇 개인지에 따라 승패가 갈렸다.

"가장 중요한 말은 마지막의 마지막 순간까지 감춰둬야 한다는 걸 나는 누님에게 배웠어."

그때 문득 벽 쪽에서 소리가 들렸다. 사루히코가 일어섰다. 조금 전까지도 요다에게 공격을 받아 정신을 잃고 쓰러져 있었다. 수갑으로 배관에 묶인 것을 똑똑히 봤는데, 지금 보니 수갑이 풀렸다. 사루히코가 손목을 빙빙 돌리면서 제자리에서 몇 차례 점프했다. 예순을 넘은 노인의 몸놀림이 아니었다. 미쿠모는 저도 모르게 중얼거렸다.

"사루히코, 너 대체…."

사루히코가 경쾌한 걸음걸이로 다가왔다. 위기감을 느꼈는지 레이가 손에 든 마취총을 사루히코에게 겨눴다. 그런데 다음 순간, 레이의 손에서 마취총이 날아갔다. 타케루가 단추 같은 것을 던져 그녀의 손등을 맞춘 것이다. 마취총이 바닥을 구르다가 미쿠모 5미터 앞에서 멈췄다.

먼저 잡을 수 있을까.

미쿠모가 총을 향해 뛰어갔다. 레이도 달려왔다. 미쿠모는 레이보다 한발 일찍 마취총을 멀리 차버리는 데 성공했다.

"방해하지 마."

레이에게 따귀를 맞고 미쿠모가 쓰러졌다. 안이 "미쿠모 언니!" 하며 달려왔다. 사루히코는 벌써 레이 코앞까지 다가왔다. 사루히코가 갑자기 회전하며 아크로바틱 같은 발차기를 선보였다. 몇 번이나 연달아 발차기를 날렸다.

순간 빛나는 물체가 보였다. 레이가 양손에 칼을 쥐고 휘둘렀다. 레이의 움직임도 예사롭지 않음을 한눈에 알 수 있었다. 어디선가 오랫동안 훈련한 자의 몸놀림이었다. 다만 그보다 놀라운 것은 사루히코였다. 춤추듯이 발차기를 날렸다. 저 발차기는 분명….

"이제 정체를 드러내."

레이가 날카롭게 쏘아붙이자, 사루히코가 경쾌한 발동작을 멈췄다. 그러더니 턱을 잡고 얼굴을 벗겨내듯 변장을 풀었다. 역시 그랬구나, 하며 미쿠모는 수긍했다. 사루히코였던 남자가 목소리를 높여 말했다.

"미쿠모 레이, 자네는 예전에 자기 자신을 모리어티라고 칭했다더군. 그렇다면 자네를 물리치는 건 홈즈인 내 역할이다."

아버지였다. 21세기 홈즈라 불리는 명탐정. 호죠 소타로가 거기에 서 있었다.

"그래, 호죠 소타로라. 상대할 맛이 나겠는걸."

레이가 표독스럽게 입꼬리를 올렸다. 소타로도 미소를 지었다. 두 사람은 또다시 대치하며 상대의 빈틈을 노리듯 서서히 간격을 좁혔다.

미쿠모는 두 사람의 싸움을 지켜보면서, 근처에 있던 타케루에게 달려갔다.

"어르신, 괜찮으세요?"

"내 걱정은 하지 마. 아무튼 다행이군. 만일을 대비해 너희 부친에게 도와달라고 하길 잘했어."

"혹시 처음부터…?"

"당연하지. 안이 유괴됐다는 얘기를 들었을 때부터 누님의 짓인 줄 알았어. 누님이 얽혔다 하면 일이 아주 성가셔. 덫을 몇 중으로 설치해 놓거든. 그래서 너희 부친에게 지원을 요청한 거야."

미쿠모 레이는 예상대로, 아니, 예상보다 더 주도면밀하게 덫을 설치했다. 안을 유괴한 뒤 10억 엔이라는 터무니없이 큰 몸 값을 요구했고, 카즈마에게 살인범이라는 누명을 씌워 움직임을 봉쇄했다. 그리고 마무리는 하나코였다. 그녀에게 출생의 비밀을 밝혔다. 미쿠모 가문과 사쿠라바 가문은 그야말로 혼돈에 빠졌다.

"온 나라를 뒤져도 누님과 대등하게 맞설 사람은 나를 제외하면 너희 부친밖에 없다는 생각이 들더구나. 그 변덕스러운 성미 때문에 내가 적잖이 애를 먹었지만."

소타로가 굳이 입원 중인 사루히코로 변장한 이유도 이해할 수 없었고, 지난 사흘 동안 행방이 묘연할 때도 많았다. 소타로에게 무엇을 했냐고 묻는 것은 무의미한 행동이었다. 마지막의 마지막 순간, 이렇듯 미쿠모 레이를 상대로 훌륭히 맞서 싸우고 있으니 그것만으로 충분했다.

"손 쥐 봐."

타케루가 그렇게 말하자, 미쿠모는 양손을 앞으로 내밀었다. 그는 안전핀 같은 것을 이용해 미쿠모의 손에 채워진 수갑을 풀어 주었다.

"감사합니다."

"이 정도로 뭘. 그보다 너희 부친, 강하구나."

소타로가 우세했다. 그의 두 다리에서 뻗어 나가는 자유자재한 발차기에 밀려 레이는 상당히 애를 먹는 모습이었다. 그때 레이의 왼손에 들려 있던 칼이 멀리 날아갔다.

"태권도예요. 아버지는 일본 최고의 실력자거든요."

한국의 국기(國技)이자, 발차기가 중심인 격투기였다. 탐정에게 필수인 호신술을 배울 때 유도나 검도, 가라테가 아니라 태권도를 선택했다는 점이 특이한 아버지다웠다. 올림픽에서 5년만 일찍 정식 종목으로 채택됐어도 금메달을 땄을 것이라고, 적어도 소타로 본인은 그렇게 말했다.

소타로가 높이 날아서 발뒤꿈치를 아래로 내리꽂았다. 내려차기라고 불리는 화려한 기술이었다. 제대로 먹히면 뇌진탕을 일으킬 수도 있었다. 레이는 위협적인 발뒤꿈치를 가까스로 피했지만, 사실 그 기술 자체가 소타로의 속임수였다. 소타로는 진짜 목적이던 레이의 오른쪽 손등에 앞차기를 했다.

그러자 이번에는 레이의 오른손에 있던 칼이 위로 날아가다가 천장에 강하게 꽂혔다. 이제 레이의 무기는 모두 사라진 셈이었다.

"이래도 계속할 텐가? 나를 이기려면 200년은 더 수련해야겠는데."

"항복은 안 해. 절대로. 너는 날 못 죽이니까."

레이가 주먹을 휘둘렀다. 소타로가 화려한 백스텝으로 주먹을 피하고 뒤돌려차기를 했다. 정확하게 복부를 맞고 레이가 벽 쪽으로 날아갔다. 하지만 소타로는 방심하지 않았다. 그녀에게 다가가 한쪽 다리를 높이 쳐들었다.

"여성에게 발을 올리는 건 내 철칙에 어긋나지만, 자네는 특별하지. 잠깐 잠들어 있게나."

소타로는 곧장 발뒤꿈치를 내리꽂으려 했다. 그런데 그때 이상한 일이 일어났다. 소타로가 갑자기 균형을 잃고 그 자리에 쓰러졌다.

"너, 너…."

타케루가 목소리를 높였다. 어느 틈엔가 하나코가 앞에 서 있었다. 레이가 사용하던 마취총을 손에 쥐고 있었다. 하나코가 소타로를 쏜 것이다.

"아버지!"

미쿠모가 아버지에게 달려갔다. 아버지는 왼쪽 무릎을 부여잡았다. 거기에 꽂힌 바늘 같은 것이 보였다. 미쿠모는 그것을 뽑았다. 일시적으로 무릎의 감각이 사라졌는지 소타로는 보기 드물게 멍한 표정으로 자신의 왼쪽 무릎을 내려다보았다.

"하나코, 그걸 넘겨."

레이가 말하자, 하나코는 얌전히 그 말을 따랐다. 마취총을 손에 든 레이는 남은 탄환을 확인하듯 탄창을 보더니 이번에는 미쿠모를 겨누었다. 지금 여기 있는 이들 중에서 어린 안을 제외하고 움직일 수 있는 사람은 미쿠모뿐이었다. 소타로와 타케루는 몸이 마취되어 움직일 수 없었다.

"탐정님, 움직이지 마. 나도 더는 쏘고 싶지 않으니까."

진퇴양난이었다. 혼자서는 승산이 없었다. 두뇌 싸움이면 몰라도, 이런 상황에서는 아무것도 할 수 없었다. 미쿠모는 자신의 미숙함을 뼈저리게 느꼈다.

레이는 타케루가 준비한 비밀 병기보다 더한 말을 준비했다. 이 마지막 장에서 하나코라는 비밀 병기가 움직였다. 반박조차 할 수 없었다. 레이의 완승이었다.

"자, 하나코, 이제 가자. 안에게 작별 인사 하렴."

결국 하나코가 선택한 것은 생모 미쿠모 레이라는 말인가. 정말 그렇다면 너무나 비극적인 결말이다.

"엄마, 가지 마. 제발 나를 두고 가지 마."

안이 소리쳤다. 하나코가 고개를 숙인 채 기어들어 가는 목소리로 말했다.

"안, 안녕. 잘 지내."

"엄마…."

레이가 어깨에 팔을 두르자, 하나코가 걸음을 뗐다. 안은 그

자리에 멍하니 서 있었다. 미쿠모는 안에게 다가가 그 작은 몸을 꼭 껴안았다. 안의 몸이 바들바들 떨렸다. 소리를 내는 대신 온몸으로 우는 듯했다. 미쿠모는 안을 더 세게 끌어안았다.

★

미쿠모 레이는 공장 안을 걸었다. 그 옆에는 친딸 하나코가 있었다. 이렇게 딸과 나란히 걷는 날이 오다니, 오늘을 기념일로 삼아야겠다.

레이는 교도소에 있는 좁은 의무실에서 하나코를 낳았다.

그 교도소에서는 임신부가 출산한 전례가 없었다. 급하게 외부에서 불러온 초로의 산부인과 의사가 아기를 받았다. 갓 태어난 그 아이는 기운차게 울어 젖혔다.

"귀여운 딸이에요."

옆에 있던 간호사가 그렇게 말했다. 그리고 레이의 가슴 위에 아기를 올려주었다. 아주 자그마했고, 따뜻했다. 그 온기가 레이의 가슴에 스며드는 듯했다. 그러나 그 경험은 찰나의 순간으로 끝났다. 의무실에 들어온 교도관이 아기를 다른 방으로 데려갔기 때문이다.

그래도 수유는 허락되었다. 다만 교도관 두 명이 반드시 입회해야 했고, 아기에게 말을 거는 것조차 허용되지 않았다. 교도관들이 대놓고 지켜보는 가운데 레이는 제 자식에게 젖을 먹였다. 굴욕적이라는 분노보다도 아이를 만날 수 있다는 기쁨이 컸다.

마지막으로 젖을 먹이던 날, 교도관이 물었다. 아이에게 붙여주고 싶은 이름이 있느냐고. 레이는 잠깐 고민하다가 하나코라는 이름을 지어주고 싶다고 말했다. 그 뒤로는 딸을 만나지 못했다.

하나코가 태어난 지 반년이 지났을 즈음, 레이를 면회하러 온 사람이 있었다. 후타바라는 남자였다. 레이가 이끌던 사기단의 간부 후보로, 레이도 눈여겨보던 사람이었다. 후타바는 레이가 교도소에서 출산한 사실을 알고 있었고, 하나코가 곧 교도소를 나와 시설에 맡겨진다는 정보도 파악하고 있었다. 말로 표현하지는 않았지만, 레이의 마음이 후타바에게 전해진 모양이었다. 그 뒤로 얼마 후 후타바가 다시 면회하러 찾아왔다. "아가씨는 제가 책임지고 키우겠습니다." 후타바는 그렇게 말했다.

언젠가 교도소를 벗어나 하나코를 만나러 갈 것이다. 그것만이 레이의 유일한 희망이었다. 밤에는 아이의 사진을 보며 지냈다. 자신의 아이와 함께 살 날이 반드시 오리라고 믿었다.

시간이 흘러, 믿었던 후타바가 사라지는 해프닝도 있었지만, 남동생 타케루가 하나코를 훔쳤다는 이야기를 듣고 오히려 잘됐다고 생각했다. 미쿠모 가문에서 자란다면 그런대로 안전할 것이다. 게다가 하나코가 훔치는 기술을 배울 수 있으니 훨씬 잘된 일이었다. 언젠가 출소하면 하나코와 단둘이 전 세계를 여행하며 세계 각지에서 도둑질을 하는 것. 그것이 레이의 꿈이었다.

그토록 오랫동안 간직해온 꿈이 마침내 이루어졌다. 지금 레이 옆에는 딸 하나코가 있었다.

하나코의 마음은 갈기갈기 찢겼다. 당연한 일이었다. 출생의 비밀을 안 데다 남편은 의식도 없는 중태이니 말이다. 지난 사흘간 한시도 편히 쉴 겨를이 없었으리라. 불쌍한 하나코. 전부 자신이 계획한 일이기는 하나, 레이는 조금 마음이 아팠다.

"하나코, 괜찮니? 똑바로 걸어야지."

레이는 그렇게 말하며 하나코에게 다가갔다. 다리에 힘이 들어가지 않는 듯했다. 친딸의 어깨에 팔을 두르고 반쯤 열린 셔터를 지나 밖으로 나왔다. 햇살이 눈부셨다. 밝은 태양 아래에서 하나코와 걷는 날이 오다니 실로 꿈만 같았다.

하지만 방심은 금물이다. 아직 다 끝난 것이 아니었다. 위협적인 적은 전부 해치웠다. 이제 조심해야 할 상대는 자신의 부모 이와오와 마츠 정도였다. 그러나 두 사람은 이제 노인이니 당장 눈앞에 나타난다 해도 30초 이내에 쓰러뜨릴 자신이 있었다.

검은색 포르쉐 카이엔이 주차돼 있었다. 어제 구한 도난 차량이었다. 레이는 자동차 잠금을 해제하고 조수석 문을 열었다. 우선 하나코를 조수석에 태웠다. 하나코는 딱히 저항하지 않고 순순히 따랐다. 이제 저항할 기력조차 없는 것 같았다.

레이는 운전석으로 돌아가 자동차 시트에 앉았다. 그리고 하나코에게 말했다.

"하나코, 이제 나리타에 갈 거야. 첫 목적지는 싱가포르란다. 내가 애용하는 호텔이 있어서 거기서 묵을 거야. 내가 자주 가는 피부관리실이 있는데 너한테도 소개해줄게. 아, 그리고 쇼핑도 해야지."

즐거운 여행이 될 것 같다. 레이는 수학여행을 앞둔 아이처럼 가슴이 설렜다.

"하나코, 여권은 걱정하지 마. 내가 다 준비해뒀으니까…."

그때 레이는 이상함을 감지했다. 처음에 느낀 것은 냄새였다. 묘하게 낯선 냄새가 코끝을 스쳤다. 그리고 또 한 가지. 방금 차에 탈 때 미묘하게 어긋난 느낌이 들었음을 뒤늦게 깨달았다. 차의 중심이 약간 뒤에 있는 듯한 느낌이었다. 그 말인즉….

백미러를 보았다. 동시에 관자놀이에 차가운 무언가가 닿았다. 레이는 저도 모르게 목소리를 높였다.

"너, 너는…."

사쿠라바 카즈마였다. 병원에 있어야 할 사쿠라바 카즈마가 레이의 관자놀이에 총구를 들이밀었다.

★

"하나코, 정신 차려."

그 목소리가 꼭 멀리서 들려오는 것 같았다.

하나코는 넋을 놓은 상태였다. 이제 자신이 자신이 아닌 것 같은 느낌이었다. 시부야 저택에서 여기로 오는 차 안에서 레이에게 많은 이야기를 들었다.

"하나코, 내가 절체절명의 위기에 빠졌을 때 나를 구하는 게 네 역할이야, 그건 너밖에 못 해. 만약 네가 나를 구하지 않으면 어떻게 될지 상상해봐. 잠깐은 평화로운 일상이 돌아올지도 모르지. 하지만 절대 오래가지는 못할 거야. 나는 내 마음대로 조종할 수 있는 부하가 아주 많단다. 그 부하들이 너희 딸의 목숨을 노릴 거야. 영원히 도망 다닐 수는 없을걸."

안을 지키겠다는 마음 하나로 마취총을 들고 호죠 소타로를 쐈다. 자신이 끔찍한 짓을 저질렀다는 자각도 있었다. 다시는 돌이킬 수 없는 곳에 발을 들이고 말았다.

왜 레이가 시키는 대로 했을까. 그녀가 자신을 낳아준 사람이라서는 아니었다. 그녀는 재앙 같은 존재이고, 그녀가 살아 있는 한 이 재앙은 끝없이 반복되리라는 생각이 들었다. 그렇다면 나 혼자 희생하면 되지 않을까. 그렇게 생각했다. 그 순간부터 하나코는 스스로 생각하기를 포기했다.

"하나코, 정신 차려야 해."

그 목소리가 다시 들려오자, 하나코는 뒤를 돌아보았다. 거기에 남편 카즈마가 있었다. 하나코는 떨리는 목소리로 말했다.

"카즈마…."

"하나코, 괜찮아? 다친 데는 없어?"

드디어 정신이 들기 시작했다. 카즈마가 확실했다. 하나코의 남편 카즈마가 눈앞에 있었다.

독을 마셔서 의식도 없고 중태라고 들었다. 그런데 지금 카즈마가 여기에 있다. 안색은 썩 좋지 않지만, 말투도 또렷하고 멀쩡히 움직이는 것 같아서 마음이 놓였다. 살아서 정말 다행이다.

하나코는 고개를 끄덕였다. 하나코가 할 수 있는 유일한 행동이었다. 그 몸짓을 보고 카즈마도 똑같이 고개를 끄덕였다. 그러더니 레이에게 말했다.

"움직이지 마세요. 천천히 창문 열고 주머니에 든 마취총을 밖에다 던지세요."

조금 전 레이는 잠시 허를 찔린 표정을 지었지만 금방 평상시와 똑같은 표정을 되찾았다.

"네가 날 쏠 수 있을까?"

"쓸데없는 걱정은 넣어두시죠. 지금 난 기분이 무척 안 좋거든요."

레이는 어깨를 으쓱하고는 창문을 조금 열어 그 사이로 마취총을 던졌다. 레이가 앞쪽에 시선을 고정한 채 말했다.

"의식 불명에 중태라고 들었는데 아니었나 보네."

"덕분에요." 카즈마가 대답했다. "응급처치가 잘됐는지 심각한 상황까지 가지는 않았습니다. 그런데 일부러 위독하다는 정보를 흘렸죠. 간호사로 변장한 장모님께 지시를 받았거든요."

타케루의 명을 받은 엄마 에츠코가 카즈마를 만나려고 병원에 잠입했나 보다. 오늘 오후 카즈마가 눈을 떴을 때, 간호사로 변장한 에츠코가 링거액을 갈러 병실에 들어왔다. 그때 타케루의 말을 전해주었다.

"저한테 비장의 카드가 되어달라고 하시더군요."

조금 전 아버지는 장기 이야기를 했다. 마지막에 숨겨 놓은 말이 많을수록 승리할 가능성이 크다고 했다. 카즈마는 그야말로 아버지의 마지막 비밀 병기가 되어 여기에 숨어 있었다는 뜻이다. 천하의 레이도 이런 사태는 예상하지 못했을 것이다.

레이가 웃기 시작했다. 처음에는 어깨를 떨며 키득거리다가 큰 소리로 웃음을 터뜨리자, 차 안 가득 웃음소리가 울려 퍼졌다. 카즈마는 바짝 긴장하며 더 험악한 표정으로 권총을 고쳐 쥐었다. 레이가 한바탕 웃고 나서 손가락으로 눈물을 훔치며 말했다.

"재미있다. 이래서 내가 게임을 관둘 수가 없다니까. 설마하니 타케루한테 뒤통수를 맞을 줄이야."

경찰차 사이렌이 들렸다. 이쪽으로 오는 것이 확실했다. 레이는 만족스럽게 고개를 끄덕이다가 이어서 말했다.

"자, 카즈마, 이제 나를 어쩔 거야? 체포해도 상관없지만, 나는 반드시 너희 앞에 다시 나타날 거야. 장담할게. 또다시 교도소를 벗어나서 너희 앞에 나타날 거야."

그녀가 거느리는 수하는 여전히 많을 것이다. 체포해봤자 레이는 또 탈옥할지도 모른다. 하지만 카즈마는 딱딱하게 말했다.

"나는 거래에 응하지 않을 겁니다. 오늘 여기서 당신을 체포할 거예요. 탈옥하려면 마음대로 하세요. 당신이 열 번 탈옥하면 나는 당신을 열 번 체포할 거고, 50번 탈옥하면 50번 체포할 겁니다. 그게 형사의 임무입니다. 그리고 동시에 하나코의 남편 된 사명이죠. 난 당신을 절대 하나코 근처에 두지 않을 겁니다."

카즈마의 눈이 맑게 빛났다. 동시에 형사다운 카리스마가 느껴졌다. 자신의 남편이 이렇게 카리스마 넘치는 형사임을 하나코는 처음 실감했다.

"내리십시오. 당신에게 수갑을 채울 형사가 밖에서 기다리고 있습니다."

운전석 바깥에 호죠 미쿠모가 서 있었다. 예전에 언젠가, 둘이서 레이를 잡자고 굳게 약속했다고 들었다. 그 약속이 실현되는 순간이었다.

레이가 체념한 듯 크게 한숨을 내쉬고 차에서 내렸다. 하나코도 문을 열고 조수석에서 내렸다. 차 밖에서 기다리던 미쿠모가 레이 앞에 섰다. 카즈마도 차에서 내려 레이의 뒤통수에 권총을 겨누었다.

미쿠모가 엄숙하게 말했다.

"미쿠모 레이, 당신을 유괴 및 상해, 기타 여러 혐의로 체포합니다."

미쿠모가 레이의 손목에 수갑을 채웠다. 레이는 무표정했다. 방금까지 짓던 여유로운 미소는 사라졌고 감정을 완전히 차단

한 것처럼 보였다. 하나코의 생모이자, 천재 범죄자. 그런 그녀가 체포되는 순간을 보자니 하나코는 마음이 복잡했다.

경찰차가 이미 도착한 뒤라 경찰관 몇 명이 멀찍이 서서 이쪽을 지켜보았다. 레이는 미쿠모와 카즈마의 손에 이끌려 경찰차 쪽으로 걸어갔다. 이제 드디어 끝인가….

갑자기 피로가 몰려왔다. 하나코는 서 있기도 버거웠다. 하지만 지금은 피로보다도 훨씬 큰 무언가가 가슴속에 꽉 들어차 있었다.

"하나코."

그 목소리에 뒤를 돌아보았다. 타케루가 지팡이를 짚고 다리를 질질 끌며 걸어왔다. 무심코 "아빠."라고 부를 뻔하다가 이내 말을 삼켰다. '저 사람은 내 친아버지가 아니야.'

"하나코, 에츠코가 전할 말이 있단다. '그동안 속여서 미안하다'고, 에츠코가 전해달라더라."

엄마…. 에츠코 입장에서는 자신을 엄마라고 속여 온 데에 죄책감을 느꼈을지도 모른다. 하지만 하나코를 지금까지 키워준 사람은 다름 아닌 에츠코였다.

"잘 들어라, 하나코." 타케루가 쓸쓸한 미소를 지으며 말했다. "네가 진실을 안 이상, 이제 어쩔 수 없겠지. 나는 네 아빠가 아니고 에츠코는 네 엄마가 아니다. 너한테 나는 숙부고 에츠코는 피 한 방울 섞이지 않은 숙모야. 그런데 말이다…. 그런데, 하나코…."

타케루는 울고 있었다. 그의 얼굴이 부옇게 보였다. 하나코는 그제야 자신도 울고 있음을 깨달았다. 타케루는 코를 훌쩍이며 말을 이었다.

"네가 굳이…, 굳이 굳이 우리를 '아빠'나 '엄마'로 부르고 싶다면, 우리는 그래도 상관없다. 네가 원하는 대로 하거라."

어린 시절의 추억이 뇌리를 스쳤다. 나는 왜 도둑 일가의 딸로 태어났을까. 그런 고뇌가 자연스레 스트레스가 되어 부모님께 대든 적이 한두 번이 아니었다. 하지만 미쿠모 타케루는 하나코에게 훌륭한 아버지였고, 미쿠모 에츠코는 다정한 엄마였다. 그것만은 의심의 여지가 없는 사실이었다.

"그럼 간다, 하나코."

타케루가 점점 멀어졌다. 하나코는 눈물을 흘리며 그 뒷모습을 바라볼 수밖에 없었다.

"하나코."

그 목소리에 뒤를 돌아보니, 카즈마가 서 있었다. 옆에는 안이 있었다.

"카즈마…, 안…."

"엄마." 하며 안이 달려와 하나코의 허리를 끌어안았다. 카즈마가 다가와서 말했다.

"하나코, 괜찮아?"

"응. 그럭저럭."

사실은 괜찮지 않았다. 도저히 마음을 추스를 수 없었다. 심장이 갈기갈기 찢긴 기분이었다.

"들었어, 하나코. 힘들었겠다. 아니, 사실 나도 혼란스러울 지경이야."

카즈마가 손 닿을 거리에 있었다. 이렇게 가까이서 그의 얼굴을 본 것이 얼마 만이더라. 특히 전쟁 같던 지난 사흘 동안은 전화로 대화했을 뿐, 얼굴을 보지는 못했다. 카즈마의 뺨이 조금 야위었다.

"하지만 하나코, 네가 누구의 자식이든 내 마음은 조금도 변하지 않아. 너를 사랑해, 하나코."

카즈마가 하나코를 꽉 끌어안았다. 그의 품은 따뜻했다.

고마워. 그 말이 도저히 입 밖으로 나오지 않았다. 하나코는 이미 한번 카즈마와 안을 버리고 생모와 함께 떠나려 했다. 그것이 강렬한 죄책감이 되어 가슴 깊이 박혔다.

두 사람을 배신한 하나코를 이들은 정말 용서해주는 것일까. 아니, 그 이전에 하나코 스스로 자신을 용서할 수 있을까.

안이 굵은 눈물을 흘리며 울었다. 하나코는 안의 머리를 부드럽게 쓰다듬었다.

"안, 잘 가. 내일 보자."

"응, 안녕. 내일 봐."

안은 손을 흔들며, 돌아가는 친구를 배웅했다. 매일 다니는 돌봄교실이었다. 시간은 오후 7시를 넘었고, 아직 보호자가 오지 않은 아이는 안을 포함해 세 명뿐이었다. 이 시간이 되면 다른 아이들은 거의 집으로 돌아가고, 항상 남는 아이들만 남았다.

안은 다시 숙제에 집중했다. 산수 학습지를 푸는데, 현관문이 열리며 한 남자가 들어왔다.

"안, 미안해. 오늘도 늦어 버렸네."

아빠였다. 학습지와 필기구를 챙기고 가방을 등에 멘 안은 남은 아이들에게 인사한 뒤 신발을 신고 밖으로 나왔다. 아빠와 나란히 집으로 향했다.

"아빠, 오늘도 수사했어?"

"응. 아빠는 오늘도 수사했지."

"어떤 수사? 잠복? 탐문? 아니면 심문?"

"음…, 오늘은 주로 탐문이었어."

요즘은 아빠가 안을 데리러 올 때가 많았다. 아빠가 오지 못할 때는 사쿠라바 가문 할매가 왔다. 엄마가 사라진 지 2주가 지났다. 유괴사건이 해결된 다음 날, 아침에 일어나보니 엄마가 사라지고 없었다. 편지를 남겼다는데, 아빠가 편지 내용을 알려주지 않았다. 아빠는 이렇게 말했다. "너무 많은 일을 겪어서 엄마가 조금 힘들었나 봐. 기운을 되찾으면 돌아올 거야. 그러니까 안, 엄마가 돌아올 때까지 씩씩하게 있어야 한다."

돌이켜 봐도 그 사흘간은 정말 정신이 없었다. 혹시 꿈이 아니었을까. 아직도 그런 생각이 들었다.

"아빠, 오늘도 배달이야?"

"그러려고 하는데, 배달 음식 싫어?"

"아니, 괜찮아. 나는 있지, 나는 있지, 오늘 야키소바 먹을래."

"오, 좋은데. 그럼 아빠는 뭐 먹지?"

"아빠는 카츠동* 먹어. 형사님이니까."

"카츠동은 싫어. 아빠는 피의자가 아니란 말이야."

아빠는 최선을 다한다. 저녁밥은 배달을 시킬 때가 많지만, 빨래와 청소도 성실히 하고 아침밥도 만들어준다. 하지만 조금 칠칠치 못하다고 할까. 빵에 바르는 마가린이 없어지거나 양말 한 짝이 어디로 사라진다. 눈감아줄 만한 일들이지만 그런 사소한 실수가 잦았다.

사라지고 나서야 비로소 엄마의 위대함을 깨달았다. 아직은 배달 음식도 좋지만 이런 생활이 평생 이어진다고 상상하면 등골이 서늘해졌다. 엄마가 만들어준 음식은 뭐든 맛있었다. 풀때기 밥만 빼고.

"아, 맞다. 안, 오늘 오오이와 씨랑 이야기를 조금 나눴어."

"진짜? 오오이와 씨는 어땠어?"

"건강해 보였어. 칼에 찔린 상처도 아무 문제 없는 것 같았고. 안에게 안부 전해 달라더라."

오오이와는 결국 체포되었다. 하지만 아빠의 말을 들어보니

---

* 일본에는 피의자가 경찰 조사를 받을 때 주로 카츠동을 먹는다는 이미지가 있다. 한국의 국밥과 비슷한 느낌이다.

안을 구하려고 한 행동이 좋은 영향을 줘서 그리 무거운 처벌을 받지는 않을 것이라고 했다. 게다가 옛날에 같이 일하던 선배 레슬러가 신원 보증인으로 나서주었고, 죗값을 다 치르면 다시 데뷔할 수 있게 도와준다고 했다는 모양이다. 그 소식을 들었을 때 안은 뛸 듯이 기뻤다. 오오이와는 다시 링 위에 설 수 있을지도 모른다. 오오이와는 안의 친구였다.

"아빠, 오늘 아이스크림 사도 돼?"

"어쩔 수 없네. 하나만이야."

"아싸."

50미터 앞에 편의점 간판이 보였다. 귀갓길에 자주 들르는 편의점이었다. 안은 가게 앞에서 사람 형체를 발견하고 멈춰 섰다. 이를 눈치챈 아빠가 돌아보며 말했다.

"안, 왜 그래?"

안은 저도 모르게 달려나갔다. 아빠가 무어라 말했지만, 신경 쓰지 않고 달렸다. 저 형체, 틀림없다. 잘못 봤을 리가 없다. 저건 분명….

"엄마!"

편의점 앞에 선 사람은 엄마였다. 엄마가 무릎을 꿇고 양팔을 벌렸다. 안은 그 품에 뛰어들었다.

"안, 미안해. 정말 미안해."

엄마가 울었다. 정신을 차리고 보니 안도 울고 있었다. 세상에는 크게 나눠 기쁨의 눈물과 슬픔의 눈물이 있는데, 이건 기뺨의 눈물이었다. 엄마도 분명 그럴 것이다.

"하나코."

그렇게 말하며 아빠가 다가왔다. 엄마가 일어나서 아빠에게 말했다.

"미안해, 카즈마. 걱정 끼쳐서…."

"이제, 괜찮은 거야?"

"응. 괜찮아. 나 이제 괜찮아."

엄마가 고개를 끄덕였다. 완전히 원래의 엄마로 돌아온 모습이었다. 가슴이 벅차도록 기뻤다.

안은 오른손으로 아빠의 손을 잡고 왼손으로 엄마의 손을 붙들었다. 그리고 두 사람을 잡아끌듯 걸어 나갔다. "아이스크림 안 사도 돼?" 아빠가 말했지만, 지금은 이렇게 셋이서 집에 돌아가고 싶었다.

셋이서 나란히 걸었다. 수사1과 형사와, L의 일족 딸과, 초등학교 3학년생인 안.

역시 좋다. 안은 진심으로 느꼈다. 우리 가족은 최고다.

옮긴이 권하영

한국외국어대학교 일본어통번역학과를 졸업하고, 이화여자대학교 통역번역대학원에서 한일번역을 전공하였다. 《전남친의 유언장》, 《루팡의 딸 2》, 《루팡의 딸 3》, 《루팡의 딸 4》, 《죽인 남편이 돌아왔습니다》, 《내가 나를 버린 날》, 《종이학 살인사건》 등을 우리말로 옮겼다.

루팡의 딸 5

DAUGHTER OF LUPIN

초판 2023년 1월 1일 3쇄
저자 요코제키 다이
옮긴이 권하영
ISBN 979-11-90157-80-3 03830

출판사 도서출판 북플라자
주소 서울시 강남구 논현동 118-13 5층
홈페이지 www.bookplaza.co.kr

영화 판권, 오탈자 제보 등 기타 문의사항은 book.plaza@hanmail.net으로 보내주세요.
잘못된 책은 구입하신 서점에서 교환해 드립니다.